# JEFF MADISON
### UND DER
## AUFSTAND DER TRAUM-DÄMONEN · BUCH III

Auflage 2019

Jeff Madison und der Aufstand der Traum-Dämonen
ISBN 978-1-945-70915-9

Adaptierung / Übersetzung: André Fischer
Lektorat: Gerrit Sasse
Umschlaggestaltung: Darko Tomic - paganus

HINWEIS
Alle Namen und Charaktere, die in dieser Arbeit erscheinen, sind frei erfunden.
Jede Ähnlichkeit mit tatsächlichen Personen, lebendig oder tot, ist rein zufällig.

F

Für Benji

Ein Stern, der so hell strahlt,
dass selbst die Sonne damit prahlt.

**Vielen Dank an ...**

Darko Tomic – paganus, für den phänomenalen Buchumschlag und die wunderbare Fähigkeit, meine Wörter in atemberaubende Bilder zu verwandeln.

Gerrit Sasse fürs Lektorat und die stilgetreue Politur dieser Geschichte in der deutschen Adaption.

Andre, der mich unterstützt, weil er an mich glaubt und meine Geschichten in der deutschen Sprache zum Leben bringt.

Angie, die mich auf ihrem hässlichen rosa Sofa mitreisen ließ, um die Welt durch ihre große Brille zu sehen ...

# 1

"Aufwachen! JEFF, WACH AUF! NA KOMM SCHON! BEWEG DICH, JUNGE!"

Jeff öffnete die Augen. Er schreckte hoch und hielt seine Hände auf die Ohren. Wieder hörte er die Stimme, woraufhin er seinen Kopf von einer Seite zur anderen warf, in dem Versuch, sie zu verscheuchen. Sein Herz pochte, als er realisierte, dass er nicht in seinem Zimmer war, sondern in einem großen leeren Raum. Sein Bett war weg; er saß mit dem Hintern auf dem nackten Boden. Die Kälte stieg in seinen Körper wie eisiges Hoch-wasser. Mühsam erhob er sich auf die nackten Füße und blinzelte in die Finsternis.

Er biss sich auf die Lippe. Was zum Teufel war das? Wo war er?

Er war doch in seinem Zimmer eingeschlafen, aber irgendwie an diesem seltsamen dunklen Ort aufgewacht. Er zwinkerte mit den Augen und versuchte in die Dunkelheit zu sehen. Keine Wände, keine Decke. Nichts zu sehen.

Jeff machte einen Schritt nach vorn, taumelte aber zur Seite, als er einen Haken verpasst kriegte. Blut und Speichel spritzte aus seinem Mund. Er landete auf dem Boden und verzog das Gesicht bei dem Geschmack; warm lief es sein Kinn herunter. Jeff rollte sich weg, aber ein Tritt landete in seinen Rippen. Ihm blieb die Luft weg. Unfähig zu atmen, zog er die Knie an und rollte sich hin und her. Von allen Seiten schlug es jetzt auf ihn ein. Er dachte, er würde von einer Schlägerbande vermöbelt und zusam-mengetreten.

Machtlos, sich wie ein Sand Sack fühlend, wollte er um Hilfe rufen, aber da war niemand.

Dann hörte er wieder die Stimme.

»Steh auf! Na los. Auf mit dir, Jeff! Hör auf meine Stimme und komm zu mir.«

Wie befohlen, rollte er sich weg von den Tritten, hob den Kopf und kniete sich hin. Jemand wollte ihm helfen. Er musste nur der Stimme folgen.

Als er vorwärts taumelte, schlug er mit geballten Händen Luftlöcher in alle Richtungen. Immer wieder schlug er um sich, in der Hoffnung, irgendetwas zu treffen. Seine Rippen schmerzten und seine Augen brannten, als Blut von seiner Stirn tropfte. Er hatte gerade mal einen Schritt nach vorn gemacht, als ihm etwas in den Rücken schlug und nach vorne stieß. Er machte eine Bauchlandung und rutschte mit ausgestreckten Armen über den Boden, bis erneut eine Flut von Schlägen auf seine Arme und Beine begann.

Die Stimme kam jetzt nur nebelig bei ihm an.

»Ich komme. Halt die Ohren steif, Junge. Bin gleich da!«

Jeff hatte keine Ahnung, wer es war, aber irgendwie war diese Stimme ihm vertraut. Langsam begann er die Besinnung zu verlieren, zuckte und stöhnte unter jedem Hieb. Wie konnte er einen unsichtbaren Gegner bekämpfen? Und es stank. Er würgte und seine Augen tränten. So gut er konnte, krümmte er sich mit angezogenen Beinen, schützte seinen Kopf mit den Armen und kniff die Augen zusammen.

Die Stimme wurde schwächer.

»Nein, lass mich nicht im Stich. Komm zurück«, stöhnte er.

Ein Luftzug zerzauste sein Haar, so als wenn eine Tür geöffnet würde und eine Brise sich durchgeschlichen hätte. Die Dunkelheit wich und die Luft begann in einem gelblichen Schimmer zu leuchten. Auf einmal hörten die Tritte auf. Jeff hob den Kopf, zuckte zusammen und richtete sich stöhnend wieder auf die Knie, als ein plötzlicher Schmerz wie ein

Blitz durch seinen Brustkorb zuckte. Mit der Hand auf den schmerzenden Rippen, stolperte er auf die Beine und hielt sich in gebückter Stellung, während er nach seinem Angreifer Ausschau hielt. Mit gebeugtem Arm schützte er sich gegen weitere Schläge. Jeff taumelte rückwärts beim Anblick eines Kriegers, der mit einem Monster kämpfte. Diesen Krieger kannte er nicht. Hatte ihn noch nie vorher gesehen, jedoch die violett glühenden Augen offenbarten seine Herkunft. Nur kämpfende Sandustien-Krieger hatten violett leuchtende Augen und das Monster sah aus wie eine Kreatur aus der Hölle entkommen.

Das Biest türmte sich über dem Krieger. Der graue Körper wölbte sich und schwoll bei jeder Bewegung an. Die Haut streckte und dehnte sich, als wenn irgendetwas in dem Biest versuchte, dem Körper zu entkommen. Die großen ledrigen Flügel flatterten langsam. Scharfe Krallen krümmten sich wie Haken mit Haut zwischen den Fingerknöcheln und den Flügeln. Die Augen waren runde schwarze Löcher, ohne jegliche Reflexion. Der Kopf war deformiert von den hervorstehenden Zähnen, mit einem Maul, so groß und breit, dass es rund um den ganzen Kopf zu gehen schien. Die Zähne waren gelb und glibberiger schwarzer Schleim quoll aus dem Maul. Jeff rümpfte die Nase, als der verweste Geruch ihm ins Gesicht schlug. Die braune Zunge hing hechelnd seitlich aus dem Maul, kontinuierlich ein- und ausrollend wie ein zuwinkender Finger. Jeffs Augen wanderten von Einem zum andern hin und her.

Der Krieger hatte die Statur eines Wrestlers und trug eine schwarze Weste, welche die Muskulatur seines Oberkörpers akzentuierte. Er sah imposant aus und seine schwarze Haut glänzte im Lichtspalt der offenen Tür. Statt mit glitzerndem Silberstaub zu kämpfen, welcher jegliche Form annehmen konnte, auch Waffen, so wie Jeff das von den anderen Kriegern kannte, kämpfte dieser nur mit seinen Fäusten. Dieser Krieger wirbelte und sprang in die Höhe, derweil Kicks und Schläge auf dem Monster landeten. Die Bestie schlug mit den Flügeln um sich, versuchte ihn zu beißen und kratzte tief in die Haut des Kriegers mit seinen scharfen Krallen. Jeff trat zurück.

»Geh durch die Tür!«, keuchte der Krieger schwer atmend.

Jeff hatte zwei schmerzhafte Schritte unternommen, als er realisierte, dass der große Krieger, der die Bestie abgefangen hatte, immer noch mit dem Biest kämpfte. Er drehte sich und sah sich im Zimmer um.

»Dies ist doch mein Simulatorraum. Ich kenne dieses Zimmer«, dachte er.

»Was kann ich denn jetzt tun? Ich darf ja nicht Träume fangen!«

Beim letzten Abenteuer hatte sich herausgestellt, dass jedes Mal, wenn er im Simulatorraum einen Traum fing, er unwissentlich ein Monster aus einem magischen Gefängnis freisetzte. Bis die Weisen von Sandustien es geschafft hatten, alle befreiten Monster wieder zu fangen, war ihm das Träume fangen untersagt.

Jeff schaute in die Richtung der Kampflaute. Der Krieger wurde gerade auf den Boden geschleudert. Er grunzte kurz; sein Rücken war gewölbt.

»Ich muss was tun, wenn wir beide hier raus wollen. Ich kann ihn doch nicht seinem Schicksal überlassen, wo er doch nur wegen mir diesen Kampf angenommen hat.«

Jeff schloss die Augen und die Bilder erschienen vor ihm. Er griff zu und drehte sich auf der Hacke. Er verdrängte die Schmerzen in Arm und Rippen und schleuderte das schwere Netz auf die Bestie. Das Netz wirbelte im Kreis, schwebte in der Luft über der Kreatur, bevor es sich wie eine schwere Decke über die Bestie legte. Diese flatterte und wand sich, jedoch umso mehr es kämpfte, desto mehr verfingen sich die Krallen im Netz. Es schaukelte hin und her, kreischte, zischte und saugte schwere Luft durch die pulsierenden Nasenlöcher.

Jeff stolperte rüber zum Krieger. Dieser lag keuchend auf dem Boden. Er griff den Krieger beim Arm, lehnte sich zurück und zog ihn hoch. Der Krieger stöhnte, stand aber auf und Arm in Arm, wie zwei betrunkene

Seemänner, taumelten sie zur Tür.

Jeff hatte akute Atemnot. Blut lief noch immer an seinem Gesicht herunter und jeder Körperteil schmerzte. Der Krieger war wackelig auf den Beinen und brach zusammen. Jeff fühlte das plötzliche Gewicht und knickte ein, konnte aber den Fall gerade noch mit Mühe aufhalten.

»Halt durch Alter. Jetzt bloß nicht fallen«, dachte Jeff, als er mit letzter Kraft und Energie versuchte, zur Tür zu gelangen.

Es waren nur noch wenige Zentimeter. Sie kamen der leicht geöffneten Tür näher und näher. Sein Herz stoppte, als er das Netz zerreißen hörte und das Grollen lauter wurde.

»Verdammt noch mal!«, dachte er.

Der Krieger brach zusammen und zog Jeff mit sich zu Boden. Jeff fing sich und drehte sich dem grollenden Monster zu. Kopfschwingend kam es näher, ein spöttisches Grinsen der Vorfreude auf das schreckliche Gesicht geschrieben. Wenn es einen mächtigen Sandustien-Krieger besiegen kann, welche Chance hatte er dann?

»Denk, denk! Du musst das Ding irgendwie aufhalten«, sagte er, sich selbst Mut machend.

Er schloss die Augen und ging im Schnelldurchgang durch die Traumbilder, konnte aber nichts finden, das ihm helfen würde.

»Komm schon, hilf mir, ich muss dieses Ding stoppen, gib mir endlich was Brauchbares«, schrie er die Bilder in seinem Kopf an.

Ein Bild mit Lichtstrahlen bot sich an. Aus purer Verzweiflung griff er zu. Augen offen. Jetzt konnte er sehen, dass er eine seltsame Waffe in der Hand hielt.

»Geil. Eine Steampunk-Ray-Gun«, rief Jeff.

Die Bestie war jetzt ganz nah! Er drückte den Auslöser und ein bunter Lichtstrahl in einer Vielfalt von Farben, limonengrün, quietschgelb, luminös-orange und elektrik-blau, schoss aus der Waffe. Sobald die Strahlen den Torso der Bestie trafen, verwandelten sie sich in ein nebliges Gas, welches die Bestie wie eine zweite Haut umhüllte.

Je mehr das Monster kämpfte, umso mehr vermischten sich die Farben und die gasige Masse wurde dicker und schleimiger. Die Kreatur kreischte aus Frustration, nicht mehr in der Lage zu sein, sich frei bewegen zu können und begann wild um sich zu schlagen. Sichtlich erleichtert, schoss Jeff ein weiteres Mal.

»Na also«, murmelte er, packte den bewusstlosen Krieger beim Arm, und versuchte ihn hochzuziehen. Dieser war so schwer, er konnte anfänglich nur den Arm heben. Jeff ignorierte die schmerzenden Rippen, ließ die Waffe fallen, festigte seinen Stand, legte sich ins Gewicht und zog den Krieger mühsam mit beiden Armen über den Boden zur erleuchteten Tür, bis er die Wärme der goldenen Lichtstrahlen fühlen konnte. Hinter ihm grollte und kreischte es. Die Bestie versuchte immer noch, sich von der schleimigen Masse zu lösen. Jeff stolperte, hüpfte über den Krieger und schob ihn mit aller Kraft durch die Tür. Er hatte jetzt keine Zeit für Behutsamkeit. Er drehte sich um, schob die Tür zu und erwartete den Mechanismus des Schlosses schließen zu hören. Nichts. Er trat zurück.

»Konnte ihnen das Monster durch die Tür folgen oder war es nur im Zimmer mächtig?«, fragte er sich.

Jeff gab dem Krieger ein paar sanfte Backpfeifen und rüttelte ihn wach.

»Komm schon! Wir müssen weg von hier!«, sagte er.

Der Krieger bemühte sich auf die Beine und stützte sich schwer auf Jeffs Schultern. Zusammen schleppten sie sich weg von der Tür. Jeff schaute sich um und stöhnte. Nah am Waldrand konnte er Grabsteine ausmachen und wusste, dass er sich auf der nördlichen Seite des Friedhofs befand. Weit entfernt vom Haus. Er hörte Knurren hinter sich und biss sich auf die Lippe.

»Mist.«

Die Bestie war ihnen tatsächlich gefolgt. Jetzt wurde es brenzlig. Keine Hilfe weit und breit.

Jeff lehnte den Krieger gegen einen moosbewachsenen Grabstein mit verblichener Eingravierung. Sichtlich erleichtert seufzte der Krieger, lehnte sich zurück, öffnete seine geschwollenen Augen und mit leiser, tiefer Stimmer sagte er:

»Jeff, du musst alleine weiter. Lass mich hier zurück.«

»Niemals!«

Jeff schaute von einer Seite zur anderen. Er suchte einen Gegenstand, den er zur Selbstverteidigung nutzen konnte. Nur eine lange, dünne Stange war brauchbar. Er blinzelte, versuchte seine Sicht zu schärfen, während er angestrengt in den Wald schaute. Die Lampen, die die kleinen Passagen zwischen den Grabsteinen erleuchteten, reichten nicht ganz bis an den Waldrand. Es schien, als bewegte sich etwas in der Dunkelheit zwischen den Bäumen. Er rümpfte die Nase. Ein Hauch von Jasmin kam mit einer leichten Brise zu ihm herüber. Jeff schüttelte den Kopf. Er versuchte sich auf das fortschreitende Monster zu konzentrieren und nicht auf den blumigen Duft.

In Vorbereitung auf den nächsten Angriff, trat Jeff einen Schritt vor. Es war zwar finster, aber nicht so dunkel wie im Zimmer. Zumindest konnte er jetzt sehen, was er bekämpfte. Ein Schimmer vom Sonnenaufgang färbte den Himmel rosa. Aus dem Augenwinkel sah er, wie der Krieger sich an einem Grabstein hochzog. Welchem Zweck diente das nun?

»Bleib unten«, murmelte Jeff geistesgegenwärtig.

»Du schaffst das nicht alleine«, stöhnte der Krieger, als seine Knie wieder nachgaben und er den Grabstein umfasste, um sich oben zu halten.

Jeff antwortete nicht. Mit verengten Augen blickte er in die Düsternis und versuchte, die Dunkelheit von dem Schatten des Monsters zu trennen.

»Da ist es.«

Ein Schatten hetzte auf ihn zu. Er hob den Stab, wich geschickt aus und schwang den Stab, aber das Monster duckte sich und verpasste ihm einen Schlag auf die Kopfseite. Jeff flog ein paar Meter durch die Luft und landete auf dem Boden. Da lag er nun, starrte benommen in den Sternenhimmel. Wie winzige leuchtende Nadelköpfe, mal unklar, mal scharf, erschienen ihm die Sterne. Er hörte, wie die Kreatur ein Siegesheulen anstimmte.

»Einen Traumfänger zu erfassen, war am Ende doch leichter, als ich mir vorgestellt hatte.«

Die Stimme war tief und kehlig, fast außerirdisch.

Jeffs Rippen brannten, aber er setzte sich auf und wischte sich das Blut aus dem Gesicht. Das war's! Sie waren fertig. Er konnte nichts tun, um den Krieger, der sich immer noch am Grabstein festhielt, zu beschützen. Aber er hatte nicht vor, so leicht aufzugeben. Komme was wolle, er würde seine Ehre bewahren und kämpfen.

Jeffs Knie waren weich und wackelig. Als es sich näherte, flatterte die Bestie langsam mit den ledrigen Flügeln, welches sich wie das Rascheln getrockneter Blätter anhörte. Die Zunge huschte ein und aus, als ob sie einen einfachen Sieg erwartete.

»Lass den Jungen, nimm mich«, keuchte der Krieger, als er versuchte auf eigenen Füßen zu stehen. Seine leuchtenden Augen verblassten.

Die Bestie lachte auf. Mit einem Knurren, das Jeff durch den Magen ging, tönte sie:

»Keine Sorge, du bist auch gleich dran.«

# 2

Das große Zimmer hatte einen erdigen, feuchten Geruch. Wie in einer U-Bahn. Obwohl es ein Schatten in der Dunkelheit war, konnte man einen schwachen golden schimmernden Umriss ausmachen, welcher das Licht der brennenden Fackeln an den Wänden reflektierte. Es rauchte gräulich vom Boden auf, als wenn das Zimmer Nebel aus seinen Poren absonderte.

Die Kreaturen, in ihren langen Mänteln versteckt, knurrten und fauchten und stießen sich gegenseitig an, als sie im Zimmer umherschwebten, verflochten wie Schlangen in einer Grube. Sie flogen ineinander, stießen zusammen, spuckten sich gegenseitig an, bevor sie die Richtung änderten. Einer der Traum-Dämonen verlor seinen Mantel und dünne rote Adern wurden sichtbar, die seinen Oberkörper bedeckten. Das Knurren und Spucken wuchs, als wenn die dämonischen Kreaturen auf engstem Raum gehalten, zunehmend verärgert waren.

Plötzlich übertönte ein unheimliches Zischen das Getöse und alle Bewegungen im Raum kamen zu einem Stillstand, wie als wenn eine Schallwelle das Heer von Traum-Dämonen eingefroren hatte. Es gab große und kleine, dicke und dünne. Aus der Vogelperspektive betrachtet, sah es aus wie eine Versammlung von Menschen in langen Gewändern mit Kapuzen, die ihre erkennbaren Merkmale verdeckten. Nahezu wie Mönche, die an einem geheimen Ritual teilnahmen. Die Masse stoppte und starrte auf den mächtigen Traum-Dämonen, der fordernd ihre Aufmerk-samkeit erzwungen hatte.

Dieser schwebte etwas über dem Boden, war in rötlichen Dunst getaucht, und hieß Uzas. Er wurde in eine führende Position befördert, als die bösartige Drakmerien-Wolfshexe Zorka die Traum-Dämonen aus ihrem Gefängnis der Unendlichkeit mit einem Zauberspruch befreit hatte; sie hatte komplette Kontrolle über Uzas und sprach direkt durch ihn.

Zorka, eine alte, bösartige, runzlige Wolfshexe mit langem grauem Haar, wurde versehentlich von Jeff aus ihrem magischen Gefängnis befreit, als er bei einem seiner vorherigen Abenteuer seine Traumfängerfähigkeiten nutzte. Ihre unbeabsichtigte Freilassung wurde ein Alptraum für Jeff und seine Freunde. Zorka war beängstigend wie sie scheußlich war, saugte das Blut ihrer Opfer und verwandelte sie in Zombies, die ihr für die Ewigkeit dienten.

Uzas hatte sich sein Schicksal nicht ausgesucht. Er wusste nicht, warum Zorka ihn zum Führer der Traum-Dämonen ernannt hatte. Möglicher-weise spürte sie, dass es ihm leicht fiel, anderen Schmerzen zuzufügen. Egal, er war hocherfreut, da er seine machtvolle Position sehr genoss. Die Traum-Dämonen waren in die Dunkelheit freigesetzt worden, um einen bestimmten Zauberspruch zu vollenden.

Das Streben war, den Traumfänger zu fangen, welches auf den ersten Blick ein einfaches Unterfangen zu sein schien. Jedoch, bis dies in die Tat umgesetzt war, würden sie verpflichtet sein, sich der alten Hexe unter-zuordnen, was kein dämonischer Traumon wirklich wollte, nicht einmal Uzas.

Zorka hatte versucht, einen von Jeffs Freunden zu entführen, Phoebe. Mit ihrem Blut hätte Zorka die Unsterblichkeit erlangen können, aber die alte Hexe wurde von den Hexen Angie und Wiedzma sowie den beiden Drachen Watroc und Azghar besiegt und in ihr magisches Gefängnis zurückgezwungen. Uzas wusste nicht warum und wie lange Zorka in-haftiert war, aber ihre Stimme hatte immer noch die Kraft, ihn zu erreichen.

Als Uzas vor der Versammlung hin und her schwebte, wurden zur gleichen Zeit in verschiedenen Welten viele Traumonen, die dämonische Taten begannen, von Kriegern besiegt, gefangen und weggesperrt. Über Jahr-zehnte wuchsen die Zahlen in den Gefängnissen.

Der Traumfänger hatte versehentlich einige der dämonischen Kreaturen befreit, als er seine Fähigkeiten unerlaubt nutzte, aber die Mehrzahl war durch Zorkas Zauberkunst befreit worden.

Uzas hob die Arme und die Ärmel des roten schweren Samtumhangs rutschten zurück von seinen skelettartigen Händen, die nur mit einer äußerst dünnen Schicht von grauer Haut bedeckt waren. Im Nu wurde es still und er sprach mit eisiger Stimme.

»Traum-Dämonen, hört gut zu. Die Zeit ist gekommen, in der Zorkas Zauberspruch seine Kraft verliert, was uns ermöglicht, unseren Weg in die Dunkelheit und somit in die Freiheit zu finden. Die von euch, die beauftragt sind, den Traumfänger zu fassen, sollen siegreich zurückkehren. Wenn wir den Jungen an Zorka ausliefern, werden wir somit unsere Freiheit besiegeln.«

Ein Rascheln und Schwanken ging durch die Menge.

»Da alle unsere Schicksaale von der Erfassung des Traumfängers ab-hängig sind, warum war die Mission in Geheimhaltung beauftragt?«, fragte ein Traumon.

»Warum wurden wir nicht in die Pläne mit einbezogen, Uzas?«

Es fragte der sogenannte Zlo, der seine Gesichtszüge mit der Kapuze verdeckte, da er sich scheute, mit Uzas Augenkontakt aufzunehmen.

Uzas blinzelte langsam, als er in die Richtung des Traum-Dämonen starrte. Er fühlte sich in seiner führenden Position bei der Frage herausgefordert, welches in seinen Augen als ein Zeichen von Meuterei war. Es gab keine Regeln, keinen Grund, warum ein anderer Traum-Dämon ihn nicht in seiner gehobenen Position herausfordern könnte: Nur die Verbindung mit Zorka und die hemmungslose Art, mit welcher er anderen Schmerzen bereiten konnte, würde seine Stellung in der Hierarchie sichern können.

Jetzt war der perfekte Zeitpunkt gekommen, ein Zeichen zu setzen. Er würde den misstrauischen Traum-Dämonen zeigen, was mit denen passierte, die ihn anzweifelten.

»Ab sofort bin ich euch bekannt als der Kriegsherr der Traumonen.«

Uzas zeigte mit dem Zeigefinger, dessen Fingernagel gelblich befleckt war, auf Zlo.

»Du bist ab sofort zum Oberfeldwebel unseres Heeres befördert. Somit bist du beauftragt, meinen Willen gegen Freund und Feind durchzu-setzen.«

Uzas schob eine Welle von Schmerz und Angst auf ihn zu und lächelte zufrieden, als Zlo keuchte, in die Knie ging und mit ausgebreiteten Armen auf dem Boden vor ihm kniete.

Uzas schickte einen weiteren ungeheuerlichen Schmerz und Zlo fiel bewusstlos flach auf den Boden, woraufhin Uzas sich mit einem gruseligen Lächeln in der Runde umschaute. Sichtlich beeindruckt, trat die Menge einen Schritt zurück. Einige warfen sich ihm in Verehrung zu Füßen.

Obwohl er die Macht besaß, Schmerz durch Energie zu verabreichen, war es nie eine starke Fähigkeit. Bis heute konnte er gerade mal leichte Kopfschmerzen herbeiführen und wenn er nicht vorsichtig war, konnte die Waffe nach hinten losgehen und er würde sich selbst die Kopfschmerzen zufügen.

Dieses Mal war es anders. Er konnte die Macht wachsen fühlen, seit er mit Zorka in Verbindung war. Es war jetzt möglich, jederzeit die Fähigkeit abzurufen und die verschiedenen Stärken zu verwalten. Er liebte sie und behutsam nutzte er sie mehr und mehr, bis er sie komplett zu kontrollieren glaubte. Er hatte doch tatsächlich versucht, vorher seine Fähigkeit gegen Zorka einzusetzen. Sie lachte ihn aus und schickte höllische Schmerzen zurück, sodass er noch Stunden nachher schauderte.

»Wir hatten keine Zeit für Diskussionen. Wir mussten schnell handeln«, fuhr Uzas fort.

»So wie es aussieht, wird der Traumfänger beschützt. Wir werden auf die Rückkehr der anderen Traumonen warten.«

# 3

Ein Lichtermeer von Funken, wie ein Feuerwerk, explodierte im Himmel genau vor Jeffs Augen, so grell, dass er seine Augen mit der Hand schützen musste. Als die Funken zu Boden rieselten, formte sich eine Gestalt. Jeff registrierte einen wallenden Umhang, welcher im kraftvollen Funkenstaub flatterte.

Die Umrisse zweier Krieger in geduckter Kampfstellung wurden sichtbar und im Nu stellte sich einer der beiden dem Monster und sagte:

»Na du hässliches Ding. Wann bin ich denn dran? Komm schon, wäre doch nett, wenn du mich erstmal drannimmst!« Seine Augen glänzten hellviolett.

Jeff atmete tief durch. Sein Herz schlug so laut, dass er dachte, es würde vor Freude platzen, als er die Stimme erkannte. Es war Madgwick, der Sandustien-Krieger, mit dem er viele gefährliche Abenteuer geteilt hatte, als sie zusammen in Drakmere waren.

Das erste Mal trafen sie aufeinander, als Jeffs kleiner Bruder nach Schloss Drakmere entführt wurde. Obwohl sie seinen Bruder retten konnten, ging das Abenteuer für seinen besten Freund Rhed nicht so glimpflich aus, denn er wurde von einem Baum-Clan adoptiert und begann sich in einen Baum zu verwandeln. Jeff hatte sich damals entschieden, nach Drakmere zurückzukehren, um ein Heilmittel zu finden und Madgwick kam wieder einmal gerade rechtzeitig zu Hilfe. Er kannte den zweiten Krieger jedoch nicht.

Jeff fiel auf die Knie und rutschte, entgegen aller Schmerzen, so schnell es ging zum Krieger rüber, der sich immer noch auf den Grabstein stützte. Mit dem Stab in der Hand beobachtete er den Kampf, falls Madgwick seine Hilfe brauchte.

Das Biest schaute verblüfft drein, als die mit glitzernden Waffen bewaffneten Krieger plötzlich erschienen. Synchron umkreisten die Krieger das Monster. Madgwick öffnete seine Faust und glitzernder Staub floss aus seiner Hand. Mit einem Male hielt er in der einen Hand eine funkelnde Peitsche und in der anderen ein glitzerndes Schwert. Mit ruhiger Stimme sprach er zu seinem Kollegen, der kurzes graues Haar hatte.

»Rubisid. Lass uns hier kurzen Prozess machen.«

Rubisid registrierte Madgwicks Worte, öffnete seine Hände und jonglierte silber-glitzernde Kanonenkugeln in seinen Handflächen.

Madgwick und Rubisid attackierten gleichzeitig. Madgwick schwang die Peitsche über seinem Kopf. Mit einem Wirbeln des Handgelenks spulte er die Peitsche ab, schoss vorwärts, traf den Brustkorb der Bestie, während Rubisids Kanonenkugeln auf den Körper einschlugen. Die kreischende Bestie wandte sich Rubisid zu.

Dies war genau die Ablenkung, die Madgwick benötigte. Er vollbrachte einen Hieb mit der Peitsche, dessen Ende durch die höllische Geschwindigkeit die Schallmauer durchbrach und laut knallte, sich dann um den Körper der Kreatur wickelte, sodass Madgwick sie näher ziehen konnte. Mit einem finsteren Blick und gerümpfter Nase drehte Madgwick seinen Kopf zur Seite.

»Mann, du stinkst ja aus dem Maul wie eine Kuh aus dem Allerwertesten!«, würgte Madgwick, als ihm der Gestank der faulen Zähne ins Gesicht schlug. Seine aufgeblähten Wangen brannten vom Luftanhalten. Obwohl das Monster versuchte, mit den Flügeln zu schlagen und sich von Seite zu Seite wand, hielt der silberne Lederriemen der Peitsche, welcher um den Torso gewickelt aussah wie glitzernde Spulen, die Bestie in Schach.

Madgwick riss an der Peitsche. Mit dem Platz, den er sich geschaffen hatte, konnte er einen Radschlag über die Kreatur machen. Das Monster unter ihm versuchte mit rollenden schwarzen Augen seinem athletischen Bewegungsablauf zu folgen. Als er hinter dem Monster auf die Füße kam, enthauptete er die Bestie mit seinem Schwert. Der Kopf des Monsters explodierte. Aus dem Torso quoll eine schwarze Teer-Masse, welche einem mit Sirup überlaufenden Hexenkessel ähnelte.

»Abartig«, kommentierte Jeff. Es lief ihm kalt den Rücken runter. Er krümmte sich gegen den Grabstein, an den er lehnte. Madgwick eilte zu ihm.

»Hei, alles ok mein Junge? Ich kam, so schnell ich konnte.«

Er strich Jeffs Haare aus der Stirn und untersuchte die blutige Wunde. Rubisid rückte auch näher, stand aber mit dem Rücken zu den beiden, in Kampfbereitschaft für weitere Angriffe.

Jeff zuckte und zog seinen Kopf weg, als Madgwick die Wunde abtastete und zeigte in die Richtung, in der sich der verwundete Krieger hinter einem Grabstein versteckte.

»Ich hab nur ein paar Kratzer und Prellungen, aber ich denke, er ist schwer verletzt.«

»Khrow!« Madgwick sprang und kniete sich neben den gefallenen Krieger.

»Er kam mir zu Hilfe. Ohne ihn wäre ich dem Ding nie entkommen«, sagte Jeff.

Madgwick nahm seine braune Ledertasche von der Schulter und nahm eine kleine Flasche raus. Er reichte Jeff ein grünliches Fläschchen und sagte: »Nimm einen Schluck. Das ist Froschkotze. Aber nur einen kleinen Schluck, hörst du?«

Dann schüttelte er seinen Kopf und hob die Augenbraue.

»Was hast du dir dabei wieder einmal gedacht, Jeff? Hat Galagedra dir nicht explizit verboten, in den Traum-Simulator-Raum zu gehen? Wenn ich mich recht erinnere, haben wir dir alle davon abgeraten.«

Jeff rümpfte die Nase und nahm das Fläschchen aus Madgwicks Hand. Er erinnerte sich an den scheußlichen Geschmack von früher. Er konnte fühlen, wie sein Gesicht von dem kleinen Schluck hochrot anlief. Seine Schmerzen und Blutergüsse schienen sich zu lindern und zu schwinden und auf Anhieb fühlte er sich besser. Dennoch konnte er nicht anders als seine Zunge auszustrecken und zu würgen. Er brauchte ein paar Sekunden, bevor er wieder sprechen konnte.

»Aber ich bin doch gar nicht ins Zimmer gegangen. Alles, was ich weiß ist, dass ich da aufgewacht bin. Anfangs wusste ich nicht einmal, wo ich war, jedenfalls bis der Krieger reinkam«, antwortete Jeff.

»Ist er okay? Sagtest du sein Name ist Crow ... so wie eine Krähe?«

»Nein. Khrow, so wie der Krieger, Khrow. Das ist der Krieger, der dir Drachenblut zugeflüstert hat, als du im Schloss Drakmere gefangen warst«, sagte Madgwick, während er Khrows Wunden untersuchte.

»Und? Wie schlimm ist es? Kann er sich bewegen?«, fragte Rubisid leise.

»Ich befürchte, da kommt ein weiterer Angriff auf uns zu. Ich kann Schwingungen in der Luft aufnehmen.«

Madgwick goss ein paar Tropfen aus einer kleinen braunen Flasche auf die Lippen des bewusstlosen Kriegers. Die rötliche Flüssigkeit glänzte und sah ein bisschen wie Blut aus. Madgwick hob Khrows Kopf an und stellte sicher, dass die Flüssigkeit in den Mund lief.

»Er ist schwer verletzt. Eigentlich ein Wunder, dass er noch lebt.«

»Wie hat er es dann bis hierhin geschafft?«, fragte Rubisid mit Blick über die Schulter.

Jeff starrte den kleinen Krieger mit gelocktem grauem Haar an. Sein Gesicht hatte so viele Falten, es erinnerte an ein Puzzle.

»Nun, nachdem er das Monster von mir abgelenkt hatte, fing ich einen Traum, verlangsamte die Kreatur und schleppte ihn bis hierher«, ant-wortete Jeff.

Madgwick, der dabei war, dem gefallenen Krieger weitere Flüssigkeit

17

in den Mund zu geben, hielt kurz inne, schaute auf und grinste, sodass sich seine Grübchen zeigten.

»Natürlich. Was konnten wir auch anderes erwarten. Immer gut für eine Überraschung, der Junge. Du hast ihm sehr wahrscheinlich das Leben gerettet.«

»Ja, das Ding hätte ihn sonst mit Sicherheit umgebracht.«

»Ich dachte dabei nicht einmal an das Monster. Im gleichen Raum mit dir zu sein, wenn du einen Traum fängst, ist richtig gefährlich für uns Krieger. Die Energie, die dafür gebraucht wird, ist so enorm, dass sie uns die Lebenskraft raubt. Khrow nahm ein großes Risiko auf sich, zu dir ins Zimmer zu kommen. Unser magischer Staub funktioniert da nicht. Somit hatte er nicht mal eine Waffe.«

»Ach so. Jetzt verstehe ich, warum er keine Waffen bei sich hatte.«

Madgwick nahm eine weitere Flasche mit weißem, klebrigem Inhalt aus dem Ranzen, und gab Khrow etwas von dem Zeug. Khrow stotterte und seine Arme zuckten, bevor er seine Augen halbwegs öffnete, die auf Anhieb größer wurden, als er Madgwick und Rubisid erkannte.

»Wie?«, krächzte er. Sofort mühte er sich in eine aufrechte Sitzposition mit dem Rücken an den Grabstein gelehnt.

Madgwick grinste und blickte mit erhobener Augenbraue auf Jeff.

»Unser Traumfänger hat das Biest lang genug beschäftigt, sodass ihr Zeit gewonnen hattet, aus dem Zimmer zu fliehen. Du bist ein unkalkulier-bares Risiko eingegangen, ohne einen Fluchtplan ins Zimmer zu gehen.«

»Ich hatte keine Wahl. Der Junge hätte gegen den Traum-Dämon alleine keine Chance gehabt.« Er nickte mit dem Kopf in Jeffs Richtung.

»Und am Ende war es der Traumfänger, der den Krieger rettete. Pure Ironie.«

Jeffs Augen weiteten sich.

»Echt? Das war ein Traum-Dämon? Jetzt wird es mir mulmig!«

Madgwick war dabei, die Wunde auf Jeffs Stirn zu behandeln und fragte:

»Erklär mir mal bitte, wie du im Simulatorraum aufwachen konntest, wenn du nicht selber ins Zimmer gegangen bist.«

Jeff zuckte mit den Schultern und öffnete seine Hände.

»Sie müssen ihn im Schlaf ins Zimmer gelockt haben. Da kann er nichts für«, antwortete Khrow.

»Wer hat dich denn heute angezogen?«

Jeff grinste, als er an sich selbst herunterschaute und das blaugestreifte T-Shirt und die kurze Hose sah.

»Phuh. Da hab ich nochmal Dusel gehabt. Das hätte auch peinlicher für mich ausgehen können ... obwohl ich hätte mir schon gewünscht, dass ich mir Schuhe angezogen hätte.«

Khrows Kopf sank, als er lachte, aber dann hustete er. Madgwick schenkte ihm wieder mehr Aufmerksamkeit.

»Also, das bedeutet dann, dass Jeff im Schlaf unbeschützt ist. Das müssen wir an Galagedra weitermelden. Als einer der Weisen von San- dustien wird er sicherlich wissen, welchen Spruch unsere Zauberer aussprechen müssen, um dich zu schützen«, sagte Madgwick.

Hinter ihnen hörten sie einen ohrenbetäubenden Schrei und die erleuchteten Umrisse einer Tür flackerten wie eine Straßenlampe. Rubisid nahm sofort vor ihnen Kampfstellung ein.

»Sieht so aus, als wenn wir Besuch kriegen. Da gibt es wohl noch mehr Traumonen. Jetzt wo sie wissen, wo Jeff sich aufhält, werden sie ihn jagen, mit allem, was sie haben. Los jetzt! Macht euch aus dem Staub. Ich werde sie aufhalten.«

Madgwick zog Jeff hoch. »Und? Kannst du laufen?«

Jeff stand auf. Er fühlte sich stärker. Madgwicks Zaubertrank hatte seine Wirkung nicht verfehlt.

»Na klar. Kann ich«, antwortete er.

Er half Madgwick, den schwachen Khrow auf die Beine zu stellen. Der wog eine Tonne. Gott sei Dank hatte er jetzt Hilfe,

»Wie konnten die denn in meinen Simulatorraum eindringen, und können die da auch wieder raus?«, fragte Jeff Madgwick, mit einem Blick über die Schulter.

Er konnte gerade noch so die Silhouette von Rubisid wahrnehmen, als sie davon humpelten.

»Soweit ich wusste, konnten sie in die Träume nur als Monster eindringen. Aber sie müssen sich wohl im Laufe der Zeit fortschrittlich entwickelt haben und so wie es aussieht, können sie jetzt in jeder Welt Gestalt annehmen, innerhalb und außerhalb der Träume. Diese hier kamen zu dir durch deinen Traum. Und wenn die Traum-Dämonen dir dicht auf den Fersen sind, hält die fast gar nichts auf.«

»Verdammt. Dann sollte ich doch von hier wegziehen, weit weg von meiner Familie ... wenn ich flüchte, könnte ich sie doch dadurch von meiner Familie hier fernhalten ...«

»Nicht so voreilig, Junge«, knurrte Khrow.

»Deine Familie wird von Sandustien-Kriegern beschützt. Das gehört sich so und ist Standard bei einer Traumfängerfamilie ... Wo sind wir eigentlich?«

»Little Falls Friedhof«, antwortete Jeff. Er keuchte ein wenig, als sie an den Grabsteinen vorbei liefen auf dem Weg zur Straßenlaterne mit dem Lichterkegel.

Sie liefen so schnell sie konnten mit Khrow, dessen Beine über dem Boden schleiften. Obwohl er den Zaubertrank eingenommen hatte, hatte er mehr Lebensenergie verloren, als mit ein paar Tropfen Froschkotze ersetzbar war.

»Ich denke, ich muss mich von euch lösen und vorgehen. Vielleicht schaffe ich es, die Traum-Dämonen von euch abzulenken, sodass du Khrow in Sicherheit bringen kannst«, schlug Jeff vor.

Plötzlich donnerte es wie das krachende, rollende Geräusch eines Gewitters um sie herum, so laut und heftig, dass Jeff sich duckte, als er sich umguckte. Die Tür seines Traum-zimmers stand weit offen und rauchiges gelbliches Licht pulsierte aus dem Raum. Auf dem nahezu stockdusteren Friedhof erschien die Tür wie ein Leuchtturm.

»Ich denke, dafür ist es jetzt zu spät, Jeff«, murmelte Madgwick.

»Sowieso ein dummer Plan«, bemerkte Khrow.

»Du glaubst doch nicht wirklich, dass du die Dinger alleine bewältigen kannst? Du träumst wohl.« Khrow kicherte erst über sein witziges Wortspiel, musste dann aber husten und spucken.

Jeff und Madgwick mussten sich ganz schön ins Zeug legen, um Khrow zu stützen, dessen Körper unkontrollierbar zitternd schwächelte, während er um Luft kämpfte.

»Komm schon, Khrow. Wir müssen weiter Distanz aufbauen zwischen dem Monster und uns«, grunzte Jeff, als er nachgriff und Khrow unterm Arm stützte.

»Und. Ist der Groschen gefallen, Madgwick? Ich sagte, ... *du träumst wohl.*«

»Echt Khrow? Du bist mir ein Scherzkeks, ein echter Komiker ... Jetzt ist wohl nicht der passende Augenblick dafür, mein Freund, denkst du nicht auch? Wir müssen nämlich schnellstens einen Ausweg finden«, erwiderte Madgwick.

Rubisid keuchte, als er sie eingeholt hatte, schmiss Glitzerstaub in die Luft und flüsterte:

»Krieger ruft zur Schlacht.«

Jeff erinnerte sich an diese Worte. Es war der Aufruf der Sandustien-Krieger, wenn dringend Hilfe benötigt wurde. Er schauderte bei der Erinnerung an das letzte Mal, als er den Ruf hörte. Sein Kopf schlug hin und her, als um ihn herum die Luft zu flimmern begann. Waren es Krieger oder Traumonen, die Gestalt annahmen? Was auch immer, es waren verdammt viele.

»Halte durch, Khrow.«

Es gewitterte höllisch, als gezackte silberne Blitze um sie herum einschlugen, wie ein Netz von elektrisch geladenen Pfeilen, verzerrt von der enormen Aufladung. Die Blitze schlugen unter anderem auch auf Marmor-grabsteine ein. Folglich regnete es staubigen Granit. Bis jetzt verfehlte jeder Blitz sein Ziel. Ein Geruch von Schwefel hing in der Luft.

Jeff zuckte zusammen, als ein Blitz neben ihm einschlug. Seine Haut kribbelte von der statischen Ladung. Schatten huschten um sie herum, näher und näher.

»Komm, weiter«, flüsterte Rubisid zu Madgwick.

Traum-Dämonen hetzten auf sie zu. Ihre Schreie erfüllten die Nacht.

»Lauf, Jeff. Lauf! Rubisid gibt uns Rückendeckung.« Madgwick keuchte vor Anstrengung. Sie hatten Khrow, der die Beine anhob, zwischen sich geklemmt und trugen ihn im Schnellschritt.

Rubisid nahm Kampfstellung ein und schmiss silbernen Staub auf die Traumonen, um sie auf Distanz zu halten. Jeff hörte den Aufschrei und sah, dass ein Traum-Dämon auf Rubisids Rücken gesprungen war und sich mit beiden Armen um seinen Oberkörper festgeklammert hatte. Unzählige schwarze Würmer schienen unter der Haut der schrecklichen Arme der Kreatur zu kriechen und mit Druck bewegten sie sich schneller und schnel-ler.

Rubisid schaffte es scheinbar nicht, sich von dem eisernen Griff zu lösen. Wie Gummibänder schienen sich die schwarzen Adern zu dehnen, bis mit einem Knack die Adern zu Blutegeln wurden und Rubisids Gesicht und Hals bedeckten. Die Blutsauger vermehrten sich in Sekundenschnelle, bis nur noch Rubisids Augen zu sehen waren, welche größer und größer wurden, als er mit einem lauten Knacken plötzlich verschwand.

Glitzerstaub stieg in die Luft wie bei einer Explosionswolke einer nuklearen Kernexplosion, schien für einen Moment in der Luft zu hängen, saugte sich dann zusammen in eine glitzernde Kugel und schoss gen Himmel im Blink eines Auges.

»Rubisid! Nein!«, schrie Madgwick mit offenem Mund und weit aufgerissenen lila leuchtenden Augen.

»Rubisid? Wo ist Rubisid?«, keuchte Khrow, der sich bemühte, zurück-zuschauen.

»Er ist weg! Rubisid ist tot!«, sagte Madgwick mit gebrochener Stimme.

»Wie, tot?«, keuchte Jeff.

»Ja, Jeff. Die Energie war … wie soll ich sagen, zu mächtig für ihn«, sagte Madgwick kopfschüttelnd.

»Du meinst, er wird nie wieder zurückkommen? Das kann doch nicht sein!« Jeff versuchte zu sehen, was hinter ihm vorging, aber er konnte nur Blitze wahrnehmen. Keine Spur von Rubisid. Khrow knurrte, aber Madgwick hob ihn an und zog ihn entlang.

»Kommt. Wir müssen weiter. Hilfe ist auf dem Weg.«

Ohne jegliche Warnung schlug ein Blitz direkt in den Boden vor ihnen ein. Der Grund unter Jeffs Füßen begann zu blubbern und zu zerbrechen. Als sie freien Falles nach vorne fielen, und Jeff den feuchten, erdigen Geruch wahrnahm, kam er zu der Erkenntnis, dass sich ein klaffendes Loch unter ihnen geöffnet hatte.

Instinktiv griff er nach dem grasbewachsenen Rand, um seinen Fall zu bremsen. Madgwick schmiss Staub in die Luft. Dieser schoss wie ein Seil um den nächststehenden Grabstein. Er schaffte es, seinen eigenen Fall aufzuhalten und mit dem anderen Arm hielt er Khrow, der schon im Loch baumelte.

»Jeff, greif nach dem Seil und zieh dich hoch!«, schrie er.

Ein Schatten blockierte das Licht; Jeff blickte auf und sah einen Traum-Dämon auf sie zukommen; dieser schwang eine Keule über seinem Kopf, welche er auf Jeff zuschmiss. Die Keule kam so schnell, dass Jeff keine Zeit hatte zu reagieren. Von ihr getroffen fiel er ins klaffende Erdloch hinter ihm. Er sah, wie er über den Rand fiel und wild um sich greifend erwischte er Khrows Stiefel. So schaffte er es, den Sturz in die Tiefe erstmals zu verhindern.

»Madgwick!«, rief er.

»Halt dich fest, Jeff. Ich schicke dir ein Glitzerseil.«

»Nein, Madgwick. Lass los! Wir müssen doch weg von den Biestern«, grunzte Khrow unverständlich.

Ein Traum-Dämon blickte über den Rand ins Loch und versuchte mit einer Hand, die wie zu einem Riesen gehörend aussah, Jeff zu greifen.

»Lass los, Jeff. Lass los!«, schrie Khrow.

Jeff blickte in die finstere Tiefe, die, wenn er loslassen würde, ihn zu verschlingen drohte. Er blickte auf und sah die Hand ganz nah bei sich. Er lockerte den Griff und ließ los. Wie in Zeitlupe fühlte er sich im freien Fall, während das Licht der Öffnung immer kleiner wurde und nur noch ein kleiner Punkt zu sehen war. Er hörte, wie Madgwick seinen Namen rief. Dann schien der Punkt blockiert, als sei ihm etwas gefolgt ...

»Krieger oder Traum-Dämon?«, fragte er sich.

# 4

Madgwick beobachtete, wie Jeff und Khrow im freien Fall ins dunkle Loch kleiner und kleiner wurden. Er ballte die Fäuste, sammelte seine Energie, wenn er es sekundenschnell schaffen sollte, die beiden mit seinem Zauber-staub zu erreichen. Als er gerade dabei war, ein Glitzerseil in die Tiefe zu schicken, wurde er von hinten angegriffen. Er nutzte die Schwungkraft des Angreifers, sprang in die Luft, machte eine Schraube, um zu sehen, was ihn mit solch einer Kraft attackiert hatte. Dann landete er auf der Seite und grunzte vor Schmerz, als seine Schulter mit einem Grabstein kollidierte, als er sich abrollte. Der Grabstein brach entzwei, sein Zauberstaub explodierte unkontrollierbar aus seinen Händen und schoss wild in die Luft. Er hatte seine Konzentration verloren und als der magische Staub den Gipfel seiner Reichweite erreicht hatte, sprühten Funken wie ein Feuerwerk.

Der Traum-Dämon, welcher ihn angegriffen hatte, fasste Fuß und sprang ihn an, um den Kampf vorzeitig zu beenden, lange bevor der Krieger eine Chance hatte, sich zu sammeln. Madgwick knurrte und beob-achtete den Traumon, der sich in mitten im Sprung befand. Obwohl im Schatten, konnte Madgwick sein siegessicheres Grinsen auf seinem Gesicht wahrnehmen.

»Zu früh gefreut«, dachte Madgwick. Aber er war wütend. Seine einzige Chance, beide, Jeff und Khrow zu retten, war bei diesem Biest zunichte gemacht. Er konnte die beiden jetzt nicht mehr mit seinem Staub errei-chen. Er musste den Angreifer schnell besiegen und dann ins

Loch springen.

Madgwick hob sein Kinn, griff mit ausgestrecktem Arm nach seinem magischen Staub und warf einen glitzernden Staubpfeil nach dem Traum-Dämon. Dieser verwandelte sich in ein Schwert und durchbohrte die Kreatur, welche kreischte und zu Boden fiel, wo sie dann wie festgenagelt feststeckte. Er rollte sich weg von dem sich krümmenden Biest, machte ein Hohlkreuz und sprang auf die Beine wie eine leichte Feder. Mit einem Ruck zog Madgwick sein Schwert aus der Kreatur. Dieser Traumon verpuffte nicht so wie die Schimmer und Skreaturen der bösen Drakmerien-Hexe Wiedzma zuvor. Die leidende Kreatur heulte vor Schmerz und versuchte wegzukriechen. Madgwick, dessen Glitzerschwert über der Bestie schwebte, konnte sich nicht überwinden, den tödlichen Stich zu vollbringen, da es scheinbar die Niederlage akzeptiert hatte. Er blickte kurz zu den Kampfgeräuschen hinter ihm und wusste somit, dass seine Kollegen von Sandustien angekommen waren und die Schlacht mit den verbliebenen Traumonen aufgenommen hatten. Er eilte zurück zur Stelle, wo das Loch war, aber da war jetzt Gras. Die Erde hatte Jeff und Khrow verschluckt. Madgwick schaute auf und schrie in Frustration und Wut.

Die Krieger hatten die Traumonen umzingelt. Mit jedem Schwung und Stich ihrer Schwerter rückten die Traumonen näher zusammen. Sie fauch-ten und knurrten die besonnenen Krieger an. Einer von ihnen blickte auf, hob seine Hände in die Luft mit den Handflächen zum Himmel gerichtet und mit einem Donnerschlag schlug ein zackiger roter Blitz in den Boden. Dieser Einschlag war so intensiv, dass Grabsteine zertrümmerten und Granitsplitter durch die Gegend flogen. Der Grund rauchte und Madgwick dachte, er sähe ein triumphierendes Lächeln bei einem der großen Traum-Dämonen. Dann, mit einem Satz sprangen die Traumonen auf den Ein-schlagspunkt des Blitzes und mit einem Zischen waren sie verschwunden.

Ohne zu zögern stürzte sich Madgwick auf die Traum-Dämonen,

aber es war zu spät. Wie mit einem Blitzschlag waren sie verschwunden. Er rollte sich ab und lag keuchend von dem ruppigen Aufprall auf dem Rücken. Langsam stand er auf. Innerlich fluchte er, da ihn alles schmerzte und sprach zu den anderen Kriegern.

»Wir müssen Galagedra schnellstens Bericht erstatten. Jeff und Khrow sind in Gefahr …« Madgwick schluckte.

»Khrow ist schwer verletzt, da er sich dem Tode auslieferte, um Jeff zu retten. I …«, Madgwick drückte seine Hand auf die Brust, so als fühlte er Khrows Schmerzen.

»Rubisid ist … wie soll ich Galagedra erklären, dass Rubisid …«

Horrigan, sein Kriegerkollege legte seine Hand auf Madgwicks Schulter.

»Jetzt fass dich erst mal und atme tief durch. Was ist mit Rubisid?«

»Er ist fort. Tot!«

Ein Raunen ging durch die versammelte Menge. Einige drehten sich weg, andere knieten nieder, ein paar wenige blickten hoch zum Mond bei der grausamen Nachricht, dass einer ihrer Besten verstorben war. Horrigan atmete tief durch.

»Also gut. Ich werde dich begleiten. Aber erst müssen wir uns hier koordinieren.«

Er richtete sich mit einer kreisförmigen Handbewegung an die Krieger, welche den Friedhof für hinterbliebene Traumonen absuchten. Die Augen auf ihn gerichtet warteten sie auf seine Anweisungen. Er wies auf vier Krieger und flüsterte:

»Es ist eure Aufgabe, des Traumfängers Haus und Familie zu sichern. Ich erwarte euren Bericht.«

Die vier Krieger nickten, warfen Glitzer-Staub in die Luft und zischten fort.

Madgwick beugte sich vor, stützte sich mit den Händen auf die Knie und versuchte seinen Atem zu beruhigen. Horrigan sprach lebhaft.

»Die Krieger werden den Schutz der Familie bewahren, sollte es

27

eventuell zu einem weiteren Angriff kommen.«

Madgwick nickte. Er war dankbar, dass Horrigan die Kontrolle übernommen hatte. Horrigans Augen leuchteten tief violett und seine Glatze schien gläsern. Auf der einen Hälfte des Gesichts hatte er ein Dolch-Tattoo, mit Gravierungen feinster Art, welches von der Stirn bis zur Kinnlade reichte.

Die Klingenspitze des Dolches endete am Kinn und sah aus, als wenn sie bis in den Mundwinkel reichen würde. Wie immer trug er ein hautenges schwarzes Ledershirt mit Silberketten. Wie man sehen konnte, waren seine muskulösen Arme auch kunstvoll tätowiert, als er mit weit ausgestreckten Armen den Rest der Krieger versammelte.

»Teilt euch in zwei Gruppen auf. Die eine Gruppe untersucht den Wald, falls sich da noch Traumonen versteckt halten, die andere Hälfte zurück auf eure Posten. Ich erwarte eure volle Aufmerksamkeit. Berichtet sofort über Risse aus Drakmere. Wir müssen davon ausgehen, dass die Attacke heute Nacht ein Vorläufer oder vielleicht sogar nur eine Ablenkung für weitere Angriffe von Schimmern oder Skreaturen war.«

Die Gruppen teilten sich auf und während eine Hälfte über den Friedhof in den Wald verschwand, löste sich die andere Hälfte auf und verschwand mit einer Staubwolke.

»Also gut. Madgwick, seid ihr bereit? Wir müssen uns beeilen!«

Ohne ein weiteres Wort richtete Madgwick sich auf und schmiss Staub in die Luft.

# 5

Die Traum-Dämonen brauchten nicht lange warten, bis ein heulendes Geräusch wie ein Wirbelsturm durch den Raum fegte. Die Erde zitterte und die Wände und Decke zeigten Risse; Steinbrocken und Sand fielen zu Boden. Nach einem ohrenbetäubenden Krach offenbarte sich ein dunkles Loch hinter einem Wandriss. Das Loch schien lebendig zu sein und erinnerte an einen Tornado, nur dieser hatte einen kleinflächigen Luftwirbel mit horizontaler Achse. Die Traumonen schreckten zurück, denn scheinbar erwarteten sie, dass sie in den Wirbel gesogen wurden. Aber außer einer starken Brise hatte die Einstein-Rosen-Brücke (das Wurmloch) gerade ein Portal-Fenster erstellt.

Das Geflüster unter den Traum-Dämonen fing wieder an in Vorfreude auf die Ankunft des Traumfängers. Schatten erschienen in der Mitte des Wurmloches und es sah aus, als ob sie einen langen gewundenen Korridor entlangliefen. Einer nach dem andern traten sie in den Raum und sie stellten sich mit geneigtem Kopf vor Uzas.

Die Traum-Dämonen starrten in das Wurmloch in der Erwartung, dass der Traumfänger durch das Portal gefesselt, getragen oder gezogen werde. Es gab ein Keuchen der Verwunderung, als sich nach dem vierten Traum-on das Wurmloch mit einem schlürfenden Geräusch, das so klang wie Milchshakes durch einen Strohhalm schlürfen, schloss.

Mit einem Schlag war es totenstill im Raum. Die versammelten Traumonen schauten zuerst zueinander und dann mit Blick auf die vier letzten Ankömmlinge wuchs das Fauchen und Spucken. Uzas Gesicht errötete und seine Wangen explodierten. Obwohl seine Gesichtszüge von der Kapuze zum Großteil verborgen blieben, begann ein roter Schleier in seiner Verkleidung zu leuchten, der klar in der Finsternis zu sehen war.

»Wo ist der verdammte Traumfänger?«, fragte er knurrend.

Er griff nach seiner Energie, wie ein unsichtbares elastisches Band, das er mit seinem Verstand erweitern konnte. Manchmal konnte er den Schmerz lösen mit einem scharfen Snap und andere Male konnte er ziehen und dehnen, so dass sich der Schmerz verlangsamte und verweilte. Er neigte seinen Kopf und beobachtete, wie er mit seiner Energie den anderen Schmerz zufügte.

Die Traum-Dämonen, die gerade angekommen waren, sanken in die Knie unter der schmerzvollen Energie von Uzas. Sie hielten ihre Hände hoch in der Hoffnung auf ein Erbarmen. Uzas linderte den Druck und erlaubte einem der geduckten Traum-Dämonen zu sprechen.

»Wie angewiesen, wartete ich, bis der Traumfänger einschlief und zu träumen begann. Dann verwandelte ich mich in ein gruseliges Monster und lockte den schlafwandelnden Traumfänger in seine Traumkammer. Dann wachte er auf. Ich verstehe nicht warum, denn ich hatte ihn schon so gut wie bezwungen. Plötzlich erschien ein Sandustien-Krieger im Raum und attackierte mich mit grellem Licht und dickem Rauch, der immer schleimiger wurde, somit war ich zeitweilig blind und der Junge konnte meinen Tritten entkommen. Ich hatte große Schwierigkeiten, mich von dem schleimigen Zeug zu befreien, aber dann folgte ich den beiden und rief die anderen drei Traum-Dämonen zur Unterstützung.«

»Ein Sandustien-Krieger ... Krieger ... Krieger!«, zischten die versammelten Traumonen im Einklang, während sie gemeinsam rhythmisch hin und her schwankten, so als wären sie mit einem Seil verbunden. Die Klänge hallten durch den Raum, als wenn vergessene Geister den Gesang angenommen hätten. Uzas hob einen Arm und es war augenblicklich Stille.

»Wir wussten, dass er unter deren Aufsicht stand und beschützt wurde. Genau das war der Grund, warum wir die Chance nutzen mussten, ihn zu entführen, während er schläft. Die Krieger sind nämlich nicht in der Lage, seinen Raum zu betreten.«

»Aber mit Verlaub, Uzas. Einer betrat das Zimmer. Er kämpfte tapfer, aber hatte keine Kraft und konnte anscheinend seinen magischen Staub nicht nutzen. Wir hatten ihn schnell überwältigt, aber dann hat der Traum-fänger uns angegriffen und sie schafften es zur Tür zu gelangen, wo wir dann mit zwei weiteren Kriegern konfrontiert waren. Obwohl wir einen von ihnen töteten, war es ein knapper Sieg.«

»Ein Sieg? Der Junge ist euch durch die Finger gegangen«, bemerkte Uzas gefühllos, woraufhin er seine gesamte Energie ballte, bis die Schmer-zen die winselnden Traum-Dämonen vor ihm in der ersten Reihe in die Knie zwangen.

Die Wut in ihm stieg soweit, dass er die Kontrolle verlor und seine schmerzende Energie die ganze stöhnende Versammlung in die Knie zwang.

»Wo ist der Traumfänger jetzt?«

Er erwartete eine sofortige Antwort und musste einsehen, dass die knienden Kreaturen vor ihm, unter den quälenden Schmerzen, nicht sprechen konnten. Er beruhigte sich, linderte die Schmerzen und Erleichterung kehrte ein.

»Wir versuchten die Krieger mit Chaos abzulenken. Unsere heftigen Blitze hätten den Traumfänger gestoppt, aber ein Blitzeinschlag bewirkte, dass sich die Passage zu den alten Toren von Torturra öffnete. Der Junge fiel in das Wurmloch und verschwand aus unserer Sicht. Wir öffneten eine weitere Passage und vier von uns folgten ihm. Der Rest von uns wurde nahezu überwältigt, somit kamen wir zurück, so schnell wir konnten.«

»Von allen möglichen Toren, die ihr hättet öffnen können, warum gerade die von Torturra?«, brüllte Uzas.

»Diese Tore führen in eine Welt, die neben dem Königreich

Drakmere liegt, verborgen und geschützt durch Feuer«, erklärte er.

»Wir müssen den Traumfänger schnellstens finden oder wir werden ihn im Reich des Feuers verlieren. Tot ist er nicht von Nutzen für uns!«

Ein unterdrücktes »Erm, erm«, wurde gehört, und dann gab es ein leises Husten, diskret, jedoch laut genug, um die Aufmerksamkeit von Uzas zu wecken. Er schaute in die Menge auf der Suche nach dem Traum-Dämon, der es wagte, ihn zu unterbrechen. Ganz hinten im Raum, da wo der Rauch wirbelte, stand ein Traumon mit langem Mantel, der seine Identität verheimlichte. Uzas konnte nicht ausmachen, um wen es sich handelte. Wie sollte er auch. Da gab es so viele von ihnen, er konnte weiß Gott nicht alle kennen.

»Haben Sie etwas zu sagen?«, brüllte er.

Der Traum-Dämon hustete, beugte respektvoll seinen Kopf, um zu zeigen, dass er sich unterordnete. Uzas' Zorn linderte sich ein wenig, jedoch mahlte er mit den Backenzähnen, starrte ihn an und nickte auffordernd fortzufahren.

»Folge dem Traumfänger, wenn du willst. Das werden die Sandustien-Krieger auch tun. Wenn sie ihn … lebendig wiederfinden werden, werden sie ihn mit allem, was sie haben, beschützen. Mit Verlaub. Ein neuer Plan ist erforderlich, um den Traumfänger zu fangen.«

Uzas mochte die ruhige Stimme des fremden Traumonen nicht. Er hatte das Gefühl, seine Führungsstil würde verspottet. Er schickte einen dezidierten Strom von Schmerz-Energie auf den Sprecher und wunderte sich, als die Schmerzenergie zurückprallte und ihn traf. Sofort reduzierte er die Energie, um Schmerz zu vermeiden und blickte in die Runde. Keiner schien etwas bemerkt zu haben. Er fokussierte den Traumon, der gesprochen hatte und versuchte, unter die Kapuze zu sehen.

»Wie ist dein Name, Traum-Dämon?«, verlangte er.

Er konnte es sich nicht leisten, dass seine Führungsrolle von diesem Traumon, an dem seine Schmerz-Energie abprallte, untergraben würde.

»Ich heiße Vraji, woher ich komme, ist jetzt nicht wichtig. Wichtig ist, dass ein neuer Plan geschmiedet wird, um den Traumfänger zu fassen. Ich hätte da einen Vorschlag zu machen, wenn Sie es erlauben, ehrwürdigster Uzas.«

Uzas verengte seine Augen und schnüffelte in der Luft. Vraji roch nicht wie ein gewöhnlicher Traumon und sprach mit einem selbstsicheren Ton in der Stimme, nahezu als wenn er sein Lächeln ein wenig unterdrücken musste. Uzas mochte ihn nicht. Aber da es keinen offenen Angriff auf seine Führungsposition gab, konnte er ihn nicht abstrafen, zumal seine Schmerz-energie sowieso nicht wirksam war. Solange die anderen das nicht merkten, war es besser, dass Vraji einen neuen Plan vorschlug und dann zu sehen, was passierte.

»Nur zu. Ich höre!«, sagte Uzas.

»Der Plan ist in seiner Komplexität sehr einfach. Der Traumfänger wird zu uns kommen. Er wird uns finden wollen.«

»Das ist dein Plan? Er wird uns in die Arme laufen?«

Uzas seufzte und schüttelte den Kopf. Vraji hob einen Arm in der Bitte, dass Uzas ihn erklären ließ.

»Damit der Traumfänger zu uns kommt, müssen wir etwas in der Hand halten, das ihm nahe steht.«

»Ahh, jetzt verstehe ich. Seinen Bruder zum Beispiel«, murmelte Uzas.

Die Menge zischte und schwankte, als ob gerade ein großer Plan ge-schmiedet wurde. Die Wandfackeln funkten wild, als eine geballte Energie-ladung um die Kammer zog.

»Wir könnten versuchen, seinen Bruder zu entführen. Der wird jedoch sehr stark bewacht.«

»Nur zu, Vraji«, nickte Uzas interessiert.

»Wir müssen die, die ihm nahe stehen, in eine Falle locken. Die, die er seine Freunde nennt. Wenn wir die haben, wird er sich gegen ihre Freiheit austauschen. Suche seine beiden Freunde – ein Junge und ein

Mädchen. Sie heißen …«

Vraji schluckte, als wenn die Namen zu ekelhaft auszusprechen wären.

»Rhed und Phoebe.«

»Und du glaubst, dass der Traumfänger sich für seine Freunde opfert?«, fragte Uzas.

»Genau das wird er tun.« Vraji neigte seinen Kopf, als er seine Idee klargemacht hatte und überließ Uzas die Entscheidung.

»Hmm. Wir müssen dann aber einen Schnellgang einlegen und uns lautlos bewegen. Sollten die Krieger von unserem Vorhaben Wind kriegen, dann werden sie die beiden auch beschützen.«

Uzas suchte Zlo. Er hatte sich erholt und stand mit den versammelten Traum-Dämonen in der Menge.

»Und? Werden die Freunde bewacht oder können wir an sie rankommen?«, fragte Uzas.

Zlo senkte den Kopf und flüsterte, um Uzas nicht wütend zu machen: »Die werden bewacht, aber keineswegs so streng wie die Familie des Traumfängers. Wir müssen einen listigen Plan haben, um die beiden von ihrer Heimatstadt Little Falls wegzulocken.«

Uzas schaute in die Menge.

»Gibt es Freiwillige, die diese Mission ausführen wollen?«

Die Traum-Dämonen flüsterten und spuckten, so als wenn sie über diese Mission in ihrer eigenen Sprache diskutierten, einen Dialekt, den nur sie selbst verstehen konnten. Ein paar Hände zeigten sich zögerlich. Der Schmerz, welcher den erfolglosen Traumonen vorher zugefügt wurde, war noch frisch in ihren Köpfen.

»Können wir sie foltern oder töten?«, raspelte eine Stimme aus der letzten Reihe.

Uzas blickte zu Vraji rüber mit schiefem Kopf, als ob er die Frage weiterleiten würde.

»Foltern … Foltern … Töten … Töten«, echote es durch den Raum.

»Ich sehe keinen Grund, warum nicht. Solange der Traumfänger denkt, dass seine Freunde am Leben sind, wird er kommen. Aber ihr könnt keine Spuren hinterlassen, keine Zeugen und keine verstümmelten Körper oder Körperteile«, sagte Vraji begeistert.

Mehrere Hände zeigten sich, elektrisiert bei dem Gedanken von Folter und Tod.

»Wenn Heimlichkeit und Scharfsinn gefragt sind, dann werde ich der Aufgabe gerecht werden«, sagte ein Traum-Dämon, der vorgetreten war. Auch er trug einen langen Mantel mit Kapuze, dessen Schatten seine Gesichtsmerkmale verbarg.

»Und wieso gerade du? Dein Name?«, forderte Uzas.

»Ich heiße Nequam. Ich bin in der Lage sie zu täuschen und weg-zulocken, da ich ein Formwandler bin.«

»Ein Traum-Dämon-Formwandler … besser geht's nicht«, sagte Fraji mit einem langsamen Nicken.

Uzas starrte den Traum-Dämon vor ihm an.

»Dass wir uns verstehen: Erfolglosigkeit in diesem Fall bedeutet deinen Tod, Nequam. Ich dulde keine weitere Niederlage.«

»Alles klar. Entweder bin ich erfolgreich oder tot«, wiederholte Nequam leise.

»Na dann, los!«

Die Mauer teilte sich mit einem lauten Knack und eine Windböe zerrte an den Mänteln der Traumonen. Ein rundes Loch zeigte sich, welches den tanzenden, aufgewühlten Trichter eines Wurmloches offenbarte. Nequam ging zum Wurmloch, ohne die starren Blicke der anderen Traum-Dämonen wahrzunehmen. Als Formwandler war er unter seinesgleichen nicht beliebt. Er stieg in das Wurmloch und lief durch den Tunnel ins blendende Licht. Seine Silhouette flimmerte, als sie das Licht blockierte. Ein paar Sekunden später war er nicht mehr zu sehen.

Uzas beobachtete den Tunnel und lenkte anschließend seine

Aufmerk-samkeit auf die versammelten Traum-Dämonen, die ihn in Erwartung anstarrten. Die Kombination eines Formwandlers und Traum-Dämonen war zwar äußerst selten, aber auch unzuverlässig. Oft waren sie das größere Übel des Bösen, nur auf egoistische Selbsterhaltung bedacht. Nequam könnte die Menschen nur aus Spaß töten und dann müsste er die Situation Zorka erklären. Schlimmer noch, Nequam könnte versuchen, ein Abkom-men direkt mit Zorka zu vereinbaren.

Er nickte den beiden Traumonen zu, die auch ihre Hände zeigten.

»Begleitet ihn! Bringt mir die Menschenkinder lebendig, bei Leib und Seele. Wir können sie immer noch hier töten, wenn wir das so wollen.«

»Bring sie um, hier töten … hier …hier …hier«, hallte das Zischen durch den Raum.

Die beiden nickten, folgten Nequam ins Wurmloch und waren bald verschwunden. Dann schnappte das Loch in der Wand zu und die Mauer war wieder solide.

# 6

Für Jeff fühlte sich der Fall an wie in Zeitlupe. Er war inzwischen so tief gefallen, dass die Lichtstrahlen der Öffnung nur noch wie ein weit entfernter Stern zu sehen waren. Er wusste, dass irgendetwas oder irgendjemand ihm im freien Fall folgte und fragte sich, ob es ein Traum-Dämon oder Krieger war. Seine Kleider flatterten im Fallwind und zerrten an seiner Haut. In der Finsternis war es unmöglich auszumachen, wie weit entfernt von den Tunnelwänden er fiel. Noch nicht einmal Umrisse von dem, was ihm folgte, konnte er identifizieren.

»Mann, wie tief ist dieses Loch«, dachte er.

Eigentlich müsste er doch Panik haben, sogar vor Angst schreien, bei dem Gedanken, dass er zu Tode fiel. Im Gegenteil, er war total ruhig. Die Änderung war so subtil, dass er zuerst gar nicht bemerkte, wie die düstere Finsternis mit einem leichten Orange, wie ein warmes Glühen von Glut ersetzt wurde. Mit Schrecken bemerkte er, dass er sehen, die Distanz zu den Tunnelwänden schätzen konnte und die Umrisse einer dunklen Gestalt hinter ihm ausmachte. Er zuckte.

»Oh Mist. Ich falle in die Mitte der Erde«, dachte er plötzlich.

»Feuer! Das wird weh tun.«

Schon spürte er die Wärme auf dem Rücken und es wurde mit jedem Meter Fall heißer. Bald war es so heiß, dass die Wände glühten.

Wie aus dem Nichts schoss ein glitzerndes Lasso von oben auf ihn zu und fing ihn ein. Khrow streckte seine Arme aus, zog sich näher und schlang seine Arme um ihn.

»Khrow!«, rief Jeff.

Khrows Glitzerstaub umwickelte Jeff, bis die Hitze nicht mehr spürbar war. Sobald er von den winzigen glitzernden Teilchen komplett umgeben war, wurde die Luft wie bei einer Vakuum-Maschine rausgezogen. Als der feine Glitzerstaub von Jeffs Haut absorbiert war, begann seine Haut silbrig zu glimmern. Sogar seine Kleidung glänzte silbrig.

»Mein magischer Staub wird dich vor der feurigen Hitze beschützen«, murmelte der schwache Khrow, als sein Kopf zurück auf seine Schultern fiel.

Jeff sah sich um, als sie aus dem Tunnel in einen großen offenen Raum stürzten, der auch eine riesige Höhle sein konnte. Er konnte jetzt gut sehen, da die Wände rötlich-orange glühten und mit jedem Meter, den er hinabstürzte, schien es heller zu werden. Khrow war wieder bewusstlos, aber die glitzernden Lassoriemen hielten die beiden zusammen.

Aus dem Augenwinkel sah Jeff, wie etwas Rotes ganz knapp an ihnen vorbeiflog. Er blickte auf und sah, dass es ein Feuerball war. Dann blickte er nach unten und wich dem nächsten Feuerball aus, der, wie es schien, aus dem roten Fluss unter ihnen geschossen kam. Lava, kochend heiß! Er beobachtete mit morbider Faszination, wie der Lavastrom sprudelte, blub-berte und sich vorwärts wellte, bis er gegen rot glühendes Gestein traf, welches explodierte und Feuerbälle senkrecht in die Luft schoss. Zwei der feurigen Bälle hatte er gerade gesehen.

»Khrow? Khrow! Mach die Augen auf … Khroooow!«

Jeff schrie so laut er konnte, aber der Krieger wachte nicht auf. Er hielt ihn so fest er konnte, denn sie würden gleich in den Lavastrom fallen. Die glitzernden Staubteilchen schienen ihn vor der Hitze zu beschützen.

»Aber wie resistent ist denn das Zeug?«, dachte er.

»Scheiiiiiiiiiiiße!«, schrie Jeff, hielt seinen Atem an und plumpste mit

Khrow in den Lavastrom. Sie sanken tief. Kein Wunder, es war ja auch ein tiefer Fall gewesen. Als sie sich verlangsamten, griff er Khrow beim Hemd-kragen, trat mit den Beinen und sie schossen zur Oberfläche. Als er auftauchte, kam ihm die Rettungsschwimmerausbildung zugute, denn er brachte Khrow in die waagerechte Rückenlage durch das Drehen des gefassten Unterarms und stabiliert ihn mit dem Kopf über der Oberfläche, sodass er atmen konnte.

Jeff erholte sich von dem Schock, dass er lebte und nicht in der Lava verbrannte, relativ schnell. Er konnte wie im Wasser schwimmen. Seine zweite Haut aus magischem Staub funktionierte perfekt. Er sah sich um. Die Substanz war geschmolzenes, flüssiges Gestein, Lava. Es fühlte sich dick und klebrig an, nicht wässrig. Er knirschte mit den Zähnen, und schwamm mit Khrow in der Rückenlage zum Ufer. Dort konnte er den Kies des Flussbetts unter seinen Füßen fühlen und grunzte vor Anstrengung, als er Khrow auf das rote Steinufer zog.

Als er sich umsah, konnte er sehen, dass er sich in einer engen Schlucht mit roten Felswänden befand, durch die ein gelb-orange-glutroter Lava-fluss floss. Glutrote Kieselsteine in allen Größen lagen am Ufer auf beiden Seiten des Lava-Flussbettes. Sein T-Shirt und seine Shorts waren un-berührt, da seine zweite Haut, die Staubbeschichtung, die Hitze und Lava abzustoßen schien. Sogar seine Füße hatten eine zweite Haut, die hier und da ein wenig glitzerte.

»Khrow, wir sind in ernste Schwierigkeiten geraten«, murmelte Jeff, während er mit den Augen die Umgebung erkundete.

Er schob seine Haare aus der Stirn und beobachtete, wie eine Lavawelle gegen den Fels schlug und kleine Felsbrocken wie Feuerbälle in die Luft flogen.

»Was hoch geht, muss auch wieder runterkommen«, dachte er.

»Ob meine zweite Haut mich wohl auch vor dem Feuerballregen beschützt?«, fragte er sich.

Er zog Khrow weiter hoch aufs Ufer, weg von der blubbernden, schäumenden Lava und außer Reichweite des Feuerballregens. Da war ein schmaler Spalt im Fels.

»Khrow, wir müssen los, sonst erwischt uns noch ein Feuerball. Die Spalte da könnte die Öffnung zu einer Höhle zu sein. Komm schon, Khrow. Wach auf!«

Er sprach weiterhin mit dem bewusstlosen Khrow, während er ihn stöhnend näher zur Spalte zog. Khrow begann zu stöhnen. Jeff stolperte, und beugte sich über den verwundeten Krieger.

»Khrow, hörst du mich?«

Khrow drehte seinen Kopf und öffnete langsam seine violetten Augen.

»Tut mir leid, Jeff.«

»Macht nichts, Khrow. Wir kommen hier raus, uhm …wo immer wir auch sind«, sagte Jeff mit einem Blick in Khrows blasses Gesicht. Er musste seine Sonnenbrille auf dem Friedhof verloren haben, denn seine violetten Augen waren zu sehen, und die hatten ihren Glanz verloren.

Er sah, wie ein Feuerball in die Luft schoss. Khrow verfolgte seinen Flug mit halb geöffneten Augen, als er im Bogen über den Lavafluss schoss.

»Wir müssen unbedingt Deckung finden.«

Er kämpfte sich in eine Sitzposition und versuchte sich auf die Knie zu hocken, aber er war zu schwach und fiel um. Jeff hockte sich nieder, legte Khrows Arm über seine Schulter und stützte ihn beim Aufstehen.

»Komm schon, Khrow. Ich glaube, ich hab da 'ne Höhle gefunden. Nicht weit.«

Jeff grunzte. Der Krieger war muskulös und schwer. Khrow versuchte zu helfen, aber seine Knie wurden immer wieder weich. Jeff war besorgt, dass er wieder bewusstlos wurde und gab sich einen Ruck. Mit enormer Anstrengung schafften sie es bis zum Spalt und stolperten durch den schmalen Eingang.

»Na, wenigstens gibt es hier Licht«, murmelte Jeff, als er die Decke,

Wände und Böden mit einem Blick schnell erkundete. Es war tatsächlich eine Höhle und sie erschien in einem warmen gelblichen Lichterton, so als wenn die Lampen strategisch raumeinteilend geplant, hinter den Wänden hingen. Khrow stolperte und sank zu Boden. Jeff ließ Khrows Arm langsam von seiner Schulter gleiten und setzte ihn aufrecht gegen die Höhlenwand. Er schaute sich um. Die gelblich-orangen Wände schienen mit Lava zu pulsieren wie mit kochender Lava gefüllt, aber sie fühlten sich dennoch kühl an. Jeff starrte auf seine Hände … seine Haut hatte immer noch den silber-glitzernden Schein. Er kniete neben Khrow. Der Krieger atmete mit flachen Atemzügen.

»Khrow, kennst du dich hier aus? Hast du eine Ahnung, wo wir sind?«

Khrow antwortete nicht, er lehnte sich gegen die Wand und biss sich auf die Lippe. Der Krieger war wohl wieder bewusstlos. Gerade als er aufstehen wollte, griff Khrow seinen Arm.

»Das hätte alles nicht geschehen dürfen«, krächzte Khrow mit brechen-der Stimme.

Er hustete und stotterte, derweil er versuchte seinen Kopf zu heben, um besser Luft zu bekommen.

»Hör mir gut zu, mein Junge. Ich hab nicht mehr viel Zeit.«

Er tätschelte Jeffs Arm.

»Was heißt hier keine Zeit, Khrow?«

Jeffs Stimme wurde lauter. Er strich sich die Haare aus den Augen und blickte Khrow an. Khrow zog ihn näher und flüsterte: »Du musst weiter … weg von hier … du musst … hier raus, dich verstecken … Traum-Dämonen … die werden kommen«, keuchte er.

»Vielleicht … sind sie … schon hier?«

Er holte Luft.

»Ich dachte, ich hab sie fallen gehört … hinter mir … durch das Loch … die Tore von Torturra.«

Pause.

»Jeff … die … die kennen sich … hier aus … wie ein … zweites Zuhause«, stöhnte Khrow.

»Moment, hast du Torturra gesagt? Wo ist das?«

»Ist ein Feuerreich. Ohne den Staub … du würdest … verbrennen, … in Sekunden … sogar die Luft … würde dich … umbringen.«

Khrow schloss die Augen.

»Aber wie können die Traum-Dämonen hier überleben? Haben die auch eine magische Staub-Schutzhaut?«, fragte Jeff.

Khrow schüttelte den Kopf.

»Nein … kein Staub … natürlicher magischer Schutz … gegen das Feuer von Torturra.«

Khrows Kopf sank.

»Madgwick wird uns auch suchen. Er weiß auch, dass die Traum-Dämonen kommen«, entgegnete Jeff, der seine Lippen in eine gerade Linie zog, da er einen Kampf erwartete.

»Madgwick könnte … zu spät kommen. Du musst … mich hier lassen … versteck dich … ich bin zu schwach … kann dich nicht beschützen … aber … mein Glitzer … staub. Der wird dir helfen, weil …«, Khrow holte Luft.

»Weil ich es so will!«

»Was meinst du damit, Khrow? Khrow?«

Jeff stotterte, als der Horror dessen, was Khrow zu vermitteln versuchte, durchdrang.

»Meine Lebensenergie … aufgebraucht. Meine Zeit … ist gekommen, … Jeff. Ich kann nicht … mit dir … mitgehen. Aber … mein Zauberstaub kann … Ich hab noch genug … Energie … es zu kommandieren … so soll es sein!« Khrow hustete. Das Atmen fiel ihm sichtlich schwer.

Jeffs Mund stand offen und er starrte auf Khrow. Tränen kamen ihm in die Augen und er blinzelte schnell, damit sie nicht übers Gesicht liefen.

»Ich lass dich hier nicht alleine«, flüsterte Jeff und schluckte.

Khrows Stimme brach: »Ich weiß das. Du würdest mich … nicht

hinterlassen … Jeff. Bist ein … guter Junge, … mutig, … loyal … ein echter Krieger. Aber … du hast keine Wahl. Ist auch … das Zeichen eines … echten Kriegers.«

Khrows Lippen verzogen sich, als er versuchte zu grinsen. Er ergriff Jeffs Arm und drückte schwächlich zu.

»Nur zu, geh jetzt! Versteck dich … Madgwick … wird dich … finden. Vorsichtig … traue keinem. Schon gar nicht … Traum-Dämonen.«

Khrow schloss die Augen und atmete aus, bis das letzte Quäntchen Luft aus seinen Lungen gezwungen worden war. Sein Griff schwächelte, sein Arm fiel, aber Jeff fing Khrows Hand auf.

»Ich werde dich hier nicht sterben lassen. Khrow, komm. Wir gehen zusammen, verstecken uns zusammen. Khrow, lass mich bloß nicht im Stich! Khrow, komm schon, ich bitte dich. Du darfst das nicht tun, sollst mich doch beschützen. Khrow, mach die Augen auf! Kämpfe Khrow, atme, Khrow, Khrow.«

Jeff starrte dem Krieger ins Gesicht in der Erwartung, dass er die Augen öffnete. Seine Kinnlade fiel, als er sah, wie Khrows Zauberstaub den Körper verließ und glitzernd über ihm in zirkularer Bewegung, spiralenförmig, schwebte. Die Rotation war so langsam, dass er sich kaum bewegte, dann stoppte er. Zunächst fing es an zu leuchten, wurde heller und heller, bis Jeff die Augen verdecken musste.

Dann fing die Rotation wieder an. Aber dieses Mal in die entgegengesetzte Richtung. Es wirbelte und rotierte schneller und schneller, saugte den Staub ein, bis es zu einem glitzernden Stern wuchs, der sich um seine eigene Achse drehte. Jeff keuchte. Die glitzernde Kugel wuchs und er trat zurück gegen die Wand. Es gab keinen Ausweg. Innerhalb von Sekunden befand er sich inmitten einer rotierenden glitzernden Staubkugel, dessen Partikel wie in einem Wirbelsturm sein Haar verwüsteten und an seiner Kleidung zerrten.

»Nein! Wage es nicht, Khrows Körper zu verlassen, lass ihn nicht sterben!«, schrie Jeff, als wenn der Staub ihn verstehen könnte. Er ergriff Khrows Hand und hob sie hoch in die Kugel, als wenn er versuchte, den Staub zu zwingen, in seinen Körper zurückzukehren. Jeff brüllte die Staubteilchen um sich herum wütend an.

»Ihr werdet in ihn zurückkehren. Ihn am Leben erhalten. Das ist mein Wille. Hört ihr?«

Aber der Staub rotierte schneller und schneller um ihn herum, bis es zu einem Riss kam und die Glitzerkugel mit Khrow im Nu verschwand.

Jeff war plötzlich mit sich und der Totenstille alleine. Khrow war weg, und alles was blieb, waren die unheimlichen gelblich leuchtenden Wände, welches kaum ein Trost für ihn darstellte.

# 7

Rhed summte zufrieden vor sich hin, als er den engen Waldweg entlanglief. Er hüpfte über Baumwurzeln und Steine, die über den staubigen Weg verstreut waren. Er trug ein lockeres Hemd, welches über die sackartigen Shorts hing, die ihm bis zu seinen knubbeligen Knien reichten. Seine schwarzen Turnschuhe hatten hellgrüne Schnürsenkel. Er blickte hoch in die Bäume und seine Lippe zuckte, als er den Duft von Tannennadeln und nasser Rinde wahrnahm. Das Sonnenlicht schien durch die Blätter des dunklen Waldes wie Spotlichter auf einem Tanzboden. Er schmiss seine dicken geflochtenen Dreads über die Schulter und schob die stämmige Brille höher auf die Nase. Der Wald war ein beruhigendes Sanktuarium für ihn. Er liebte das Gefühl über alles.

Es war ungefähr einen Monat nach seiner Rückkehr aus Drakmere, wo durch einen aktivierten Baum-Verwandlungs-Zauberspruch, der Baum-adoptionsprozess begonnen hatte, der ihn in einen Baum verwandelte. Für ein paar Stunden wurde er in einen Baum verwandelt und mit Drakwood Forest verbunden.

Nur als sein bester Freund Jeff ihm Drachenblut ins Gesicht schüttete und die beiden Drachen Azghar und Watroc die Essenz des Lebens in ihn atmeten, wurde der Zauberspruch aufgelöst. Natürlich hatte die durch-geknallte Hexe Angie mit ihrer Magie auch ihre Finger im Spiel. Somit war die Baumverwünschung aufgelöst und er wurde wieder menschlich. Gerade noch rechtzeitig schafften sie es zum Torweg, welchen die Weisen von Sandustien und ihre Zauberspruchweber für sie geöffnet hatten, denn die Bäume waren ihnen dicht auf den Fersen.

Er war erleichtert, wieder ein normaler Mensch zu sein. Okay, wenigstens einigermaßen normal. Seine Augenbrauen waren immer noch buschig und grün, aber Phoebe mochte es. Sie meinte, grün passte gut zu seinen braunen Kulleraugen. Mit der Zeit jedoch begann er die Bäume und das Gefühl der Zufriedenheit zu vermissen. Also machte er sich täglich auf den Weg in den Wald, um näher bei den Bäumen zu sein. Er wagte es nicht, jemandem zu erzählen, dass er immer noch die Auswirkungen der Baumverwandlung spürte. Natürlich sah er wie ein normaler Junge aus, und benahm sich auch wie einer. Die Unterschiede waren auf den ersten Blick äußerlich kaum erkennbar. Aber innerlich, da fühlte er sich anders und es gefiel ihm gut.

Er konnte das Singen und Summen der Bäume hören und das ewige Wischa-Wascha raschelnde Geräusch der Blätter bereitete ihm große Freude. Manchmal konnte er auch noch verstehen, was die Bäume zueinander sagten. Es waren nicht Wörter, die sie sprachen, mehr ein gefühltes Reden.

Er wandte sich in Richtung des weißen Holzpavillons, welchen der Wald, von dem die kleine Stadt Little Falls umgeben war, verdeckte. Jeff und Phoebe wollten sich mit ihm dort treffen. Seit dem letzten Abenteuer in Drakmere, waren sie echt gute Freunde mit Phoebe geworden. Durch ihre gemeinsamen Erlebnisse waren sie sehr eng verbunden, so eng sogar, dass nichts die Freundschaft erschüttern konnte.

Die Bürger von Little Falls hatten den Holzpavillon als Aussichtspunkt gebaut, aber außer Jeff, Phoebe und Rhed ging kaum jemand dort hin. Als Rhed durch die Lichtung lief, konnte er sehen, dass Phoebe alleine, gedankenverloren, in den Wald starrend, im Pavillon saß. Sie sah echt schick aus, wie sie so alleine dasaß, mit ihren blauen Jeans, weißer Bluse, weißen Turnschuhen und kurzer rosa Windjacke.

»Hei Pheebs, was läuft?«, rief Rhed, als er die hölzerne Plattform des Pavillons betrat.

»Hast du von Watroc gehört?«, fragte sie, ihr gelocktes Haar über die Schulter werfend, während sie sich Rhed zuwandte.

»Oh, klasse. Hallo Rhed, so gut dich zu sehen. Wie geht's dir, mein guter Freund? Schön, dass du mich fragst, Phoebe. Geht mir gut … Aber nein. Hast du von Watroc gehört, ist die Begrüßung«, murmelte Rhed in einer Mädchenstimme kopfschüttelnd.

Phoebe blinzelte. Die goldenen Flecken in ihren braunen Augen funkelten, als sie über Rheds Versuch, sarkastisch zu sein, grinste.

»Tut mir leid, Rhed. Natürlich interessiert es mich, wie es dir geht, aber ich kann einfach nicht aufhören, über Watroc nachzudenken. Ich ärgere mich halt, dass ich mich nicht von ihm verabschiedet habe und wundere mich, wo er sich jetzt aufhält.«

»Du weißt nur zu gut, dass wir nicht mit jedem in Drakmere kommunizieren können, Phoebe. Außerdem ist das seine Heimat. Hier in Little Falls könnte er nicht leben, das weißt du doch auch, oder?«

Watroc war ein mächtiger Wasserdrache mit glänzenden Schuppen. Grünlich schimmernde Flüssigkeit floss von einer Schuppe in die andere und somit gab die Reflexion von Lichtstrahlen einen Perlmutteffekt ab. Große weiße Dornen liefen über die gesamte Länge seiner Wirbelsäule herunter bis in den Schwanz und zwei riesige Hörner ragten aus der Stirn. Aus seinen Nasenlöchern dampfte es und im Maul konnte man zwei furchterregende Reihen von scharfen Zähnen sehen. So mächtig und furchterregend er auch aussah, er und Phoebe hatten eine magische Freundschaft, mit einem unzerbrechlichen Band geschmiedet.

Phoebe warf ihren Kopf zurück und lachte. Die Vorstellung, dass dieser riesige Drache durch die Hauptstraße von Little Falls bummelte, erfreute sie.

»Er würde wohl etwas Petersilie und Zitronensaft auf die verängstigten Bürger sprenkeln, bevor er sie in kleinen Häppchen verspeist.«

Da lachte sie und ihre silbernen Zahnspangen glänzten.

»Von den zwei Drachen, Watroc und Azghar, denke ich, ist Watroc mehr der mürrische. Er wollte mich als Zahnstocher verwenden. Ich hatte wohl einen hölzernen Geruch in der Zeit, wo ich mich in einen Zweigling verwandelte«, sagte Rhed.

Obwohl beide Drachen Artgenossen waren, war Azghar ein Luftdrache mit glitzernden blauen Schuppen und strahlend blauen Augen. Genau wie Watroc, hatte auch er weiße Dornen, die aber nur über die Länge des mächtigen Schwanzes liefen und in einer Dornengabel am Ende des Schwanzes endeten. Auch er hatte reihenweise spitze Zähne im Maul. Ge-dankenverloren seufzte Phoebe erneut.

Rhed schaute sich um.

»Wollten wir uns nicht alle hier treffen? Wo ist Jeff?«

»Keine Ahnung. Ich hab schon eine ganze Weile auf euch beide gewartet. Komm, wir suchen ihn.«

Phoebe glättete ihre Jeans und richtete ihre rosa Jacke. Sie waren gerade am Waldrand angekommen, als Rhed brüllte.

»Da ist er ja. Hey Alter, was geht?«

Phoebe verrenkte sich den Hals und blickte in die Richtung, aus der sie Jeff erwartete, und keuchte. Jeff hatte sich hinter einem Baum versteckt und spähte in deren Richtung. Er duckte sich, als Rhed ihn entdeckte. Nur seine Schulter war jetzt sichtbar. Rhed blickte achselzuckend zurück auf Phoebe.

»Und jetzt? Was soll das?«

»Hey Jeff. Echt? Wir können dich sehen, weißt du?«, sagte Phoebe trocken, mit rollenden Augen.

Rhed schob seine Brille hoch.

»Sag mal, Alter. Geht's noch? Jetzt mal echt. Spinnst du? Warum versteckst du dich? Hast'e deine Haare etwa gefärbt?« Seine Schultern hüpften, als er über seinen eigenen Witz lachen musste.

Phoebe verzog ihre Lippen, als Jeff die Schulter einzog und sich effektiv ganz hinterm Baum versteckte.

»Komm schon, Jeff. Das ist nicht mehr lustig. Komm jetzt!«, brüllte Rhed.

»Was auch immer, ich verspreche dir, ich werde nicht lachen. Ich gebe dir mein Wort.«

Phoebe starrte Rhed mit großen Augen an, als ob sie versuchte, ihm etwas Wichtiges ohne Worte zu übermitteln. Rhed hob die Augenbrauen in Erwartung.

Jeff zeigte sich ein wenig. Jetzt konnten die beiden ihn halb sehen. Er blickte Phoebe an, als hätte er sie noch nie vorher gesehen. Phoebe neigte ihren Kopf und lächelte.

»Da bist du ja.« Sie zerknitterte ihre Nase, als spräche sie mit einem Sechsjährigen.

Rhed runzelte die Stirn und schüttelte den Kopf.

»Alles ok, Alter?«

Jeff schreckte auf, als er Rheds Stimme hörte. Dann starrte er Rhed mit großen Augen an.

»Sag mal. Was guckst du so dumm? Hast du sie noch alle?« Rhed grummelte, als er sich von oben bis unten betrachtete. Hatte er sich beim Frühstück etwa bekleckert?

Jeff kam aus seinem Versteck und schaute auf Rheds Kopf.

»Schlangen«, sagte er mit heiserer Stimme.

Dann schluckte er, bevor er wieder sagte: »Du hast Schlangen auf dem Kopf.«

»Langsam ist es nicht mehr lustig, Jeff. Du bist ja nur neidisch, dass du keine Rastas hast.«

»Rastas?«, wiederholte Jeff mit offenem Mund, als verstünde er nicht.

»Rastalocken, Dreadlocks, Jeff. Die sind total cool, obwohl sie zu dir nicht passen würden. Du musst schon eine gewisse Persönlichkeit haben, um die zu tragen«, erklärte Phoebe. Jeff verhielt sich ein wenig seltsam.

Sie wurde zunehmend misstrauisch.

Jeffs Augen blitzten zurück auf Phoebe bei dem Klang ihrer weichen, musikalischen Stimme. Er ging langsam auf sie zu und atmete tief ein, als ob er für eine längere Zeit die Luft angehalten hätte. Dann seufzte er schwer.

»Wir müssen hier raus. Die Traum-Dämonen sind auf dem Weg hierher.« Er schaute sich um, als wenn er erwartete, dass mit jedem Moment die Traumonen aus ihren Verstecken hinter den Bäumen hervorspringen würden.

»Krass! Denkst du wirklich, die sind schon hier? Wir müssen Madgwick oder Rigg Bescheid sagen!«, strömte Phoebe mit flatternden Händen.

»Es eilt! Wir müssen uns sofort auf den Weg nach Drakmere begeben«, sagte Jeff mit beruhigender Stimme.

Rhed blickte seinem besten Freund tief in die Augen. In all den Jahren hatte er seinen besten Freund noch nie in einem so dermaßen langweiligen Ton reden hören, besonders jetzt, wo die Traum-Dämonen ihnen angeblich dicht auf den Fersen waren.

»Hast du die verdammten Dinger gesehen?«, fragte er Jeff.

»Nein, habe ich nicht. Aber ich spüre, dass sie uns nahe sind. Lass uns los gehen«, sagte Jeff mit seltsam grünlich schimmernden Augen.

Rhed biss sich auf die Lippe, als er Jeff beobachtete. War das Schimmern in Jeffs Augen echt, oder reflektierten nur die Sonnenstrahlen, die vereinzelt durch das Dickicht der Bäume schienen?

»Also du hast sie nicht gesehen, richtig? Dann erklär mir mal bitte, wie du sie spüren kannst?«, bohrte Rhed nach.

»Ist doch egal. Hauptsache ist, dass ich weiß, dass sie kommen. Das sollte gut genug sein unter Freunden, nicht wahr?«, antwortete Jeff und blickte auf Phoebe, um Unterstützung heischend.

»Ok, aber in diesem Moment sind die Dinger noch nicht hier und niemand verfolgt uns, den ich sehen kann. Somit lass uns einen Krieger

aufsuchen, welches einfach sein sollte, da sie Little Falls beschützen.«
Rhed nickte in Phoebes Richtung, als Zeichen, dass sie ihm folgen sollte.

»Also gut. Du kannst ja hier bleiben. Ich jedenfalls mache mich auf
den Weg nach Drakmere. Die Traumonen werden mir dorthin nicht
folgen, und dort werde ich dann die Drachen suchen«, sagte Jeff und
schaute demonstrativ auf Phoebe.

Rhed murrte, als Phoebes Gesicht aufleuchtete.

»Watroc! Wenn wir Watroc finden, kann er uns beschützen!«, sagte
sie heiter und trat näher an Jeff heran.

»Ich denke, wir sollten keine überhasteten Entscheidungen treffen.
Wir sollten Madgwick suchen, oder irgendeinen anderen Krieger. Die
werden schon wissen, was zu tun ist«, sagte Rhed bestimmt.

»Unsinn! Die Krieger können uns dieses Mal nicht helfen. Wir
müssen los!« Jeffs Stimme steigerte sich, als wenn der Hinweis auf die
Krieger Panik in ihm auslösen würde.

»Alter, hör zu! Wir können nicht einfach nach Drakmere gehen.
Übrigens hat es Galagedra ausdrücklich verboten. Du darfst die Tore
nach Drakmere nicht öffnen. Für niemandem, nicht einmal für einen
Krieger.«

«Gala ... wer?«

Rheds Kinnlade fiel herab und er breitete seine Arme aus.

»Galagedra? Vorsitzender der Sandustien-Weisen? Huh? Wer bist du
und was hast du mit Jeff gemacht?«

»Du verhältst dich echt seltsam, Jeff«, fügte Phoebe mit einem Nicken
hinzu.

»So wie du willst. Geh und such deinen Krieger. Phoebe und ich
können auch ohne dich die Drachen finden.« Jeff verschränkte die Arme
und zeigte Rhed die kalte Schulter.

Rhed beobachtete Jeff. Sie waren schon eine lange Zeit gute Freunde.
Irgendwas stimmte hier nicht. So kannte er Jeff nicht. Er war wirklich
davon überzeugt, dass sie die Krieger finden sollten und konnte sich

nicht vorstellen, dass Drakmere für Phoebe und Jeff eine bessere Option war. Irgendwie musste er sie aufhalten und einen Krieger finden, bevor Jeff ein Tor nach Drakmere öffnete. Natürlich würde er mitgehen. Er konnte doch seinen besten Freund nicht im Stich lassen, auch wenn dieser sich komisch verhielt.

Rhed dachte schnell nach.

»Na gut. Wir gehen zusammen nach Drakmere, aber nicht von hier. Die Bürger von Little Falls haben eine kleine Veranstaltung im Pavillon geplant und werden gleich hier ankommen. Dann können sie uns hören, sogar wahrscheinlich sehen, wie ein Tor sich öffnet. Lass uns tiefer in den Wald gehen.« Rheds Lippen zwangen sich zu einem Lächeln, denn er hoffte, Jeff würde ihm die weithergeholte Geschichte mit der Veranstaltung ohne Fragen abnehmen. Jeff nickte kurz und lief an Rhed vorbei und führte sie auf den Weg tiefer in den Wald. Phoebe hüpfte gut gelaunt hinter ihm. Ihr lockiges braunes Haar schwang von einer Seite zur anderen, als sie stoppte und es über die Schulter warf.

»Fantastisch, Jeff. Ich freue mich so sehr, Watroc zu sehen. Hab ihn sehr vermisst.«

Rhed, der mit seinen knubbeligen Knien langsam folgte, schmiss sich mit einer dramatischen Rolle in die Farne, die den Waldweg auf beiden Seiten säumten.

»Ich muss mir schnellstens was einfallen lassen. Irgendwie muss ich ihn aufhalten. Was nur?«, dachte er.

Als er aufstand, stützte er sich an einem großen Baum ab und die Wärme des Baumes floss wohltuend durch seine Hand in den Arm.

»Ich hab's. Ich kann immer noch die enge Verbindung zu den Bäumen spüren. Vielleicht hören sie mich. Aber würden sie mir denn helfen wol-len?«

Er lehnte sich gegen den Baumstamm und rieb sich den Knöchel. Er versuchte, mit seinen Gedanken den Bäumen eine Nachricht zu übermitteln.

»Ich brauche einen Krieger. Ich brauche unbedingt einen Krieger. Helft mir doch bitte!« Er schloss die Augen und versuchte die Bäume mit dem Fokussieren seiner Gedanken zu zwingen, ihn zu verstehen.

»Mensch, beeil dich. Hör auf, Zeit zu verschwenden. Wie weit, denkst du, müssen wir noch gehen, damit wir außer Reichweite sind?«, rief Jeff, der schon ein paar Meter weiter gelaufen war.

»Super, Jeff. Vielen Dank für das Mitgefühl«, murmelte Rhed sarkastisch, als er sich vom Baumstamm abstieß und den beiden folgte.

»Pheebs, warte!« Er trödelte so langsam dahin, wie er konnte, berührte so viele Bäume wie möglich. Jedes Mal, wenn er mit einer Hand über Baumrinde streifte, versuchte er, Kurznachrichten mit seinen Gedanken zu senden.

»Zweigling braucht Hilfe. Zweigling braucht einen Krieger.« Sein adop-tierter Baum-name passte reibungslos in seine Gedankennachricht. Zweigling fühlte sich so natürlich an wie sein Geburtsname Rhed.

Jeff blieb plötzlich stehen und beobachtete die Umgebung.

»Hier stimmt was nicht. Ist mir zu ruhig, der Wald. Lass uns umkehren!«

»Vieleicht spürt der Wald die Traum-Dämonen. Auch die Vögel haben aufgehört zu zwitschern. Diese Stille ist surreal.« Phoebe sprach sehr leise und beugte sich vor, als sie die Bäume betrachtete.

»Wie die wohl aussehen? So wie Schimmer oder mehr wie Skreaturen?«

»Wie keiner von denen. Die sehen normal aus, so wie du und ich!» Jeffs Augen blitzten und seine Lippen waren schnurgerade. Er war sichtlich verärgert bei dem Vergleich. Bei dem Anblick von Jeffs verärgertem Gesicht trat Phoebe einen Schritt zurück. Mit einer Falte auf der Stirn wunderte sie sich, warum Jeff so wütend handelte und sprach.

»Hey Dude. Bleib mal auf dem Teppich! Wie sollen wir denn wissen, wie die Dinger aussehen? Warum regst du dich denn immer gleich so auf?«, fragte Rhed, der Jeff anstarrte, während der auf seine Füße schaute.

»Teppich, was denn für'n Teppich?«, stotterte Jeff.

»Herr Gott nochmal, Jeff … «, sagte Rhed.

Aber bevor er noch ein weiteres Wort sagen konnte, war seine Aufmerksamkeit auf einen Baum gelenkt, der direkt hinter Jeff stand. Er sah die Konturen eines Gesichtes, wie es versuchte, vom Inneren des Baumes durch die Baumrinde zu dringen. Die Nase war platt und die Wangen wurden zurückgezogen. Mehr und mehr wie eine Maske, formte sich die Baumrinde zu einem Gesicht, bis ein halber hölzerner gerillter Kopf zu sehen war, der eine Atempause einzulegen schien. Ein großes Auge mit schimmlig grün-brauner Iris, wie bei einem Zyklop, öffnete sich und spähte in die Umgebung, bis es Rhed erfasste. Die Augenfalten zerknitterten, als wenn es sich freute Rhed zu sehen. Rhed torkelte rückwärts. Die Bäume hatten seine Rufe gehört, aber was nun passieren würde, war nicht klar.

Jeff drehte sich um hundertachtzig Grad, um zu sehen, worauf Rhed so starrend fixiert war und trat erschrocken zurück. Rhed stand mit aufgesperrtem Mund da und beobachtete, wie das Baum-Auge breiter wurde. Rhed versuchte auszumachen, in welche Richtung das Auge schaute.

»Vielleicht hat es Traum-Dämonen gesehen?«, flüsterte er.

Er spähte durch die Bäume, sah aber nichts. Dann folgte er der Sichtlinie des Auges. Es war Jeff! Sein Haar war zerzaust, seine sommersprossigen Wangen und Nase waren hochrot angelaufen und an der Bewe-gung seines Kiefers konnte man sehen, dass er mit den Backenzähnen mahlte.

Rhed trat einen Schritt zurück. Er hatte seinen Freund noch nie so wütend gesehen.

Dann griff Jeff Phoebe beim Oberarm und zog sie beschützend hinter sich.

»Hey, was soll das?«, schrie Phoebe, als sie versuchte, sich von seinem

Griff zu lösen. Mit einer kurzen schwingenden Handbewegung seiner freien Hand gab es ein zerreißendes Geräusch, wie zwei Blitzschläge, die zusammentreffen und die Umrisse einer Tür erschienen.

Der Mund des Baumgesichtes öffnete sich weit und wuchs und wuchs. Rhed dachte momentan, dass er sie verschlucken wollte. Im nächsten Augenblick wurde der Wald lebendig. Wie bei einem unvorhergesehenen Hurrikan begannen die Bäume zu schaukeln, Zweige bogen sich nach unten auf sie zu, Blätter schlugen gegeneinander, so fest, dass es an wilden Applaus erinnerte.

Baumwurzeln rissen aus dem Boden, sodass Felsen und Gestein sowie grüne Büschel von Moos in alle Richtungen verstreut flogen. Rhed beobachtete, wie Phoebe sich an Jeffs Arm festhielt, um Balance zu halten. Ihr Haar wehte wild im Wind.

Der Sturmwind war so stark, dass Jeff kämpfen musste, auf den Beinen stehen zu bleiben. Er brüllte und zeigte irgendwas, aber die Worte verflogen im Wind wie die Blätter in einem Tornado. Der Sturmwind pfiff durch die Bäume mit enormer Geschwindigkeit. Rhed biss sich auf die Lippen und blickte zuerst tief in den Wald und dann aufs Baumgesicht. Er spürte, dass sich etwas verschoben hatte, und es konnte nichts Gutes sein.

Das Tor, welches Jeff mit einer magischen Handbewegung geöffnet hatte, leuchtete heller und innerhalb von ein paar Sekunden schimmerte ein Steinportal vor ihnen. Der Stein war stumpf grau, aber leuchtete gelblich-orange. Bläulicher Rauch kam durch die Ritze der Tür, aber verflog nicht im Wind. Jeff trat näher und zog Phoebe mit sich. Nah bei der Tür war es nicht windig. Es fühlte sich an, als wenn sie in eine andere Dimension getreten waren. Jeff richtete sich auf und beobachtete, wie Rhed immer noch mit dem Sturmwind kämpfte.

»Komm schon, Rhed. Du schaffst das«, rief Phoebe mit dumpf klingender Stimme, wie hinter einer Hand.

»Hau rein, Alter. Der Durchgang bleibt nicht lange offen«, brüllte Jeff, dessen Augen wieder seltsam grünlich schimmerten.

Rhed zögerte. Dieses Mal war er sich sicher. Das Schimmern in Jeffs Augen war nicht normal. Er konnte nicht zulassen, dass Phoebe mit Jeff alleine durch die Tür ging.

Er warf einen kurzen Blick auf das Baum-Auge und wandte sich Jeff zu. Phoebe stand neben Jeff mit ausgestreckter Hand. Er gab sich einen Ruck, sammelte seine Kraft und legte sich mit ausgestreckter Hand ins Gewicht gegen den stürmenden Wind. Gerade als er einen Meter geschafft hatte, änderte der Wind seine Richtung. Rhed schoss vorwärts, verlor das Gleichgewicht und landete auf dem Bauch. Noch bevor er kriechen konnte, legte sich eine riesige Baumwurzel über seinen Torso und hielt ihn fest auf dem Boden. Er konnte nur mit den dünnen Beinen strampeln und den Armen zappeln. Er blickte hoch, sah Jeff und Phoebe; seine Brille baumelte auf der Nasenspitze.

»Hilf mir«, schrie er mit ausgestreckten Armen.

Jeff schüttelte den Kopf und verzog die Lippen, als wenn es ihm schwer fiel zu sprechen.

»Kann ich nicht, Rhed. Ich kann dir jetzt nicht helfen.« Jeff schluckte.

Die Tür öffnete sich und Rhed konnte die Wärme spüren, die von ihr ausging. Der Sturmwind nahm zu und begann an seiner Kleidung zu zerren. Hätte die Baumwurzel ihn nicht auf den Boden gedrückt, wäre er sicherlich wie ein aufgeblasener Luftballon, dem man die Luft rauslässt, davongeflogen. Rhed konnte grollenden Gesang vernehmen, welcher aus der Tiefe des Waldes zu kommen schien; das Grollen war so dumpf, er konnte die Worte nicht ausmachen.

Die Böen wirbelten um die Tür und zunächst war die Hitze der Tür für Rhed nicht mehr spürbar. Das gelb-orange Leuchten war nun auf den unmittelbaren Umkreis der Tür beschränkt und Rhed konnte nur noch die Umrisse seiner beiden Freunde ausmachen. Sie schienen vor einem grellen Licht zu stehen.

»Wartet auf mich. Lasst mich nicht im Stich!«, brüllte er.

Aber Jeff ging über die Türschwelle und zog Phoebe mit sich.

»Rhed, Rhed«, rief Phoebe. Sie hielt immer noch ihre Hand ausgetreckt zu Rhed, als könnte sie ihn irgendwie magisch mit den Fingern berühren.

Die Tür knallte mit so einer Wucht zu, dass der Waldboden zitterte. Mit einem Schlag war das grelle Licht verschwunden und der Sturmwind beruhigte sich. Rheds Kopf sank zu Boden und er spürte das kühle Moos an der Wange. Jeff und Phoebe waren gegangen.

# 8

Madgwick und Horrigan erschienen vor der Treppe, die zum Sandustiener Ratssaal führte. Madgwick konnte das fröhliche Geschwätz der Dorf-bewohner auf dem Marktplatz hinter sich hören. Obwohl er sich sonst immer Zeit nahm, die wundervollen bunten Stände zu erkunden, dieses Mal ging es nicht. Er folgte dem eilenden Horrigan die Treppe hinauf zu den großen Eichentoren des Auditoriums der Weisen. Die Tore waren mit magischen geheimen Mondrunen geschmückt, welche sich ständig bewegten und veränderten, während sie auch auf Neuigkeiten und Veran-staltungen hinwiesen. Vereinzelt erinnerten sie an Geschichten der Ver-gangenheit.

Die Aufgabe des Runenwächters war es, über Veranstaltungen, die Ver-gangenheit und die Zukunft Buch zu führen. Als Madgwick beim Tor ankam, sah er, dass der Wächter vor seinem umgekippten Stuhl kniete. Mit hellblauen Augen, ohne zu blinken, beobachtete dieser, wie die Runen Neuigkeiten ins Holz schnitzten, bevor sie schnell wieder von anderen Nachrichten ersetzt wurden. Mit bleichem Gesicht wandte er sich den beiden Kriegern zu.

Sein struppiges graues Haar fiel über seine Schultern und seine Augen-brauen sanken, als er mit heiserer, krächzender Stimme sprach.

»Zeiten ändern sich rapide. Das Böse nimmt überhand und Krieg wird immer wahrscheinlicher.«

Wie in totalem Einverständnis mit dem Runenwächter verdrehte und verformte sich das schwere Eichentor, dann schwang es mit einem lauten

Knall auf.

Madgwick und Horrigan nickten übereinstimmend und traten über die Schwelle ins Auditorium, woraufhin das Tor hinter ihnen schwer ins Schloss fiel.

»Das war eine Kriegsansage«, warnte Madgwick.

Er vernahm, dass Horrigans Stirn tiefe Falten zeigte, so als ob ihm die Worte des Wächters nahe gingen. Sie stiefelten beide die weit ausgezogenen Stufen hinunter zur gläsernen Mondscheinkugel, welche in einem alten Torbogen schwebte.

Wie immer übte der Ratssaal der Weisen eine beruhigende Wirkung aus. Madgwick spürte, wie sich die Spannung in seinen Schultern lockerte, legte den Kopf zurück in den Nacken und blickte sich um. Es war immer Nacht im Auditorium. Die Decke hatte hochgezogene Torbögen, die wie Fenster in der Nacht einen Blick ins Universum ermöglichten. Nur die Kometen und Planeten funkelten im dunklen Sternenhimmel. Im Raum herrschte gedämpfte Sphärenmusik und Madgwick musste immer lächeln, da er den Duft von Zimt und Kiefer genoss. Die besondere Magie dieses Raumes war für jeden individuell ein anderes Erlebnis.

Als die beiden Krieger die Treppe herunterliefen, schaute Madgwick sich die Wände an. Normalerweise waren sie perlweiß und tanzende Lichtstrahlen reflektierten, wie durch ein Prisma gebrochen, Regenbogen-farben zurück in das Interieur des Raumes. Selbst die Atmosphäre schien immer zu glitzern und zu funkeln. Aber nicht so heute. Die Wände reflek-tierten verschiedenartige Muster der gläsernen Mondscheinkugel, die in dem magischen Steinbogen mit einem tiefen Purpurrot pulsierend schweb-te. Madgwick verzog das Gesicht beim Anblick der scharlachroten Mauern, die blutüberlaufen schienen.

»Seltsam. Die Mondkugel war in der Regel weiß leuchtend. War es möglich, dass die Kugel Rubisids Schicksal reflektierte?«, fragte er sich.

Er duckte sich unter dem Halbmondkissen durch, das im Gang in Kopfhöhe schwebte. Üblicherweise schwebten die meisten der spielenden Kissen ein paar Zentimeter über den Sitzbänken, während andere im Raum umher flogen. Madgwick und Horrigan kamen unten an, setzten sich in die erste Bank und warteten darauf, dass Galagedra der Weise ihre Anwesen-heit bestätigte.

Galagedra beobachtete die pulsierende rote Kugel, deren rötlicher Schimmer auf seiner Haut reflektiert wurde. Geistesabwesend strich er seine leicht grauen langen Haare, die in einem Pferdeschwanz gebunden über seiner Schulter hingen. Seine Gesichtszüge strahlten unendliche Weisheit aus und die tiefen Gruben, die sich von seinen Wangen bis zum Kinn zogen, schienen tiefer denn zuvor.

Die reflektierende blutrote Farbe ließen seine dunkelblauen Augen dunkelviolett, beinahe Schwarz erscheinen und die Falten, die sich an der Schläfe kreuzten und vertieften, erschienen wie mit Tinte tätowiert, wenn er lächelte. Er trug die mitternachtsblaue Sandustiener Weisen-Robe mit hellgelber Schärpe.

Madgwick öffnete den Mund, um ihre Ankunft anzukündigen und drückte seine Lippen zusammen, als er sah, dass Galagedra, der groß und schlank war, sowie anmutig und zielgerecht in seinen Bewegungen, die Hand erhoben hatte, um ihn zu stoppen. Er war der Älteste und galt als der Kopf der Weisen in Sandustien. Mit den Weisen konnte man nicht spaßen. Wenn einer von ihnen, besonders Galagedra um Ruhe bat, dann wurde sofortige Stille erwartet.

»Die Runentore und die Mondscheinkugel hatten uns die traurige Nachricht unseres gefallenen Kriegers Rubisid längst übermittelt. Die Zeit wird kommen, dann werden wir uns dem Mond in seiner Trauer anschließen. Aber nicht heute.« Galagedra flüsterte nahezu.

Madgwick begann seine Frage mit dröhnender Stimme, als Galagedra sich wegdrehte.

»Dann möchte ich gerne wissen, wie Jeff gefangen genommen wurde.«

Aus Horrigans praller Brust platzte heraus: »Der Junge ging ins Traum-zimmer, obwohl ihm das ausdrücklich verboten wurde. Wiedermal hat er sich allen Anweisungen und Befehlen widersetzt.«

Horrigans Stimme war bitter, denn er vernahm Jeffs Widerwillen als eine persönliche Beleidigung seiner Fähigkeiten als Krieger.

Madgwick kratzte sich am Kopf. Sein Haar zerzaust machte er den Ein-druck, als wäre er gerade aufgewacht und aus dem Bett gestolpert. Er schob sich die Haare aus der Stirn. Er wollte nicht mit Horrigan Un-einigkeit bei den Weisen erzeugen, dadurch dass er ihm widersprach, aber Horrigan lag falsch und hatte Khrows Erklärung falsch interpretiert.

»Galagedra«, sagte Madgwick und räusperte sich.

Horrigan winkte ab und fuhr fort.

»Dieser Traumfänger macht nichts als Ärger. Schaut und beurteilt, was er bisher getan hat. Rubisid ist to … von uns gegangen. Khrow ist schwer verletzt und wieder hat er eine Tür zu einer parallelen Welt geöffnet!«

Galagedra seufzte und blickte zu Madgwick, der mit offenem Mund dastand. Er hob die Hand, um Horrigans Frust zu beruhigen und nickte zu Madgwick fortzufahren.

Madgwick schüttelte den Kopf. »Inkorrekt. Das ist anders gelaufen. Die Traum-Dämonen lockten den schlafwandelnden Jeff ins Traumzimmer. Der Junge wusste gar nicht, wo er war, als er aufwachte.«

»Jedenfalls hört der Bursche nie auf das, was man ihm sagt«, fiel Horrigan mit knurrender Stimme ins Wort.

Horrigan war sicherlich ein großartiger Krieger, aber Madgwick hatte nicht Zeit, sich mit ihm zu streiten.

»Khrow hat mir erzählt, dass der Junge bereits angegriffen wurde, bevor er aufwachte und die beiden schafften es mit viel Glück, aus dem Simulatorraum zu fliehen, nur um wiederum verfolgt zu werden. Ich bin mir nicht sicher, wer das Tor geöffnet, oder wie, und wohin es führt, aber ich weiß genau, dass Jeff damit nichts zu tun hatte. Die beiden sind nämlich ins Loch gefallen. Als ich folgen wollte, wurde ich angegriffen und kam zu spät. Das Loch war verschwunden.«

Madgwick holte tief Luft und wollte mit dem Bericht fortsetzen, aber Galagedra hob seine Hand.

»Die Mondscheinkugel zeigt, dass die alten Tore von Torturra geöffnet wurden. Unser kleiner Traumfänger hat gar nicht die Macht dazu.«

»Torturra? – Bist du dir sicher?«, hauchte Torledo, der Weise, der neben der Kugel stand.

»Ich bin mir zu hundert Prozent sicher. Die blutrote Mondkugel beweist es. Nur ein einziger Strahl von Torturra genügt, um unsere Kugel rot zu färben. Es wird jedoch eine Zeit dauern, bis sie wieder zur normalen Farbe zurückkehrt.«

»Torturra! Wie war es möglich, dass sie die Tore öffnen konnten?«, keuchte Horrigan.

»Traum-Dämonen sind leistungsstark und können in viele Parallel-Welten eindringen. Die Feuerwelt Torturra ist nur eine von vielen Durch-gängen, zu denen sie Zugang haben«, erklärte Jozephus, ein weiterer Wei-ser.

»Khrow ist schwer verletzt. Nicht nur hat der Kampf mit dem Trau-mon ihn um seine lebenswichtige Energie beraubt, sondern auch der Simulatorraum, in dem ihm sein magischer Staub nicht zu Gute kommt. Ich versuchte ihn wiederzubeleben, als wir ein weiteres Mal angegriffen wurden. Ich fürchte, er befindet sich in einer lebensbedrohlichen Situa-tion«, sagte Madgwick, der vorrückte, nicht in der Lage, länger zu sitzen.

»Ohne Khrows magischen Staub hat Jeff in Torturra, dem Land der Feuer, keine Chance zu überleben. Sogar die Luft, die er atmet, kann ihn in Asche verwandeln«, fügte Galagedra hinzu.

»Wir müssen jetzt schnell handeln. Wir haben keine Zeit, den Rat der

Ältesten zu rufen. Wir müssen unverzüglich Krieger nach Torturra schicken, um Jeff und Khrow zu retten.«

Galagedra blickte rüber zu den Weisen und winkte.

»Kommt, Zaubermeister. Wir brauchen all unsere geballten Kräfte und Weisheit, wenn wir einen weiteren Durchgang zu Torturra finden wollen.«

# 9

Jeff fiel zurück gegen die Wand der Höhle; er zog die Beine an und schlang seine Arme um sie. Dann senkte er die Stirn auf die Knie und keuchte, als wenn er gerade einen Marathon gelaufen hätte. Seine Lungen brannten und sein Brustkorb schmerzte. Mit einer Neigung seines Kopfes blickte er in die Höhle, deren Wände leuchteten. Er schluckte ein paar Mal und wischte sich mit dem Handrücken den Schweiß aus den Augen. Ein paar zaghafte Atemzüge später hatte er seinen Atem unter Kontrolle gebracht. Wenn er sich jetzt nicht zusammenriss, würde er kapitulieren.

»Wo bist du, Khrow? Wie kann sowas passieren?«

Er schaute auf die Stelle, wo Khrows lebloser Körper lag, in der Hoffnung, dass er zurückkehrte, aber nichts. Jeff bemerkte einen seltsamen silbernen Schimmer und als er seinen Arm hob, sah er die glitzernde Schicht auf seiner Hand, die ihn immer noch wie eine zweite Haut vor der Hitze beschützte. Irgendwie blieb der Schutz intakt, obwohl Khrows Lebensenergie den Körper des Kriegers längst verlassen hatte.

»Wie ist das möglich?«, wunderte er sich.

»Hat Khrow etwa seinen magischen Staub zu mir übertragen oder ist das nur der Hitzeschutz, der noch zurückgeblieben ist?«

Er wollte sich hinsetzen und an nichts denken, während er auf Madgwick wartete; er konnte nicht fassen, dass Khrow gerade vor ihm hier gestorben war. Und er war anscheinend total machtlos.

»Blöder Staub. Nutzlos! Hättest lieber Khrow am Leben erhalten sollen.«

Er trocknete sein Gesicht mit dem T-Shirt, als ihn ein heiserer Aufschrei von außerhalb der Höhle aufblicken ließ. Er hockte sich hin und kroch zum Höhleneingang.

Drei Traum-Dämonen waren in den Lavastrom gefallen und schwam-men ans Ufer auf der gegenüberliegenden Seite.

»Das müssen sie sein«, dachte er

Khrow hatte ihn gewarnt, dass sie kommen würden. Und sie waren schon hier, noch vor der Ankunft der Krieger. Seine Kehle wurde enger und erneut machte ihm der Gedanke an Khrow zu schaffen.

Als er die Traumonen beobachtete, fiel ein vierter in den Lavastrom. Jeffs Augen verengten sich.

»Eure Schuld. Ihr seid schuld. Ihr habt ihn im Traumzimmer angegriffen und uns dann gejagt«, flüsterte er zu sich.

»Khrow hat nie kapituliert und ich werde das auch nicht tun! Mich kriegt ihr nicht klein … wenigstens nicht ohne Widerstand.«

Er trat ein paar Schritte zurück, tiefer in die Höhle. Gerade noch recht-zeitig, denn einer der Traumonen blickte herüber. Er glaubte zwar nicht, dass sie ihn im Schatten sehen konnten, aber es war besser, auf Nummer Sicher zu gehen.

Jeff konnte die Gesichtszüge nicht erkennen, da sie Mönchstrachten ähnliche Umhänge-Mäntel mit Kapuze trugen. Sie hatten allem Anschein nach einen natürlichen Schutz gegen die enorme Hitze entwickelt, da auch ihre Kleidung unbeschädigt war. Er schüttelte den Kopf und murmelte vor sich hin. Es erzeugte ein einsames Gefühl, aber das war immer noch besser als ganz durchzudrehen. Dass Khrow tot war, hatte ihn zutiefst erschüttert.

Er beobachtete diese Traumonen etwas genauer. Der Angreifer im Simulatorraum sah gewiss mehr wie ein Monster aus einem Alptraum aus, aber diese hier, diese machten einen normalen Eindruck, wie normale Krieger, sogar wie seine Freunde in der Schule.

»Na toll«, dachte er.

»Das wird ja immer besser. Monster, die wie wir aussehen. Wäre doch tatsächlich einfacher gewesen, sie zu bekämpfen, wenn man sie klar durch ihr Aussehen hätte definieren können. So wie Monster halt aussehen. Mist!«

Jeff zuckte zusammen, als die Traum-Dämonen sich teilten und vom Ufer des Lavastroms in verschiedene Richtungen losrannten.

»Jetzt nichts wie weg. Wird nicht lange dauern, bis sie merken, dass ich nicht auf der Seite des Stromes bin. Ich muss den Vorsprung ausnutzen.«

Er zog sich vom Eingang der Höhle zurück, und machte sich auf den Weg in die große Höhle.

»Zumindest kann ich dieses Mal sehen, wo's lang geht«, murmelte er.

Er ließ den Kopf hängen und schloss die Augen einen kurzen Moment, als er an der Stelle vorbeikam, wo Khrows Körper gelegen hatte.

»Keine Zeit für Trauer«, dachte er.

Beim letzten Mal in einer Höhle war es so stockduster gewesen, dass er nur ein paar Reflexionen von Licht auf der Decke tanzen sah. Aber er hatte wenigstens Harley, den Hexenbesen, als Begleiter.

»Wenn Harley wenigstens hier wäre.«

Jeff rannte durch mehrere Tunnel; die Wände waren rau, wie mit Hammer und Meißel ausgestochen. Jeder Riss, jede Spalte, jede Wölbung schien dunkler, wie ausgebrannte Glut. Es war magisch. Jeff rannte durch einen schmalen Tunnel, der erst nach links, dann nach rechts kurvte. Am Ende war ein großer Raum, dessen vier verschiedene Torbögen in unterschiedliche Richtungen zeigten. Er rutschte zu einem Halt und schaute sich um. War wohl egal, welche Tür er wählte, sie sahen alle gleich aus. Dann hörte er Geröll klappern in der Ferne im Tunnel hinter sich. Die Verfolger waren ihm dicht auf den Fersen. Er musste weiter! Jeff holte tief Luft, entschied sich für den dritten Torbogen und wusste innerhalb weniger Augenblicke, dass er sich falsch entschieden hatte. Der Boden hatte lange ungleiche Stufen und je tiefer er in den Tunnel rannte, desto schmaler wurde dieser. Die Wände glühten schwächer als bei Kerzenlicht.

Seine Schritte erzeugten im feinen Sand Staubpuffer. Als er hinter sich schaute, musste er zweimal hinsehen, denn die Staubpuffer waren eigentlich Funken, die im Wind verwehten, wie bei einem Lagerfeuer, wenn eine Windböe durchs Feuer fegt. Die Wände des Tunnels schienen sich zu verengen, schließlich musste er seitlich durch die Lücke schlüpfen, bevor sich der Raum dahinter wieder öffnete. Er vernahm schwaches Rufen hinter sich, welches im Tunnel vom Hall zu ihm getragen wurde.

»Verdammt. Wie soll ich hier ein Versteck finden? Dieser Ort ist doch beleuchtet wie ein Weihnachtsbaum«, fragte er sich.

Er stolperte, verlor das Gleichgewicht und rutschte in ein riesiges schwach rot beleuchtetes Zimmer. Er keuchte, als er aufblickte und sich schnell umschaute. Rote und blaue Edelsteine in verschiedenen Größen funkelten an den Wänden und die Decke funkelte wie ein klarer Sternenhimmel zu Hause. Sicherlich waren die Sterne Diamanten. Das bedeutete, dass dieses Zimmer riesig war, wenn Diamanten auf der Decke ferne Sterne darstellten.

»Hoffentlich kann Madgwick mich finden, sonst bin ich hier verloren.«

Die Reflexion der Edelsteine prallte an seinem schimmernden Glitzer-körperschutz ab. Er hatte sich in ein menschliches Kaleidoskop verwandelt, dessen Farben und Formen sich bei jeder Bewegung änderten. Er stand auf, drehte sich um und versuchte nicht zu blinken, denn die eingebetteten Juwelen in den Wänden zwinkerten und funkelten im gedämpften Rotlicht. Er befand sich in einem der schönsten Zimmer, dass er je gesehen hatte und wünschte sich, Khrow wäre hier, um an diesem Spektakel teilzuhaben.

Drei große Tunnel boten sich an. Zwei waren leicht beleuchtet, einer war dunkel. Merkwürdigerweise hatte jeder Tunnel, durch den er rannte, glühend leuchtende Wände, jedoch diese hier, besonders der dunkle links erweckte den Eindruck, man begebe sich in die Dunkelheit eines Abstieges in ein Senkloch. Er ging auf den dunklen Tunnel zu.

»Ich kann ihnen zwar nicht davonlaufen, aber vielleicht finde ich ein Versteck«, murmelte er.

»Mensch. Diese Tunnel sind so groß, sogar mächtige Drachen wie Watroc und Azghar würden hier locker reinpassen.«

Er zuckte zusammen, denn er hörte einen Schrei hinter sich, viel zu nah. Jeff schüttelte den Kopf und nach einem kurzen Blick in die kohlschwarze Öffnung sprang er über das seltsam geformte Gestein am Eingang des Tunnels. Er schlich sich in den Schatten und versteckte sich hinter einem großen Felsen tief im Inneren des Tunnels. Er würgte. Der Boden war matschig und glitschig und es roch faulig, als ob in der Nähe ein Kadaver verrottete.

Bevor er zurück zum Eingang gehen konnte, weg von dem überwältigenden üblen Geruch, strömten Traum-Dämonen in den Raum und stolperten zu einer Stelle, um sich umzugucken.

»Er muss hier irgendwo sein«, sagte die Kreatur mit zischender Stimme.

»Er kann nicht weit sein. Ich kann ihn spüren!«

Jeff spähte über den Felsen, in dem Versuch zu sehen, was sich da abspielte. Am Ufer des Lavastroms sahen sie aus wie normale Menschen. Seine Augen wurden immer größer. Jetzt, nah bei ihm, konnte er beobachten, wie schwarze Würmer über die Haut, Arme, Gesicht, Hals und Glatze krochen. Sicherlich würde man doch versuchen, die Würmer abzustreifen, aber diese Kreatur da vor ihm störte sich gar nicht dran. Jeff studierte den zweiten Traumonen. Dieser hatte rote Würmer, die über seine Haut krochen.

Beide Wesen spähten jetzt in den dunklen Tunnel. Behutsam zog sich Jeff weiter zurück in der Hoffnung, sie würden keine Bewegung von ihm wahrnehmen.

»Er war hier. Sein Geruch verweilt noch in diesem Raum. Ich kann das wittern«, sagte der eine mit lautem Schnaufen.

Jeff zitterte und fühlte, wie sich die Haare auf seinen Armen aufrichteten. Die Stimme klang heiser, hohl und boshaft.

Der Andere sprach mit einer unerwarteten Helium-Stimme wie ein nervender Moskito.

»Es gibt da noch einen anderen Geruch. Phuh, stinkt das. Kommt da von dem dunklen schwarzen Loch.«

»Hör zu. Wir müssen ihn finden, bevor die Krieger hier ankommen«, sagte der heisere.

»Und vergiss nicht die verrückte Hexe. Man hat uns gewarnt. Die scheint immer nah bei dem Traumfänger zu sein«, quietschte der andere.

»Hast Recht. Die ist nie gut drauf. Vor allem hat sie Kontrolle über die mächtigen Drachen, die so oft mitreisen«, fügte der erste Traumon dazu, als er in den dunklen Tunnel spähte.

»Sollen wir uns teilen?«, fragte der wie ein Moskito klingende Traumon.

»Ja. Wir nehmen zuerst jeder einen erleuchteten Tunnel, gehen zwanzig Schritte rein und wen wir ihn nicht riechen, kommen wir zurück und gehen zusammen in den dunklen Tunnel.«

Die Traum-Dämonen trennten sich und verschwanden aus Jeffs Blick-feld, als sie sich in die beiden erleuchteten Tunnel begaben.

Jeff saß mit dem Rücken gegen den Felsen, zunächst einmal erleichtert, dass sie erst die anderen Tunnel versuchten, aber er fühlte sich in einer Sackgasse. Er ließ die Schultern hängen, als sich die Fußstapfen entfernten.

»Und jetzt?«, flüsterte er.

Die Traumonen konnten ihn an seinem Geruch ausfindig machen.

»Ich kann keine Krieger erreichen, nicht Angie und auch nicht die Drachen. Und selbst wenn, ich könnte nicht einmal eine Nachricht nach Sandustien schicken, denn ich weiß ja nicht einmal, wo ich bin. Scheiße!«

Er konnte noch nicht einmal berichten, dass Khrow tot war. Jeff fühlte sich an Khrows Tod irgendwie mitschuldig. Auch war er ausgelaugt und konnte nicht mehr rennen. Die Traum-Dämonen waren ihm dicht auf den Fersen und es war jetzt nur noch eine Frage der Zeit. Verzweifelt stampfte er mit dem Fuß.

Dann spürte er, wie der Boden unter seinen Füßen zu schlingern und nachzugeben begann. Schnell griff er nach dem Felsen, um sich zu stabilisieren, stand auf und wollte zum Tunneleingang laufen. Er keuchte. Die Decke des Tunnels war dabei sich zu schließen, so als wenn sein Fußstampfen eine Reihe von Schließmechanismen eingeleitet hätte. Spitze Felsen begannen von der Decke des Tunnels herunterzukommen, während andere keilförmige Felsen aus dem Boden schossen und sich perfekt ineinander verkeilten. Jeff war perplex. Wie ein Maul aus Steinzähnen begann die Höhle ihren Zugang zu schließen. Er war gefangen, verschlun-gen, wie ein Köder. Er blickte nach unten und hob den Fuß.

Weißes schmieriges Zeug klebte an seinen Fußsohlen und quetschte sich zwischen seinen Zehen.

»Ugh! Sieht wie Rotze aus!«, bemerkte er so angewidert, dass er nicht daran dachte, leise zu sprechen.

»Verdammt. Wenn ich doch nur meine Schuhe hätte.«

Dann schaute er zum Eingang und es dämmerte ihm.

»Das sind keine Steine. Das sind Zähne! Ich stehe in einem Maul voll Zähnen. Weg, ich muss weg hier«, rief er.

Er rannte zum Eingang, aber es war zu spät. Mit einem knirschenden Geräusch hatten sich die Zähne bereits ineinander verkeilt. Es wurde dunkel und Jeff stand da in der Dunkelheit mit dem faulsten der faulen Gerüche, eine intensive Mischung aus verrottetem Seegras, verbrannten Algen, rauchigem Schleim und einem Hauch von Lakritz.

# 10

Rhed spürte, wie das Gras gegen sein Gesicht drückte; es war weich und kitzelte seine Nase, welche er, um den Juckreiz zu lindern, versuchte hoch und runter zu reiben. Er öffnete die Augen und sah sich um. Der Wald schien friedlich. Sonnenstrahlen, die durch die Blätter filterten, erschienen wie Lichtpunkte von Strahlern, die mit der Brise auf dem Boden tanzten. Vögel zwitscherten und huschten flatternd von Ast zu Ast. Alles hatte den Anschein, als wenn nichts Besonderes passiert wäre und war so beruhi-gend, dass Rhed dazu neigte, seine Augen zu schließen und sich von den Gerüchen und Geräuschen ablenken zu lassen.

Seine Augenglider schossen auf bei dem blitzartigen Gedanken, der ihm durch den Kopf ging. Jeff. Phoebe. Er versuchte sich zu erheben, aber die riesige Baumwurzel hielt ihn immer noch in Schach. Er strengte sich an, bewegte sich hin und her, vor und zurück, aber die Wurzel gab keinen Zentimeter nach. Er drehte den Kopf und konnte sehen, wie mehrere kleinere Baumwurzeln kreuz und quer über seinen Rücken liefen, ihn nahezu eingewickelt hatten und neben ihm in den Boden verschwanden. Er blickte in die Richtung, wo ein Moment zuvor die Tür gewesen war, durch welche Jeff und Phoebe gegangen waren … ohne ihn, wohl bemerkt. Die Umrisse der Tür waren gerade noch sichtbar, weil die Rauchblasen, welche zuvor durch die Türspalte entkamen, noch in der Brise wehten.

»Hilfe«, rief Rhed.

»Kann mir jemand helfen, … Hiiiilfe!«

Er schreckte auf und schluckte, als er spürte, wie von außen ein Gedanke in sein Bewusstsein drang. Nein, das war keine Stimme, keine Worte wurden gesprochen, keinen Laut konnte er hören. Das war irgendwie eine Kombination von weichem Geflüster und tiefem Grollen. »Zweigling sicher.«

Die Anspannung verließ seinen Körper; instinktiv hatte er im Unterbewusstsein reagiert und fühlte sofortige Glückseligkeit, wie schon einmal zuvor. Mit seinem Freund Jeff war er den Sandustien-Kriegern durch die Mondscheintür ins boshafte Königreich Drakmere gefolgt, um Jeffs sechs-jährigen Bruder Matt zu retten. Damals auf der Reise zum Schloss von Drakmere wurde er von einem Baum adoptiert. Monate später wollte ihn der Baum-Prinz, der ihn adoptiert hatte, zurückhaben und hatte einen Fluch ausgesprochen, der ihn langsam in einen Baum verwandelte. Für eine kurze Zeit war er tatsächlich ein Baum und nur dank seines Freundes Jeff und den Kriegern konnte ein Gegenmittel gefunden werden. Dieses glückselige Gefühl, das er jetzt spürte, war schwer zu erklären und er hatte sich gescheut, Jeff davon zu erzählen.

»Also gut. Jetzt kann ich Bäume sprechen hören. Klingt verrückt? Nein, gar nicht, überhaupt nicht!«

Er räusperte sich.

»Ähm, Baum? Darf ich bitte aufstehen?«

Er stützte sich vom Boden ab und erwartete, dass der Baum seine Wurzel lockerte. Nichts da. Die Wurzel zog weiter zu und erschwerte ihm das Atmen.

»Genug jetzt. Lass mich endlich los!«, keuchte er mit Nachdruck und wartete.

Zweigling sicher, schoss ihm durch den Kopf.

»Sicher von was? Warum würden mich die Bäume davon abhalten, meinen Freunden zu folgen?«

Rhed schlug mit geballten Fäusten ins Gras.

»Jetzt hab ich aber genug davon. Lasst mich endlich aufstehen oder ihr werdet mich kennenlernen«, brüllte er.

Seine Brille rutschte auf die Nasenspitze. Frustriert schob er sie mit Wucht hoch und rammte den Brillenrahmen in die Nasenbrücke, was echt schmerzte.

»Hiiiiiilfe. Ich brauche Hilfe. Ich bin hier unter der Baumwurzel eingeklemmt. Kann mich jemand hören? Hiiiiilfe!«, schrie Rhed. Irgendjemand musste ihn doch hören können.

Rheds Schreie wurden von einer Wurzel, die sich heimtückisch vor seinen Mund schlängelte, gedämpft. Der Mund, wie zugeklebt von der Wurzel bedeckt, erzeugte solch einen Gegendruck, dass seine Augen aus den Augenhöhlen springen wollten. Er zog und kratzte verzweifelt an der Wurzel.

»Zweigling sicher und bleib ruhig«, huschte es durch seine Gedanken.

»Du kannst mich mal. Ich bin angeblich der Gefangene eines Baumes. Du wirst mich noch kennenlernen, wenn ich hier rauskomme. Kleinholz mache ich aus dir! Zahnstocher!«, wütete Rhed.

Er bewegte den Kopf von einer Seite auf die andere, vor und zurück, hoch und runter, versuchte die Kinnlade zu öffnen. Vergebens! Er konnte sich von dem wurzeligen Mundschutz nicht lösen. Letztendlich ließ er den Kopf stöhnend ins Gras fallen.

»Na klasse. Keiner weiß, wo du bist und niemand wird dich unter einer riesigen Baumwurzel vermuten. Ich werde hier verrecken. Danke Jeff, vielen Dank auch, dass du mich hier unter einer Baumwurzel sterben lässt.«

Als er da auf dem Rasen lag, mit dem Gesicht im Gras, konnte er die Wärme der Sonnenstrahlen spüren und als die Düfte des Waldes eine beruhigende Atmosphäre ausübten, fiel er in einen Tagtraum. Dann vernahm er zischende Geräusche und schwaches Geschrei, so weit entfernt, es hätte auch ein Traum sein können. Rhed öffnete die Augen und dadurch, dass das Zischen und Geschrei lauter wurde, wusste er, dieses war kein Traum.

Rhed verdrehte den Kopf, um zu sehen, wer oder was das Zischen und Geschrei verursachte. Das Schreien hörte sich weiblich an ... wie ... wie Angie? Kann nicht sein, sagte sich Rhed.

»Angie war doch in Drakmere und überhaupt, warum würde sie schreien? Passt gar nicht zu ihr.«

Dann vernahm er, wie Zweige und Äste brachen, wie bei einer Planierraupe, die durch den Wald fuhr. Was auch immer das war, es war auf Kollisionskurs mit seinem Baum.

»Das sind ja schöne Aussichten. Jetzt verrecke ich nicht mehr friedlich unter einer Baumwurzel, nein, ich werde wahrscheinlich gefressen werden.«

Der Lärm war jetzt fast über ihm, wenn er die Augen schloss, denn er wollte nicht sehen, was kam. Die schrillen Töne wurden so laut, er dachte, sein Trommelfell platze jeden Moment.

THUMP. Das schrille Kreischen hatte ein plötzliches Ende. Was auch immer durch den Wald stürmte, war auf den Baum geprallt und fiel schwer zu Boden. Rhed konnte die Erschütterung durch die Baumwurzel spüren. Gerüttelte Äste schüttelten ihre Blätter ab, die wie im Herbst bei einer schwachen Brise zu Boden purzelten. Der solide Baum vermittelte ein schwaches: »Zweigling Rhed, sicher und beruhigt.«

»Und so wie es aussieht, bald mit Ketchup verspeist«, fügte Rhed hinzu.

Die plötzliche Ruhe war genauso beängstigend wie der rauschende Lärm zuvor. Angespannt, mit geschlossenen Augen und angehaltenem Atem, erwartete Rhed eine Attacke. Er konnte sich gut vorstellen, das ihm das Fleisch von den ausgestreckten Armen gerissen wurde. Er zuckte zusammen und schnappte nach Luft, als ihm irgendetwas auf den Kopf klopfte. Einmal, zweimal. Tok, Tok!

Rheds Augen flogen auf und weiteten sich, als er den Besen Harley, nur einige Zentimeter entfernt, vor seinen Augen schweben sah. Er zog seinen Kopf zurück und brüllte:

»Harley.«

Aber was zu hören war klang mehr wie »OMMMFY:«, da er in die Wurzel sprach, die seinen Mund bedeckte.

»Gott sei Dank ist Harley gekommen«, dachte er.

Der Besen wirbelte so schnell um seine eigene Achse, es war schwer, die unterschiedlichen Holzmaserungen auf seinem Stiel auszumachen, aber sein Schwanz war wie immer buschig und zerzaust.

Rhed streckte seinen Nacken, um zu sehen, wer oder was hinter Harley auf dem Boden lag. Von dem verwüsteten braunen Haar mit feuerroten Strähnen konnte er mit Sicherheit sagen, dass es die verrückte Hexe Angie war. Rhed blickte Harley mit Erwartung an in der Hoffnung, dass der Besen ihn gerade verstanden hatte.

»Oommf, omff, ooommogh.«

»Dumpf, Dumpf.« Harley schlug Rhed zweimal auf den Kopf, so wie man auf Holz klopfen würde

»Hilf mir«, rief Rhed in seinen Gedanken.

»Dieser Baum will mich nicht gehen lassen. Harley, hilf mir bitte.«

Angie begann zu stöhnen und krümmte sich. Sie lag nicht weit entfernt auf dem Boden, ihr war die Luft aus den Lungen geboxt worden. Harley kümmerte sich um Angie und fegte ihr Haar sanft, folglich sah sie aus wie ein rothaariger Strubbelpeter. Rhed beobachtete Angie und wartete, bis sie sich beruhigt hatte und aufhörte zu fluchen. Schließlich hob sie ihren Kopf und setzte sich aufrecht. Sie ignorierte Rhed, als ob sie ihn nicht gesehen hätte.

Sie starrte Harley durch schmale Schlitze ihrer Augenlider an und zischte:

»Was zum Teufel ist in dich gefahren? Versuchst du mich etwa umzubringen? Ich hatte doch gesagt, dass es mir leid tut, mich über deinen knubbeligen Stiel lustig gemacht zu haben. Ich sagte, ich würde es wieder richten, oder nicht? So geht das nun mal, wenn meine Zehen zucken, während ich einen Zauberspruch ausspreche.«

Sie neigte ihren Kopf zur Seite, als wenn sie einer Antwort von Harley zuhörte.

»Doch, sie zuckten. Es ist nicht meine Schuld, dass der Zahn-Funkel-Zauberspruch nicht die erwünschte Wirkung auf dich hatte. Okay, tut mir echt leid. Da hast du's. Ich bin so stocksauer, ich könnte glatt meine eigenen Zehen in Kröten verwandeln. Bist du jetzt zufrieden?«

Sie wandte sich ihren Füßen zu, deren Zehen vor Rheds Nase in alle Richtungen zappelten.

»BOAR, sind das große Füße. Ob die ihre Schuhe wohl in einer Garage parken muss?«, dachte Rhed.

»Was du nicht sagst. Du hast mich also nicht mit Absicht gegen den Baum gefahren? Was, du hast was gehört? Na was denn?«, fragte Angie genervt.

Harley flog rüber zu Rhed. Angie wirbelte herum, wodurch ihre Haare locker über die Schulter schwangen. Dann sah sie Rhed. Rheds Augen weiteten sich.

»Na endlich«, dachte er.

»Rhed! Stell dir vor. So treffen wir uns wieder.«

Angies große smaragdgrüne Augen überflogen den Baum und die Baumwurzel. Dann grinste sie wie ein Honigkuchenpferd von Ohr zu Ohr.

»Feuer und Blitz. Haha. Was ist das für ein Spiel, Baumringen?«

Sie lehnte sich vor und flüsterte: »Sieht nicht so aus, als wenn du siegst? Mensch Zweigling, schau doch nicht gleich so trüb aus der Glotze. Ich sag ja nur. Meine Güte, hat denn niemand mehr Humor in dieser Welt?«

Rhed schüttelte den Kopf und versuchte ihr zu antworten. Mit den Händen und Füssen, und weit offenen Augen versuchte er zu kommunizieren.

»Ooofmf hmmooofff ppooomfff.«

Angie starrte ihn mit leerem Gesicht an. Rhed steckte den Kopf ins Gras und gab frustriert auf.

»Sinnlos, so kann sie ihn nie verstehen«, dachte er.

Dann schaute er hoch auf Harley und sprach in seinen Gedanken.

»Sage Angie, dass ich ihre Hilfe benötige. Dieser Baum hält mich unter seiner Baumwurzel als Geisel gefangen. Hörst du mich, Harley?«

Angie starrte Harley für einen Moment an, als ob sie Rhed hören konn-te. Sie murmelte in einer fremden Sprache vor sich hin, doch irgendwie familiär, bevor sie sich Rhed mit einem breiten Lächeln zuwandte.

»Zweigling, hör mir zu. Der Baum sagt, er hätte nicht vor, dich gefangen zu halten, sondern wollte dich beschützen. Ist doch nett von ihm, oder? Was ein guter Baum. Na solange ihr zwei Spaß habt.«

Sie wandte sich Harley zu.

»Kinders, Kinders. Immer dieses Drama. Dabei hatten sie einfach nur Spaß. Komm, lass uns gehen, ich muss den Zahn-Funkel-Spruch nochmals an dir probieren.«

»Nur Spaß? Gehen? Nein, nein! Hol mich hier raus, Angie! Ich muss dir unbedingt von Jeff und Phoebe erzählen. Jeff hat sie nämlich mitgenommen!«

Rhed strampelte und projizierte seine Worte wütend zu Harley. Es war merkwürdig, dass Harley ihn verstehen konnte, auch dass er des Baumes innere Stimme hören konnte, jedoch Harleys Gedanken blieben ihm ver-schlossen. Harley wirbelte auf der Stelle.

Angies Lächeln verblasste und sie streckte ihren schlanken langen Hals aus.

»Wie meinst du, Jeff hat Phoebe mitgenommen. Wohin? Sag bloß nicht, der ist wieder nach Drakmere gegangen? Wenn, wieso dann überhaupt?«

»Ooopghm oohg oopfffgh«, schrie Rhed mit der Wurzel vor dem Mund.

»Sprich mal vernünftig. So kann dich kein Mensch verstehen.«

Angies Geduldfaden riss und sie schnalzte mit dem Finger. Rhed atmete schwer durch die Nase und schloss die Augen. Zähneknirschend mahlte er mit dem Kiefer.

Harley klopfte Rhed auf den Kopf. Er wollte zeigen, dass Rhed so nicht reden konnte.

»Ist ja gut!«

Angie schnalzte mit der Zunge und klatschte dreimal mit den Händen. Lila Staub schoss aus ihren Händen in die Luft und rieselte auf Rhed. Augenblicklich konnte Rhed fühlen, wie sich der Klemmgriff der Wurzel von seinem Körper und seinem Mund zu lösen begann. Er zappelte und robbte von der schwebenden Wurzel weg. Keinen Moment zu früh, denn sobald seine Füße frei waren, begann der Boden zu zittern und die Baum-wurzel verankerte sich tief in den Boden. Rhed pustete außer Atem und hustete ein paar Mal, um seine Kehle zu lösen.

Seine knubbeligen Knie zitterten, als er versuchte aufzustehen, und er fiel schwach zurück ins Gras. Sofort begann er seine Beine zu reiben, um die Durchblutung zu fördern.

»Mann das kribbelt. … au, au, au«, stöhnte er.

»Stell dich nicht so an, Rhed. Ein Krieger kennt keinen Schmerz.«

»Was soll ich sagen. Meine Beine wollen halt nicht, Angie. Aber egal! Jeff hat Phoebe mit sich nach Drakmere genommen. Ich wollte ihnen folgen und dieser Baum hat mich daran gehindert. Wir müssen ihnen unbedingt folgen. Der Jeff hat sich ganz komisch benommen. So kenne ich ihn gar nicht.«

»Aber warum nach Drakmere?«, fragte Angie.

»Keine Ahnung. Er sagte, dass die Traum-Dämonen kommen. Der hat sich seltsam benommen. Vielleicht haben sie ihm was angetan?«

Der Baum, der Rhed als Geisel nahm, begann zu schwanken. Äste knackten und bewegten sich im unfühlbaren Wind. Blätter rauschten, als wenn sie sich miteinander unterhielten. Rhed blickte mit zusammengekniffenen Augen hoch. Kribbeln in den Beinen oder nicht. Ganz egal wie, er würde jeden Moment die Flucht ergreifen, denn nochmals ließe er sich nicht von diesem Baum gefangen nehmen.

Angie knabberte an ihrem Daumennagel, während sie den Baum beob-achtete; sie nickte ein paar Mal und gab verschlüsselte Laute von sich, sodass der Eindruck entstand, als wäre sie mit dem Baum in ein Gespräch verwickelt. Harley schoss von links nach rechts und sauste aufgeregt um den Baumstamm. Rhed konnte zwar spüren, dass der Baum mit Angie sprach, konnte jedoch nur einzelne Worte wie Feuer, fangen und … Holz verstehen. Bei dem Versuch, dem Gedankengespräch zwischen Angie und dem Baum zu folgen, schlugen seine langen Rasta-Locken von Wange zu Wange. Innerhalb weniger Augenblicke begannen die umliegenden Bäume zu schwanken und zu knarren, als ob sie auch an der stillen Unterhaltung teilnehmen würden.

»Meine Güte. Das ist ja gar keine gute Nachricht«, murmelte Angie.

Sie drehte sich im Kreis und schmiss violetten Glitzerstaub in die Luft.

»Krieger? Kommt her, oh Sternschnuppen!«

Der Staub rieselte zu Boden.

»Wie ging das noch genau? Was rufen die Krieger, wenn sie ihres-gleichen zu sich rufen? … Krieger, kommet hierher? Nein, das ist es auch nicht. … Verdammt, du bist mir auch keine Hilfe, du verrückter Besen! Genug jetzt! … Krieger, hört zu! Macht euch auf den Weg und beeilt euch!«

»Was ist los? Wo sind denn jetzt Jeff und Phoebe?«, fragte Rhed leise.

»Wenn ich die Bäume richtig verstehe, dann sind die beiden nicht an einem guten Platz. Und du mein Freund, kannst deinem vierblättrigem Kleeblatt danken, dass der Baum dich daran gehindert hat, Jeff und Phoebe zu folgen. Du wärest nämlich in Sekunden zu Asche verbrannt. Also hat der Baum dir das Leben gerettet.«

Rhed starrte immer noch auf den Baum, als glitzernder Silberstaub in der Luft um sie herum explodierte. Er beobachtete, wie der Staub auf den Waldboden rieselte und Sandustien-Krieger offenbarte.

# 11

Madgwick wandte sich von Horrigan ab, während sein magischer Staub zurück in seine Hände floss. Wie ein Revolverheld, der seine Jacke hinter den Waffengurt klemmt, schob er seinen Mantel zurück.

»Du lässt die Schulter hängen, wenn du deinen Staub auslöst, Madgwick. Halt die Schulter horizontal, auf dem gleichen Level, sonst kann der Staub nicht an Höhe gewinnen«, coachte Horrigan.

»Das wird heute nichts, Horrigan. Ich kann mich einfach nicht drauf konzentrieren. Mein Kopf ist voll mit Rubisids Schicksal. Und dass die Weisen so lange brauchen, hilft auch nicht, obwohl, ich kann natürlich verstehen, dass sie den bestmöglichen Ort erst einmal finden müssen, wo sie den Durchgang öffnen, und dann müssen wir immer noch Jeff erstmal finden.«

»Geduld, Madgwick. Geduld ist das Vertrauen, dass alles kommt, wenn die Zeit reif ist. Es braucht Weisheit und mächtige Magie einen Zauberspruch zu dichten, der die Tore öffnet, zumal der Ort exakt bestimmt sein muss. Man kann nicht einfach die Tore zu Torturra irgendwo in der Welt öffnen, oder die Welt, zu der es verbindet, wird von der enormen Hitze im Nu verbrennen. Jetzt versuch es wenigstens, wir müssen deine Schulter wieder hundert Prozent in Schuss bringen, denn die Traum-Dämonen werden sich vor Jeff stellen und du musst sie bekämpfen können. Die Zeit der Trauer um Rubisid wird kommen, aber jetzt gilt es, diese Mission im Auge zu behalten.

»Denkst du wirklich, dass sie mich nach Torturra schicken werden?«, fragte Madgwick.

»Mal sehen. Du bist noch jung in den Augen der Sandustiener Weisen. Obwohl du viel Erfahrung mit Drakmere gemacht hast, ist Torturra jedoch eine komplett andere Welt, mit vielen neuen Gefahren.«

Die beiden Krieger hatten Kampfpositionen und Waffen-Selektion geübt und wollten sicherstellen, dass Madgwicks verletzte Schulter, die von den Sandustiener Heilern geheilt worden war, für ihn in einer Kampf-situation kein Hindernis darstellte. Während des Schattenboxens huschten Madgwicks Augen immer wieder rüber zum Ratssaal, in der Erwartung, dass sich da bald etwas tun würde. Die Sonne war über den Marktplatz gestiegen, wodurch die schwarz-grauen Pflastersteine einen bläulichen Schimmer abgaben. Das Flüstern der Wachen im Schichtwechsel war zu hören, und die Nachricht von Rubisids Tod traf die Dorfbewohner und Krieger wie eine eiskalte Brise. Ein Bürger hatte Mondsaft für Madgwick und Horrigan gebracht, den sie genüsslich im warmen Sonnenlicht schlürf-ten. Er verweilte nicht, denn er sah, dass beide Krieger ihre Aufmerk-samkeit auf die Türen der Ratskammer gerichtet hatten.

»Es kann nicht mehr lange dauern. Wir müssen uns darauf vorbereiten, dass wir sofort los müssen, wenn die Weisen den Ort für den Durchgang zu Torturra bestimmt haben«, sagte Horrigan.

Daraufhin öffneten und knallten die Ratskammertüren gegen die Kammer-mauern. Der Wächter der Runen fiel vom Stuhl und stürzte die Treppe hinunter. Als er am Ende der Stufen auf dem Boden lag, hielt er sich die Ohren und krümmte sich zu einer Kugel. Sein Gesicht war eine Maske von Schmerz. Dumpf roter Nebel kam aus dem Ratssaal und zog in Schwaden die steinigen Stufen hinunter. Madgwick und Horrigan rannten zur Kam-mer. Horrigan, der vor Madgwick rannte, nahm zwei Stufen auf einmal und verschwand im roten Nebel.

Madgwick zögerte, als er den geduckten Runenwächter erreichte und wollte ihm aufhelfen, als er eine Stimme hinter sich hörte, die sagte:

»Ich kümmere mich um den Wächter. Nur zu, Madgwick, geh!«

Madgwick drehte sich um und sah den Kollegen Upijer auf der anderen Seite des Marktplatzes, der an den flatternden Ständen und perplexen Bür-gern vorbei, gefolgt von weiteren Kriegern, auf ihn zurannte. Zuversicht-lich, dass der Wächter in guten Händen war, rannte Madgwick die Stufen hoch. Je näher er zum Eingang der Aula kam, desto dicker wurde der Nebel. Er musste durch richtig dicken blutroten Nebel waten und bei der Eingangstür angekommen, war die Luft so schwer, dass es kaum möglich war, einen Fuß vor den andern zu setzen. Er kämpfte gegen die Kraft an und schob sich vorwärts über die Türschwelle.

»Horrigan«, rief er.

»Stell dein Schutzfeld auf, Madgwick, bevor es zu spät ist«, brüllte Horrigan.

Madgwick hob die Hände und setzte seinen magischen Staub frei. Es bildete sich eine silbrig glänzende durchsichtige Wand vor ihm, die fun-kelte, als wenn winzige Rubine in sie eingebettet wären. Diese traf auf den purpurroten Nebel, wodurch sich das Dickicht der Nebelwolke reduzierte, die Luft rein wurde und Madgwick sehen konnte, dass Horrigan seine Arme in Richtung Mondkugel ausgetreckt hielt. Horrigans funkelndes Schutzschild schien den roten Nebel zu blockieren. Sein angespanntes Gesicht zeigte, dass es alle Anstrengung brauchte, um die Schutzwand an Ort und Stelle zu halten. Madgwick kam zu Hilfe und verstärkte Horrigans Schutzschild mit seinem eigenen Schutzfeld. Die Mondkugel, umgeben von Nebel, schien wie ein Sphäroid, der rote Laserstrahlen schießt, zu rotieren. Die Strahlen trafen auf die Kammerwände, prallten ab und schossen kreuz und quer durch die Kammer.

»Was geht hier vor?«, keuchte Madgwick.

»Bin mir nicht sicher, aber es sieht so aus, als wenn die Tore zu

Torturra geöffnet wurden. Streng dich an, Madgwick. Halt deine Schutzwand stetig! Wenn wir das hier vermasseln, könnte es heißen, dass ganz Sandustien zu Asche verbrennt.«

Madgwick legte sich ins Zeug und verstärkte seine funkelnde Wand.

Auf einmal regnete es Glitzerstaub und eine dröhnende Stimme wetterte, noch bevor die Person Gestalt annahm. Das Wettern wurde so laut, dass die Worte rund um den Plenarsaal echoten. Madgwick biss die Zähne zusammen, denn das tiefe Dröhnen der Stimme verursachte ein don-nerndes WAP – WAP – WAP in seinen schmerzenden Ohren.

*Hüte dich vor Torturras Zorn,*
*denn er zerreißt die Wege der Zeit.*
*Mit Wut und spuckendem Feuerstein,*
*verwüstet die Feuerwelt das Sein.*
*Nur mit geballter magischer Kraft,*
*kann man das Reich zur Stunde schützen.*
*Erde und Luft, entfesselt eure Macht,*
*schließt die Tore, macht euch jetzt von Nützen.*

Mit einem blendenden Blitz war der purpurrote Nebel verschwunden und die Ratskammer war mausestill. Die Mondkugel pulsierte im Tempo eines normalen Herzschlages, der sich von einer riesigen Anstrengung erholte. Die roten Laserstrahlen wurden schwächer, bis nur noch das weiße Innere der Kugel leuchtete, als wäre nichts Extraordinäres geschehen.

Madgwick öffnete die Augen und sah Galagedra vor der Mondkugel mit weit ausgebreiteten Armen stehen.

»Meine Güte. Was ist hier gerade passiert?«, fragte er.

»Ihr beiden könnt eure Schutzschilde auflösen. Sandustien ist von euch vor der Hitze und dem Zorn von Torturra gerettet worden. Das Königreich lobt euch und ist somit in eurer Schuld«, erklärte Galagedra

84

auf die Bank sinkend.

Ein silbernes Mondkissen flog rüber, versuchte sich als Sitzkissen brauchbar zu machen und drückte gegen Galagedras Oberschenkel, gab aber auf, denn der Weise war zu erschöpft sich zu erheben. Es nahm neben ihm Platz und diente als Armlehne. Die immense Menge von Energie auf-zubringen, war offensichtlich überwältigend für den alten Weisen gewesen.

»Nur eine ungeplante Öffnung der Tore zu Torturra, konnte unsere Mondkugel zu einer dermaßen gravierenden Aktivität gezwungen haben. Der rote Nebel war der Zorn des Feuerreiches«, erklärte Galagedra.

Im rieselnden Glitzerstaub um sie herum, erschienen die Weisen. Sie versammelten sich um Galagedra. Aufgeregt, besorgt und erleichtert zugleich sprachen sie alle gleichzeitig auf ihn ein.

»Durch die gravierenden Aktivitäten der Mondkugel konnte ich schließen, dass irgendwo im Wald von Little Falls die Tore zu Torturra geöffnet wurden. Ich bezog mich auf die Kräfte von Erde und Luft, die eine Schutzblase erstellten, um den Wald zu schützen, bis ich die Tore schließen konnte«, berichtete Galagedra.

Er schaute in die Runde und sagte mit Nachdruck:

»Meine Herren. Nur ein Traum-Dämon kann die Tore zum Feuerreich öffnen. Wir müssen den Wald untersuchen, um den Schaden zu beheben, der möglicherweise von der Hitze angerichtet wurde.«

»Wer genau, denkst du, könnte die Tore geöffnet haben?«, fragte Madgwick.

»Möglicherweise der Traumon, der unseren Kriegern entkam und sich im Wald versteckt hat. Diese Narren! Die haben keine Ahnung, was sie anrichten können. Nicht auszudenken, was passieren kann, wenn der Zorn von Torturra von einer Welt zur anderen überspringt.«

Galagedras Stimme wurde lauter und seine Augen leuchteten tiefblau, während die anderen Weisen um ihn herum versammelt aufgeregt disku-tierten, bis ein lila Blitz erschien und die Stimme von

Angie, der Hexe, durch die Ratskammer schallte. Ihre Stimme war kaum zu hören und hörte sich an, wie von der Ferne durch einen Tunnel getragen.

»… Krieger, kommet hierher? Nein das ist es auch nicht. … Verdammt, du bist mir auch keine Hilfe, du verrückter Besen! Genug jetzt! … Krieger, hört zu! Macht euch auf den Weg und beeilt euch!«

Madgwicks Augenbrauen schossen hoch.

»Hey, das ist doch Angie!«, rief er.

»Auf geht's. Krieger in Eile«, dröhnte Galagedra, schmiss seinen Staub in die Luft und verschwand in einer Wolke von Glitzerstaub.

# 12

»Mir wird schlecht ... ich werde bestimmt gefressen ... gleich nachdem ich mich übergeben habe«, dachte Jeff, als er von einer Seite auf die andere im Rachen des Monsters torkelte. Er versuchte flach zu atmen, mit leicht of-fenem Mund, nicht durch die Nase. Die Bestie schien sich fortzubewegen. Entweder hatte es keine Ahnung, dass Jeff in seinem Rachen war, als es das riesige Maul schloss, oder er wurde als Nachtisch aufbewahrt für später.

»Wenn ich nicht an dem ekelhaften Gestank ersticke, dann eben als leckeres Dessert. So oder so. Ich bin tief in der Scheiße.«

Seine Finger glitten vom schleimigen Zahn, an dem er Halt suchte, ab.

»Puh, eklig«, dachte er

Er schwankte gegen den nächsten Zahn, als das Biest abrupt stoppte. Er hörte lautes Murren und ein krachendes Geräusch, welches sich näherte, aus der Dunkelheit des Rachens hinter ihm.

»Das war's ... es ist hungrig.«

Er presste seine Lippen zusammen und hielt die Luft an, als er eine neue Welle üblen Gestankes roch und drückte seinen Arm gegen Nase und Mund als Schutzschild, in der Hoffnung ein lautes Erbrechen zu ver-hindern.

Das Maul öffnete sich und warme Luft flutete durch die Öffnung. Jeff biss sich auf die Lippe, als er versuchte sein Zittern zu kontrollieren. Vor-sichtig erhob er sich aus seiner Hocke und wagte einen Blick aus dem

Maul. Die glühenden Wände bestätigten, dass sie sich immer noch in der Grotte befanden. Mit Vorsicht schlich er sich zur ersten Zahnreihe.

»Du schaffst das ... das schaffst du«, sagte er sich Mut machend.

Er bemerkte die dicken, grausamen Zähne.

Die Zähne in der zweiten Reihe waren dreieckig, hatten einen abgesägten Rand und standen kreuz und quer, wie bei einer Holzsäge.

»BOAR! Wie bin ich bloß an denen vorbeigekommen?«, fragte er sich.

»Die sehen nicht wie Felsbrocken aus, mehr wie eine Nagelfestung.«

Er kletterte über die zackigen Zähne und zuckte zusammen, als er auf die weiche Unterlippe der Bestie trat. Die angestaute Luft schoss aus seinen Lungen und er war sich sicher, dass die Bestie ihn spätestens jetzt bemerkt hatte, höchstwahrscheinlich zwischen den gezackten Zähnen zerquetschen und ihn fressen würde.

Obwohl er festen Boden unter seinen Füßen fühlte, stolperte er schiffs-krank rückwärts gegen eine Wand. Alles schwankte noch ein wenig vor ihm und dann spürte er, wie sich seine Augen weiter und weiter offen streckten, denn er starrte einem blutroten Drachen ins Auge.

Er zog es vor, nicht zu blinzeln und so nah am Auge des Drachens stehend, konnte er die riesigen Zähne sehen, die er gerade erklommen hatte. Von dieser Perspektive aus sahen sie sogar noch furchterregender aus als zuvor. Er schaute auf. Der Körper des Drachens schien mit dem Bernsteinrot der Höhlendecke zu verschmelzen. Seine Schuppen waren rot, oval geformt und funkelten, wie als ob Edelsteine zwischen ihnen eingebettet waren. Jeff schreckte auf, als das riesige Maul bis auf ein paar Zentimeter näherrückte. Er blickte von den Zähnen hoch auf die riesigen weißen Hörner, die aus der Stirn des Drachens ragten und musste blinzeln, als er realisierte, dass die Kreatur ihn mit grün-bläulichen Augen beobach-tete, so beeindruckend und klar, dass sie an ein schillerndes Meer von Türkis erinnerten. Genauer betrachtet konnte Jeff das Flackern einer grünlichen Flamme in der Retina ausmachen.

»Wer bist du, und was tust du hier in meinem Berg, genau gesagt meinem Tunnel?«, zischte der Drachen.

Seine Stimme klang tief, wie aus dem Bauch heraus, nahezu wie die von einer historischen Zivilisation. Jeffs Haare flogen zurück vom Atem des Drachen, als er versuchte, in die Wand zu versinken. Er öffnete den Mund, aber nichts, keine Stimme, er war mundtot.

»Antworte oder ich reiße dir das Fleisch vom Körper, Stück für Stück, und sauge das Mark aus deinen Knochen«, dröhnte der Drachen.

Jeffs Kehle war so trocken, er musste ein paar Mal schlucken.

»Ähm Jeff, Jeff ist mein Name«, hauchte er.

»Ich bin von …«, von der Erde, wollte er sagen, aber das klang so unwirklich.

»… vor den Traum-Dämonen geflohen und rannte in Ihren Tunnel hinein.«

Die Augen des Drachen verengten sich.

»Menschen und Traumonen in meinem Tunnel? Willst du mich auf den Arm nehmen? Du gehörst nicht hierher! Wie bist du überhaupt hier angelangt?«

»Ein Krieger und ich fielen in ein Loch.«

Der Drache hob den Kopf und schnüffelte.

»Ich kann die Essenz eines Kriegers riechen. Wo ist er?«

Jeff schloss die Augen. Seine Augenlider waren schwer.

»Wenn er mich fressen will, dann soll er es gefälligst tun. Ich bin müde und dieses Verhör ist frustrierend«, sagt er zu sich im Selbstgespräch.

Die Einsicht, dass Khrow zu Tode gekommen war, war für Jeff unverständlich und verdammt schwer zu ertragen.

»Er starb«, hauchte Jeff schluckend. Seine Kehle schloss sich, als er versuchte, die schreckliche Nachricht zu übermitteln.

»Ganz nah am Eingang zur Höhle ist es passiert«, fügte er schnell hinzu.

Der Drache knirschte mit den Zähnen.

»Tot? Er ist tot? Hast du ihn getötet?«

Seine Augen durchbohrten Jeffs Augen. Konnte es sein, das er den kleinen Menschen vor sich unterschätzt hatte?

»Nein, nein. Er hatte versucht, mich zu beschützen. Ich hatte vergebens versucht, den Staub zurück in seinen Körper zu zwingen«, erklärte Jeff gehetzt mit resignierter Stimme.

»Aber es hat nicht funktioniert. Der Staub blieb bei mir.«

Dann fügte er flüsternd hinzu:

»Ich konnte ihn nicht retten und dann verschwand er, … einfach so.«

Jeff ließ den Kopf hängen und rieb sich die Hände über die Brust, als ob er den Schmerz so ein wenig lindern konnte.

»Humpf!«

Der Drache senkte den Kopf seitlich, sodass er direkt in Jeffs Augen sehen konnte.

»Und wer sind die anderen, von denen du gesprochen hast?«, fragte der Drache.

Jeff kratzte sich am Kopf.

»Die anderen? Ah, das muss der letzte Wille sein vor dem Todesurteil. Aber über wen hatte er vorher gesprochen?«, wunderte sich Jeff.

»Keine Ahnung. Traum-Dämonen?«, sagte er.

»Unsinn! Du sprachst von anderen.«

Jeff starrte den Drachen an.

»Was will der von mir hören? Möglicherweise habe ich von Madgwick gesprochen, oder?«

»Na sag schon, wer noch?«, forderte der Drache ungeduldig.

»Oh! Und Angie?«, stotterte Jeff.

»Weiter, wer noch?«

Jeffs Augen schossen von links nach rechts, als er nachdachte. Er hatte das ungute Gefühl, dass seine Knochen bald ausgesaugt werden, sollte er die Frage falsch beantworten.

»Wen hatte er erwähnt und wann?«, fragte er sich.

Die türkisen Augen des Drachen standen weit offen und die kleine Flamme in seiner Retina würde Jeff verschmoren lassen, genau da, wo er gegen die Wand kauerte. Das nervöse Kribbeln in seinem Bauch erinnerte ihn plötzlich an Azghar und Watroc.

»Vielleicht wollte dieser Drachen etwas über seine Artgenossen hören? Natürlich, das muss es sein«

Dieser Drache wollte etwas über andere Drachen hören!

»Azghar und Watroc«, krächzte Jeff hastig.

»Na also, geht doch! Ja, das sind die anderen … Azghar, Watroc und Angie. Drachen-Namen, von denen ich schon zu lange nichts gehört habe.«

Der Drache schloss die Augen und schnupperte. Ein Hauch von rotem Rauch puffte aus seiner Nase, dann öffnete er die Augen und starrte auf Jeff.

»Kein Grund beängstigt zu sein, mein junger menschlicher Krieger. Die Drachen haben dich nicht gefressen, also werde ich es auch nicht tun.«

Jeff schluckte.

»Ich bin kein Krieger, ich bin mehr ein …«

»Ein was?«, fiel der Drache ihm ins Wort.

»Traumfänger.«

»Na, da schau her. Ein Traumfänger mit Kriegerstaub, auf der Flucht vor Traum-Dämonen hier in meinem Revier.«

Der Drache schnaubte erneut aus, als wenn die Idee lachhaft wäre.

»Und wer sind Sie, wenn ich fragen darf?«

»Ich bin Calidus, der mächtige Feuerdrache. Torturra ist mein Zuhause und obwohl ich zuvor viele andere Orte mein Zuhause nannte, gefällt mir Torturra am besten. Ich bin ganz Feuer und Flamme für diese Welt.«

Jeff schluckte.

»Calidus. Die Krieger von Sandustien werden mich sicherlich suchen und bald hier ankommen. Können Sie mich bitte zurück zum Eingang begleiten?«

»Kommt überhaupt nicht in Frage!«

»Ooops! War ja nur ´ne Frage«, murmelte Jeff.

»Ich hab da nämlich eine bessere Lösung. Die Traum-Dämonen erwar-ten, dass du zum Eingang zurückgehst, aber ich denke es ist besser, wenn wir einen anderen Weg einschlagen. Fürchte dich nicht. Die Krieger werden uns schon finden. Komm, Jeff!«

Als Calidus losging, wiederholte er Jeffs Namen mehrfach, als ob er die Aussprache des Namens testete.

»Jeff, Jeeef, Jeffie, Jefffff.«

Dann stoppte er, schaute zurück, blinzelte und beinahe grinsend mit geschürzter Lippe sagte er: »Hmh. Dünne Beine«

Dann nickte er, als hätte er gerade etwas Wichtiges entschieden.

Jeff lehnte sich vorwärts und betrachtete seine Beine.

»Ich hab dünne Beine? Was soll das?«

Der mächtige Drache wandte sich ab und watschelte in einen Tunnel, der zweimal größer als er war. Jeff hatte weiche Knie und fühlte sich mulmig bei dem Gedanken, dass er mit dem roten Drachen alleine war. Er hatte zuvor mit beiden, Azghar und Watroc gesprochen, aber keiner der beiden Drachen stand ihm so nahe, wie Azghar zu Matt und Watroc zu Phoebe.

Er ließ den Drachen führen und folgte ihm mit sicherem Abstand. Die Möglichkeit, dass er an der Wand wie eine Mücke zerquetscht wurde, war groß, zumal er gerade vermieden hatte gefressen zu werden. Calidus hatte strahlend weiße Stacheln, die von den Schultern hinab bis in den Schwanz liefen. Ähnlich wie Azghar, säumten zwei scharfe Stacheln das Schwanz-ende, welches beim Laufen hin und her schweifte, wodurch er den Boden harkte und die Wände markierte. Jeff zog es vor, sicheren Abstand zu halten.

Der Weg schien endlos.

»Wie weit denn noch?«, fragte sich Jeff.

Der Drache schien den Weg genau zu kennen. Die Tunnel, durch die der Drache sie führte, waren riesig und die leuchtenden Wände wurden mehr und mehr tief bernsteinfarbig. »Endlich kann man sehen, wo man läuft«, dachte Jeff. Der Boden war steinhart und glatt. Jeff fühlte die Kälte des Steinbodens durch seine Glitzerstaubhaut, die seine Füße zuvor vor der Hitze beschützt hatte. Er runzelte die Stirn, als er ein schwaches Flüstern in den Wänden vernahm, lehnte sich näher und tastete die Wand vorsichtig, um zu sehen, wie heiß sie war. Obwohl die Steinwand an dieser Stelle leuchtete, war sie kühl, also drückte er sein Ohr an die Wand und lauschte.

»Ich kann jemanden hinter dieser Wand flüstern hören, Calidus.«

Er blickte auf, aber der Drache war verschwunden.

»Calidus?«

Jeff eilte um die Biegung im Tunnel, als er schrie und mit den Armen rudernd zurückstolperte, bis er in die Wand knallte. Er war doch beinahe in das Maul des Drachens gerannt, welcher hinter der Kurve auf einmal mit gefletschten Zähnen auf ihn wartete. Seine engen blauen Augen funkelten und er war anscheinend sehr wütend.

»Wer bist du und was tust du in meinem Tunnel?«, zischte der Drache.

»Huh?«, stammelte Jeff und nahm die Arme hoch, um einen möglichen Schlag abzuwehren.

»Antworte oder ich werde dir das Fleisch vom Körper reißen und dein Knochenmark aussaugen«, warnte der Drache.

»Ich glaub, ich hab ein Deja-vu«, dachte Jeff bei sich.

»Was soll das? Ich bin's, Jeff. Können Sie sich nicht erinnern?«, sagte Jeff und schob sich die Haare aus der Stirn, damit der Drache ihn besser erkennen konnte.

»Du trägst den Duft eines Kriegers, wer sind die anderen, von denen du geredet hast?«, fragte der Drache.

»Voll krass. Hat der noch alle Tassen im Schrank?«, murmelte Jeff.

»Ich bin immer noch kein Krieger, mein Name ist Jeff, wie ich ihnen bereits schon einmal gesagt habe, ich bin ein Traumfänger und die Traum-Dämonen jagen mich. Zum wiederholten Male, Jeff, den die beiden Drachen Azghar und Watroc nicht gefressen haben.«

Die Augen des Drachen zuerst nur noch kleine Schlitze, öffneten und rollten hoch, als er versuchte sich zu erinnern. Dann guckte er auf Jeffs Beine.

»Ach so, na klar, Jeff. Der mit den dünnen Beinen. Jetzt erinnere ich mich. Hättest du auch gleich sagen können.«

Jeffs weiche Knie gaben nach und er lehnte sich an die Tunnelwand.

»Gott sei Dank. Er erinnert sich«, keuchte er.

»Stell dich nicht so an. Ja, ich vergesse einiges, hier und da, aber wichtiges, so wie der Jeff mit den dünnen Beinen, daran erinnere ich mich immer.«

»Auch das noch. Nicht nur folge ich einem Drachen, der einen T-Rex-Dinosaurier wie ein Zahnstocher zerbrechen, mich wie ein Wattebausch mit einem einzigen Schnaufen verschmoren könnte und dann hat der auch noch ein kurzes Gedächtnis. Na, das sind ja schöne Aussichten«, stöhnte Jeff leise.

Der Drache starrte ihn an.

»Du hast da Dreckflecken auf deinem Gesicht.«

Vom Drachen genauestens beobachtet, glättete Jeff seine Haare und seine gestreiften Shorts.

»Das sind Sommersprossen«, erwiderte er mit einem misslungenen Lächeln, denn seine Lippen wollten einfach nicht auseinandergehen.

»Du scheinst in Ordnung zu sein. Ich glaub, ich mag den Jeff mit den dünnen Beinen«, sagte Calidus mit kleinen tanzenden Flammen in den hellblauen Augen.

Jeff schaute den Drachen verdutzt an. Obwohl er sich nicht sicher war, dass dieser Drachen alle Sinne beisammen hatte, konnte er ein winziges Lächeln nicht verbergen. Jeff atmete tief ein.

»Also gut. Ich muss zugeben, ich mag dich auch, Calidus.«

Die Augen des Drachen weiteten sich und rötlicher Rauch puffte aus seinen Nasenlöchern, welcher wie ein sanfter Wirbelwind um Jeff herumwirbelte. Calidus schnurrte und schnaubte, dann senkte er seinen Kopf auf Jeffs Augenhöhe, zeigte ihm ein drachiges Grinsen, indem er eine Seite der Lippe hob, bevor er sich umdrehte und weiter den Tunnel entlang-watschelte.

»Wo waren wir, Jeff? Was hattest du vorhin gefragt?«

Jeff folgte.

»Er kann mich gut leiden, also stell dich nicht an und hör auf, negative Gedanken zu formulieren«, dachte Jeff.

»Also, ähm Calidus. Das Flüstern in den Tunnelwänden…?«

»Ach so, ja. Das sind bestimmt die Felsratten, fleischfressende Verwandte von Maulwürfen, die du da hörst. Gibt's hier viele. Ich kann dem aufgeregten Flüstern entnehmen, dass sie schon den einen oder anderen Traum-Dämonen weggeknabbert haben. Bedeutet, dass sie nicht mehr so heißhungrig sind, aber man ist auf jeden Fall gut beraten, denen aus dem Weg zu gehen. Ich putze meine Zähne mit deren Schleim. Gibt mir einen schönen fruchtig frischen Mundgeruch.«

Jeff warf einen Blick über die Schulter, um zu sehen, ob sie von Felsratten verfolgt wurden, bevor er murmelte:

»Hmh! Einen schönen fruchtig frischen Atem.«


Eine schwache melodische Stimme hallte durch den Tunnel. Jeff hielt inne und horchte auf. Obwohl sie sehr schwach war, erkannte Jeff die Stimme sofort. Eiskalt lief es ihm den Rücken runter.

»Das ist Phoebe, sie ist hier.«

Jeff stoppte und streckte seine Hand aus. Sein trockener Mund machte ihn sprachlos. Er klopfte an den Schwanz des Drachen, um Aufmerk-samkeit zu erregen. Calidus senkte sein Haupt auf Jeffs Augenhöhe.

»Und? Was ist los?«

»Phoebe. Ich glaub', ich kann meine Freundin Phoebe reden hören. Lausche mal.«

Calidus neigte den Kopf zur Seite.

»Hört sich wie Felsratten an, wenn du mich fragst. Die sind in einem anderen Tunnel, nicht weit von hier. Können wir uns gleich im Spiegel anschauen.«

»Mist, sag bloß nicht, dass Phoebe und Rhed mir gefolgt sind. Ich bring ihn um«, murmelte Jeff, als er Calidus nacheilte und dem schweifenden Schwanz auswich.

Calidus stoppte bei einer Kammer mit glatten Wänden. Die Kammer war so dunkel, dass sie wie ein endloses Loch schien. Jeff trat einen Schritt zurück und suchte den Spiegel.

»Komm, Dünnbein. Stell dich hier hin.«

Jeff rümpfte irritiert die Nase über den Dünnbein-Kommentar, aber biss sich auf die Zunge. Seine Sorge um Phoebe war viel stärker als die Irritation über die dünnen Beine.

Nachdem Jeff neben dem Drachen angekommen war, konnte er sehen, dass aus den Nasenlöchern des mächtigen Drachen eine stetige Flamme schoss, wie bei einem Schweißbrenner, mit der er die Kammerwand be-strahlte. Die Hitze war so intensiv, dass die orange, rötlich-grünblaue Flamme die Wand, wie es schien, zum Schwanken brachte, als sie sich von Schwarz nach Blau und Grün verfärbte, bevor bläuliche Adern erschienen und die Kammerwand wie ein massiver Spiegel durchsichtig bläulich wurde. Calidus stoppte.

»Boar! Sieht wie eine Glaswand aus«, staunte Jeff flüsternd.

»Du kannst sie berühren. Nur zu!«

Jeff ging hin, sah eine Kammer hinter der gläsernen Spiegelwand und aus einem Tunnel klang Phoebes Stimme.

»Ich weiß nicht, wo wir hingehen; aber es gefällt mir gar nicht, Jeff. Es war ganz und gar nicht cool, Rhed so zu hinterlassen. Wir sollten uns bemühen, zurückzugehen, um ihm zu helfen. Hörst du, Jeff? Und überhaupt. Warum diese zweite Haut? Sieht aus wie Schneckenschleim. Ugh!«

Phoebe warf ihr langes, lockiges, braunes Haar über die Schulter. Sie trug ihre rosa Sportjacke um ihre Taille und ihre weißen Turnschuhe hatten rote Schleifspuren.

Jeff drückte seine Handflächen mit gespreizten Fingern gegen die kühle Wand und beobachtete Phoebe. Sie lief neben … huh? Neben ihm her. Er nahm tief Luft und drückte sein Gesicht an die Spiegelwand.

»Wie ist das möglich? … Ein Doppelgänger, wie aus dem Gesicht geschnitten. Phoebe!«, rief er.

Calidus kam näher und blickte durch die Wand.

»Nein, Jeff. Sieht nicht aus wie du. Du hast viel dünnere Beine.«

»Das ist Phoebe. Mein Freundin! Wie kann das sein? Wer ist das da neben ihr? Phoebe!«, rief er noch einmal.

»Die können dich nicht hören, Jeff. Das ist ein Einwegspiegel: Du kannst sie zwar hören und sehen, aber sie dich nicht. Für sie ist da nur eine schwarze Wand.«

Der Drache sprach mit Behutsamkeit, denn er konnte die Sorge in Jeffs Gesicht wahrnehmen. Es war offensichtlich, dass Phoebe ihn nicht hören konnte. Sie stoppten und Phoebe lehnte sich mit ausgestreckten Armen an die Wand genau vor Jeff. Er legte seine Handflächen genau auf ihre und fühlte sich ihr ganz nah.

»Pheebs, Pheebs, ich bin hier, hörst du mich?«

Phoebes Augenbrauen gingen empor und sie runzelte die Stirn, als sie Jeffs Doppelgänger, der neben ihr stand, anschaute.

»Ist dir scheißegal, was ich sage, richtig Jeff?«, fragte sie.

Jeff schaute Calidus an mit weit offenen Augen.

»Was geht hier vor? Wer ist das?«

Calidus beobachtete den Doppelgänger; seine blauen Augen flackerten.

»Das ist ein Traum-Dämon, der dein Aussehen angenommen hat, Jeff. Hmh. Ist es ein Formwandler, der ein Traum-Dämon ist oder umgekehrt, ein Traum-Dämon, der ein Formwandler ist, frag ich mich? Äußerst in-teressant.«

Jeff löste sich von der Spiegelwand und hob den nächsten herumliegenden Stein auf, welchen er gegen die Wand feuerte. Der Stein verursachte noch nicht einmal einen Kratzer. Nach ein paar wuchtigen Würfen stöhnte Jeff:

»Calidus, hilf mir!«

»Die Spiegelwand ist hart wie ein feingeschliffener Diamant. Das wird so nichts«, bemerkte Calidus.

Der Formwandler Traumon sprach:

»Dein Jammern ist lästig! Du redest und redest die ganze Zeit. Wir werden uns um Rhed kümmern, wenn wir uns vergewissert haben, dass die Traumonen uns nicht gefolgt sind. Also stell dich nicht so an! Wir haben noch einen langen Weg vor uns. Und das was du Schneckenschleim nennst, ist der Schutz gegen die Hitze hier, den du erhalten hast, als wir durch die Tür im Wald gingen. Außerdem ist es kaum sichtbar.«

Als er sprach, lief Jeffs Formwandler-Doppelgänger an der Wand entlang zum Ende der Kammer.

»Also. Wo gehen wir hin und wann kommen wir zurück? Ich mach mir Sorgen um Rhed. Warum hast du eigentlich keine zweite Haut? Du leuch-test nämlich nicht wie eine Schnecke in der Dunkelheit.« Phoebe folgte ihm.

Die Stimme des Formwandler-Traumon verzerrte und wobbelte, als er in den Tunnel am Ende der Kammer lief.

»Übrigens. Das ist nicht Schneckenschl…«

Jeff war Phoebe auf der anderen Seite gefolgt. Immer wieder schlug er mit dem Stein auf die bläulich gläserne Wand ein.

»Phoebe. Ich bin hier. Das bin ich nicht. Geh nicht mit. Bleib hier. Phoebe!«

Jeff sackte gegen die Wand, als Phoebe dem Formwandler, der wie Jeff aussah, in den Tunnel folgte. Mit jedem Schritt wurde ihre Stimme schwächer.

# 13

Madgwick schmiss seinen Staub in die Luft und erschien in Person neben Angie, die nagelbeißend im Wald auf und ab lief. Mehrere Prisen Glitzerstaub rieselten um sie herum, als Galagedra und seine Krieger Gestalt annahmen.

»Das wurde aber auch Zeit, Madgwick«, mahnte sie mit erhobenem Finger.

»Ich habe mehrmals gerufen. Der arme Rhed sitzt schon lange hier fest!«

»Wir sind so schnell wir konnten gekommen, Angie«, sagte Galagedra mit tiefer Stimme.

»So. Was geht hier eigentlich vor?«, fragte Madgwick, der beobachtete, wie Rhed seine Ellenbogen rieb.

»Jeff und Phoebe sind durch eine ungewöhnliche Tür gegangen. Also jedenfalls sah sie anders aus als die, die nach Drakmere führt. Aus diesem Durchgang kam Dampf oder Rauch.«

Horrigan hielt die Hand hoch. Rheds Worte überschlugen sich vor Eifer und er wollte den aufgeregten Jungen ein wenig zügeln.

»Also, warte mal einen Moment. Du sagst, dass Phoebe durch diese Tür ging?«, fiel er Rhed ins Wort.

Rhed sammelte sich und holte tief Luft.

»Nein! Beide, Jeff und Phoebe. Beide sind da durchgegangen.« Rhed drehte sich hundertachtzig Grad um die eigene Achse und zeigte auf den Punkt, wo vorher die Tür erschienen war.

»Und als ich ihnen folgen wollte, hat der Baum mich daran gehindert. Angie hat mich vor wenigen Augenblicken erst von den Klammern des Baumes befreit.«

»Rhed, das ist unmöglich. Jeff war heute Morgen zusammen mit Khrow und Madgwick auf dem *Little Falls*-Friedhof«, sagte Horrigan mit gerunzelter Stirn, während er Rhed betrachtete.

Angie hob beide Arme, als würde sie um Erlaubnis fragen dazwischen-zufunken.

»Rhed sagte vorher, dass Jeff sich äußerst merkwürdig benahm«, sagte sie.

Madgwick wandte sich Rhed zu und stützte seine Hände auf die Hüften.

»Wie merkwürdig Rhed? Was meinst du damit?«

»Na komisch halt. Er sagte komische Sachen und benahm sich seltsam. Er sagte, dass er vor Traum-Dämonen floh.« Rhed schob seine Brille hoch.

»Traum-Dämonen, hat Jeff gesagt? Bist du sicher?«, fragte Horrigan, der sich dann Galagedra zuwandte und eine Erklärung erwartete.

Galagedra untersuchte die Gegend in dem Bereich, wo Rhed die Tür gesehen hatte.

»Was geht hier eigentlich vor?«, fragte Madgwick.

»Ich verstehe nicht, wie Jeff hier gewesen sein soll, wenn er doch heute Morgen vor meinen Augen durch die Pforte nach Torturra gefallen ist?«

Der Baum hinter ihnen schwankte und seine Äste begannen sich zu schütteln. Angie beobachtete den Baum, schaute hoch und sagte: »Ach ja? Ach so. Okay, wirklich?«

»Was sagt der Baum, Angie?«, fragte Madgwick. Er notierte sich, die verschiedenen Dialekte der Bäume zu lernen, denn es war frustrierend, nicht zu verstehen, was sie sagten.

Galagedra hingegen ging rüber zum Baumstamm und legte seine

Hand auf die Rinde; er neigte den Kopf und nickte ein paar Mal, während er lauschte.

»Siehst du, Galagedra? Es ist genau so, wie ich sagte«, kommentierte Angie mit verschränkten Armen. Ihre Zehen trommelten auf dem Boden, während sie ungeduldig auf das Ende des stillen Gespräches zwischen dem Baum und Galagedra wartete.

Madgwick schaute sich um, da die Bäume um sie herum mehr und mehr einen Terz machten mit ihrem lauten Rascheln. Es war, als ob die Bäume am Gespräch teilnahmen und ihren Teil dazu beifügten. Rhed schnappte nach Luft, als er wieder das Baumauge sah und bemühte sich zu einem verschmitzten Lächeln mit halb erhobener Lippe, was auch als Grimasse verstanden werden konnte, als der Baum ihm zublinzelte.

»Guck nicht so«, murmelte er und trat hinter Madgwick.

Galagedra räusperte sich.

»Der Jeff, von dem du uns erzählt hast, Rhed, ist in Wirklichkeit ein Traum-Dämon, der Jeffs körperliche Form angenommen hat.«

Horrigan atmete tief ein und exhalierte langsam.

»Ein Traumon, der gleichzeitig ein Formwandler ist. Das gibt es äußerst selten. Warum aber verkörpern sie Jeff?«, fragte er.

»Zorka hat doch die Traumonen auf Jeff losgelassen. Die müssen gedacht haben, die einfachste Methode Jeff zu fangen, wird sein, seine Freunde zu kidnappen. Somit kommt er zu ihnen, ohne dass sie ihn lange suchen müssen. Der Bursche ist halt immer seinen Freunden treu. Ist zwar eine bemerkenswerte Eigenschaft, aber auch eine Schwäche, wenn seine Feinde das skrupellos ausnutzen«, erklärte Galagedra mit einem schweren Seufzen.

»Moment einmal. Wenn der Jeff, den ich sah, ein Traumon ist, wo ist Jeff?« Rheds Augen schossen zwischen Horrigan und Madgwick hin und her.

Galagedra antwortete behutsam mit weicher Stimme.

»Jeff wurde heute Morgen von Traum-Dämonen attackiert. Khrow stand ihm bei, jedoch fielen beide durch die Historischen Pforten nach Torturra. Wir werden ihnen baldigst Krieger nachschicken.«

»Oh Mist. Wenigstens ist er nicht alleine.«

»Wohl wahr. Dennoch, Khrow ist schwer verletzt.«

Rhed nickte. »Also gut. Jeff ist also mit dem verletzten Khrow unterwegs, aber ihr schickt doch Krieger zur Unterstützung, nicht wahr? Dann fragt sich nur, mit wem Phoebe unterwegs ist und wer ihnen folgen wird.«

Der Weise Torledo sagte mit gesenkten Augen: »Mein lieber Rhed. Der Traum-Dämon nahm Phoebe mit nach Torturra. Sie kann da nicht überleben. Torturra ist ein Feuerreich und sie würde in Sekundenschnelle verbrennen. Wir hatten Glück, dass diese Welt, in der wir leben, nicht verbrannte, als sich die Pforten öffneten.«

»Ich wäre mir da nicht so sicher, Torledo«, unterbrach Angie.

»Das Mädchen scheint mir irgendwie besonders zu sein. Sogar in Drak-mere reagierten Dinge anders auf sie, im Vergleich zu den Jungs zum Bei-spiel.«

Angies Hände flogen in die Luft und sie machte eine zirkuläre Bewegung, um besser erklären zu können.

»Das stimmt«, sagte Rhed und schlug mit der geballten Faust in die Handfläche.

»Sie war die einzige, die Zorka hören konnte. Gerüche interpretierte sie anders, und … sie liebte diese küssenden Pflanzen. Die hat sich damals in Drakmere schon total komisch benommen.«

»So ist es«, stimmte Angie zu mit einem Nicken.

»Schmuseblumen, sagst du, Rhed?«, fragte sie mit Stirnrunzeln.

Noch bevor Rhed antworten konnte, wurden sie auf Galagedra aufmerksam. Der hielt verzweifelt seine faltigen Hände über sein Gesicht.

Der alte Weise schüttelte den Kopf.

»Ich kann euch an Hand des Luftdrucks bestätigen, dass die Pforten zu Torturra genau hier geöffnet wurden. Ich sehe keine Chance für

Phoebe, den Durchgang nach Torturra überlebt zu haben. Tut mir wirklich leid, Rhed.«

Wieder schüttelte er den grauhaarigen Kopf.

Es bleibt uns nichts anderes übrig, als dass wir unsere geballten Kräfte auf Jeff konzentrieren und dann ... na dann können wir vielleicht sogar rausfinden, was mit Phoebe passiert ist.«

Rhed ließ den Kopf fallen und verschränkte seine Arme vor dem Bauch, so als wäre er gerade in den Magen geboxt worden.

»Das kann ich nicht glauben. Sie meinen ... Phoebe soll tot sein? Nein, kann nicht sein. Ich hab doch gesehen, wie sie über die Schwelle trat. Kein Feuer, nichts!«

Er biss sich auf die Lippe, schob die Brille hoch und blickte rüber zu Angie, die mit Galagedra sprach.

»Wir könnten uns wenigstens vergewissern, ob sie tot ist oder lebt, Galagedra. Du weißt, die Drachen sind in der Lage, sich mühelos in andere Welten zu begeben. Für sie gibt es keine magischen Grenzen. Galagedra nickte bedenklich.

»In der Tat wären die Drachen in der Lage, in Torturra nach Phoebe zu suchen, aber sie halten sich in Drakmere auf und unsere Priorität muss Jeff sein. Wir wissen, dass er von Traum-Dämonen gejagt wird und wir müssen ihn finden, bevor die es tun. Ich denke, wir haben den besten Ort gefun-den, die Pforten zu öffnen und werden Horrigan, Madgwick und einen dritten Krieger mit der Aufgabe, Jeff zu finden, nach Torturra schicken. Es wäre natürlich ideal gewesen, wenn Rig sich dem Rettungsteam anschlie-ßen könnte, aber der ist immer noch in Drakmere, beauftragt die Gänse-Mond-Blümchen zu finden und wir haben leider keinen Kontakt zu ihm.«

»Gänse-Mond... ?«, flüsterte Madgwick mit heiserer Stimme. Der Gedanke, dass Phoebe tot sein könnte, ließ seinen Kehlkopf fest sitzen und er musste erst einmal schlucken, bevor er verständlich sprechen konnte.

»Gänse-Mond-Blümchen?«, wiederholte er.

Er hatte von den äußerst raren Blumen gehört, aber niemals auch nur eine gesehen.

»Genau! Thirza, Jeffs Großvater hatte sie in der Bibliothek unter der Rubrik Historische Magische Pflanzenkunde gefunden. Das Gänse-Mond-Blümchen hat eine sehr einzigartige Eigenschaft, welche das Blut Phoebes gegen Zorkas Magie neutralisiert, sollte es eines Tages dazu kommen, dass Zorka ihrem Gefängnis entkommen kann«, erklärte Galagedra.

»Ist Gwyndion bei ihm?«, fragte Madgwick.

Gwyndion war eine Kriegerin und gleichzeitig die verlorene Liebe Rigs. Man hatte geglaubt, dass sie tot war, aber auf der letzten Reise nach Drakmere, rein durch Zufall, hatte Jeff sie gefunden und die beiden schaff-ten es zusammen, der bösen Hexe Wiedzma zu entkommen und nach Sandustien zurückzukehren.

»Nein, Gwyndion ist in Sandustien. Sie hat Familienzeit nötig und wir haben sie in die Kriegerschule gesteckt, damit sie ihre Kräfte aufbaut und die Energie ihres magischen Glitzerstaubs erneuern kann.«

Rhed trat vor.

»Ich möchte mich den drei Kriegern anschließen. Schließlich ist Jeff mein bester Freund und er würde es für mich tun. Übrigens kann ich doch nicht nach Hause gehen und auf lau machen. Auch akzeptiere ich nicht, dass Phoebe tot sein soll. Nein, ganz und gar nicht. Ich muss unbedingt mit nach Torturra, gar keine Frage! Wenn es ein Formwandler-Traum-Dämon war, dann musste er wissen, wie er sie vor der Hitze beschützen konnte.«

Galagedra seufzte und starrte für einen Augenblick hoch in die Baum-kronen, wahrscheinlich suchte er die richtigen Worte; dann sprach er mit sanftem Ton:

»Rhed, mein Junge. Du wirst nicht mit nach Torturra gehen können. Der Baum hat dir das Leben gerettet, da du, seit deiner Adoption, ein

Mitglied des Baum-Clans bist. Da du jetzt auch teilweise hölzern bist, hat das Feuer in Torturra eine überwältigende Macht über dich und du wirst zu Asche verbrennen. Die Suche nach Phoebe wird vergeblich sein, denn Menschen können im Feuerreich nicht überleben.«

»Das stinkt zum Himmel. Wie könnt ihr dann glauben, dass Jeff noch lebt. Der ist ein Mensch«, argumentierte Rhed.

«Jeff fiel durch die Pforten in Begleitung eines Sandustien-Kriegers. Der würde ihm den Schutz gewährt haben, den er brauchte, um zu überleben. Wir können nicht davon ausgehen, dass der Formwandler, wel-cher Phoebe entführt hat, diese Kraft besitzt.«

Galagedra zog die Kapuze über und deutete auf Madgwick und Horrigan.

»Kommt mit zurück zum Ratssaal; wir haben dort eine Landkarte, die ihr studieren müsst, damit ihr den Weg zu den Pforten zum Feuerreich finden könnt. Wir haben nur ein schmales Zeitfenster, in dem sich die Tore öffnen und wenn wir das verpassen ...« Galagedra schüttelte den Kopf und ließ das Ende des Satzes offen. Er wandte sich ab und verschwand im rieselnden Glitzerstaub.

Angie hatte sich bis jetzt rausgehalten.

»Madgwick, ich begleite euch nach Torturra«, sagte sie.

»Ich denke, dass ich mich nach Phoebe umschaue, während ihr nach Jeff sucht.«

Madgwick schaute Angie verdutzt an.

»Aber Galagedra hat doch gerade gesagt, ...«

»Ich habe sehr wohl gehört was er gesagt hat. Der Mond wird heute Abend über den Verlust einen Kindes trauern, aber ich möchte mich ver-gewissern, ob das Kind Phoebe ist. Nein, ich werde Phoebe suchen und damit hat's sich.«

Madgwick starrte Angie an und hielt seinen Atem an; er wagte nicht zu hoffen, dennoch, wenn es jemand schaffen konnte Phoebe zu finden, dann war es Angie. Er nickte zustimmend, und trat vor Rhed.

»Rhed. Hör mir bitte genau zu. Ich möchte, dass du auf dem direktesten Weg nach Hause gehst. Hier im Wald kannst du uns nicht helfen.« Er hielt Augenkontakt mit Rhed, bis der Junge nickend zustimmte.

»Ha. Das hatten wir schon einmal, Madgwick. Und dann kam alles ganz anders. Bevor wir blinkten, waren die Burschen in Drakmere«, brummte Horrigan, der auch Rhed anschaute.

»Das ist wohl wahr, Horrigan. Aber dieses Mal kann Rhed die Pforten nicht öffnen. Nur Jeff konnte das damals«, begründete der.

»Rhed. Schau mir in die Augen!«, befahl Horrigan, als er Staub in Rheds Augen streute.

»Ich möchte gern die Wahrheit tief in deinen Augen sehen.«

Rhed blinzelte, denn Horrigans Staub ließ seine Augen tränen.

»Bestätige mir, dass du nicht versuchen wirst, uns nach Torturra zu folgen und dass du die Gefahren, welche dieses Feuerreich für dich offenbart, respektierst. Egal welchen Schutz wir dir geben, du bist ein Teil hölzern und wirst verbrennen. Rhed, geht das endlich ein für alle Male in deinen sturen hölzernen Kopf da rein?« mahnte Horrigan, der auf Rheds Köpfchen klopfte.

Rhed mahlte mit dem Kiefer und Schweißperlen formten sich auf seiner Stirn. Aber nach einem kurzen Augenblick keuchte er: »Also gut. Ich werde nicht nach Torturra gehen. Versprochen!«

Er musste die Worte aus der Brust zwingen.

»Gut! Dann geh jetzt nach Hause!«, sagte Horrigan in abschließendem Ton.

Angie ging an Rhed vorbei.

»Harley kann ja dann mit dir mitgehen. Er darf, genauso wie du, auch nicht mit nach Torturra.«

Harley sprang in eine aufrechte Position. Das war offensichtlich ein Schock für ihn.

Angie verzog das Gesicht.

»Was denkst du dir eigentlich, du verrückter Besen. Natürlich kommst du nicht mit ins Feuerreich.« Sie klopfte auf Harleys hölzernen Besenstiel.

»Hallo, jemand zu Hause? Wiedermal nicht zugehört, was? Holz, mein Guter. Holz und Feuer. Geht nicht, kapisch?«

Rhed fing Harley auf, als er rückwärts plumpste, als hätte er gerade erst kapiert, dass er aus Holz ist. Angie wandte sich Rhed mit einem strahlen-den Lächeln zu.

»So Rhed, mein Junge. Manchmal läuft's beschissen und es wird immer beschissener. Und wenn du denkst, dass es beschissener gar nicht mehr geht, wird's dann sogar noch beschissener. So beschissen, beschissener geht's gar nicht mehr. Dann, mein guter Junge ... dann denkst du einfach an Spaghettieis.«

»Spaghettieis, Angie?,« fragte Horrigan mit erhobenen Augenbrauen.

Angie machte eine rührende Geste.

»Natürlich, Spaghettieis, Horrigan. Man kann immer Spaghetti von Eis machen. Du musst nur linksrum rühren, niemals rechtsrum.«

Sie klopfte Rhed auf den Kopf.

»Mann oh Mann, Angie. Echt? Du kannst doch keine Pastanudeln aus Eiscreme machen.«

Horrigan rieb eine Hand über seinen kahlen Kopf.

»Darum geht's hier doch gar nicht, Horrigan.« Angie schmiss ihre Arme in die Höhe.

»Madgwick sag einmal. Ist der ein bisschen schwer von Begriff? Bist du sicher, dass wir den mit uns nach Torturra nehmen möchten?«

Madgwick versuchte zu lächeln, aber es fiel ihm schwer. Der Gedanke an Phoebes Tod saß noch tief in seinen Knochen. Obwohl es nicht sein Anliegen war, an Galagedras Weisheit zu zweifeln, musste er eingestehen, dass Angie hier und da auf ihre eigene Art und Weise Dinge anders ver-stand und manchmal sogar besser wusste. Vielleicht wusste sie etwas über Torturra, dass die Weisen nicht voraussehen konnten? Wenn Angie mit-ging, dann stand Horrigan vor dem bösen Erwachen, wie es ist mit einer

Hexe zu reisen.

Madgwick fiel es schwer, den jungen Rhed mit dem schrecklichen Schicksal, dass seinen Freunden widerfahren war, zu hinterlassen. Aber sie mussten los.

»Wir melden uns, sobald wir zurück sind, Rhed.«

Er spähte in die Umgebung. Sonnenlicht filterte durch die Baumkronen. Er schmiss Staub in die Luft und verschwand im Rieseln des magischen Staubes, welcher wie ein silberner Vorhang zu Boden fiel. Noch bevor Rhed blinkte, waren Angie und Horrigan auch in einer blendenden Darstellung von glitzerndem Staub verschwunden. Nur das leise Rieseln von feinem lila Staub war noch in der Luft.

# 14

»Vergiss es! Da kriegst du mich nicht rein«, erklärte Angie, während sie ihr feuriges Haar über die Schulter warf.

Madgwick ging an ihr vorbei, um zu sehen, worüber sie sich so dermaßen aufregte. Sie waren doch gerade erst am Seeufer angekommen und Horrigan hatte ein Ruderboot aus magischem Staub geschaffen. Es funkelte und glänzte, wie es auf dem Wasser leicht hin und her schaukelte. Er stand breitbeinig in der Mitte des Bootes und hatte zwei glitzernde Ruder in den Händen, mit denen er Balance hielt. Immer wieder schwapp-te Wasser über den Rand der schaukelnden Schaluppe.

»Wovon redest du? Das Boot ist absolut sicher.«

Horrigans Augen leuchteten auf, als er stolz sein Boot betrachtete.

»Galagedra hat doch gesagt, dass wir vom südlichen Ufer, von Lake Therror in Drakmere, ablegen sollen, oder irre ich mich da etwa?«

Madgwick schirmte seine Augen ab, als er über das Schwert der Sonne, welches auf dem Wasserspiegel eine tanzende, funkelnde Sonnenstraße darstellte, in den Horizont guckte.

»Wir müssen es bis zum grellen Punkt am Ende des gold-glitzernden Spiegelbildes der Sonne schaffen. Galagedra meinte, dass wir die Pforten dort sicher öffnen können«, erklärte er.

Das letzte Mal, als er am Ufer von Lake Therror stand, war er in der Gesellschaft von Watroc und Rig. Er blickte über die Schulter und beobachtete den Waldrand, welcher das Ufer des Sees säumte. Rig war ja noch in Drakmere auf der Suche nach den raren Mond-Gänseblümchen. Sollte

Rig tatsächlich diese eigenartige Blume finden können, dann konnte Zorka Phoebe keinen Schaden zufügen. Obwohl die alte Hexe, von einem mächtigen Zauberspruch von Azghar, Watroc, Angie und Widezma, momentan in Gefangenschaft gehalten wurde, war es allgemein bekannt, dass die Wirkung eines Zauberspruches über die Zeit schwand und dass schlaue Zauber-Häcker immer wieder diese Sprüche knackten.

Zorka selbst war auch sehr mächtig und gewitzt, daher war es umso wichtiger, dass Rig diese seltenen Blümchen fand. Phoebe war sonst der bösen Hexe eines Tages hilflos ausgeliefert. Rig war noch nicht lange in Drakmere unterwegs, dennoch war es unwahrscheinlich, dass Madgwick ihn im Reich der Alpträume auf dem kurzen Weg zu den Pforten von Torturra treffen würde. Er schüttelte den Kopf, als das Argumentieren zwischen Angie und Horrigan lauter wurde. Er seufzte und runzelte die Stirn bei dem Versuch, den Streithähnen zu folgen.

»Du glaubst doch nicht im Ernst, dass ich in das wacklige Ding da einsteige, oder? Das sieht aus, als wenn es jetzt schon sinkt. Nur mit dir drin, wohlgemerkt«, sagte Angie mit verschränkten Armen.

»Hör doch auf, Angie. Das Boot ist absolut seetauglich. Schau zu, ich beweise es dir.«

Horrigan sprang auf und ab wie auf einem Trampolin, welches kleine Wellen verursachte, die bis ans Ufer genau vor Madgwicks Füße reichten.

»Und? Siehst du? Hab ich doch gesagt. Es sinkt!«, rief Angie, als die kleinen Wellen über den Bootsrand schwappten.

Horrigan hörte auf zu springen und stützte seine Hände auf die Hüften.

»Hast du etwa eine bessere Idee, Angie? Ich bin nämlich ganz Ohr.«

Angies Augen verengten sich.

»Ich geb dir gleich was aufs Ohr, du Lümmel. Natürlich hab ich 'ne bessere Idee, besonders jetzt, angefangen mit etwas hellgrünem.«

Madgwick blinzelte. Es wäre nicht das erste Mal, dass Angie jemanden vor ihm in einen Frosch verzauberte. Wenn ihr Geduldsfaden riss, war sie nicht sehr wählerisch, wen es traf. Sie hatte einmal bei einem Kurzschluss einen halben Wald in Frösche verwandelt. Er konnte sich gut vorstellen, dass sie nicht vor einem Krieger halt machte, besonders wenn der sie zur Weißglut reizte. Also hob er schnell die Hand.

»Langsam, langsam, Angie. Beruhige dich bitte. Horrigan in einen Frosch zu verzaubern hilft uns nicht, schneller voranzukommen. Zudem, wir brauchen ihn doch.« Madgwick hielt seine Hand hoch, genau vor Angie, als er mit ihr diskutierte.

»Frosch?« Horrigans Gesicht lief lila an und die Luft explodierte geradezu vor seinem Mund.

»Was genau ist an diesem Boot so verkehrt, Angie?«, fragte Madgwick in beruhigendem Ton.

»Es liegt zu tief im Wasser; ich kann den Boden sehen. Zuviel Wasser. Das Ding wird langsam sein, ich werde nass werden und jemand muss rudern!«, schimpfte sie, die glitzernden Ruder über ihren Kopf haltend.

»Das ist reiner Unsinn, Angie. Das ist ein gutes Boot. Gib mir die Ruder, bevor du sie noch fallen lässt«, verteidigte Horrigan sich beleidigt.

Er griff nach den Rudern und die beiden zerrten und zogen, was das Zeug hielt.

»Genug jetzt! Beide! Es reicht! Natürlich kannst du den Seeboden sehen, das Boot ist doch schließlich durchsichtig – sieht dennoch stabil aus, wenn du mich fragst. Übrigens, wir müssen uns auf den Weg machen, bevor die funkelnde Sonnenstraße erlischt.« Madgwick verwies auf das goldene Spiegelbild der Sonne, welches auf der Wasseroberfläche eine Son-nenstraße zeigte.

Horrigan hielt das Boot still, während Madgwick seinen braunen Lederranzen über die Schulter warf und einstieg. Er nahm die Ruder von Horrigan und führte sie durch die Schlaufen an beiden Seiten des Ruderbootes, setzte sich und stabilisierte das Boot.

Horrigan nickte zuversichtlich und reichte Angie die Hand.

»Komm, darf ich dir behilflich sein?«

Madgwick blickte über die Schulter, da er Angie nicht durch das Wasser laufen hörte. Er konnte seinen Augen kaum trauen und ließ beinahe die Ruder los, denn Angie stand am Ufer mit lila glitzernden, aufgeblasenen Schwimmflügeln auf den Oberarmen, einem gelben Drachenkopf-Schwimmreifen mit lila Augen um die Hüfte, Schnorchel, Taucher-brille und knallroten Schwimm-Flippers.

»Du hast versprochen, dass ich nicht nass werde. Also komm, hol mich.«

Horrigan starrte Angie an.

»Das soll wohl ein Scherz sein«, seufzte er und watete durchs flache Wasser zum Ufer, wo er Angie auf den Arm nahm und sie zum Boot trug.

Madgwick presste seine Lippen zusammen, denn er musste sich das Grinsen verkneifen. Horrigans Schlitzaugen und die verräterischen Grübchen gaben den Eindruck, dass auch er die Situation amüsant fand. Sollte Angie irgendwie Wind davon bekommen, dass die beiden sich über sie witzig machten, würde sie im Nu beide in einen Frosch verwandeln, soviel war sicher.

»Höher, Horrigan, heb die Arme an, ich werde nass!«, beklagte sich Angie.

Horrigan grunzte, als er Angie höher in die Luft hob. Er verzog den Mund unter der Belastung seiner muskulösen Arme. Beim Boot angekommen, ließ er sie wie eine heiße Kartoffel ins Boot plumpsen.

»Horrigan!«, schrie sie leicht hysterisch, als sie ein Bein nach dem anderen anhob, um die geknickten Schwimm-Flipper unter ihren Füßen zu begradigen.

»Und? Bist nicht nass geworden, oder? Ist nahezu unmöglich, dich mit dem ganzen Schwimmgedöns zu tragen.«

Horrigan wandte sich an Madgwick mit hochgezogenen Augenbrauen.

»Sag mir doch noch einmal genauestens, warum wir sie mitnehmen.«

»Du spielst mit dem Feuer, wenn du nicht aufhörst mich zu reizen, Horrigan«, warnte Angie.

Madgwick biss sich auf die Unterlippe, um nicht über die beiden Streithähne zu lachen. Anscheinend war es Horrigans erste Reise mit Angie. Endlich ging es los. Madgwick übernahm die Ruder. Mit langen, kräftigen Zügen, ruderte er das Boot auf der Sonnenstraße vorwärts. Horri-gan stand am Heck des Bootes und gab die Richtung an.

»Meine Güte. In diesem Schneckentempo kommen wir nie an«, grum-melte Angie, die mit jedem Ruderzug vor und zurück schaukelte, während sie das Ufer beobachtete, von dem sie sich, ihrer Meinung nach, viel zu langsam entfernten. Sie winkte mit den Händen, klatschte und glitzernder lila Staub formte eine kleine Wolke in der Luft vor ihr. Ein Motoren-geräusch war zu hören und ein kleiner Außenbordmotor montierte sich am Heck des Dingis.

Madgwick rissen die Ruder aus den Händen, denn das kleine Boot nahm sofort geschossartig Fahrt auf.

»Angiiieeeeee!«, schrie Madgwick, als der Staub der Zauberruder aus seinen Händen zurück zu Horrigan floss.

»Na also. Geht doch viel schneller so«, sagte Angie mit einem Lächeln und Augenzwinkern.

Horrigan zog die Augenbrauen hoch, bis sie sich nahezu in der Mitte trafen, rieb seine Hände und formte aus dem kleinen Ruderboot ein Schnellboot, passgenau zur Motorstärke des Außenbordmotors, den Angie hergezaubert hatte.

Der Bug hob sich aus dem Wasser und sie nahmen Fahrt auf. Angie lächelte breit, als ihre Haare von den Schultern abhoben und im leichten Fahrtwind wehten.

Madgwick fügte schnell ein Lenkrad und einen Gashebel hinzu, denn so war es einfacher Richtung zu halten und den Schub des Motors zu regulieren. Obwohl es schneller als rudern war, so richtig wahnwitzig schnell war es nun auch nicht, aber sie glitten zügig über das Wasser auf die Sonne zu. Horrigan grinste Madgwick und Angie an. Als er wieder aufschaute, hatten sie die Sonnenstraße, die zum Sonnenpunkt führte, verloren.

»Mann. Wir sind zu langsam. Wir müssen ordentlich Gas geben, um wieder auf der Sonnenstraße fahren zu können. Madgwick, hörst du?«, rief er.

Madgwick verzog das Gesicht.

»Hey, ich bin zwar der Kapitän und steuere das Boot, aber ich bin nicht für die Motorkraft zuständig«, brüllte Madgwick mürrisch.

Angie kratzte sich am Kopf.

»Mist. Wenn wir nicht schnell genug fahren, verpassen wir den Sonnenpunkt und den Zeitpunkt, wenn sich die Pforten öffnen. Haltet euch fest, ich hab eine Lösung!«

Sie schmiss lila Staub in die Luft. Horrigan hielt die Hand hoch …

»Nein Angie, überlasse es mir!«

Er fuchtelte mit erhobenen Händen, so als performe er schwierige Magie und sein silberner Zauberstaub explodierte in der Luft vor ihm. Der silberne und Angies lila Staub kollidierten und verflochten sich ineinander. Funken schossen in alle Richtungen, sodass Madgwick sich ducken musste.

»Stop, Angie-Horrigan!«, brüllte Madgwick.

Seine Knöchel waren weiß, so fest musste er sich mit beiden Händen am Steuer festhalten. Das konnte nicht gut gehen, wenn Zauberstaub von verschiedener Herkunft gleichzeitig und mit widersprüchlichem Zweck eingesetzt wurde. Es war für Madgwick zu spät, dem Schauspiel ein Ende zu setzen. Vor seinen Augen explodierte der Außenborder zu einer Wolke von silber-lila Staub. Er hustete und spuckte, als er einen Hauch davon inhalierte. Die Luft um die Staub-Motorwolke flimmerte und das Schnell-boot dippte den Bug durch das plötzliche Leergewicht am Heck und den Verlust von Vorwärtsschub ins Wasser.

Ein Knall war zu hören. Zwei riesige leistungsstarke Außenborder mit Kupfer-Rennpropellern, die gegenläufig für besseren Geradeauslauf rotier-ten, sanken langsam ins Wasser und montierten sich mit einem dumpfen Geräusch am Heck. Das kleine Schnellboot wippte mit dem Bug in die Höhe und sank tief unter dem zusätzlichen Gewicht mit dem Heck ins Wasser.

»Wenn ich sie lasse, dann werden die beiden das Boot versenken«, dachte Madgwick.

Die Kupferpropeller waren riesig. Sie begannen langsam zu rotieren. Madgwicks Kinnlade fiel nach unten. Er ahnte, was kam. Er fummelte hinter sich, um das Steuer zu greifen, welches im Vergleich zu den Moto-ren recht winzig erschien.

Die Außenborder röhrten und als die Propeller ins Wasser sanken, hob sich der Bug senkrecht in die Luft und das Schnellboot schoss im Rennmodus vorwärts. Horrigan, der zuvor am Heck mit rudernden Armen stand, flog Hals über Kopf rückwärts in den See. Das Zaubersteuer wurde aus Madgwicks Händen gerissen, löste sich auf und sein Staub floss zurück in seine Fäuste. Durch den Vorwärtsschub der leistungsstarken Motoren flog das Boot ein paar Meter durch die Luft und man hatte das Gefühl, bei jedem Aufsetzer auf einem Betonboden zu landen, so schmerzten die Knochen.

Madgwick öffnete den Mund um zu rufen, dass Angie vom Gas runter solle, aber seine Mühe war umsonst, denn der starke Fahrtwind ließ seine Wangen aufblähen, die Augen tränen, die Haare wild wehen, seinen Mantel hinter ihm flattern und er musste bei jedem Aufsetzer, der ihn in die Knie zwang, mit den enormen G-Kräften kämpfen, um das Gleichgewicht zu halten. Das Schnellboot war außer Kontrolle geraten und jagte seine eigenen Traum-Dämonen über die Wasseroberfläche von Lake Therror.

Sie überquerten die Sonnenstraße im Zick-Zack mehrere Male, und das Boot, welches eine Achterbahnschleife fuhr, sprang jedes Mal ein paar Meter in die Luft und besonders weit, wenn es über seine eigenen Wellen fuhr. Bei jedem Satz, den das Boot machte, konnte Madgwick Horrigans Kopf an der Wasseroberfläche sehen. Glücklicherweise raste das Boot immer an Horrigan vorbei, jedoch war es viel zu schnell, um ihn aufneh-men zu können.

»Angieeee, stopp die Motooooooren«, schrie Madgwick.

Angie war von ihrer Bank gefallen und klemmte in Rückenlage, mit den Beinen in der Luft, zwischen zwei Sitzbänken fest. Ihre knallroten Flipper krümmten sich im Fahrtwind.

»Geht nicht! Horrigans Staub ist mit meinem zusammengestoßen«, rief sie.

Ihre Taucherbrille hing schief und der Schnorchel schlug ihr ins Gesicht, sodass sie den Kopf hin und her schüttelte.

»Bändige deine Zauberkraft, Angie. Stopp das verdammte Boot«, brüllte Madgwick wieder, dabei wusste er ganz genau, dass sie ihn eigentlich nicht hören konnte, denn der Wind peitschte seine Worte weg, sobald sie über die Lippen kamen.

»Feuerbälle! Muss man denn immer alles selber machen? Wir verpassen gleich noch die Pforten von Torturra oder ertrinken sogar.«

Madgwick schoss ein wenig Staub in die Luft und fokussierte all seine Energie auf die feinen glitzernden Partikel, bis er eine Schutzbrille formen konnte, die auf seine Nase passte und seine Augen beschützte. Dann stieß er eine weitere Runde Staub aus, die sich um seinen Körper herum wie ein Seil wickelte. Tief atmend, konzentrierte er seine Energie auf Angie, bis sich das Seil um ihre Taille geschlängelt hatte. Mit einem wuchtigen Ruck an der Reißleine öffnete sich ein Fallschirm hinterm Boot. Madgwick riss es von den Beinen. Die Wucht, mit der der Fallschirm bremste, war so heftig, dass ihm der Atem wegblieb. Als er abhob, griff er Angie beim Arm und zog sie mit hoch, raus aus dem unkontrollierbaren Boot. Sie baumelte so schlaff an seiner Hand, dass er befürchtete, sie sei bewusstlos. Er griff einmal nach und versuchte die verrückte Hexe höher zu ziehen, dennoch konnte er nicht verhindern, dass Seewasser in ihr Gesicht spritzte. Sie stotterte und hustete, während sie sich umguckte.

»Wo ist das Boot und Horrigan?«, kreischte sie. Mit beiden Armen hielt sie sich jetzt am Schwimmreifen um ihre Taille fest.

»Das Boot ist unkontrollierbar, Angie. Und Horrigan fiel über Bord. Pass auf! Beine hoch!«, rief Madgwick, der mit einem Nicken auf das rasende Motorboot verwies, welches direkt auf sie zukam. Angie hob die Beine an und wich so dem Boot aus, bevor die Propeller sie nass spritzten.

»Höher, Madgwick! Zieh mich hoch! Ich bin klitschnass!«, schrie sie.

»Wir müssen Horrigan helfen«, grunzte Madgwick, der an den Fallschirmschnüren zog und zupfte, um in Richtung Horrigan zu lenken. Das lauter werdende Motorengeräusch ließ ihn aufhorchen. Das Boot hatte wieder eine Kehrtwende gemacht und raste direkt auf Horrigan zu. Madgwick schluckte. Horrigan hatte wohl bemerkt, dass das Boot auf ihn zufuhr, jedoch war es offensichtlich, dass er mit Paddeln nicht in der Lage sein würde, dem rasenden Boot auszuweichen. Madgwick leitete einen Hookturn-Sturzfall ein. Das Swooping-Manöver ließ den Fallschirm mit hoher Geschwindigkeit, über das rasenden Boot hinweg, auf Horrigan zuschießen.

# 15

Rhed stand im Wald und begutachtete die Stelle, an der die Tore nach Torturra sich hinter ihm schlossen, nachdem sein Freund durchgegangen war. Er warf seine Dreads über die Schulter und stützte seine Hände auf die Hüften und fragte:

»Sag mal Harley, bist du eine Petze oder kann ich dir vertrauen?«

Harleys buschiger Besenschwanz wedelte und er wirbelte auf Rhed zu.

»Oh, verlass dich drauf. Wir gehen nach Torturra. Ich verstehe das ganze blah blah blah über Feuer und Holz, aber wenn die Rollen getauscht wären und ich in Schwierigkeiten geraten wäre, würde mein bester Freund Jeff alles daran setzen mir zu helfen, … Phoebe auch. Der würde niemals untätig zugucken und ich hab das auch nicht vor. Freunde tun das einfach nicht. «

Rhed beobachtete die Bäume in seiner unmittelbaren Umgebung.

»So meine Baumfreunde. Wo geht die Reise hin, fragt ihr euch?«, bemerkte Rhed, als wenn er die Frage Harley vorwegnahm.

»Das sag ich euch ganz genau. Auf geht's nach Drakmere, wo wir Rig finden müssen. Der weiß nämlich immer, was zu tun ist und auch wo Azghar und Watroc zu finden sind. Denn, Angie hat gesagt, Drachen kön-nen überall hin. Und da Watroc und Phoebe eine spezielle Beziehung haben, dann wird Watroc sie finden können … wenn sie denn lebt.«

Harley wirbelte herum, als ob er dachte, dass dies die beste Idee war, die er je gehört hatte.

»Ich glaub, ich weiß, wie wir nach Drakmere kommen. Kommst du mit, Harley?«

Harley flog ein paar Schleifen und kam neben Rhed hüfthoch zum Stehen.

Rhed nickte zustimmend und wandte sich dem Baum zu, der ihm zuvor zugezwinkert hatte.

»Hilf mir bitte … Zweigling will nach Hause in Drakwood Forest gehen.«

Rhed schluckte, als der Baum sein groteskes Maul öffnete. Er beobachtete, wie der Mund immer größer wurde, bis er seitwärts durchpasste. Harley flog durch die Öffnung und verschwand aus den Augen in die Dunkelheit. Rhed schaute sich einmal mehr im Wald um, holte tief Luft und schlüpfte durch die dunkle Öffnung im Baum. Es vergingen ein paar Sekunden, in denen er im Inneren des Baumes rumirrte, bis seine Augen sich an die Dunkelheit gewöhnt hatten. Die fühlten sich seltsam glatt an, wie polierter Beton. Der starke Kieferduft überwältigte seine Nase, wodurch sie unkontrollierbar zuckte, als müsse er niesen.

Er schluckte:

»Vielleicht war das gar keine Tür zu Drakmere und der Baum wollte ihn eigentlich fressen? Geschieht dir recht. Du bist und bleibst ein Vollidiot«, sagte er zu sich.

»Hat man davon, wenn man versucht, den Held zu spielen. Wagst dich ohne lange nachzudenken nach Drakmere zu gehen, um Rig und die Drachen zu finden, wenn die Realität die ist, dass du von einem Baum gefressen wirst, in dessen Maul du selbst, ohne Zwang, reingelaufen bist. Mann, die könnten dich hier nie finden.«

Panik setzte ein und er wollte eine Kehrtwende machen. Gerade als er gegen die glatten Wände im Bauminneren schlagen wollte, fühlte er den langen Besenstiel Harleys neben sich.

»Reiß dich zusammen, Junge. Reiß dich zusammen«, sagte er, um sich Mut zu machen.

Er griff nach dem Ende des Besenstiels, als er Harleys Stoß in den Händen seiner ausgestreckten Arme spürte. Vorsichtig tastete sich der Besen vorwärts und Rhed schlurrte zögernd hinterher.

»Hoffentlich kannst du sehen, wo's lang geht. Ich sehe nämlich nichts«, flüsterte Rhed.

Es fühlte sich an, als wenn sie durch einen langen Tunnel liefen.

»Autsch, verdammt, das tut weh«, murrte Rhed.

»Wenn das so weitergeht, dass ich die Knöchel an jeder Ecke anstoße, dann brauche ich bald Krücken, Harley. Autsch, schon wieder. Mensch Harley, nimm mal Abstand von den Seitenwänden. Das ist ja nicht zu ertragen.«

Rhed fühlte den Dreh des Besenstieles im Handgelenk und gleich darauf sah er die silbern leuchtenden Umrisse einer Tür in der Finsternis. Er stieß laut die Luft aus den Lungen. Es war ihm gar nicht bewusst, dass er den Atem angehalten hatte.

»Super Harley, das muss es sein. Da, vor uns ist der Ausgang.«

Die Tür quietschte und ging auf; der Junge und der Besen hasteten in den Sonnenschein und liefen ein paar Schritte von dem Baum weg. Mit energischem Augenblinzeln versuchte er sich ans grelle Tageslicht zu gewöhnen und drehte sich im Kreis, um die Umgebung zu erkunden. Sie waren anscheinend in einer Waldlichtung angekommen. Er warf einen Blick auf den Baum, aus dem sie gerade gekommen waren, und dachte, er traue seinen Augen nicht. Das war doch das gleiche Baumgesicht, in das sie beide reingegangen waren. Das Baum-Auge starrte ihn an.

»Uh. Vielen Dank auch. Nun versprich mir doch bitte, dass du das geheim hältst. Die anderen Bäume brauchen nicht wissen, dass ich hier bin«, sagte Rhed.

Als Baum-Auge sein Auge halb zukniff, fügte er schnell hinzu:

»Es ist nicht so, dass ich meinen Baum-Klan nicht gerne wiedersehen möchte, nur habe ich eine wichtige Aufgabe und kann keine Zeit verlieren. Ich melde mich, sobald ich kann.«

Er seufzte und nickte, als das Auge sich wieder öffnete und dann zwinkerte.

»Irgendwie ist das genauso gruselig wie vorhin«, dachte er.

Mit einem kurzen Blick auf Harley, zuckte er mit den Schultern und fragte den Baum:

»Du hast nicht vielleicht Rig, den Sandustien-Krieger gesehen oder weißt sogar, wo er sich aufhält, nein?«

Rhed beobachtete, wie die Baumrinde sich verdunkelte, der Baum zu schwanken begann und das Wischa-Wascha-Rascheln der Blätter lauter wurde. Er konnte die vagen Gedanken hören, sowie Wiese, Smaragd, Blaubeeren und Ponsap.

»Oh, Pongsap-Wurzel. Die reden bestimmt über Rig.«

Dann murmelte er:

»Harley. Hast du gefragt, wo's lang geht?«

Der Besen flog in eine aufrechte Position und drehte sich in die entgegengesetzte Richtung. Rhed folgte mit den Augen und sah, dass der angegebene Weg direkt in den Wald hinein führte. Es war dunkel und düster. Der schmale Pfad verschwand in der Dunkelheit. Er hob sein Kinn und mit einem kleinen Kopfschwenken rief er Harley zu sich. Er führte sie ein wenig außer Zuhörreichweite und runzelte die Stirn, als der Baum sich vorlehnte, um zu lauschen.

Rhed hielt die Hand vor den Mund, sodass Lippenlesen nicht möglich war.

»Sag mal, bist du dir sicher? Mein Bauchgefühl sagt mir, soweit wie möglich von den Bäumen wegzubleiben, solange wir hier sind. Hast du gesehen, wie der die Krise gekriegt hat, als ich Rig erwähnte? Seine Baum-rinde lief nahezu schwarz an. Auch kann ich mir gut vorstellen, dass Rig das genauso sieht nach dem Streit mit den Bäumen mich frei zu lassen. Jeff hat mir erzählt, dass die Bäume echt wütend waren, nachdem Angie viele von ihnen in Frösche verzaubert hatte. Stell dir mal vor, dass

Angie die möglicherweise nicht wieder zurück in Bäume verwandelt hat? Da könnten immer noch hunderte von Bäumen im Wald rumhüpfen.«

Harley drehte sich wieder um hundertachtzig Grad. Dort lag ein klarer Weg mit strahlendem Sonnenstein vor ihnen. Der Gegensatz zum düsteren Waldweg.

»Jawohl. Da geht's lang«, nickte Rhed zustimmend.

Er schob die Brille die Nase hoch, strich sich ein paar Strähnen Dread-locks aus dem Gesicht und rief zum Baum:

»Okay, bis später dann.« Woraufhin er, ohne lange zu fackeln, mit flot-ten Schritten auf den strahlenden Sonnenschein zuging. Er erschrak, als er das reißende Getöse hinter sich hörte, sprang herum, und duckte sich. Als er sah, wie die Wurzel des Baumes aus dem Boden riss und auf sie zu-schwang, rief er:

»Heiliger Strohsack,… Harley, pass auf!«

Rhed sprang hoch. Wie in Zeitlupe beobachtete er die klumpige Baum-wurzel unter sich passieren. Athletisch landete er leichtfüßig auf den Beinen und sprang vorwärts, die Schwungkraft nützend.

»Komm, Harley!«

Der fliegende Besen rauschte an dem rennenden Jungen vorbei in den Sonnenschein. Der Baum war immer noch heftig in Bewegung, schwang von einer Seite zur anderen, Wurzeln rissen aus dem Boden, in dem Ver-such den Jungen und seinen Besen zu fangen.

Sie rannten auf die Wiese im Tal und nach einiger Zeit war nichts mehr von dem Baum zu sehen oder zu hören. Abgehängt und resigniert hatte er sich zurück in den Wald gezogen.

Rhed keuchte und stützte sich ausgelaugt mit beiden Händen auf die Knie.

»Mann, das war brenzlig. Wir müssen uns von den Bäumen und dem Wald fernhalten. Eine Pongsapwurzel würde jetzt echt gut tun.«

Rhed richtete sich auf und blickte um sich.

»Also gut. Wo geht's lang, denkst du, Harley?«

Die Wiese war lang, hatte goldenes Gras, welches in der leichten Brise wehte. Blaue Knopfblumen punktierten die Landschaft und die Sonne stand tief im Horizont.

»Ich glaube, es ist später Nachmittag«, sagte Rhed leise.

Die Gedanken rasten in seinem Kopf. Sein waghalsiger Plan schien jetzt eher erschreckend. Hatte er vergessen, wie gewaltig Drakmere sein konnte?

»Wir brauchen schnellstens einen Plan, Harley, sonst irren wir in Drakmere ewig umher.«

Alles sah gleich aus, und doch war nichts familiär. Wie würden sie Rig finden können? Rufen? Vielleicht seinen Namen rufen, in der Hoffnung, dass er sich in der näheren Umgebung aufhielt?

»Doof, Mann! Echt doof, auch wenn ich das selbst zugeben muss.«

Rhed und Harley überquerten die Wiese; Harley glitt einen Zoll über die Grasspitzen. In der Ferne säumte der Wald auf beiden Seiten die Wiese, also war es das Beste, auf dem Pfad zu bleiben, der in die Richtung der Sonne führte. In Gedanken, wie sie Rig finden könnten, liefen sie eine Weile, ohne zu reden, bis Rhed eine plötzliche Bewegung im Augenwinkel wahrnahm. Er fokussierte seine Augen in die Richtung, wo er die Bewe-gung gesehen hatte, und beobachtete die Bäume. Mit gerümpfter Nase und runzeliger Stirn sagte er:

»Harley. Merkst du auch, dass sich etwas verändert hat?«

Harley, der ein paar Schritte vorausschwebte, stoppte sofort und blickte auf die Baumgrenze auf der linken Seite der Wiese und schwebte dann träge nach rechts. Rhed schüttelte den Kopf.

»Entweder ist da mehr Walddickicht hier oder …«

Dann lehnte er sich vor und lauschte.

»Zweigling … einzingeln … Falle stellen …«

»Falle? … Harley, hörst du das auch?«

Rhed sprang erschrocken auf, als Harley herumwirbelte und in die

Richtung der Sonne schaute. Das war genau der Weg, auf dem sie sich befanden, wo die Wiese in der Bläue des Himmels zu verblassen schien. Sein buschiger Besenschwanz war gesträubt wie nach einem Elektroschock. Er drehte sich im Kreis in einem solchen Zustand, dass es wie ein wilder Tanz aussah. Dann schubste er Rhed vorwärts in die einzige Richtung, wo der Horizont nicht mit Bäumen gesäumt war.

»Hey, was soll das?«, fragte Rhed, als er versuchte, Harley mit Widerstand zu bremsen.

Der Besen hatte jedoch Anlauf genommen und bevor Rhed sich dagegen wehren konnte, bekam er von Harley einen Klaps auf den Hintern und stolperte vorwärts.

»Was soll das? Mensch, das tat weh!«

Rhed starrte Harley perplex an und dann fiel endlich der Groschen.

»Ach so. Die versuchen uns einzuzingeln.«

»Na, dann los, Harley. Beeil dich!«, keuchte Rhed, als er durchs hohe Gras rannte. Jetzt wo er realisierte, dass die Bäume ihn einkreisen wollten, war es möglich für ihn, das Poltern und Kratzen von Holz, welches über den Boden geschleift wird, sowie das reißende Geräusch, welches die Wurzeln verursachten, zu hören. Die Baumrinde quietschte lauter und lauter. Mit jedem Atemzug näherten sich die Bäume dem Ziel.

»Die versuchen uns den Weg abzuschneiden, Harley!«

Als er rannte, sah er dunkle Schatten, die im Horizont eine Linie formten, welche den Fluchtweg verengte.

»Das schaffen wir nicht!«, keuchte Jeff und zuckte zusammen, als Harley ihm mit seinem borstigen Besenschwanz auf den Hintern schlug.

»Hör auf damit, schneller geht's einfach nicht!«, schrie Rhed.

Rhed schrie ohne Geschwindigkeit zu verlieren, seine knubbeligen Knie pumpten hoch und runter und rannten, was das Zeug hielt. Er klemmte seine Arme ein und rannte, denn direkt hinter ihm flog Harley, der ihn animierte einen Zahn zuzulegen.

# 16

Phoebe beobachtete Jeffs Hinterkopf, als sie hinter ihm stapfte. Gefühlt, waren es Stunden, die sie gelaufen waren. Irgendetwas war jedoch nicht im Lot, dachte sie und knabberte an ihrem Daumennagel.

»Zum einen lag es überhaupt nicht in Jeffs Persönlichkeit, Rhed so zu hinterlassen, und zum zweiten hatte Jeff sich noch nie über mein kontinuierliches Gelaber, wie er es nennt, beklagt. Ich weiß, dass ich viel rede, aber das hat ihn zuvor noch nie gestört. Und dann zum dritten, woher weiß er, wo es lang geht? Ich bin mir sicher, Rhed hat mir alles von den früheren Eskapaden der beiden in Drakmere erzählt und da hat er jedenfalls nie etwas von Tunnel mit leuchtenden Wänden erwähnt.«

Schritte im Tunnel unterbrachen Phoebes Gedanken. Sie blickte über ihre Schulter, legte einen Schritt zu und ging näher an Jeff heran.

»Jeff, hörst du die Schritte? Denkst du, da ist noch jemand hier im Tunnel? Hört sich wie rennen an. Vielleicht ist es Rhed? Sollten wir nicht umkehren, um uns zu vergewissern?«

»Unmöglich und nein, das ist nicht dein Freund, den du da hörst, Phoebe. Jetzt komm, beeil dich. Ist nicht mehr weit und um Gottes Willen, hör auf mit dem ewigen Lästern, ist echt nervig.«

Phoebe stolperte zu einem Halt. Sie hatte plötzlich Flattern im Bauch und ihre Knie wurden weich. Sie stützte sich an die Wand.

»*Mein* Freund? Du sagtest, *mein* Freund. Seit wann ist Rhed nicht mehr *dein* Freund oder *unser* Freund? Was ist mit dir los, Jeff?«

Jeff machte eine Kehrtwende und lief auf Phoebe zu. Die leuchtenden

Wände reflektierten auf Jeffs Gesicht und gaben den Eindruck, als trüge er eine finstere Maske. Phoebe erschrak und lehnte sich mit dem Rücken gegen die Wand. Ihre Alarmglocken schlugen nicht nur an, sie läuteten so laut und durchdringend wie der Kölner Dom.

»Das ist Haarspalterei, Phoebe. Natürlich ist Rhed *mein* Freund. Aber wir müssen den Vorsprung gegenüber den Traum-Dämonen erhalten. Das sind sie wahrscheinlich, die du da hörst. Wenn wir es schaffen, die abzu-hängen, gehen wir natürlich zurück zu Rhed. Komm, beeil dich.«

»Genug jetzt. Ich laufe keinen Schritt mehr, bis du mir sagst, was hier vor sich geht.«

Phoebes Wangen blähten sich auf, als sie ihren Atem anhielt und sie stützte ihre Hände in die Hüften. Jeff rollte die Augen und schmiss die Arme hoch. Er holte tief Luft.

»Mann, Phoebe. Wir haben keinen Zeit für den Scheiß!« Er deutete in den Tunnel hinter sich.

»Die Traum-Dämonen kommen. Du hast es selbst gehört. Keiner weiß, was die mit uns machen, wenn die uns einholen. Jetzt komm, Phoebe! Ich bitte dich.«

Sie zögerte, als Jeff sich von ihr wegdrehte und in den Tunnel rannte. Ihr langes Haar flog, als sie sich blitzartig umschaute. Das rhythmische Stampfen der Schritte wurde immer lauter.

»Und wenn das nun wirklich Traumonen waren, was dann?« Sie rannte Jeff nach.

Innerhalb von Minuten kamen sie zu einer Kammer, deren Wände glutrot waren; der krasse Unterschied zu den gelblichen leuchtenden Tunnelwänden ließ annehmen, dass sie dem feurigen Brandherd im Inneren des Berges näher kamen. Von hier verliefen zwei Tunnel aus der Kammer. Jeff wählte den zu seiner Rechten aus.

»Warum den Tunnel? Woher weißt du, welcher zu nehmen ist?«, fragte Phoebe, welche die dunkelrote Decke studierte, als eine Bewegung von der anderen Seite der Kammer ihre Aufmerksamkeit erregte. Ihr

Haar schlug von einer Seite zur anderen, als sie zweimal hinguckte und aufschrie. Zwei Männer kamen aus dem Tunnel gehetzt und stoppten abrupt. Sie waren überrascht, Phoebe und Jeff da in der Kammer stehen zu sehen.

»Das sind sie!«, rief der eine mit niedriger kehliger Stimme, welche Phoebes Kopf zurückrucken ließ. Er ging ein wenig in die Hocke, wie ein Raubtier, das seine Beute anpirscht. Der andere Mann zog die Schultern zurück, nachdem er sich offensichtlich von der Überraschung, die beiden in der Roten Kammer zu finden, erholt hatte und bewegte sich mit Zeitlupenschritten in die andere Richtung, um den Fluchtweg abzuschneiden.

»Oh Mondgranaten … Traum-Dämonen«, murmelte Jeff und trat schützend vor Phoebe. Sie stand da, wie erfroren, konnte nur die beiden anstarren. Auf den ersten Blick sahen die zwei Männer aus wie ganz normale Menschen, dann bemerkte Phoebe, dass ihre Augen schwarz glänzten. Sie hatten seltsam verschlungene Tätowierungen mit winzig dünnen roten Streifen, sichtbar im Gesicht, dem Hals und auf den Armen. Sie grinsten scheußlich, welches darauf deutete, dass sie den Gedanken genossen, einfache Beute zu machen. Dann begannen die roten Markierun-gen wurmartig über die Haut zu kriechen. Ein Traumon fletschte die Zähne und knurrte Phoebe an.

»Ach, hör doch auf damit. Du verschwendest unnötig Energie«, sagte Jeff verärgert und verschränkte seine Arme. Phoebes Mund stand offen bei Jeffs coolem Auftreten; mit seiner lässigen Haltung machte er den Ein-druck, als hätte er die Situation im Griff.

»Kapituliert. Von hier aus könnt ihr uns nicht mehr entkommen«, knurrte ein Traum-Dämon.

»Ha, das soll wohl ein Witz sein. Ich bring das Mädchen selbst zu Uzas«, erwiderte Jeff.

Phoebes Kopf flog zu ihm herum.

»Jeff?«, fragte sie mit unsicherer Stimme hinter vorgehaltener Hand.

»Woher kennst du Uzas?«, fragte ein Traumon.

»Mein Name ist Nequam, ich bin ein Formwandler und die junge Dame hier ist mein Gefangener. Uzas hat mir die Macht erteilt, sie zu kidnappen und ich habe seinen Auftrag vollstreckt. Ihr könnt den anderen jagen, wenn ihr wollt, aber meine Beute ist für euch unantastbar.«

Phoebe sank in die Knie, als die Umrisse von Jeffs Körper zu schimmern und flimmern begannen. Die Luft um ihn herum wirbelte, bis mit einem plötzlichen Pop Jeff nicht mehr da war. Ein großer dürrer Junge stand da mit verschränkten dünnen, jedoch muskulösen Armen. Er war so groß wie Phoebe, hatte braunes Haar und eine Mohawk-Frisur. Seine Kopfhaut glänzte auf beiden Seiten unter der Haargrenze des dicken fünf Zentimeter hohen Haarstreifens auf dem Kopf. Seine Augen waren jetzt ein tiefes Schokoladenbraun mit goldenen Flecken, welche wie winzige Sterne im Nachthimmel funkelten. Seine Lippen waren dünn und in einer geraden Linie gezogen, als er auf die zwei Traum-Dämonen blickte.

»Du kannst uns nicht erzählen, was wir zu tun haben, Nequam. Uzas hat uns beauftragt, das Mädchen zu fangen mit oder ohne deine Hilfe. Sieht so aus, als wenn Uzas dir letztendlich nicht vertraut, du Formwandler.«

»Das interessiert mich nicht. Er hat mich gesandt und ich nehme meine Aufgabe ernst. Ich werde sie persönlich an Uzas überliefern. Dazu brauche ich euch nicht. Also macht euch vom Acker und sucht den anderen.«

Nequam hatte zwar leise gesprochen, aber der Unterton wurde härter. Auch beugte er sich ein wenig vor, als er sprach. Die beiden Traum-Dämonen schauten einander an. Nequams erhärteter Ton gab ihnen zu denken. Sie waren sich nicht mehr sicher, ob sie es dabei belassen oder das Mädchen mit Gewalt an sich nehmen sollten. Sie kamen zusammen und sprachen mit leiser Stimme.

»Wir können ihn überwältigen und ihm das Mädchen wegnehmen«, flüsterte der eine.

»Nicht so hastig, ich hab ihn kämpfen gesehen. Er ist zwar schlaksig, aber auch stark. Ich schlage vor, wir lassen es und suchen den Jungen. So oder so, Uzas wird sich über den Jungen mehr freuen als über das Mädchen.«

»Ich traue dem nicht. Und Uzas offensichtlich auch nicht, sonst hätte er uns nicht geschickt. Lass uns das Mädchen nehmen und den arroganten Formwandler beseitigen«, sagte der andere.

Phoebe schüttelte den Kopf. Sie traute ihren Ohren nicht. Jeff war gar nicht Jeff; sie wurde getäuscht. Jetzt befand sie sich inmitten der Traum-Dämonen und kein Fluchtweg war offen. Niemand konnte wissen, wo sie war. Der Gedanke schoss ihr wild durch den Kopf. Sie spürte Nequams Fuß gegen ihr Knie drücken und gleichzeitig fühlte sie, wie er sie beim Arm griff und hochzog. Er war recht stark, und gefühlt hatte sie seine Fingerabdrücke in ihrem Arm.

»Steh auf, Phoebe, wir werden rennen müssen«, murmelte er leise, sodass die Traumonen ihn nicht hören konnten.

»Und sag mal. Warum soll ich dir jetzt noch vertrauen?«

Phoebe mühte sich hoch; der Griff auf ihrem Arm war so fest, sie hatte eigentlich keine andere Wahl.

»Wenn du mich fragst, es sieht nicht so aus, als hättest du eine Wahl. Wenn du dich nicht an mich hältst, wirst du Uzas ausgeliefert. Ich glaube, mit mir hast du mehr Spaß, denkst du nicht? Also, wenn ich dir ein Signal gebe, renne in den rechten Tunnel. Am Ende gibt es eine Tür, aber geh nicht alleine durch … verstanden? Warte auf mich, ich werde dich schon einholen.«

»Na klar doch, Ich warte auf dich, sodass du mich persönlich Uzas ausliefern kannst. Sehe ich so dumm aus?«, spottete Phoebe, als sie versuchte, ihren Arm aus Nequams Griff zu lösen.

Nequam griff härter zu und zischte ihr ins Ohr.

»Hör jetzt gut zu. Die Dinge sind nicht so wie sie aussehen. Vertrau mir und warte auf mich. Ich erklär es dir später. Also auf mein Zeichen – renn!«

Er lockerte den Griff und ließ los. Phoebe verengte die Augen.

»Und wenn die mir nicht folgen oder du es nicht schaffst zu mir zu gelangen, was dann? Ich warte dann da, bis die mich finden, oder was?«

»Kein Wenn und Aber. Ich werde kommen und werde dich finden, verstanden?«

»Okay, aber deine Erklärung muss Hand und Fuß haben.«

Nequam rollte mit den Augen und wandte sich den Traum-Dämonen zu, die sich Schritt für Schritt vorsichtig näherten. Phoebe wartete auf ein Zeichen und blickte in den Tunnel, auf den Nequam hingewiesen hatte, besonders merkte sie sich die Lage der Felsen, damit sie nicht schon am Eingang stolperte. Sie drehte sich in Position und beobachtete Nequam.

Der rollte seine Schultern in Vorbereitung auf den Kampf, holte tief Luft und schrie »Hinter dir!«, auf den Tunnelausgang zeigend hinter Phoebe.

Phoebe erschrak und bevor sie wahrnehmen konnte, was passierte, hörte sie sich selbst schreien. Sie blickte ängstlich hinter sich, um zu sehen, welcher Horror nun auf sie zukam. Die Traum-Dämonen schrien und duckten sich, als ob sie erwarteten, gefressen zu werden.

Nequam wandte sich Phoebe zu. Er hatte einen ungläubigen Blick, seine Augenbrauen waren hochgezogen und es sah so aus, als wolle er mit großen Augen durch die Augäpfel schreien. Mit offenen Handflächen in die Luft zeigend und angezogenen Schultern brüllte er:

»Echt, Phoebe? Was soll ich noch tun, damit …?«

»Okay, halt die Klappe du Göre, das ist das Zeichen!«, dachte sie und rannte so schnell sie konnte zum Tunnel, den Nequam angewiesen hatte.

Das Geschrei hinter ihr wurde schwächer und verstummte abrupt, als wenn jemand eine Tür geschlossen hatte. Die plötzliche Totenstille war absolut ungewohnt, sie stolperte und stützte sich mit einer Hand ab, entlang der bernsteingelben Tunnelwand.

»Was ist passiert? Warum höre ich nichts mehr? Vielleicht folgen die mir?«

Ihre Gedanken rannten mit ihr davon. Sie war so durcheinander, sie hatte gar nicht wahrgenommen, dass sie eine schmale Brücke überquert hatte, unter der ein orange-roter Lavafluss strömte. Sie lief beinahe mit dem Kopf gegen die Wand. Sie lehnte sich gegen die Wand und stützte ihre Hand in die Seite, wo der Seitenstich schmerzte.

»Was jetzt?«, dachte sie, in den Tunnel zurückblickend.

Sie sammelte sich, legte den Kopf schief zur Seite, lauschte und dachte angestrengt nach. »Nichts, keinen Laut! Also gut. Kontrolliere deinen Atem. Was ist der nächste Schritt? Soll ich wirklich hier warten, bis entweder die gruseligen Traum-Dämonen oder der Nequam-Typ mich erfassen? Vertraue mir … dass ich nicht lache! Der spinnt wohl. Wie soll ich dem Kerl vertrauen, wenn er sich fälschlich als Jeff ausgibt und Rhed unter dem Baum verrecken lässt? Rhed? Na klar! Rhed! Der würde denen sagen, dass wir, Jeff und ich, gemeinsam durch die Tür gegangen sind. Es sei denn, man hat Rhed noch nicht gefunden.«

Für einen kurzen Moment sah die Lage schlecht aus. Sie betrachtete die Wand. Es schien, als glühte der Stein heller, jedoch weit und breit war keine Tür zu sehen. Sie tastete die Wand ab und klopfte an verschiedenen Stellen, in der Hoffnung einen Riss zu finden oder einen hohlen Ton zu hören, welcher auf eine Tür hinwies.

»Da muss doch eine Tür hier sein, komm schon, bitte lass da eine Tür sein. Ich brauche diese Tür und zwar schnell«, dachte sie erzürnt.

Sie keuchte erleichtert, als die schwachen Umrisse einer Tür erschienen.

»Hmh. Ich kann hier auf mein Schicksal warten, oder ich kann es selbst in die Hand nehmen. Also dann. Öffne dich, ich flehe dich an. Sesam öffne dich. Tu es für mich, bitte bitte. Ich muss mich doch verstecken.«

Sie holte tief Luft und drückte gegen die Tür. Wie von einer Feder gezogen, sprang die Tür auf, was Phoebe überrascht über die Schwelle stolpern ließ.

# 17

Angie schrie leicht hysterisch auf, als sie einen weiteren Seewasserspritzer abbekam.

»Höher Madgwick, nimm uns höher«, rief sie und spuckte das Seewasser aus.

»Runter Madgwick, runter«, brüllte Horrigan. Er winkte mit einem Arm, während seine Augen auf das Boot fixiert waren, welches direkt auf ihn zuraste. Madgwick schleuderte ein weiteres Seil in Horrigans Richtung, der sich aus dem Wasser streckte, um es zu greifen. Es wirbelte herum, aber er konnte es greifen und fest um sein Handgelenk wickeln.

Madgwick zog an den Seilen und mit dem Aufwind, den der Schirm erwischte, hob er Horrigan langsam aus dem See. Madgwick zuckte zusammen, als das rasende außer Kontrolle geratene Schnellboot unter ihm durchjagte, so nah an Horrigan, dass Madgwick einen Zusammenprall erwartete. Er blicktee von Seite zu Seite, um zu sehen, ob Horrigan aus dem Wasser war. Ein Erleichterungsseufzer schoss aus seinen Lungen, als er den erschöpften Horrigan heil am Seil baumeln sah. Obwohl, sein Gesicht war so aschfahl weiß, dass die dezenten Tätowierungen, welche sich über die Länge seines Gesichtes erstreckten, ausgeprägter als zuvor erschienen. Das Boot raste in Richtung Horizont. Die unkontrollierten Wendungen und Schleifen schienen vorbei, jetzt wo niemand im Wasser war. Madgwick beobachtete, wie es zu Staub explodierte und der Zauberstaub in Angies und Horrigans Hände zurückfloss. Mit dem Staub schien Horrigan wieder etwas gestärkt und Farbe kehrte in sein Gesicht zurück. Mit ein paar geschickten Manövern lenkte Madgwick den Fallschirm auf die Sonnen-straße, die bald unter ihnen lag.

»Madgwiiiiick, meine Flipper flattern im Wind«, jammerte Angie.

»Zieh mich hoch, Madgwick. Ich hasse es, am Ende vom Seil zu baumeln. Ich bin kein baumelnder Typ als Krieger«, brüllte Horrigan.

»Die beiden können ruhig ein bisschen flattern und baumeln. Im Moment muss ich mich sowieso drauf konzentrieren, dass wir auf der Son-nenstraße unser Ziel, den Sonnenpunkt, erreichen«, dachte sich Madgwick, als die Brise sie näher brachte.

»So hab ich mir reisen nun wirklich nicht vorgestellt«, kreischte Angie, die vom Drachenkopf ihres Hüftreifens im Gesicht geschlagen wurde.

»Wir würden beide nicht so hilflos rumbaumeln, hättest du die Motoren nicht so dermaßen verstärkt, dass das verdammte Boot unkontrollier-bar geworden ist«, brüllte Horrigan und schielte zu Angie rüber.

»Hättest du das Boot mir überlassen, dann wären wir schon lange da angekommen«, schrie sie zurück und warf ihm einen wütenden Blick zu.

»Mein Gott nochmal. Die alten Streithähne hätten mir die Reisepläne besser überlassen sollen, denn so bringen sie uns noch um«, murmelte Madgwick, als sie auf die untergehende Sonne zuglitten. Er konzentrierte sich aufs Steuern und ließ die beiden links liegen. Da war er! Er konnte den Sonnenpunkt sehen. Sah genauso aus wie Galagedra ihn beschrieben hatte. Ein runder goldener Punkt, der die untergehende Sonne reflektierte. Die Sonnenstraße hatte ihren Ursprung ein paar Armlängen vor dem Sonnen-punkt. Kleine Wellen tanzten funkelnd auf der Oberfläche.

»Da vor uns. Ich kann ihn sehen!«, rief Madgwick.

Angie und Horrigan blieben stumm und starrten auf den näher rückenden Sonnenpunkt.

»Was müssen wir jetzt tun?«, fragte Horrigan.

»Ganz einfach. Wir lassen uns fallen und das Tor wird sich öffnen«, kreischte Angie.

»Und weißt du wie? Wie soll das funktionieren?«, fragte Madgwick, der seinen Hals reckte, um zu sehen, ob da auf wundersame Weise ein Tor erschienen war.

Der Sonnenpunkt hatte einen brillanten goldenen Schein, welcher auf dem Wasser zum Rhythmus der kleinen Wellen tanzte.

»Klopf an der Tür und sie wird sich öffnen.«

»Hör auf zu scherzen, Angie. Wir hängen hier in der Luft, weit und breit keine Tür zu sehen. Wo willst du da klopfen?«, explodierte Horrigan.

»Schau runter, Horrigan. Da ist die Pforte! Geh runter und klopf. Du hängst doch näher dran als ich«, kreischte Angie.

»Wie bitte, was? Wie soll ich runtergehen und klopfen? Wo denn? Hast du sie noch alle?«

»Ob ich sie noch alle habe, du Lümmel? Das kannst du gleich rausfinden, wenn du weiter so dumm fragst. Ich hab zwar meine Zehen verloren, aber sonst bin ich voll bei Verstand. Jetzt stell dich nicht so dumm an, geh runter und klopfe am Tor, bevor mir der Geduldsfaden reißt.«

Madgwick stöhnte. Dies würde eine sehr lange mühsame Mission werden, wenn die beiden nicht aufhörten sich zu streiten.

»Okay, Angie. Wie meinst du, klopfen?«, ging er schnell dazwischen, bevor Horrigan sich bei Angie noch unbeliebter machte.

»Sehr einfach. Wir gehen da runter und klopfen, genau wie an einer normalen Haustür … klopf, klopf, klopf. Was ist daran so schwer? Oder seid ihr etwa auf einmal Schissbüxen?«

Sie kreisten über dem Sonnenpunkt, wie Geier über einer Mahlzeit. Mit jedem Kreis verloren sie etwas an Höhe und Geschwindigkeit, bis Horrigans Füße durchs Wasser gezogen wurden und sie bald in den See abstürzen würden. Sie mussten die Pforten zu Torturra schnellstens finden.

»Angie …«, begann Madgwick.

»Sternschnuppen und Kometen nochmal! Wir müssen runter und klopfen, Madgwick … lass uns fallen«, schrie Angie und hielt ihre Nase zu, als ob sie sich auf einen Tauchgang vorbereitete.

»Nicht doch, Madgwick. Lass uns nicht fallen. Erst müssen wir die Tür finden. Die Hexe ist verrückt!«, beklagte sich Horrigan.

Madgwick schüttelte den Kopf. Seine Gedanken rasten.

»Ich hab keine andere Wahl, wir werden so oder so bald in den See stürzen. Horrigans Füße ziehen schon durch die Wasseroberfläche. Jetzt oder nie. Wir müssen uns fallen lassen und uns dann um die unsichtbare Tür kümmern, welche offensichtlich nur bei Angie gesehen werden kann.«

Madgwick holte tief Atem und berief seinen Zauberstaub zurück. Das glitzernde Staubseil explodierte aus Horrigans und Angies Händen, kehrte zurück in seine eigenen Hände und gab ihm Kraft und Wärme, als sie ins Wasser plumpsten. Madgwick hörte die beiden schreien. Angie klang sehr nasenbetont, denn sie hielt immer noch ihre Nase zu.

»Klopf-klopf … klopf-klopf-klopf«, kreischte sie.

»Das wird nichts. Da ist kein Tor hier, nur Wasser«, stotterte Horrigan.

»Bist du blind?«, brüllte Angie, die durch den Schwimmreifen um die Hüfte auf der Wasseroberfläche auf und ab bobbte. Sie klopfte mit den Knöcheln auf dem Wasser, wie bei einer Tür, wodurch das Wasser spritzte.

Madgwick sah sich um in der Erwartung, dass ein Tor, eine Tür oder Pforte sich ihm anbot.

»Nur Wasser weit und breit«, dachte er.

»Klopf, Madgwick. Klopf!«, befahl Angie.

»Klopf-klopf«, rief Madgwick, als er aufs Wasser klopfte.

»Mein Gott. Wenn uns jemand beobachtet, denkt der, wir haben ´nen Knacks.«

Aber es war nicht das erste Mal, dass er komische Dinge für und mit Angie getan hatte. Also schrie er »Klopf-klopf-klopf«, so laut er konnte, denn sie zu bezweifeln, war auch nicht angebracht, obwohl er zugeben musste, dass dieses Wasserklopfen schon ein bisschen verrückt war.

Als sie mit den Fäusten aufs Wasser klatschten, starrte Horrigan die beiden an, als hätten sie Hörner auf den Köpfen.

»Echt? Ihr schlagt oder klopft auf Wasser, Leute. Da ist nichts, lasst uns zurück ins Boot steigen«, brüllte er.

Das Sonnenlicht ließ seine nasse Glatze glänzen. Hätte Madgwick ihn nicht im Wasser gestützt, wäre er sicherlich schon ertrunken.

»Sternschnuppen nochmal! Wie soll uns dein Boot jetzt beim Klopfen helfen? Wirklich, Horrigan. Manchmal denke ich, wir hätten dich zu Hause lassen sollen. Jetzt stell dich nicht immer so quer und hilf uns mit dem Klopfen. Nur so können wir die Pforten öffnen.«

Noch bevor Horrigan kontern konnte, hatte Madgwicks Geduld ein Ende.

»Tu es einfach, verdammt nochmal. Horrigan, das ist bestimmt so ein Zaubergeheimnis, das nur Angie kennt. Tu es!«

Horrigan malte mit den Kiefern, hob einen Arm und schlug aufs Wasser.

»KLOPF-KLOPF-KLOPF!«

»Wer ist da?«, gurgelte eine Stimme aus der Tiefe.

Horrigan und Madgwick sahen sich überrascht um, als erwarteten sie, dass eine mystische Kreatur aus der Tiefe auftauchte. Nur Angie blieb normal und freute sich, als wenn sie eine Freundin zum Kaffeeklatsch eingeladen hätte.

»Wir bitten um Durchreiseerlaubnis«, lächelte Angie.

»Reiseerlaubnis wohin?«, fragte die wässrige Stimme durch die kleinen Wellen.

»Wir wünschen uns, dass ihr öffnet die Pforten,

*Welches uns lässt reisen zu anderen Orten,*

*Wir suchen in Eile, welches just verborgen,*

*Weil in Feuer und Flamme schnell verloren.«*

»Das reimt sich nicht einmal«, zischte Horrigan, der gleich zusammenzuckte, denn Madgwick hatte ihn in die Rippen geboxt.

»Gehen sie durch, wenn sie es denn müssen. Aber Vorsicht, manchmal findet man mehr als nur Feuer dort unten«, flüsterte die wässrige Stimme.

Ein zischendes Geräusch war zu vernehmen, wie Dampf, der aus einem Druckventil gelassen wurde. Angie schaute sich um und sagte:

»Die Pforten öffnen sich, haltet euch bereit.«

Madgwick schob die nassen Locken aus der Stirn und keuchte, als das Wasser um sie herum zu blubbern begann. Dampf löste sich von der Wasseroberfläche und Madgwick bemerkte Unsicherheit in Horrigans Augen.

»Das gefällt mir so gar nicht«, brummte der.

Das Wasser begann zu sieden und zu kochen und mit einem Male, wie als wenn ein Stöpsel gezogen wurde, sog das Wasser wie abgelassen in die Tiefe und ließ die drei im Kreis treiben wie in einem Trichter. Als sie sich der Mitte näherten, wurde sichtbar, dass im Auge des Sogs kein Wasser war, sondern warme Luft blies.

»Wie ist das möglich?«, wollte Madgwick wissen. Er hob seinen Arm.

»Gerade noch schwammen wir im Sog des Wirbels inmitten eines Sees und jetzt im Auge des Strudels ist ein Warmlufttrichter, der uns mit Windkraft, komplett trocken, schweben lässt.« Madgwick schützte seine Augen vor dem immer greller werdenden Sonnenpunkt, bis ein blendender Blitz alles um sie herum weiß erscheinen ließ. Er spürte ein Ziehen und fiel wie ein Stein, als wenn die Schwerkraft gerade eingeschaltet wurde. Das grelle Licht blendete so, dass er Horrigan nicht sehen, aber neben sich schreien hören konnte. Er hatte keine Ahnung, wo

Angie war.

Sie fielen rasant. Madgwick nahm die Skydiver-Position ein, streckte seine Arme und Beine aus und versuchte so Kontrolle über seinen Freifall zu erlangen. Unter sich hörte er Horrigan schreien. Der Ton hatte sich geändert. Er musste im freien Fall, Hals über Kopf, taumeln, so undefinierbar echoten seine Schreie aus allen Richtungen.

# 18

Jeff lief, die Wände abtastend, in der Kammer umher.

»Wie komme ich hier raus? Ich muss ihr doch folgen. Sie glaubt doch, dass ich das sei!«, sagte Jeff.

»Unsinn, der sieht nicht mal wie du aus. Der hat doch dickere Beine«, schnaubte Calidus, worauf Jeff den Flammen, die aus den Nasenlöchern des Feuerdrachens schossen, rasant auswich. Die Wand hinter ihm brann-te. Jeff suchte krampfhaft nach einem Ausgang.

»Du siehst das vielleicht, aber Phoebe nicht. Sie denkt, das bin ich. Hilf mir, Calidus. Sie folgt dem Kerl und merkt nicht einmal, dass sie von ihm getäuscht wird.«

Calidus schwang sein Haupt von einer Seite auf die andere; die weißen hornigen Stachel auf seinem Nacken streiften immer wieder die Höhlen-decke.

»Also, meinetwegen können wir ruhig zur Oberfläche gehen. Ich bin schon lange nicht mehr oben gewesen.«

»Wo denkst du, entführte er Phoebe, Calidus?« Jeff beobachtete die Nasenlöcher des Drachen genauestens, denn sie hatten gerade wieder angefangen zu rauchen.

»Da gibt's ein Portal, welches, mehr oder weniger, ein sicherer Weg ist, Torturra zu verlassen. Ist gut möglich, dass die beiden auf dem Weg dahin sind. Hmh, seltsam«, murmelte Calidus, als er Jeff aus dem Fensterraum führte.

»Was ist merkwürdig?«, fragte Jeff, der dem Drachen hüpfend und springend folgte, denn mit jeder Bewegung des mächtigen stacheligen Schwanzes wühlte er die am Boden liegenden Felsbrocken am Eingang, der so groß wie ein Haus war, auf.

»Na, der Schutz gegen die Kräfte von Torturra. Du wirst von Khrows Zauberstaub beschützt, aber Phoebe? Wie wird sie beschützt?« Der Drachen stoppte und runzelte die Stirn, so als wenn ein Gedanke durch seinen Kopf schoss.

»Sag einmal. Wie hast du es geschafft, den Staubschutz von Khrow anzunehmen und tragen Menschen keine Schuhe mehr? Die laufen doch nicht etwa alle barfuß rum heutzutage, oder?«

»Erm …« Jeff kratzte sich verlegen am Kopf.

»Es war so. Ich schlief, und …«

Calidus war offensichtlich schon mit den Gedanken weiter. Dennoch starrte er auf Jeffs nackte Füße, als ein Puffer von Rauch aus seinen Nasenlöchern schoss. Jeff wollte schreien und springen, aber er hatte keine Schmerzen. Nicht lange, nachdem der Rauch sich verzogen hatte, offen-barten sich die Turnschuhe!

»Da. Ich habe bemerkt, dass dein Freund auch solche trägt.«

Calidus' Maul verzog sich zu einem Grinsen.

»Erm …« Jeff hatte gelernt, niemals undankbar zu sein, wenn ihm etwas geschenkt wurde, jedoch diese Sneakers waren zu mädchenhaft. Das waren nämlich genau die von Phoebe! Trotzdem, wie erklärst du einem Drachen den Unterschied zwischen Frauen- und Herrenmode?

»Oh, ähm, danke Calidus. Die sind klasse!«

»Nichts zu danken, mein Junge, ist nicht der Rede wert.«

»Na wenigstens sind sie weiß. Da hab ich nochmal Glück gehabt, dass sie nicht ihre rosa Turnschuhe getragen hat.«

»Und nun, zurück zum Ernst der Sache.« Zum Glück hatte Calidus momentan keine Erinnerungslücken.

»Ich konnte keinen Schimmer von Sandustien-Glitzerstaub auf ihrer Haut und Kleidung sehen. Natürlicher Hitzeschutz kommt nur sehr selten vor und ist schon gar nicht für die Menschen zugänglich. Torturra ist zwar wunderschön, aber auch enorm gefährlich; sogar die heiße Luft kann alles verschmoren, sogar noch bevor das glutheiße Feuer alles zu Asche ver-brennt.«

Der Drache lief weiter und Jeff kämpfte, um sich an seiner Seite zu halten. Für einen so mächtigen Drachen war Calidus jedoch schnell zu Fuß. Seine dornigen Stacheln streiften die Decke, wodurch es Steinstaub und glas-scharfe Schiefersplitter regnete.

»Vielleicht hat er doch Zauberstaub. Sie sah gut aus und sie sabbelte nonstop. Ich kann dir ein Lied davon singen, das kannst du mir aber glauben!«

»Nein, nein, keineswegs. Sie hat nicht den Sandustien-Zauberstaubschutz, den du trägst. Das ist irgendeine andere Form von Schutz. Ich kann es noch nicht genau benennen, aber irgendetwas ist anders bei diesem Mädchen.«

»Watroc hat irgendwie einen Draht zu ihr und die Wolfshexe Zorka wollte unbedingt Phoebes Blut saugen. Phoebe war auch die einzige, die Zorkas Gesang hören konnte.«

Jeff lief beinahe auf den Drachen auf, denn Calidus stoppte abrupt und drehte sein Haupt zu Jeff, soweit wie die Breite des Tunnels es erlaubte. Jeff fühlte, wie der Drache seine Augen durchbohrte.

»Zorka ist frei?«, fragte er erstaunt.

»Das war mein Fehler. Geht auf meine Kappe, weil ich meinen Traum-Simulator-Raum unerlaubt nutzte. Ich bin nämlich ein Traumfänger und so wie es aussieht, habe ich noch viel zu lernen, aber keiner will mir das Zeug beibringen.« Jeff verschränkte die Arme.

»Na da schau her. Der kleine Jeff mit den dünnen Beinen ist ein Traumfänger. Wo ist Zorka heute?«, fragte der Drache und lief weiter.

»Übrigens, meine Beine sind nicht dünn. Jedenfalls haben Azghar, Watroc und Angie die alte Hexe in ein magisches Gefängnis im Inneren eines Amuletts verbannt.«

Ein erschütternder Schrei durchbohrte den Tunnel. Es hörte sich an, als wenn das Kreischen von einer Tunnelseitenwand zur anderen prallte.

»Das ist Phoebe«, keuchte Jeff.

Calidus stoppte, senkte sein Haupt und spähte knurrend in die finstere Tiefe des Tunnels.

»Irgendwas ist da los, vor uns. Wollen wir rausfinden, was es ist?«, fragte er.

Jeff gab sich nicht einmal die Mühe zu antworten, sprang über des Drachens Vorderbein und rannte in die Dunkelheit des Tunnels. Der Boden vibrierte und Staub löste sich von der Decke und den Wänden, denn Calidus stampfte mit riesigen Schritten hinterher. Jeff kam an eine Gabelung und rutschte zu einem Stopp. Das Geschrei war verstummt und die plötzliche Stille war beängstigend.

»Wo geht's lang?«, keuchte er außer Atem. Wieder plagte ihn Seiten-stiche.

»Nicht schlecht für so dünne Beine, Traumfänger«, bemerkte Calidus, der Jeff eingeholt hatte und in beide Richtungen der Gabelung schnüffelte.

»Hier links. Mir gefällt die Totenstille ganz und gar nicht, geht mir eiskalt durch die Knochen. Brrrrrrrr, ich hasse die Kälte.«

Jeff wartete keine Sekunde und rannte in den Tunnel zu ihrer Linken. Ein gelblicher Schein leuchtete durch die Tunnelwände. So konnte er gut sehen und navigieren. Der Tunnelpfad wurde breiter mit jedem Meter, den er rannte. Hinter ihm hörte es sich an, als wenn ihm eine Gerölllawine folgte, so viel Terz machte Calidus. Jeff legte einen Zahn zu und grub seine Fersen in den Boden, als er den Eingang erreichte und zum Stopp rutschte. Er wusste von den vielen Action-Filmen, die er gesehen hatte, dass es besser war, sich erst einmal ein gedankliches Bild von der Umgebung zu machen, bevor er mitmischte. Gerade wo er sich an die Seitenwand stellen wollte, um ungesehen um die Ecke zu gucken, wurde er gewaltsam von Calidus' Nase in die Kammer geschubst. Er spürte, dass es die Nase war, denn sein Po war feucht und es dampfte um ihn herum. Der Schubser war so stark, dass Jeff abhob, ein paar Meter armerudernd durch die Luft flog, bevor er auf dem Boden, Nase zuerst, stöhnend auf dem Bauch landete.

Calidus stampfte in die Kammer. Jeff konnte Zähne klappern, Rufe der Überraschung und auch Angst wahrnehmen. Ein wenig benommen und mit wässrigen Augen erhob er sich, konnte aber nicht ausmachen, was los war. Jemand stand neben ihm, aber er konnte nicht erkennen, wer es war. In dem Versuch, Balance zu halten, streckte er die Arme aus.

Die wässrigen Augen begannen zu trocknen und Jeff konnte einen Jungen neben sich stehen sehen. Er war durchtrainiert und trug eine Mohawk-Frisur. Er hatte einen finsteren Blick im Gesicht und seine Augenbrauen hoben sich überrascht, als er Jeff neben sich stehen sah. Jeff wandte sich Calidus zu und schluckte, als er ein Bein aus dem Maul des Drachen hängen sah. Der zweite Traum-Dämon war auf dem Rückzug, aber Calidus ließ ihn nicht entkommen. Mit einem wuchtigen Schlag seiner Kralle warf er den Traumon in die Luft, tanzte einen Schritt vorwärts, öffnete seinen Kiefer und verschluckte den schreienden Körper in seinem Rachen.


Mit einem lauten Knall schlugen die Kiefer zusammen und Totenstille breitete sich in der Kammer aus. Jeff und der Junge standen geschockt von dem grauenhaften Anblick, wie gefroren da. Der riesige Drache verspeiste die Traumonen mit solch einem Genuss, man hätte denken können, er lutschte mit Toffee gefüllte Schokoladenkugeln.

»Hmmh, lecker! Das kann ich euch versichern. Diese Traum-Dämonen, die sind wahrlich ein Gaumenschmaus«, murmelte Calidus, seine Lippen leckend.

Aus dem Augenwinkel sah Jeff, wie die Luft um den Jungen flimmerte und tanzte; er erwartete, dass er sich aus dem Staub gemacht hatte, aber musste zu seinem Erstaunen feststellen, dass er noch da stand und nun wie ein Spiegelbild seiner selbst aussah.

»Hey du!«, rief er.

»Nein, du!«, brüllte der Junge zurück.

Die Haare waren genauso strähnig und fielen genauso in den Scheitel wie seine. Auch der Junge hatte Sommersprossen und trug identische Kleidung, Shorts und ein T-Shirt, genauso schmuddelig und dreckig. Sogar die weißen Turnschuhe waren von derselben Marke.

Jeff hetzte auf ihn zu. Er würde ihn zu Boden rempeln und den Aufenthaltsort von Phoebe aus ihm herausquetschen. Aber der Doppelgänger agierte genau wie Jeff und die beiden prallten zusammen, rangen mit gleicher Stärke und keiner der beiden gab nach.

Jeff spürte, wie eine Kralle ihn beim T-Shirt mit Leichtigkeit vom Kampfort mit dem Fälscher weghob. Er schlug wild Löcher in die Luft.

»Lass mich los, Calidus. Er weiß, wo Phoebe ist.«

»Nein, ich bin es. Ich bin Jeff«, schrie der andere, auch um sich tretend, von einer Kralle des Drachen in die Luft gehoben.

»Der weiß, wo Phoebe ist.«

Calidus setzte Jeff auf dem Boden ab.

»Bleib in diesem Kreis oder du wirst dich in tödliche Gefahr begeben.«

Er holte tief Luft und blies einen dünnen Strahl Dampf aus seiner Nase. Wie ein Hoola-Hoop-Reifen umzingelte der Dampfstrahl den ausgelaugten Jeff. Als beide Enden zusammen kamen, war der Kreis komplett und eine rote Flamme schoss wie die Lok einer Spielzeugeisenbahn um Jeff herum.

Im Bruchteil einer Sekunde war der Doppelgänger auch von einer brennenden Flamme eingekreist.

»Was soll das, Calidus, wir müssen Phoebe finden«, schrie der Imitator, der still stand, da er nicht wagte, aus dem Flammenring herauszutreten.

Calidus senkte sein Haupt zwischen die beiden und beäugte die zwei Jeffs.

»Hmh, interessant. Also, ein Spiegelbild haben wir hier. Was genau tust du in meinem Berg und meinem Tunnel? ANTWORTE!«, brüllte der Drache. Eine Stichflamme schoss aus seinem Maul, welche die Wand auf der anderen Seite der Kammer verschmorte.

»Verdammt, nicht jetzt, Calidus. Hat der doch glatt wieder vergessen, wer ich bin«, dachte Jeff.

Jeff weitete seine Augen in dem Versuch, dem Drachen zu vermitteln, dass er ihn doch kannte.

»Calidus, komm schon. Ich bin es … Jeff. Ich kam doch zu dir in den Tunnel, erinnere dich bitte.«

Calidus blickte mit schmalen Augen auf Jeff, der grünliche Farbton in seinen Pupillen flackerte wie eine Kerze in der Abendbrise.

Der zweite Jeff kreischte: »Hör nicht auf ihn! Ich bin der, mit dem du aus dem Tunnel gekommen bist.«

Jeff stöhnte auf, als Calidus sein Haupt dem Doppelgänger zuneigte.

»Ugh! Wirklich? … Muss ich wirklich? … Hat der schon wieder einen Aussetzer? … Also gut … Dünne Beine, Calidus … Dünne-Beine-Jeff, der bin ich!«, schrie er.

Jeff hielt den Atem an, während der Drache einen Blick auf seine Beine warf, woraufhin sich seine Maulwinkel ein wenig anhoben, als mache er sich insgeheim über ihn lustig.

»Irgendwie erinnere ich mich an dünne Beine. Aber war das nicht im vorigen Jahrhundert? … Ach ja, Dünne-Beine-Jeff, jetzt erinnere ich mich.«

Calidus blickte rüber zum zweiten Jeff und zischte zähnefletschend:

»Aber der hat auch dünne Beine.«

Der Doppelgänger nickte wild.

»Ganz genau. Ich hab dünne Beine. Schau sie dir an! Nur Haut und Knochen, richtig mager sind die.«

Jeff ließ resigniert den Kopf hängen. Er wusste nicht, wie er dem Drachen glaubhaft übermitteln konnte, dass er der leibhaftige Jeff war.

»Das mit den dünnen Beinen ist eigentlich absoluter Humbug«, murmelte er.

Der Drache schwang sein Haupt herum und Jeff wurde es warm von seinem hitzigen Atem, als Calidus knurrte: »Was hast du gesagt?«

Jeff hob den Kopf, starrte zurück in denfeurigen Blick des Drachen und dachte schnell nach. »Also, er erinnert sich an etwas nur bei Assoziationen, das heißt wenn er an dünne Beine denkt, erinnert er sich an mich. Im Vergleich zu seinen Beinen sind meine ja auch dünn. Aber das heißt ja nicht, dass ich eigentlich dünne Beine habe.«

»Ach weißt du? Genug von der Heuchelei. Friss mich einfach auf, aber dünne Beine hab ich nicht. Basta!«, sagte er laut und schloss die Augen in der Erwartung, scharfe Zähne zu spüren.

»ROOAAARR!« Eine Flamme schoss aus dem erhobenen Maul des Drachen und traf die Decke. Funken von glühendem Feinstaub regneten über Jeff und seinen Doppelgänger. Jeff blickte erstaunt zum zweiten Jeff herüber, als er das Kreischen vernahm. Der Feuerring mit der kreisenden Flamme, welcher beide Jeffs wie ein Lasso gefesselt festsetzte, wurde enger und enger. Jeff zog den Bauch ein.

»Mist. Der wird mich halbieren.«

Gerade als er sich nicht mehr dünner machen konnte, verpuffte der Feuerring in ein paar kleine Rauchwölkchen. Jeff wandte sich dem Schwindler zu, dessen Feuerring auch verschwunden war, jedoch Calidus' Auge war nur Millimeter von seinem Gesicht entfernt.

»Zeig deinen wahren Charakter!«, knurrte der Drache, derweil glutrote Funken aus den Nasenlöchern sprühten, die den relativ kleinen Kopf des Täuschers umzingelten und immer wieder knallend verpufften. Er versuch-te geschickt den Funken auszuweichen, jedoch trafen sie immer wieder sein Gesicht.

»Okay, okay, ist ja gut. Hör schon auf damit!«

Die Luft um ihn herum flimmerte und wirbelte, als er die Form des Jungen annahm, den Jeff zuvor gesehen hatte, durchtrainiert und mit Mohawk-Frisur. Er starrte Calidus mürrisch an.

»Und wenn mein Haar Feuer fängt? Hör auf damit!«, schnappte er den Drachen an.

Der Drache schnaubte ärgerlich. Rötliche Rauchringe pufften aus seinen Nasenlöchern.

»Ich werde ihn fressen«, prophezeite Calidus, woraufhin er das Haupt erhob, sich zurück auf seinen riesigen Schweif lehnte, die Vorderbeine anhob und die Kiefer öffnete.

»Warte Calidus, wir brauchen ihn noch.« Jeff stellte sich vor den Drachen und winkte mit den Armen.

»Wir müssen doch rausfinden, wer er ist und was er mit Phoebe gemacht hat.«

Der Boden vibrierte von der Erschütterung, als der große Drache mit schweren Vorderbeinen auf den Boden donnerte und eine Stichflamme aus seinem Rachen schoss.

»Nun, wer bist du und wo ist das Mädchen?«, knurrte der Drache mit schlitzäugigen Augen.

»Entweder redest du, und zwar sofort, oder ich werde dich braten und dann zum Abendessen verspeisen.«

Calidus schaute Jeff an und sagte: »Könnte sehr gut schmecken, wenn du mich fragst. Die Traum-Dämonen waren ein wenig bitter und ich hab dir keine übrig gelassen, aber diesen hier, den teile ich mit dir, hmh? Was sagst du dazu, Jeff? Bist du nicht hungrig?«

»Phuh!« Jeff schluckte und fragte mit Nachdruck: »Wo verdammt nochmal ist sie?«

»Hei, das ist meine Vernehmung, nicht deine! Misch dich da nicht ein!« Calidus starrte Jeff an.

»Er hat dir nicht geantwortet, also dachte ich, frag ich halt noch einmal. Warum fragst du ihn nicht nochmal?« Jeff hob seine

Augenbrauen an.

»Und das werde ich auch tun!«, antwortete der Drache.

Calidus wandte sich dem jungen Mann zu, der vor ihm stand.

»Hör zu, du Knirps. Langsam verliere ich die Geduld … « Der Drache blickte Jeff verloren an: »Äh, was war die Frage noch einmal?«

Ohne den jungen Mann aus dem Blickfeld zu nehmen, antwortete Jeff:

»Wer ist er und wo ist das Mädchen? Mensch, hörst du nicht zu, Calidus?«

Als der Drache schwieg, schaute Jeff rüber zu ihm und sah die verwirrten Augen.

»Ach nee. Dünne-Beine-Jeff … hast du schon wieder vergessen, wer ich bin?«

Dann seufzte Jeff vor Erleichterung, als die Augen des feurigen Drachen warmherziger wurden. Offensichtlich kehrte die Erinnerung zurück.

»Also, genug jetzt. Wer bist du und wo ist dünne …?«

»Phoebe, Phoebe«, fiel Jeff ihm ins Wort.

»Huh? Hat sie auch dünne Beine?«, fragte Calidus.

»Natürlich nicht, obwohl, … weiß ich nicht. Ist auch egal.« Jeffs Kerntemperatur stieg. Er fühlte, wie ihm die Hitze in den Kopf stieg. Jetzt war es nicht ratsam, dass er sein Temperament verlor.

Der Betrüger beobachtete den Streit mit Stirnrunzeln, als er von einem zum anderen blickte. Dann zuckte er mit den Schultern, als hätte er aufgegeben.

»Meine Güte. Hört endlich auf damit. Ich bin Nequam vom Bylleraz-Stamm«, sagte er.

»Bylleraz, wirklich? Gibt's die noch? Ich hab schon sooo lange nichts mehr von dem Stamm gehört, wenigsten seid der Mond ein Kind war. Soweit ich weiß, waren die Bylleraz-Leute aber nicht von böser Natur. Alter Schwede. Da kannste mal sehen, wie sich die Zeiten geändert haben«, staunte Calidus.

»Wir sind keine Schurken«, grummelte Nequam und mahlte mit dem Kiefer auf den Backenzähnen.

»Nicht? Na dann erklär uns doch mal, warum du dich als Jeff ausgibst und Phoebe verarscht hast. Übrigens, wo ist sie und warum ist sie dir überhaupt in diesen verfluchten Berg gefolgt?« Jeff hatte seinen letzten Atemzug verwendet und hyperventilierte. Er wandte sich Calidus mit erhobenen Augenbrauen zu, um zu sehen, ob der Drache noch etwas hinzufügen wollte. Dieser wiederum starrte ihn an.

»Und? Was ist?«, fragte Jeff mit erhobenen Händen.

»Das sind viele Fragen auf einmal. Wie soll er die alle beantworten?«, fragte Calidus.

»Ist doch scheißegal. Fang oben an und arbeite dich durch, eine nach der andern meinetwegen.« Jeff starrte Nequam an und trat einen Schritt näher.

»Zum ersten. Wo ist sie?«

Nequam runzelte die Stirn.

»Wie ich schon sagte. Ich hatte nicht vor, ihr ein Haar zu krümmen. Im Gegenteil. Ich beschützte sie. Ich schickte sie zum Tor des Berges und hab ihr gesagt, dass sie auf mich warten soll, während ich die Traum-Dämonen loswerde.«

»Und warum benötigte sie deinen Schutz überhaupt?«, forderte Jeff.

»Also, das Ziel der Traum-Dämonen warst du. Dich wollten sie eigentlich fangen. Deine Freunde waren nur die Köder, mit denen sie an dich rankommen konnten. Sie wussten, dass du ein echter Freund bist und deine Freunde nie im Stich lässt und versuchen würdest, sie zu befreien. Ich wollte denen zuvorkommen, um Phoebe und Rhed zu schützen.«

Jeff spürte, wie die Anspannung in seinem Gesicht nachließ.

»Rhed? Wo ist Rhed?«

»Der wurde festgehalten, kurz bevor wir durch die Pforte nach Tor-

151

turra gingen.«

Calidus neigte sein Haupt von einem zum andern, um der Unterhaltung folgen zu können.

»Ich glaube dir nicht. Rhed würde Phoebe nie alleine gehen lassen und schon gar nicht mit einem Fremden. Und was heißt festgehalten?«, fragte Jeff.

»Aber ich war doch kein Fremder, ich war doch du.« Nequam grinste zynisch und hob einen Mundwinkel.

»Na super. Du legst meine Freunde rein und lässt Rhed im Stich.« Jeff fühlte, wie die Wut in ihm hochstieg und stürzte sich auf Nequam, welcher zurücksprang und schützend die Arme vor das Gesicht hielt. Jeff fühlte, wie er abhob und Grund unter den Füßen verlor; Calidus hob ihn mit einer Kralle unter seinem T-Shirt in die Luft.

»Nein, mein Freund. So nicht. Wenn es Zeit ist, essen wir gemeinsam.«

»Ich hatte doch keine andere Wahl als Phoebe zu täuschen. Da war nicht genug Zeit, mich mit ihr zu befreunden. Die Traumonen waren ihr schon dicht auf den Fersen. Und Rhed, der wurde von einem Baum zurückgehalten. Ich hätte ihn ansonsten nicht da gelassen.«

»Wie machst du das mit dem Verwandeln? Hast du eine Maske?«, wollte Jeff wissen.

»Ich bin ein Formwandler.«

»Glaubst du ihm? Ich glaub, der macht das nur, um seine Haut zu schützen.« Jeff schaute Calidus mit einem Stirnrunzeln an. Calidus verzog seine Lippen und holte tief Atem. Er öffnete sein Maul und Dampf entwich. Die Luft um Nequam wurde ein Gemisch von blauen und roten Wölkchen. Nequam hustete und stotterte, als die Dampfwölkchen in Mund, Nase und Ohren eindrangen, bevor sie in einem bläulichen Schleier verschwanden.

Calidus schnupperte.

»Es ist die Wahrheit. Er sagt die Wahrheit, Jeff.«

»Woher willst du das wissen?«, fragte der.

»Wenn ich das doch sage, Dünne-Beine-Jeff. Das war mein Aufrichtig-keitsspruch und wenn er gelogen hätte, wären die Wölkchen alle rot geworden. Sind sie aber nicht. Sie waren blau … und nein! Er kann sich nicht dem Zauber widersetzen«, fügte der Drache schnell hinzu, denn er sah, wie Jeff den Mund öffnete, um zu argumentieren.

»Na gut. Nehmen wir mal an, er spricht die Wahrheit. Dennoch kann ich ihn nicht ausstehen«, sagte Jeff.

»Das beruht auf Gegenseitigkeit, Jeff. Wenigstens brauch ich mich nicht mehr in deinen Körper verwandeln. Die dünnen Beine und Sommersprossen passen nicht zu mir.«

Nequam blickte rüber zu Calidus. »Übrigens, dein Atem stinkt.«

Dann zuckte er und verlor die Farbe aus dem Gesicht.

Calidus röhrte.

»Woa Dude. Du bist nicht in der Lage, einen Drachen zu beleidigen, dessen Zähne länger sind als deine kurzen Beinchen, denke ich.« Jeff sprach mit einem langsamen Kopfschütteln.

»Das sind die Nebenwirkungen der Aufrichtigkeitswölkchen. Der wird noch eine Weile lang ekelerregend ehrlich sein«, lachte Calidus, puffte in die Luft und schnupperte.

Jeff rollte mit den Augen.

»Na großartig. Dann können wir ja noch einiges von ihm erwarten. Also, wo ist Phoebe?«

»Ich hatte versucht, die Traum-Dämonen abzulenken mit einem Täuschungsmanöver und schickte sie voraus zum Bergausgang; sie sollte da auf mich warten.«

Jeff neigte den Kopf seitlich und vorwärts.

»Moment. Du hattest Phoebe ausdrücklich gefragt, an der Tür auf dich zu warten?«

»Genauso ist es.«

»Und du glaubst allen Ernstes, die hört auf dich?«

»Natürlich. Warum denn nicht?« Nequam runzelte verwirrt die Stirn.

»Ist eine Banane krumm?«, fragte Jeff trocken.

Calidus hob den Kopf.

»Das kann ich beantworten. Eine Banane ist nicht krumm?«

»Huh? Falsch, sie ist krumm«, antwortete Nequam mit Blick auf den Drachen.

Jeff hob die Hände in beide Richtungen.

»Halt, stopp, wartet ihr beiden. Ihr habt den Punkt komplett verfehlt. Wichtig ist, was sich hinter der Tür befindet. Mit anderen Worten, was passiert, wenn Phoebe alleine durchgeht?«, erklärte Jeff irritiert.

»Aber das wird sie nicht! Es ist gefährlich da draußen.«

»Hast du ihr das erklärt? Egal, Phoebe macht sowieso, was sie will.«

»Oh«, bemerkte Nequam.

»Du liebe Güte«, fügte Calidus hinzu.

Nequam drehte sich auf dem Absatz um und rannte aus der Kammer in den Tunnel, in den Phoebe zuvor gerannt war.

»PHOEBE, PHOEBE!«, rief er.

Jeff holte einmal tief Luft und folgte Nequam.

»Phoeeeeeebeeeeee!«, brüllte er zwischen den Atemzügen.

Der Boden zitterte wie bei einem Erdbeben mit jedem Fußstapfen des Drachen, der den beiden folgte. Sie verloren ein paar Mal nahezu die Balance und stolperten. Jeff hatte Nequam eingeholt. Seite an Seite rannten sie um eine Kurve und stoppten. Vor ihnen lag eine Steinbogenbrücke, unter der ein glühend heißer orange-roter Lavastrom floss, welcher blubberte und flüssiges Gestein sprudelte. Auf der anderen Seite der Brücke war eine Wand.

»Da ist keine Tür in der Wand«, rief Jeff, der flüchtig über den Spalt blickte.

»Die Tür ist da! Siehst du aber nur, wenn du die Brücke überquerst … na los!« Nequam keuchte, als er Jeff voranschob.

Jeff biss die Zähne zusammen und tastete sich Schritt für Schritt über die Steinbogenbrücke. Nequam schob weiterhin von hinten. Der Gehweg-Überhang vor der Wand auf der anderen Seite der Brücke schien schmal aus der Distanz, aber je näher er kam, desto mehr Selbstvertrauen bildete sich, denn er konnte sehen, dass da genug Platz für ihn war, zu laufen.

»Jetzt hör endlich auf zu schieben!«, graulte der angespannte Jeff, dessen Brust sich vor Erleichterung löste, als er von der Brücke auf den Gehweg trat.

Nequam blickte nervös um sich. Er hoffte Phoebe in irgendeinem Schlupfwinkel zu finden.

»Verdammt, sie muss hier sein. Ich hab ihr doch gesagt, dass sie auf mich warten soll!«

Aber Phoebe war nirgends zu sehen.

# 19

Uzas hob die Arme in die Luft und schrie vor Wut. Die weiten Ärmel seines Mantels glitten runter und offenbarten seine grauen Unterarme und Ellenbogen. Seine Venen wurden sichtbar und rannten auf der Haut wie winzige kleine blutrote fließende Laserströme, die sich immer wieder in-einander vernetzten.

»Sie sind uns entkommen. Ihre Energie ist weg. Ich spüre das!«

Die ihm nahestehenden Traum-Dämonen schoben sich gegenseitig aus seiner unmittelbaren Nähe, wie eine Schlange, die das Feuer meidet.

»Wessen Energie? Wovon redest du?«, fragte Vraji mit weicher Stimme und spöttischem Unterton aus der dunklen Ecke der Kammer. Seine Ge-sichtsmerkmale blieben unter der Kapuze seines Mantels in der Dunkelheit verborgen. Wenn Uzas wütend war, mussten die anderen Traumonen vorsichtig sein, denn sein Zorn hatte keine Grenzen und er schlug um sich mit allem, was er hatte. Meistens traf es die, die direkt neben oder vor ihm standen. Uzas hatte keine Methode. Es war ein pures Zufallsprinzip.

Uzas nahm die Arme runter und starrte in Vrajis Richtung. Da hatte doch tatsächlich ein Traum-Dämon den Mut seine Aussage anzuzweifeln. Seine Augen verengten sich.

»Die Männer, die wir nach Torturra geschickt haben, kann ich nicht mehr spüren. Fragt sich nur, wo sie sind und wer es gewagt hat, sie von mir zu nehmen.«

»Schick doch einfach mehr Männer. Sie werden uns nicht alle bekämpfen können. Einige von uns werden siegreich sein. Schick doch die ganze Traumon-Armee«, schlug die tiefe Stimme von der dunklen Kammerecke vor.

Uzas überblickte die versammelte Traumon-Truppe vor ihm. Da war ein Hauch von Aufregung in der Luft. Nur die Älteren schienen nicht so begeistert von der Idee, die ganze Armee nach Torturra zu schicken.

»Schick uns … schick uns alle …«, zischten die Männer in eintönigem Gesang, während ihre Gesichter von den überhängenden Kapuzen, im Schatten, versteckt blieben. Von der rhythmischen Bewegung schien der Boden mit einem kaum merkbaren Schwanken lebendig zu werden.

»Wäre es nicht klüger, auf eine Erklärung zu warten, welches Schicksal diesen geschickten Traum-Dämonen widerfahren ist?«

Gesprochen wurden die Worte von einem der ältesten Traum-Dämonen, dessen Kopf tief im Schatten der Kapuze verborgen war. Uzas runzelte die Stirn, denn er sah, wie die versammelten Männer nickend zustimmten und mit den Füßen scharrten. Nach einem Moment sagte er:

»Wir können natürlich warten, bis wir Nachricht kriegen, was mit den tapferen Kollegen, die heute Abend losgegangen sind, passiert ist.« Er legte eine Gedankenpause ein und mahlte mit den Kieferzähnen. Er musste die Ruhe bewahren und sein Temperament zügeln.

»Wenn wir jedoch abwarten und nicht in der Lage sind, den Traumfänger und seine Freunde zu erfassen, wisst ihr, was das dann für mich … hmpf … euch heißt?«

Er pausierte und blickte auf die erhobenen Köpfe vor ihm. Dann wartete er, bis die Bewegungen stoppten und er sich sicher war, dass er aller Aufmerksamkeit hatte. Die versammelte Menge blickte auf ihn mit schwarz-glänzenden Augen, als wären sie hypnotisiert. Es war auf einmal Totenstille in der Kammer.

»Könnt ihr euch in etwa vorstellen, was uns blüht, wenn wir versagen?«, flüsterte er.

»WISST IHR WAS MIT UNS GESCHIEHT, WENN WIR VER-

SAGEN, hab ich gefragt?«, brüllte er speichelspuckend. Das Meer der Traum-Dämonen schwankte wie Meeresalgen in der Strömung eines Unterwasserwaldes.

»Wenn wir versagen … wenn wir versagen …«, brach es aus ihnen heraus. Die Atmosphäre sprudelte vor Aufregung. Mit verengten Augen fuhr Uzas fort.

»Wir werden der hässlichen Hexe Zorka für alle Ewigkeit ausgeliefert sein und sie wird uns jeden Tag unseres Lebens leiden lassen.«

»Leiden … wir leiden … « Die Wiederholungen wurden lauter, desto mehr sich die Menge ereiferte.

»Sie wird uns gefangen nehmen und uns tagtäglich foltern«, schrie Uzas.

»Folter … Folter … « Die Lautstärke war so erschütternd, dass Staub von der Decke rieselte.

Uzas zog eine Grimasse und fuhr fort: »Die Hexe wird in einem magischen Gefängnis festgehalten und so hat sie den ganzen Tag nichts anderes zu tun, als uns zu foltern.«

Er drückte einen Stoß kalter Energie auf die paar Männer, die das Pech hatten, in der ersten Reihe zu stehen. Mit Genugtuung atmete er tief durch und seine geballte Brust ließ erkennen, dass ihn die Schmerzen und das Erschauern der Männer erfreute. Die Menge zog sich von den schmerzenden Männern, die auf die Knie gezwungen waren, zurück.

»Um es ein für alle Male klar zu machen. Das war nur eine Kostprobe von dem, was kommt, wenn die alte Hexe sich entschieden hat, euch … hmpf … uns zu foltern.«

Er sandte schmerzende Energie in die Menge, woraufhin alle erschauderten und vor ihm den Diener machten. Uzas runzelte die Stirn verblüfft, als er bemerkte, dass ein Traum-Dämon noch aufrecht stand und sich nicht mit ausgestreckten Armen verbeugte. Wieder einmal war es Vraji. Warum war dieser so ganz anders als der Rest? Hastig erlöste er die schmerzenden Männer von dem Druck, denn er konnte es sich nicht erlauben, dass die anderen bemerkten, dass er diesem Vraji nichts anhaben konnte.

Uzas erwiderte die Blicke der Traum-Dämonen, die ihn zornig anstarrten.

»Und? Seid ihr sauer? Fühlt ihr euch hintergangen, durch den Schmerz, den ich euch zugefügt habe?«, fragte er gefährlich leise.

Mit den gelinderten Schmerzen begann die Menge wieder zu zischen: »Schmerzen ... Schmerzen ...«

»Denkt ihr wirklich, ich leite jeden einzelnen Schmerz, den ich von Zorka erteilt kriege, direkt an euch weiter? Nein, ich schütze euch vor ihr!«, fügte er leise hinzu.

»NUR ICH KANN EUCH VOR IHRER FOLTEREI SCHÜTZEN!«, brüllte er.

»IST EUCH DAS KLAR?«, schrie er.

Langsam aber sicher verbeugten sich die Männer vor ihm, denn sein Kopf, Nacken und Hals ließen erkennen, dass sein ganzer Körper durch die schwer pulsierenden schlangenartigen Venen unter seiner Haut errötete.

Er atmete durch, senkte seine Stimme und versuchte seinen rasenden Puls zu kontrollieren. Die versammelte Menge war still und schenkte ihrem Kriegsherrn alle Aufmerksamkeit.

»Also. Wir müssen den Traumfänger fangen, koste es was es wolle, wenn wir die Bedrohung von Zorkas möglichem Zorn überleben wollen. Ich habe zwar auch Kraft, aber sie hat einen längeren Arm, ist viel mächtiger und ich kann sie nur für eine kurze Zeit aufhalten. Wir müssen ...«
Er hielt inne und senkte den Kopf. Die versammelte Menge lehnte sich in Erwartung vor.

»Und wenn wir alle seine Freunde entführen müssen und alles, was ihm lieb ist, töten müssen. Auch wenn wir uns in die menschliche Welt begeben müssen, um sie zu finden, dann werden wir es tun! Auch wenn wir seine ganze Familie ausradieren müssen, um den Traumfänger zu fangen, dann soll es so geschehen. Ganz egal, was wir tun müssen, wir werden es tun, denn der Finsternis nicht ins Auge zu sehen, heißt aufzugeben. Erhebt euch, Männer. Springt über euren eigenen Schatten! Jetzt ist es an der Zeit, dass alle Traum-Dämonen Farbe bekennen!«

»FARBE BEKENNEN ... FARBE BEKENNEN ... «, rief die Menge.

Ihre Stimmen prallten wie ein Getöse von den Kammerwänden ab. Uzas dröhnende Stimme übertönte sie.

»Die Zeit ist reif, erfüllt die Aufgabe, die vor uns liegt, denn diese Mission entscheidet über unser Schicksal, eine Ewigkeit von Schmerz und Misere, verbunden mit Knechtschaft unter einer Wolfshexe namens Zorka. Bringt mir die Familie und die Freunde, tot oder lebendig, ist mir egal. Aber, dass mir keiner dem Traumfänger auch nur ein Haar krümmt. Den brauche ich nämlich putzmunter lebendig.«

Als Uzas die Kapuzen der versammelten Männer vor ihm von oben betrachtete, konnte er spüren, wie die Energie im Raum begann, sich schneller und schneller zu entfachen, bis die Luft wie ein Tornado wirbelte. Der Singsang der Männer dröhnte durch die Kammer wie ein tosender Sturm, bis die Wände bebten, sich Steine verschoben und Steinstaub von der Decke zu Boden rieselte. Mit einem lauten Knacken öffnete sich eine finstere Spalte in der Wand. Als die Spalte breiter wurde, wurde auch die Kammer dunkler, bis nur noch die Trümmer und der Schutt der Steinwand auf dem Boden zerstreut übrigblieben. Hastig rannten die Traum-Dämonen ins schwarze Nichts. Das Grölen wurde schwächer, als die Männer verschwanden. Uzas beobachtete das Ereignis, bis der letzte aus seinem Blick verschwunden war.

»Wir werden siegreich sein!«, rief er in den leeren Raum.

»Oder auch nicht«, sagte eine Stimme aus der Ecke.

Uzas starrte in die Ecke, aus der die Stimme kam. Wer wagte es ihm zu trotzen? Es war wieder einmal Vraji, der auch seine schmerzende Energie abwehren konnte.

»Was machst du noch hier? Und, woher nimmst du eigentlich den Mut, dich mit mir anzulegen?«

»Weil ich es kann und gegen deine Kräfte immun bin. Du kannst es ja versuchen, aber ich werde mich dir niemals unterwerfen.«

Uzas beobachtete den Traum-Dämonen.

»So hat mit mir noch keiner zuvor gesprochen«, dachte er.

»Zeit meines Lebens habe ich immer die Führungsposition eingenommen. Ist mir in die Wiege gelegt worden durch meinen Vater, der hatte es von seinem Vater. Das ist genau der Grund, warum Zorka mich auserwählt hat. Weil ich die Macht über die anderen Traum-Dämonen habe«, führte er den Gedanken fort.

»Es stimmt! Dieser Traumon Vraji ist immun gegen meine Schmerzenergie. Hab ich noch nie zuvor erlebt.« Er ballte seinen Kiefer.

Vraji nickte in scheinbarem Einverständnis.

»Keine Sorge, Uzas. Deine Kräfte interessieren mich nicht. Auch deine Führungsposition für mich nicht von Interesse, denn ich bin selbst kein Traum-Dämon. Ich kam unter falschem Vorwand hierher. Anders kam ich nicht an dich ran. Ich möchte dir meine Unterstützung anbieten und hoffe auf gegenseitiges Einverständnis.«

»Wie, Unterstützung? Kenne das Wort nicht. Ich vertraue niemandem, der mir einfach so helfen will. Da gibt es immer eine Retourkutsche.«

»Ah, ja. Es hat nie einen Fall gegeben, wo andere mit den gefürchteten Traum-Dämonen zusammengearbeitet haben, jedoch hier bin ich. Ich biete dir einen Bund mit einer Lösung für unserer beider Bedürfnisse an.«

»Rede nicht so geschwollen daher, Vraji. Dein Rätselsprechen ist nervig.«

»Also, ich werde dir helfen, Zorkas Wirkungsbereich einzuschränken. So wird sie nicht ihre Macht über dich und deine Männer ausüben können. Im Gegenzug verlange ich, dass du mir deine ganze Armee zur

Verfügung stellst, erstens, um den Traumfänger zu finden, und zweitens, um ihn an mich auszuliefern. Ich fürchte jedoch, du wirst noch eine ganze Menge mehr Männer zusammentrommeln müssen, als die, die du heute losge-schickt hast, wenn du Erfolg haben möchtest.«

»Warum sollte ich mich auf einen Pakt mit dir einlassen? Du hast dich ja noch nicht einmal kenntlich gemacht.«

Vraji schob die Kapuze zurück und blickte auf. Uzas keuchte; vor ihm stand eine bildhübsche Frau mit elektrisch blauem Haar. Für einen Moment verengte er die Augen, denn er dachte ein Muttermal gesehen zu haben, welches von der Seite der Nase über die Wange kroch.

»Ich bin Vraji, mehr tut im Moment nicht zur Sache. Ich schwöre dir, meine Aufgabe des Abkommens zu erfüllen, solltest du dich entscheiden, den Traumfänger an mich auszuliefern. Mein Wort ist an Magie gebunden und kann nicht gebrochen werden. Wenn du den Jungen an mich aus-lieferst, werde ich die Macht, welche die Wolfshexe Zorka über dich ausübt, auflösen.«

Uzas runzelte die Stirn.

»Nur eine Hexe kann einen Eid aussprechen, der an Magie gebunden ist.«

Vraji stieß einen lauten Frust-Seufzer aus und stampfte mit dem Fuß auf, wodurch ein Staubwölkchen vom Boden abhob.

»Was denkst du so lange nach? Du hast nichts zu verlieren. Mit meinem Angebot kannst du dich und deine Kollegen aus den Klammern Zorkas befreien. Da ihr den Traumfänger sowieso nicht braucht, könnt ihr ihn doch mir überlassen.«

Uzas nickte einverständlich.

»Vraji hat recht«, dachte er.

»Es ist eine Win-Win Situation. Sollte Vraji sein Ende des Deals nicht halten, kann ich ja immer noch den Traumfänger-Burschen an Zorka ausliefern. Wenn Vraji aber seine Sache zu Ende führt, sind wir Zorka los in alle Ewigkeit.. Nur muss ich halt höllisch aufpassen, dass Vraji nicht an meinem Sockel sägt und meine Führungsposition über die Traum-Dämonen anfechtet.«

»Also gut«, sagte Uzas, nachdem er die Gedanken geordnet hatte.

»Ich bin mit dem Bund einverstanden. Aber ich warne dich, Vraji. Fall mir nicht in den Rücken.«

»In Ordnung, Uzas. Wir verstehen uns. Auch ich wäre keineswegs davon begeistert, von meinem Bündnispartner an der Nase herumgeführt zu werden. Dann bleibt das unter uns, versteht sich?«

»Natürlich«, versicherte Uzas.

Die bildhübsche Frau reichte Uzas eine schwarze Kerze mit mitternachtsblauen Streifen.

»Zünde sie an, wenn du Neuigkeiten hast. Aber lasse sie nicht unnötig brennen. Eine Rufmich-Kerze zu machen, ist harte Arbeit.«

Darauf warf sie ihre Kapuze über den Kopf und folgte den Traum-Dämonen durch die klaffende Spalte. Uzas strich sein Kinn und überlegte:

»Vraji muss eine Hexe sein. Ich denke, ich werde mich mal genauer erkundigen müssen. Wie schwer kann es sein, Informationen über eine Hexe mit blauem Haar und einem kriechenden Muttermal rauszufinden?«

Auch Uzas folgte durch die schattige Spalte in die Dunkelheit. Wenn er siegreich sein wollte, musste er seinen Kollegen hilfsbereit zur Seite stehen.

# 20

Rig kniete sich auf den Waldboden; er berührte das grüne Moos mit sanften Händen. Die Suche nach den raren Gänse-Mond-Blümchen ging los. Für den Moment noch wurde Zorka in Gefangenschaft gehalten. Sie war der eigentliche Grund, warum er diese äußerst rare Pflanze schnellstens finden musste, denn er traute dem magischen Gefängnis nicht zu, die mächtige Wolfshexe auf Dauer gefangen zu halten, obwohl der Zauber-spruch, den die vier magischen Wesen ausgesprochen hatten, gewaltig war. Zunächst hatte Angie versucht, den Spruch nur mit drei von ihnen, den beiden Drachen Watroc und Azghar sowie ihr selbst in Kraft zu setzen. Aber der Zauber hatte nicht gegriffen. Ohne die vierte Person, in diesem Fall Wiedzma, welche, wie sich schockierenderweise herausstellte, Zorkas Tochter war, ging es nicht. Rig fürchtete jedoch, gerade weil Zorka Wiedz-mas Mutter war, und er die Ich-hasse-meine-Mutter-Geschichte Wiedzma nicht abkaufte, würde der Zauber auch nur befristet sein. Wiedzmas Fokus war, so lange er denken konnte, einen Traumfänger zu fangen. Er musste das Blümchen finden, bevor Zorka eine Möglichkeit fand, den Bann zu brechen oder irgendjemand ihr dabei behilflich war. Es verwunderte ihn dermaßen, dass nur er das so klar sehen konnte. Obwohl, Galagedra musste etwas ahnen, denn warum sonst würde er ihm, Rig, erlaubt haben, dieses rare Blümchen in Drakmere zu suchen.

Rig horchte auf. Er war so mit seinen Gedanken beschäftigt, dass er nicht bemerkt hatte, dass die Vögel totenstill waren. Es war so, als ob das Leben im Wald in der Zeit eingefroren worden war. Er erhob sich und dachte: »Wie seltsam. Normalerweise ist der Wald so belebt, man kann gar nicht klar denken. Irgendetwas muss hier so gespukt haben, dass die Waldbewohner sich versteckt hatten.«

Die Hände in den Hüften spähte er die Umgebung ab. Seine Augen verengten sich und seine Augenbrauen berührten einander beinahe, als er sah, wie ein Baum seine Baumwurzel ein wenig nach links versetzte.

»Aber hallo, mein hölzerner Freund. Wo soll denn die Reise hingehen?«, dachte er.

Er musste sich vorsichtig in der Nähe der Bäume halten, besonders nach der letzten Begegnung. Da hatte er den ganzen Wald bekämpfen müssen, um mit Rhed und Jeff entkommen zu können. Er würde das Dickicht von Drakmere-Forest mit allem Willen vermeiden, wenn es irgendwie möglich war.

Die jüngeren Bäume, die den verwunschenen Wald umgaben, waren ein wenig freundlicher und hielten sich nicht so strikt an deren Tradition. Wie auch immer, der Prinz von Drakwood Forest hingegen bestand darauf, Rhed zu adoptieren und ihn in einen Baum zu verwandeln, auch gegen des rothaarigen Jungens Willen, wenn es sein musste. Er pirschte sich näher an die Bäume und lauschte.

»Oh Mann. Die armen Dinger können einem leidtun. Werden gejagt wie kleine Eichhörnchen von Baum zu Baum.« Die gedankliche Unterhaltung kam von einem Baum mit dicken sperrigen Ästen.

»Nicht wenn sie schnell genug rennen können. Vielleicht schaffen sie es ja aus dem Tal, bevor die Bäume sie einholen. Wenn nicht, na dann wird es hölzern für sie«, sagte ein anderer.

»Sie? Wer ist denn sie?«, wunderte sich Rig.

»Ich denke es ist gemein. Man sollte den Jungen nicht gegen seinen Willen zwingen, ein Baum zu werden. Du weißt ja, wie es ist mit der Jugend heute. Wenn du sie zwingst, rebellieren sie sofort. Und dann geht der Schlamassel erst richtig los. Auf einmal kauen sie unsere Rinde, trinken sie unseren Harz … Verholzt nochmal, wer weiß was noch.«

»Baumharz trinken?« Rigs Lippe zuckte, als er sich vorstellte, wie eine Gruppe von jungen Bäumen, bei Nacht, Baumrinde kauend und Baumharz trinkend, durch den Wald randalierte.

»Du hast recht«, dachte der zweite Baum.

»Natürlich ist es nicht schön, sie zu zwingen. Aber mal ehrlich. Was tun sie schon wieder hier? Und dazu kommt noch, dass sie niemand retten kann, denn dieses Mal sind alle Kommunikationslücken geschlossen worden«, grunzte der große Baum.

Rig riss den Kopf so schnell hoch, sein Pferdeschwanz schlug über die Schulter. Er drehte sich auf dem Absatz um und starrte in die Ferne.

»Von wem reden die?«, dachte er mit angezogenen Lippen und zusammengebissenen Zähnen. Wieder nahm er Verbindung mit den Baumgedanken auf.

»Ich kann mir nicht vorstellen, wozu sie den Stock gebrauchen können, auch können sie ihn zu nichts zwingen. Der hat zu viel Magie in sich. Aber der Zweigling, der wird sicherlich als Baumgummi für die Äste benutzt.«

Rig hob den Kopf und rieb sich den Nasenrücken mit Daumen und Zeigefinger.

»Hmh, Rhed und Stock? Harley sicherlich. Hier in Drakmere. Aber warum?«

Er neigte seinen Kopf, versuchte zu lauschen, als sich die Bäume langsam mit krabbelnden Wurzeln entfernten. Er folgte ihnen und schlich sich leise näher an sie ran.

»Wo, denkst du, werden sie ihnen eine Falle stellen?«

»Also, so wie es aussieht, sind sie nicht weit weg von unserem jetzigen Standort. Ich höre, sie sind auf der Wiese auf der anderen Seite des Emerald Pool und sie laufen auf die blaue Wiese zu. Gott, die Armen laufen so der Herde von Baum-Randalierern direkt in die Falle. Die sollten sich was schämen, diese Hooligans. Immer auf die Kleinen. Ich sollte der Königin davon Bericht erstatten. Deren ungehobeltes Verhalten gibt uns einen schlechten Ruf.«

Rig schwang herum. Er hatte genug gehört. Jetzt wusste er, mehr oder weniger, wo er Rhed und den Zauberbesen finden konnte.

»Ich hoffe für dich, mein kleiner Freund, dass du einen verdammt guten Grund hast, zurück nach Drakmere zu kehren«, murmelte Rig mit mahlenden Backenzähnen.

»Aber erst einmal muss ich dich finden, bevor du den Bäumen in die Falle läufst. Kann nicht weit sein. Sie müssen dort hinter den Hügeln sein. Die Blumensuche kann warten.«

Als er losrannte, schmiss er eine Prise Silberstaub in die Luft und formte eine elegante silberne Enduro. Rig war zuvor mit Madgwick auf Motorrädern in Drakmere gefahren. Zu der Zeit mussten sie Matt, Jeffs jüngeren Bruder, von Schloss Drakmere befreien. Obwohl er seitdem viele andere Fortbewegungsmittel benutzt hatte, war das Gelände-Motorrad eine Mischung von Mobilität und Power zugleich. Auf diese Art und Weise war er in der Lage, zick-zack durch die Wälder zu fahren, über die Wiesen zu sprinten und sogar über kleine Bäche zu springen. Er schoss eine weitere Prise in die Luft und eine silber-glitzernde Motorradbrille, die seine Augen vor Insekten schützte, saß auf seiner Nase. Wenn die Bäume Recht hatten, dann würde es knapp werden.

Rig raste über die Wiese. Sein stoppeliger Hinterreifen schmiss Dreck hoch in die Luft, als er Gas gab und die Fußrasten mähten die kleinen weißen Gänseblümchen, mit denen die Wiese wie ein Teppich bewachsen war. Er gab Vollgas, damit er mit der Enduro über die Wasseroberfläche des Baches pflügen konnte und hinterließ einen Regenbogen, sichtbar im hohen Sprühwasser des durchdrehenden Hinterreifens. Bis zur Kniescheibe war er klatschnass und rutschte zu einem seitlichen Stopp, als er den höchsten Punkt des Hügels erreichte. Unten sah er, dass die vor ihm liegende Wiese, die einst langes grünes Gras hatte, auf der kleine wilde rosa und lila Blümchen wuchsen, mit einer Horde von dicken sperrigen Bäumen bestückt war, die sich langsam fortbewegten. Er schüttelte den Kopf, schnaubte angewidert und reckte den Hals, um zu sehen, wie weit in jede Richtung die Baumhooligans vorgedrungen waren, um ihre Falle zu stellen. Die Baumgrenze schien endlos. Wenn er zu Rhed geraten wollte, musste er einen Weg durch die Bäume finden. Um sie herumzufahren würde zu lange dauern.

Er gab Gas. Der Hinterreifen kämpfte um Traktion, als nasser Dreck, Schotter, Gras und Blümchen aus den tiefen Gruben des Stoppelreifens in die Luft sprühten.

Rig, der auf einem Bein stand, setzte sich in den Sattel und mit seinem Gewicht auf dem Hinterreifen griffen die Stollen und die Enduro schoss heulend, wie eine Baumsäge, vorwärts. Rig beugte sich vor und suchte eine Öffnung in dem Dickicht der Waldgrenze. Es schien zu dicht. Die Bäume standen so nah beieinander, dass er mit dem breiten Enduro-Lenkrad keineswegs durchpassen würde. Sogar seitlich ohne Motorrad schien es knapp zu werden. Auf keinen Fall würde er unbemerkt bleiben. Er hatte noch nicht einmal den Überraschungseffekt auf seiner Seite. Er trat auf die Hinterbremse und schlitterte seitlich zu einem Halt. Mit dem linken Fuß auf dem Boden, stützte er sich und sein Motorrad. Dann gab er Vollgas, ließ den Hinterreifen herumschwingen und raste zurück zur Hügelspitze. Dort angekommen löste er die Enduro auf und ließ seinen magischen Staub geistesabwesend zurück in die Hände fließen. Er beobachtete die Baumhooligans. Es machte nicht den Eindruck, dass er bemerkt worden war. Er musste irgendwie an den Bäumen vorbeikommen. Dann blickte er auf, in den Himmel und grinste.

»Okay, wenn nicht durch, dann eben drüber«, dachte er.

Eine leichte Brise kam auf.

»Zeit für Plan B.«

Wieder formte er eine Enduro mit seinem Glitzerstaub. Für Plan B brauchte er Geschwindigkeit. Er gab Vollgas und schoss volle Kanne den Hügel hinunter. Als er die Höchstgeschwindigkeit der Enduro erreicht hatte, formte der Zauberstaub aus dem Motorrad ein silbernes Surfboard mit glitzernd bläulichem Fallschirm. Rig zog an den Leinen und hob ab, hoch in die Luft. Er grinste, als er lautlos elegant über die Baumkronen glitt.

Wo kamen all diese Bäume her? Es waren so viele. Er hielt in allen Richtungen nach Rhed und Harley Ausschau und konnte weit in der Ferne eine Erscheinung ausmachen, die, so wie es aussah, wie der Wind rannte. Als er sich näherte, erkannte er die rötlich geflechteten Haare Rheds und auch, dass Harley dem rennenden Jungen Besenhiebe auf den Aller-wertesten gab, so wie ein Reiter ein Pferd mit der Rute zum Galopp an-spornt.

Von seiner Vogelaussicht spähte Rig Rheds Route aus, um zu sehen, was auf den Jungen und den Zauberbesen wartete.

»Mist, das schaffen die beiden nie«, dachte er.

Er konnte sehen, wie die Bäume von den Seiten die beiden einschlossen und die Lücke vor ihnen würde längst geschlossen sein, wenn sie dort ankämen.

Rigs gleitendes Surfboard bekam einen Stoß Aufwind. Er ächzte unter dem erhöhten Druck auf den Beinen und kämpfte, um sein Gleichgewicht zu halten. Das Dumme war, die Bäume hatten ihn bemerkt und schwangen ellenlange Äste in die Höhe, um ihn vom Board zu schlagen.

»Puh! Knapp und doch verfehlt«, krächzte Rig, der mit aller Kraft an den Leinen zog und an Höhe gewann.

»Harley, Harley!«, rief Rig.

Hätte er nicht so dermaßen mit der Balance kämpfen müssen, hätte er sicherlich vor Freude ein Lächeln über die Lippen gebracht, denn Harley schoss wie ein Pfeil in die Luft und nahm Platz an seiner Seite. Der Besen zeigte Zeichen von Panik, denn seine Schwanzborsten standen in allen Richtungen.

»Kannst du ihn zu mir liften, Harley? Schaffst du das?«, fragte Rig.

Er versuchte die Gedanken des hölzernen Besens zu hören, aber das Getöse der dicken Baumhooligans überwältigte die Gedanken des dünnen Besenstiels. Obwohl Rig gut Baumlinga sprach, war Harley nicht aus gewöhnlichem Holz geschnitzt und nur Angie konnte ihn eindeutig ver-stehen. Der kleine Besen flog von links nach rechts, hin und her, scheinbar versuchte er eine dringende Botschaft zu übermitteln.

Rig dämmerte es.

»Sternschnuppen nochmal! Natürlich«, dachte er.

»Der Besen kann nur andere Formen in Angies Gegenwart annehmen. Sie ist sein magisches Pendant. Für alle anderen, ist seine Zauberkraft limitiert.«

»Okay, Harley! Geh runter zu Rhed und bring ihn, so hoch du kannst, genauso, wie du ihn zuvor einmal über die Schlucht getragen hast.«

Rig beobachtete, wie Harley zu Rhed flog und vor dem Jungen hin und her schwirrte. Rhed jedoch war nicht auf der gleichen Wellenlänge und griff nicht nach dem Besenstiel, sondern rannte einfach weiter. Harley machte eine Kehrtwende, positionierte sich hinter dem rennenden Jungen und gab ihm einen Klaps auf den Hintern. Rhed krächzte erschrocken auf. Rig konnte sich ein Lächeln über Harleys unkonventionelle Methode nicht verkneifen.

Rig formte aus seinem Zauberfallschirm schnell einen glitzernden, gelblich grünen Heißstaubballon und verwandelte sein Surfboard in einen braunen geflochtenen Korb, der mit Seilen an der Hülle des Ballons festgemacht war. Rig zog am Hebel der Zauberstaubbrenner, die über seinem Kopf auf Brennerstützen saßen und heißer Glitzerstaub blies in die Hülle des Ballons. Mit einem Ruck ging es aufwärts und außer Reichweite der schwingenden Äste.

Harley positionierte sich neben Rhed. Ohne Vorwarnung blockierte der vertikal schwebende Besen blitzschnell mit einer horizontalen Lage, in Bauchhöhe des rennenden Jungen, den Weg. Dem blieb beim Aufprall mit dem Stiel die Luft weg und Rhed drohte über den Besenstiel zu fallen. Harley hob den zappelnden und rudernden Jungen, der jetzt über seinem Besenstiel hang, in die Höhe, hoch genug, dass Rig mit seinem Zauberlasso den Zappelphilipp, kurz bevor er abzustürzen drohte, auffangen konnte.

Die Lassoschlinge fing den Jungen beim Fußgelenk und sein Aufschrei wurde erstickt beim ruckartigen Auftrieb des Heißstaubballons, an dessen Korb das Lasso befestigt war.

Rhed baumelte Hals über Kopf ein paar Meter über dem Boden, als Rig begann, ihn langsam hochzuziehen. Harley verteidigte den Jungen vor schwingenden und schnappenden Ästen, bis sie an den Baumkronen vor-bei in Sicherheit waren.

»Zieh mich hoch in den Korb, Rig«, heulte Rhed.

»Sehr witzig! Was denkst du, tue ich hier die ganze Zeit?«, brüllte Rig.

Der Heißstaubballon gewann an Höhe und weit über den Baumkronen schaffte es Rig mit bissigen Zähnen, den baumelnden Rhed beim Fuß zu greifen und zusammen mit dem erschöpften Besen in den Korb zu heben.

Rhed keuchte, als er über die Korbwand spähte. Die Bäume hatten die Lücke geschlossen und versuchten immer noch, den Korb mit schwingenden Ästen zu erreichen. Es sah aus wie ein wildes Durcheinander von frenetischen Bäumen, die um sich schlugen.

»Das war knapp«, kommentierte Rig gelassen.

»Nun sag mal, mein Junge. Hast du noch alle Tassen im Schrank? Was um Himmelswillen tust du wieder in Drakmere? Hast du vergessen, wie gefährlich es das letzte Mal war und wie schwer es war, dich hier rauszukriegen? Lernst du nie? Ist das alles nur ein Spiel für dich?«, brüllte Rig.

Rhed setzte sich auf den Korbboden und grinste Rig an, als machte es ihm nichts aus, belehrt zu werden. Rig war einer der stärksten Krieger, den er kannte.

»Mensch bin ich froh dich zu sehen. Ich hab dich gesucht und gefunden.«

Das nahm Rig sofort den Wind aus den Segeln. Mit entschärftem Temperament sagte er:

»Wie, du hast mich gesucht? Wozu? Warum?«

»Die glauben, dass Phoebe tot ist. Nicht Angie, aber die andern. Wir müssen sie suchen.«

»Langsam. Wer behauptet, dass sie tot ist. Was ist passiert?«

»Traum-Dämonen haben Jeff gejagt und er ist nach Torratorra, oder so ähnlich, geflüchtet. Ein Formwandler hat Jeff gedoubelt und hat Phoebe mit sich auch nach Torratorra gelockt. Galagedra sagte, sie ist tot, weil sie da nicht überleben kann, aber Angie glaubt das nicht. Sie meint, die Drachen sollen nach Torratorra gehen und sie suchen.«

»Donnerschlag nochmal. Eins nach dem anderen. Torratorra? Du meinst Torturra, nicht wahr? Richtig, Jeff und Phoebe können im Feuerreich von Torturra nicht überleben!«

»Galagedra hat gesagt, dass der Krieger Khrow mit Jeff ist. Aber Phoebe ist dem Formwandler gefolgt und sie hat somit keinen Schutz. Er sagte auch, dass die beiden Drachen Azghar und Watroc in der Lage sind, dort hinzugehen, aber die sind unerreichbar irgendwo hier in Drakmere. Deswegen bin ich hier, dich zu finden.« Rhed war nahe am Hyperventilieren.

»Wir müssen sie finden, Rig. Wir müssen, sie kann nicht tot sein. Das kann einfach nicht sein.«

Rig schwieg und starrte in die Ferne.

»Galagedra hat Recht. Phoebe würde in Torturra keine Sekunde überleben können.«

»Aber Angie sagte …«

»Jedoch, wenn Angie denkt, es gibt eine Chance, dann müssen wir es auf jeden Fall versuchen. Lass uns die Drachen suchen und dann gehen wir uns in Torturra umgucken. Nimm den selbstgefälligen Blick aus deinem Gesicht. Du kommst auf keinen Fall mit.«

Rheds Gesicht trübte sich.

»Du kannst mich doch beschützen, Rig.«

»Nein! Du und Harley bleiben hier. Euch zu beschützen, ist nicht so einfach, wie du denkst. Ein winziger Fehler und ihr beiden verbrennt zu Asche im Bruchteil einer Sekunde. Holz, mein junger Freund. Ihr seid beide hölzern.« Klopf, klopf, klopf,… Rig klopfte dem Jungen auf den Kopf.

»Donnerschlag nochmal.« Rig schüttelte den Kopf.

»Ist schon schwer genug, dich hier in Drakmere zu verstecken, sodass die Bäume dich nicht finden.«

»Warum das denn? Kann ich nicht einfach nach Hause gehen?«

Rig wandte sich Rhed zu und hob die Augenbraue.

»Wie bist du eigentlich nach Drakmere gekommen?«

Rhed hob die Schultern und öffnete die Hände.

»Ich hab den Bäumen gesagt, dass ich nach Hause wollte. Die haben dann die Tür für mich geöffnet. Ganz einfach!«

»Und du denkst, sie werden das wieder für dich tun, um Drakmere zu verlassen? Rhed, Rhed, Rhed, deine Naivität ist erfrischend!« Rig schüttelte den Kopf.

»Ich muss eingestehen, dass wir den Plan wohl nicht zu Ende gedacht haben«, sagte Rhed mit trübem Blick auf Harley.

Rig lächelte: »Wir werden dich verstecken, bis wir dich kommen holen. Ich hab da einen Ort im Kopf, der genau passt. Und ich wette meinen Zauberstaub, dort finden wir auch Watroc und Azghar.«

»Echt?«

Rig antwortete nicht, sondern zog am Zauberstaubbrenner und der Heißstaubballon stieg in den blauen Himmel, hoch über die Bäume.

# 21

Madgwick blinzelte, als er den langen Schacht herunterfiel.

»Mann, ich glaub', ich kann bis auf den Grund sehen«, rief er.

»Oh feuriger Stern, das wurde aber auch Zeit«, antwortete Horrigan mit rau-heiserer Stimme.

»Horrigan, du hörst dich schrecklich an und schreist wie eine alte Göre, die ihre Handtasche im Boot vergessen hat.«

Angies gelangweilte Stimme kam von oben, über den Köpfen der beiden fallenden Krieger. Madgwick reckte seinen Hals, um zu sehen, wo sie war und musste lachen. Sie saß in einem funkelnden gelb-lila gestreiften Liegestuhl, trug eine große lila Brille, deren runde Linsen ihre grünen Augen mehrfach vergrößerten. Sie trank einen großen rosa gefärbten Cocktail, der mit einem hellblauen Papierschirm und einer Ananasscheibe dekoriert war. Mit einem gelben Fächer kühlte sie sich. Sie tat so, als sei sie auf einem tropischen Urlaub; die beiden rosa Blümchen hinter ihren Ohren bissen sich farblich mit ihrem feurig-roten Haar.

»Wo kommt denn der Liegestuhl her und warum kriegst nur du einen?«

Horrigan würgte die Worte raus, denn er war schneeweiß im Gesicht. Geplagt von Schwindelgefühlen, taumelte er Hals über Kopf den Schacht herunter.

»Sag mal. Du hast doch sicherlich gelernt, deinen magischen Staub zu nutzen, Horrigan. Oder hast du den Lehrgang etwa verpennt?«, fragte

Angie trocken.

Horrigans Stimme wurde hochmütig.

»Pah! Was soll das, Angie. Ich bin ein erfahrener Krieger und habe vollständige Kontrolle über meinen Zauberstaub.«

»Ach ja? Dann hapert's wohl mit der Phantasie ein wenig … nicht wahr?«, schnaubte Angie.

Madgwick versuchte die ewigen Streithähne zu ignorieren und konzentrierte sich auf den immer schneller näher kommenden Grund des Schachtes. Gerade als er seinen magischen Staub einsetzen wollte, um seine Fallgeschwindigkeit zu bremsen, wurde die Atmosphäre um ihn herum dicker und der Fall wurde somit automatisch gebremst. Er machte einen Salto und positionierte sich mit den Füßen zuerst.

»Vergesst nicht euren Schutz vor der Hitze«, mahnte Angie.

Ihr Liegestuhl verpuffte in einem Hauch von purpurfarbiger Luft, als sie, wie eine Ballerina, sanft auf den Zehen landete.

»Soweit so gut. Was jetzt? Wie kommen wir rein?«, fragte Madgwick und betrachtete die ockergelb leuchtenden Wände.

»Sind wir schon«, antwortete Angie.

»Das war die Pforte dort oben. Hallo, Madgwick, ist da jemand zu Hause, da oben in deinem sonst so klugen Köpfchen?« Angie wies mit dem Finger nach oben.

»Tut mir leid, Angie. Aber ich sehe hier keinen Eingang, nur eine Wand um uns rum. Sollen wir klopfen?«

»Klopf, klopf, klopf!«, murmelte Horrigan, als er an die nächststehende Wand klopfte.

Angie schüttelte den Kopf und rollte die Augen hoch.

»Was soll das werden, Horrigan?«, fragte sie ironisch.

»Nun, irgendwo hier muss es doch eine geheime Tür geben. Ich fühle das«, erklärte Horrigan, der einen Riss in der Wand näher betrachtete.

Angie seufzte und verzog die Lippe. Sie ging zu ihrer Seite der Schachtwand, und Madgwick beobachtete mit einem Blick über ihre

Schulter, dass sie eine gläserne Fläche, die wie ein Touchscreen aussah, gedrückt hatte. Mit einem donnernden Getöse verbreiterte sich ein großer Riss in der Felswand, der wiederum eine Tür zum Vorschein brachte, hinter welcher sich eine relativ kleine Steinkammer offenbarte. Dann machte es: »Ping!«, und eine Schiebetür öffnete sich. Horrigan schniefte und folgte den beiden über die Schwelle.

»Ich hab's doch gewusst. Genauso hab ich's mir vorgestellt«, bemerkte er.

»Fragt sich nur, wohin die Reise geht«, murmelte Madgwick.

»Zur Oberfläche. Wir wollen auf keinen Fall zu viel Zeit in den Tunneln hier unten verbringen. Es ist sehr gefährlich hier. Eine falsche Abzweigung und du bist verloren. Es sei denn, du triffst auf Calidus«, erwiderte Angie.

»Calidus?«, wiederholte Madgwick.

»Es ist besser, du musst das nicht herausfinden. Denn, wenn du ihn triffst, wird er dich sehr wahrscheinlich sofort fressen«, grinste Angie.

»Das sagst du immer. Hast du auch von Azghar und Watroc behauptet«, rief Madgwick.

»Wenn ich das doch sage! Hat Watroc etwa nicht versucht dich zu fressen, Madgwick?«

»Autsch! Wer hat versucht dich zu fressen, ehrenwerter Kollege?«, fragte Horrigan mit erhobenen Augenbrauen.

Madgwick verzog das Gesicht, als er sich erinnerte.

»Zugegeben, ich hatte eine unangenehme Begegnung mit einem Wasserdrachen namens Watroc. Es war nicht gleich Liebe auf den ersten Blick und ich musste höllisch aufpassen, dass ich ihn nicht verärgerte, während wir in Drakmere waren.«

Madgwick schüttelte den Kopf, denn er dachte, dass es reines Glück war, dass der Drache einen gesunden Respekt vor Angie zeigte. Er wäre nur ein kleiner Nachspeisehappen für den riesigen Drachen gewesen. Dann wieder, wer nicht einen gesunden Respekt vor Angie zeigte, wurde blitz-schnell von der temperamentvollen Hexe in einen Frosch verwandelt. Und so wie es den Anschein hatte, war das für einen riesigen Drachen undenk-bar. Madgwick musste bei dem Gedanken an einen Riesen-Froschdrachen innerlich grinsen.

»Calidus kann einem ganz schön Angst einflößen«, fuhr Angie fort, als sie hinter der Schiebetür an der Steinwand der kleinen Kammer ein weiteres Mal auf einen Touchscreen drückte.

»Wieso sagst du das?«, fragte Horrigan, der Angie beobachtete.

»Calidus hat hin und wieder Kurzgedächtnislücken. Mal kennt er dich, … mal nicht. So macht er sich immer wieder neue Freunde,… wenn sie denn überleben.«

»Überleben?«, jaulte Horrigan.

»Nun. Er frisst dich, wenn er dich nicht kennt … es sei denn, du findest ein Schlüsselwort oder etwas Besonderes an dir, an dass er sich schnell erinnert und somit weiß, dass du ihm vertraut bist.«

»Na, das sind ja gute Aussichten. Ein hungriger Drache mit Gedächt-nislücken. OK, was zum Beispiel, wäre so ein Schlüsselwort?«, fragte Madg-wick.

»Er erinnert sich schnell, wenn er eine besondere Eigenschaft, die du besitzt, mit deinem Namen assoziiert.«

Die Steinschiebetüren ratterten aufeinander und knallten zu, wieder gefolgt von einem »Ping!« Horrigan und Madgwick traten zwei Schritte zurück und lehnten sich an die Hinterwand der kleinen quadratischen Kammer. Die kleine Kammer schoss rückwärts los, mit so einer Geschwin-digkeit, dass beide Krieger ihr Gleichgewicht verloren und vorwärts auf die Nase fielen.

»Meine Güte!« Madgwick stand auf, streckte die helfende Hand aus und zog Horrigan hoch. Schnell überprüfte er den Inhalt seines Ranzens. Die kleinen Fläschchen und Reagenzgläser hatten den Fall überstanden. Ohne seine Zaubertränke ging er nie auf Reisen. Sie waren von unvorstell-barer Bedeutung für ihn.

»Was geht hier vor?«, stöhnte Horrigan.

»Wir sind im Aufzug zur Oberfläche. Hab ich vorhin schon mal gesagt«, erklärte Angie selbstverständlich.

»Aufzug, Angie, Aufzug. Ein Aufzug tut, was er sagt, er zieht hoch, nicht rückwärts!«, schimpfte Horrigan.

»Du denkst nur aus technischer Sicht, Horrigan. Natürlich geht's erst einmal rückwärts, dann hoch! Anders geht es nicht.«

»So'n Quatsch. Der direkte Weg zur Oberfläche ist schnurstracks senk-recht«, konterte Horrigan.

»Unsinn! Hast wohl auch nicht in der Kriegerschule aufgepasst, genau wie dein Kollege Madgwick. Die Krieger Guide 101 besagt; bevor es hoch geht, geht's erst einmal rückwärts, dann seitwärts und dann in einer kreisförmigen Bewegung hoch. Der direkte Weg nach oben ist immer verkehrt. Meine Güte, was würdet ihr ohne mich tun?« Angie rollte ihre smaragdgrünen Augen, schüttelte den Kopf und warnte mit dem Finger, als Horrigan den Mund öffnete.

»Aber die Oberfläche … oben … aufwärts, …also müssen wir doch hochfahren«, murmelte Horrigan, so leise, dass er gleich zu sich selber hätte reden können.

»Die Oberfläche ist nicht direkt über uns und damit ist die Diskussion jetzt beendet, Horrigan!«

Madgwick verpasste seinem Kollegen einen Ellenbogen in die Rippen, als er sah, dass Horrigan es nicht dabei belassen wollte.

»Jetzt reicht's! Angie hat ihre eigene Logik. Du kannst diese Diskussion nicht gewinnen«, schimpfte er.

Angie warf ihr langes Haar über die Schulter, wandte sich von ihm ab und lächelte zufrieden. Beide Krieger positionierten sich mit breiten Beinen, als Vorbereitung auf weitere unangemeldete Richtungswechsel. Obwohl sie es erwarteten, warf sie der Ruck, mit dem der steinerne Fahrstuhl seine Richtung änderte, gegen die Wand, wo sie mit den Köpfen zusammenstießen.

»Autsch!«, stöhnte Madgwick, der seinen Kopf rieb. Sein brauner Ranzen glitt von der Schulter. Jetzt fühlte es sich an, als fuhren sie zu ihrer Linken, jedoch war der Steinkammerboden so schräg, dass es schwer war zu stehen. Madgwick starrte Angie an. Sie hatte anscheinend kein Problem mit der Schräglage. Sie summte eine Melodie vor sich hin und wickelte geistesabwesend eine Haarsträhne um den Zeigefinger.

Madgwick und Horrigan, die sich immer noch die Beulen am Kopf rieben, setzten sich auf den Boden mit dem Rücken zur Wand.

»Ist wahrscheinlich besser so«, grunzte Madgwick.

Die kleine steinerne Kammer schlug eine neue Richtung ein und beide Krieger rutschten zur gegenüberliegenden Seite. Stöhnend und leise fluchend rollten sie sich auf dem Boden.

»Verflucht nochmal! Wie weit noch, Angie, wie weit?«, stöhnte Madg-wick.

»Nicht mehr weit, wir sind fast da«, antwortete die Hexe mit singender Stimme und rhythmischem Fußklopfen.

Gerade als Madgwick fragen wollte, wie sie ihr Gleichgewicht halten konnte, begann der steinerne Fahrstuhl zu rotieren wie ein Kirmesrad. Beide Krieger wurden von der Fliehkraft gegen die Wand gepresst und die Schwerkraft war so stark, dass sie die Arme nicht heben konnten und gefühlt waren sie wie mit Sekundenkleber an die Wand geklebt.

Aus dem Blickwinkel konnte Madgwick sehen, wie Horrigan vorwärts mit platter Nase an der Wand klebte. Angie wiederum schunkelte hin und her. Hier und da hob sie die Arme und klatschte wie bei einem Tanz. Plötzlich stoppte der rotierende Steinfahrstuhl und beide Krieger flogen seitwärts zu Boden.

»Wir sind da! Beeilt euch. Mensch, reißt euch doch mal zusammen, ihr beiden. Das ist keine Urlaubsreise. Ausruhen könnt ihr euch auch später.«

Die steinernen Fahrstuhlschiebetüren öffneten sich mit einem »Ping«

»Willkommen im zauberhaften Feuerreich von Torturra«, hieß Angie die beiden Krieger willkommen.

Madgwick kämpfte sich auf die Füße und folgte Angie stolpernd aus dem Fahrstuhl. Mit großen Augen ließ er die atemberaubende Pracht dieser magischen Welt auf sich einwirken.

Horrigan kämpfte mit seiner Uniform und den Ketten, die sich auf seinem Oberkörper kreuzten, bevor er den beiden staunend folgte.

»Bist du das erste Mal in Torturra?«, fragte Angie.

»Jawohl«, staunten beide Krieger gleichzeitig, als sie die Umgebung auf sich einwirken ließen.

Madgwick konnte seinen Augen kaum trauen. Torturra war wunderschön, enorm farbenreich, nahezu eine Zwillingswelt zu Drakmere, mit dicken Bäumen und Wäldern, in der Ferne endlose saftige grüne Wiesen mit meterhohem, sich im Wind wiegenden Gras und ganzen Teppichen von Wiesenblumen. Hohe Berge und ganze Bergketten ragten in weiter Ferne mit bauschigen Wolken am Himmel und zwitschernden Vögeln, die von Ast zu Ast flogen.

Alles war ganz normal, außer einer Sache ... alles stand in Flammen. Die ganze Welt schien zu brennen, jedoch nichts brannte zu Asche, kein schwarzer Ruß, keine verkohlten Baumstümpfe, kein rauchender verkohlter Grundboden, keinerlei Verwüstung. Die Vielfalt der Farben und der lebensprühende Reichtum der Landschaft, waren nahezu erdrückend und Madgwick musste ein paarmal schlucken, während er das lange sanft wiegende Gras vor ihm beäugte. Die Halme sahen aus wie grüne Flammen, die in einer unsichtbaren Windböe tanzten. Teppiche von grünem Moos schwelten über glühendem bernsteingelbem Gestein.

Madgwick blinzelte.

»Ich bin sprachlos. Erstaunlich! Schau dir die Blumen an. Wie kleine Feuerbälle. Und Farben, die ich noch nie zuvor gesehen habe. Sieht so aus, als wenn die Intensität des Feuers die Farben der Blumen bestimmt.«

»Wie ist es möglich, dass sie in dieser Hitze überleben?«, fragte

Horri-gan staunend mit offenem Mund. Er duckte sich, als ein Vogel nah über seinem Kopf vorbeihuschte. Dieser hatte einen kühn orangen Flammen-schnabel, verschieden angehauchte bläuliche Flammenfedern bedeckten seinen Körper und ein gelblicher Streifen lief seitlich an seinem Körper entlang.

»Schau dir den Vogel an, Madgwick«, flüsterte der überwältigte Horrigan.

Madgwick beobachtete eine Feuerhummel, die laut brummend mit ihrem feurigen Körper hin und her flog.

»Madgwick, Horrigan!«, schrie Angie.

»Reißt euch zusammen, Jungs. Konzentriert euch auf euren Zauber-staubschutz. Ein winziges Missgeschick und ihr seid ein Häufchen Asche, schneller als ihr blinzeln könnt.«

Beide Krieger gaben sich Mühe, ihren Schutz ein wenig enger zu ziehen.

»Wie kann hier überhaupt irgendwas überleben?«, fragte Madgwick.

»Für die Lebewesen und die Traum-Dämonen ist Torturra eine ganz normale Welt, weil sie bereits Feuer in ihren Adern und Venen haben. Oh! Azghar und Watroc natürlich auch. Die beiden Drachen können ja Feuer produzieren.«

Madgwick beobachtete Angie von Kopf bis Fuß.

»Und du? Du hast keinen Schutzstaub. Wie schützt du dich vor der Hitze?«

»Ich brauche keinen Schutz. Eine Hexe hat weitaus andere Mittel.«

Angie sprach mit niedergeschlagenen Augen, während sie ihre Zehen an einem Moos-Feuerball rieb.

»Was soll das heißen?«, fragte Horrigan mit zusammengezogenen Au-genbrauen.

»Hab jetzt keine Zeit, dumme Fragen zu beantworten, Horrigan«, erwiderte Angie irritiert.

»Viel wichtiger ist, dass wir anfangen, Jeff und Phoebe zu suchen.«

Madgwicks Gesicht versteinerte. »Phoebe …«

Horrigan schüttelte den Kopf: »Tut mir leid Angie, aber wir müssen uns auf die Suche nach Jeff konzentrieren. Es ist gut möglich, dass er den Zugang zu Torturra überlebt hat. Und wir wissen auch, dass die Traum-Dämonen hinter ihm her sind. Unsere Kräfte zu halbieren, wäre reine Zeitverschwendung, da das Mädchen mit höchster Wahrscheinlichkeit längst tot ist.«

Obwohl Horrigan nur die Fakten sachlich darlegte, schaute er in die Ferne und hütete sich, mit Madgwick Augenkontakt aufzunehmen. Seine Augen waren wässrig. Horrigan war ein harter, kampferfahrener Krieger mit Tätowierungen im Gesicht sowie Leder- und Kettenkleidung. Aber er war nicht nur ein Krieger, sondern auch Beschützer. Ein Kind aufzugeben und schlimmer noch, zu verlieren, war ein Tiefschlag, auch für ihn.

»Du hast Recht! Die Zeit ist kostbar.« Angie hob die Hand, als Madgwick den Mund öffnete. Sie schnalzte mit den Fingern und zeigte mit dem Daumen in die Richtung des großen Berges.

»Also los dann. Auf geht's!«

»Wo lang, Angie?«, fragte Horrigan, der sich in der Gegend umguckte, als suche er ein wegweisendes Schild.

»Das ist einfacher, als du denkst. Die Pforte, durch welche Jeff und Khrow fielen, befindet sich in dem großen Berg da in der Ferne.« Angie zeigte auf einen Berg, so hoch, dass er bis in den Himmel ragte; der Gipfel war von Nebel bedeckt.

»Da gibt es nur eine Tür, die aus dem Tunnel führt, und die ist auf der Südseite, gegenüber vom Lavafall.«

»Lavafall?«, stutzte Horrigan.

Madgwick überhörte Horrigans Frage und unterbrach mit den Worten: »Hört sich so an, als kennst du diese Welt sehr gut, Angie … bist du schon mal hier gewesen?«

»Ich habe hier mehrere Male Freunde besucht. Das letzte Mal, ist aber schon lange her.«

»Freunde …«, wiederholte Madgwick, konnte aber die Frage nicht zu Ende führen, denn Angie hatte sich längst abgewandt und begann ihre Hände zu schütteln. Somit war die Frage- und Antwortzeit offiziell beendet. Madgwick hatte sich eigentlich schon gewundert, dass sie überhaupt so lange Rede und Antwort stand.

»Wenn doch wenigstens mein verrückter Besen an meiner Seite wäre. Ich kann nämlich andere Formen von Transport nicht ausstehen.«

Violett glitzernder Staub flog in die Luft und umgab die Hexe wie eine Wolke. Sobald der Staub zu Boden rieselte, zeigte sich, dass Angie neben einem Motorroller stand. Sie trug einen großen lila Sturzhelm und eine dicke Schutzbrille, deren dicke Brillenarme ihre Ohren wie kleine Flügel abstehen ließen.

»Auf geht's, Krieger«

Madgwick lächelte und stieg auf seine glitzernde Enduro. Er gab kurz Gas und hatte sichtlich Freude am durchdrehenden Hinterreifen, der vergebens nach Traktion suchte. Dann blickte er über seine Schulter, ließ den Kopf hängen, schluckte und würgte den Motor ab.

»Das kann doch wohl nicht dein Ernst sein, Horrigan.«

Horrigan saß auf einem traditionellen Mountainbike, ein Bein ausgestreckt auf dem Boden abgestütz. Horrigan zog die Augenbrauen zusammen und betrachtete sein BMX-Fahrrad.

»Was, Madgwick?«

»Das ist ein Fahrrad, Horrigan, ein Fahrrad!«

»Und? Ist kein gewöhnliches Fahrrad, sag ich dir. Zwölf Gänge, hydraulische Federung, batteriebetrieben, gefederter Sattel. Dieses Baby ist perfekt geländetauglich.«

Er tätschelte die Lenkergriffe und grinste Madgwick an.

»Mit dem Ding kannst du nicht mit uns fahren«, sagte Madgwick.

»Warum denn nicht?«

»Weil es nur ein Fahrrad ist, du Trottel.«

Horrigan seufzte schwer: »Ja und?«

Angie kam von hinten und schrie in Horrigans Ohr.

»WEIL DU IM SCHNECKENTEMPO NICHT MIT UNS MITHAL-
TEN KANNST UND WIR NICHT IMMER AUF DICH WARTEN WOL-
LEN, KAPIERT?«

»Warum schreist du denn so? Muss das sein?« Eingeschnappt wandte
sich Horrigan von Angie ab.

»WAS SAGST DU?«, schrie Angie wieder.

»HÖR ENDLICH AUF ZU FLÜSTERN UND REDE MAL KLAR-
TEXT«, brüllte sie.

»Mensch hör auf zu schreien«, brüllte Horrigan zurück und steckte
die Zeigefinger in die Ohren.

»DAS DING IST ZU LANGSAM«, kreischte Angie.

Horrigans Gesicht errötete und seine Wangen blähten sich auf.

Madgwick konnte sich ein Grinsen nicht verkneifen.

»Sie kann dich nicht durch den Helm hören. Aber egal. Mit dem Ding
bist du zu langsam, das geht einfach nicht.«

»Aber,…«

»JETZT HÖR MAL GUT ZU, DU STURER BOCK. ENTWEDER
WÄHLST DU JETZT SOFORT EIN SCHNELLERES FAHRZEUG ODER
DU LERNST MICH KENNEN, MEIN FREUND«, drohte Angie krei-
schend.

Madgwick positionierte sich schnell zwischen die beiden, ohne sein
Zaubermotorrad, welches als Staub zurück in seine Hände floss.

»Horrigan, ich bitte dich. Formiere ein Motorrad, vorzugsweise eine
Enduro mit Stollen am Hinterreifen, denn solltest du es nicht tun und
Angie ihre Drohung wahrmachen, kann ich dir garantieren, stehst du
ganz dumm da.«

»ER WIRD DAS MOTORRAD, DAS ICH IHM ZUR VERFÜGUNG
STELLE, LIEBEN«, quietschte Angie und nickte begeistert.

Horrigan holte tief Luft und sagte: »Jetzt hört sie auf einmal ganz gut.

Jedenfalls bin ich mit meinem BMX-Rad gut bedient. Und macht euch mal keine Sorgen. Ich werde schon mithalten können.«

Er trat in die Pedalen und raste über die Wiese weg von Angie und Madgwick.

Madgwick war perplex. Er stand da mit offenem Mund und musste erst grinsen, als er sah, wie Angies Augen schmaler wurden.

»SOLLEN WIR ES IHM SAGEN?«, schrie sie.

Madgwick zuckte zusammen bei dem Ton ihrer schrillen Stimme, die sich überschlug und brüllte zurück: »Sagen? Was sagen?«

»DASS ER IN DIE FALSCHE RICHTUNG FÄHRT?«, kreischte sie zurück.

Madgwick lachte kopfschüttelnd. Das war lustig. Horrigan war zwar ein großer Krieger, aber er war auch ein wenig verachtungsvoll gegenüber seinen jüngeren Kollegen.

Wäre Rig mit ihnen auf diese Reise gegangen, hätte sich Horrigan höchstwahrscheinlich nicht erlaubt, so stur und schwierig zu sein. Madgwick zuckte mit den Schultern und blickte Angie an.

»Dann muss er uns halt einholen.«

Staub floss aus seinen Händen und auf seiner Enduro folgte er Angie, die mit ihrem Motorroller die Richtung angab. Schon nach fünfzig Metern konnten sie die Rufe von Horrigan hören.

»Hey, ihr beiden, wartet auf mich!«

Horrigan trat in die Pedalen wie der Teufel. Sein Gesicht war hochrot vor Anstrengung, die Schweißperlen liefen über seine Glatze in die Augen und tropften von der Nase.

Sein BMX-Fahrrad schwang hin und her, als er in den Pedalen stehend alles gab, was in ihm steckte.

»Ach du feuriger Kometenschweif!« Angie nahm den Arm zurück und warf eine lila Zauberstaubkugel auf Horrigan. Wie ein Komet hinterließ die Kugel einen violetten Schweif auf ihrer Flugbahn und traf Horrigan voll auf den Brustkorb.

Madgwick hätte eigentlich gerne gelacht, als er die Überraschung auf Horrigans Gesicht sah, aber er war sich nicht sicher, ob Angies Geduld nicht längst am Ende war und sie ihn in einen Frosch verzaubert hatte, der dann in seinem Ranzen mitreisen musste.

»Angieeeee, neiiiiiin!«, rief er. Zu spät. Sie hatte genau Maß genommen und war enorm treffsicher. Bei dem Aufprall hob der Zauberstaub Horrigan in die Luft. Wie bei einer Windhose wirbelte der Zauberstaub um Horrigan herum. Madgwick konnte ihn husten und würgen hören. Als der Staub sich legte, saß Horrigan auf einem violetten Quad-Bike mit vier massiven glitzernden lila Rädern. Zuerst machte er einen zufriedenen Eindruck, bis er sah, dass der violette Tank mit gelben Blümchen lackiert war. Ein gelber Sicherheitsgurt spannte sich über seine Oberschenkel und eine lila angehauchte, durchsichtige Glaskugel saß auf seinen Schultern, die seinen Glatzkopf wie ein Sturzhelm beschützen sollte.

Madgwick versuchte den in ihm aufsteigenden Lachanfall zu unter-drücken, denn der Anblick von Horrigans mehrfach vergrößerten Augen durch das verschwommene Glas der Kugel auf seinen Schultern war ein-fach zu lustig.

»Ich hoffe, ihr habt euren Spaß«, klagte Horrigan sarkastisch.

»Ich hätte selbst ein schnelleres Fahrzeug wählen können. Und diesen kugeligen Helm brauche ich nicht. Nimm deinen Zauberstaub zurück, Angie«, forderte er in überheblichem Ton.

»Keineswegs. Das Vierrad funktioniert doch ganz gut, denke ich.«

»Vierrad, Angie. Du meinst doch bestimmt Quad-Bike«, verbesserte Madgwick.

»Nein ... Vierrad ... Fahrrad, Dreirad, Vierrad, Madgwick«, sagte Angie mit drohendem Unterton.

»Also gut. Vierrad, wenn du es sagst.« Madgwick ließ es dabei. Machte keinen Sinn sich mit Angie anzulegen. War ja im Endeffekt nur eine Lappalie. Sie mussten vorankommen.

Horrigan schmiss Silberstaub in die Luft in dem Versuch, Angies Zauberspruch aufzulösen, jedoch vergebens. Sein Staub rieselte ohne Effekt zu Boden, sammelte sich und floss zurück in seine Hände.

»Lodernde Sterne. Lila steht mir ganz und gar nicht«, stöhnte er.

»Du kannst es ja zu einem späteren Zeitpunkt ändern«, beruhigte ihn Madgwick.

# 22

Jeff starrte Nequam wütend an: »Und? Wird's bald? Wo ist sie?«

»Sie sollte hier auf mich warten«, sagte Nequam und biss sich auf die Lippe.

»Von wem reden wir?«, fragte Calidus.

»Meine Freundin Phoebe, Calidus. Komm schon, du kennst sie doch. Dieser Betrüger hier hat sie belogen, um sie angeblich zu beschützen. Und jetzt ist sie da draußen irgendwo«, erklärte Jeff dem riesigen Drachen.

»Hilf uns bitte einen Ausgang aus diesem Berg zu finden, Calidus. Wir müssen sie suchen.« Jeff tastete sorgfältig die Wand ab, in der Hoffnung eine geheime Tür zu finden.

Als er keine Antwort bekam und ein Stöhnen von Nequam hörte, drehte er sich um. Schockiert trat er zurück mit dem Rücken gegen die Wand. Sein Gesicht wurde heiß, denn er sah, wie der große Drache den winzigen Nequam zwischen zwei Krallen gequetscht an die Wand drückte. Er drehte sein Haupt in Jeffs Richtung und mit Schlitzaugen und donnern-der Stimme fragte er:

»Wer bist du und was machst du hier?«

»Dünne Beine,… dünne Beine, Jeff. Ich bin's, Calidus«, schrie Jeff und zeigte mit beiden Händen auf seine Beine.

Calidus blickte auf Jeffs Beine. »Hmmmmmmm.«

Der mächtige Drache nickte, dann drehte er sein Haupt zurück zu Nequam. Seine Augen verengten sich zu Schlitzen.

»Und du?«, knurrte er.

»Äh!« Nequam war in Panik. Er konnte unter diesem Druck nichts finden, womit der Drache ihn in Verbindung bringen könnte.

»Ich hab auch d-d-d-dünne Ba-ba-beine. Schau d-d-doch, auch d-d-d-dünne Ba-Ba-beine«, stotterte er.

Jeff hob die Augenbrauen und schüttelte den Kopf.

»Wie originell, Nequam? Mehr hast du nicht drauf?«

Calidus beobachtete Nequams Beine für einen Moment und hob das Haupt.

»Okay!«

Jeff starrte den Drachen ungläubig an.

»Wie bitte? Bei ihm ist es in null Komma nichts ein Okay und ich muss ganze Berge versetzen, bevor du mir glaubst?«

»Berge? Welche Berge denn? Meinen Berg etwa?«, fragte Calidus.

Jeff seufzte wehmütig: »Ach Mann. Was soll's! Hilf uns einfach, einen Ausweg aus diesem verdammten Berg zu finden, sodass wir Phoebe suchen können. Haltet doch bitte Ausschau nach einer Tür.«

»So wie diese hier?« Nequam wies auf die Felswand direkt vor ihnen.

Jeff blickte zu Nequam und gerade als er den Mund öffnete, um zu argumentieren, sah er die in die gelblich leuchtende Steinwand gemeißelte Tür. Verwirrt blinzelte er: »Die war gerade eben noch nicht da. Egal, lass uns die Tür öffnen.«

»Wir können nicht einfach durch die Tür gehen. Wir brauchen einen Plan«, warf Nequam ein.

»Und wieso nicht?«, fragte Calidus.

»Mondkugeln nochmal! Hallooooo, Traum-Dämonen?«, bemerkte Nequam.

»Nein, die sind alle weg. Calidus aß zwei von ihnen und sagte, dass die Felsratten die anderen gefressen hatten.« Jeff lächelte den großen Drachen an, der seine Lippe hob und knurrend grinste. Jeff blinzelte, als er einen flüchtigen Blick auf die scharfen Zähne bekam, sein Grinsen erlosch und er schluckte.

»Du glaubst doch nicht im Ernst, dass diese wenigen die einzigen Traum-Dämonen sind, die geschickt wurden, oder? Der Befehl war, dich zu fangen und auch deine beiden Freunde, wenn man an dich nicht rankommt. Wahrscheinlich ist die gesamte Armee mobilisiert worden«, erklärte Nequam.

Jeffs Herz rutschte in die Hose.

»Mist! Ich hatte gedacht, da war nur ein Paar von denen hinter uns her.«

Er blickte Calidus und Nequam energisch an.

»Ist mir egal, wie viele es sind, aber wir gehen Phoebe suchen, so oder so.«

Nequam nickte: »Vielleicht ist sie ja noch nicht weit vor uns.«

Er wollte die Tür mit der Schulter aufdrücken, aber sie ließ sich nicht öffnen. Jeff kam zur Hilfe, lehnte sich mit dem Rücken gegen die Tür. Beide holten tief Luft und legten sich voll ins Zeug. Nichts! Die Felswand blieb steinhart und die Tür bewegte sich keinen Millimeter.

»Ihr habt nicht nur dünne Beine, ihr seid auch nicht kräftig gebaut. Beiseite ihr zwei. Lasst mich mal ran!«, grunzte Calidus.

Der mächtige Drache kratzte die Felswandtür mit einer Kralle von oben bis unten. Es knarrte und polterte. Mit einem schweren schleifenden Geräusch öffnete sich die Tür ein paar Zentimeter.

»Das ist eine verzauberte Tür. Nur wenn die verzauberte Steintür spürt, dass du in Not bist, öffnet sie sich, es sein denn, mächtigere Zauberei wird angewandt«, erklärte Calidus.

»Wenn der Ausgang verhext ist, wie konnte Phoebe dann entkommen?«, fragte Jeff, der noch schwer von der Anstrengung atmete.

Calidus holte tief Luft und seufzte, als wenn er es leid war, es immer wieder erklären zu müssen.

»Sie war offensichtlich in Not oder der Fels mag sie oder sie hat nett ge-fragt oder sie hat Zauberkräfte, was weiß ich? Ich war nicht dabei. Los jetzt ihr beiden, geht!«

Jeff blickte auf.

»Wie, du kommst nicht mit?«, fragte Jeff.

»Und wie soll ich da durchpassen? Ich hab keine dünnen Beine. Du siehst doch, wie klein die Öffnung ist. Nein, ich schwimme den Lavafluss hinunter und nehme den Expresstunnel zur Bergspitze. Wir sehen uns bei den Lavafällen wieder.«

»Aber ich weiß doch gar nicht, wo …«

»Ich aber«, fiel Nequam ins Wort. »Ich bin da schon mal gewesen.«

Jeff beobachtete, wie der große Drache zur Brücke watschelte und in den glühend roten Lavafluss sprang. Er musste zurück gegen die Wand springen, als Lava hochspritzte.

»Komm!«, forderte Nequam winkend.

Jeff quetschte sich durch die Türöffnung und schnappte sprachlos nach Luft, denn der erste Eindruck von Torturra war überwältigend.

»Die Landschaft ist so wunderschön, jedoch irgendwie …« Er strauchelte.

»Gruselig?«, bemerkte Nequam.

»Außerirdisch, wollte ich sagen«, konterte Jeff.

Er traute seinen Augen nicht. Die Szenerie vor ihm erinnerte an die Landschaft von Drakmere. Bäume ragten bis in den Himmel, ihre Blätter wehten im Rhythmus der sanften Brise hin und her, moosbewachsene Felsenblöcke schmückten den Boden, pralle Wolken trieben träge im Him-mel, Vögel zwitscherten und flogen von Baum zu Baum, alles stand in Flammen und doch verbrannte nichts.

Das flackernde Flammenmeer verbrannte und verkohlte die Landschaft nicht, sondern streichelte und belebte sie. Der Farbenreichtum war atemberaubend; der Himmel war ein Hauch bernsteinfarbig, mit weiß-flammigen Wolken, welche ineinander bauschten. Die Bäume hatten ellen-lange braune Stämme, die mit langen

Flammen flackerten, während ihre Blätter aus grünen kurzflackernden Flammen bestanden. Die Felsblöcke sahen aus wie Feuerbälle und ihr Moos brutzelte wie gebratene Eier in der Bratpfanne. Verschiedenfarbige Vögel mit flammenden Flügeln flogen zwitschernd von Ast zu Ast.

»Wenn ich es nicht mit eigenen Augen sehen würde, würde ich nicht glauben, dass es so etwas gibt«, sagte Jeff, der sich in der Gegend umguckte.

»Willkommen im Feuerreich Torturra. Alles ist genauso wie in deiner Welt, nur steht hier alles in Flammen«, erklärte Nequam, der ein seltenes Lächeln über die Lippen brachte, als er den staunenden Jeff beobachtete.

»Ich besuche Torturra eigentlich sehr gerne. Für mich ist es einer der reinsten und unberührtesten Orte, die existieren.« Dann zog er eine Grimasse.

»Wenn es nur die lästigen Traum-Dämonen nicht gäbe.«

Nequam drehte sich um und ging den Weg hinunter. Jeff folgte.

»Vorsichtig!«, mahnte Nequam.

»Diese kleinen grünen Flaumbälle, die in Flammen stehen, sind gefährlich. Achte drauf, dass du ganz behutsam über sie steigst.«

»Wieso, was können sie uns anhaben?«, fragte Jeff, als er interessiert den grünen Flammenbüschel inspizierte. Nequam wartete, bis Jeff drüber hinweggestiegen war.

»Die sind mir bekannt als Sterntrompetenbüschel, meistens aber Mondo-Gras genannt. Wenn du es berührst, dann gibt es, in einem Bruchteil von einer Sekunde, bevor es sich zusammenzieht, ein Giftgas frei, das dich, wenn du es einatmest, paralysiert. Dann siehst du nur noch Sterne«, erklärte Nequam grinsend.

»Manchmal wirkt es nur für ein paar Sekunden, andere Male wurde berichtet, dass die Lähmung Stunden dauerte. Hängt wohl davon ab, wie viel von dem Gift eingeatmet wird, nehme ich an.«

Nequam hob einen kleinen verschmorten Stein auf und schmiss ihn auf den Mondo-Grasbüschel. Jeff staunte mit offenem Mund, als er sah, wie der grüne Flammenbüschel einen Stoß grünlichen Nebel in die Luft schoss, bevor es sich blitzartig in sich zurückzog. Das grünliche Wölkchen schweb-te einen Moment lang in der Luft, bevor es sich in der leichten Brise auflöste.

Ein Vogel, der durch den Pfad der dahintreibenden Giftteilchen flog, fiel wie ein Stein vom Himmel. Nach ein paar Sekunden stand der Vogel auf, hüpfte ein wenig benommen umher, flatterte mit den Flügeln, schüttelte das Köpfchen und flog wütend zwitschernd davon.

»Wie cool war das denn?«, staunte Jeff.

Jeff hatte zu kämpfen, um mit Nequam mitzuhalten, denn er wurde immer wieder von der wundervollen Landschaft abgelenkt. Wieder und wieder musste er über die giftigen kleinen Mondo-Grasbüsche springen. Da sie in einer Vielzahl auf dem Waldboden wuchsen, musste er höllisch aufpassen, sie nicht zu berühren. Eine Frage lag schon lange auf seinen Lippen, seit er Nequam kannte.

»Nequam, wieso brauchen Traum-Dämonen keinen Hitzeschutz? Ich meine, du bist doch einer und du trägst keinen sichtlichen Schutz?«

»Ich hab dir bereits gesagt, dass ich kein Traum-Dämon bin. Ich komme vom Stamm der Bylleraz«, antwortete er kurz mit versteiftem Rücken, da er Unbehagen fühlte, wenn er mit den Traumonen in eine Schublade gesteckt wurde.

»Ich bin ein Formwandler. Ich ging nur als Traum-Dämon undercover, um Phoebe und Rhed zu finden«, erklärte er mit einem Blick über seine Schulter.

»Warum wolltest du die beiden denn überhaupt finden?«

Nequam blieb stehen und lauschte mit schiefem Kopf.

»Dachte, da war was«, sagte er kopfschüttelnd, welches seinen Mohawk ins Schwanken brachte.

»Ich bin schon eine Weile auf geheimer Mission und als ich Wind davon bekam, dass die Traumonen vorhatten, dich und deine Freunde zu kidnappen, habe ich mich eingeschaltet. Obwohl es primär um dich geht, besteht für Phoebe die gleiche Gefahr, die für dich gilt.«

Jeffs Kinnlade fiel herab. Er stoppte und starrte auf Nequams Rücken.

»Woha, einen Moment mal. Gefahr, welche Gefahr, was genau und von wem?«

Nequam seufzte, stoppte, drehte sich um, vermied jedoch Augenkontakt mit Jeff.

»Wirklich, Jeff. Wir müssen einen Schritt zulegen. Ich weiß nicht genau, warum sie in Gefahr ist, aber irgendwie hat es mit einem Lied zu tun. Hab ich jedenfalls so verstanden.«

Jeff schüttelte den Kopf, als er Nequam wieder folgte.

»Ein Lied? Merkwürdig. Wie kann ein Lied für sie gefährlich werden?«, fragte er sich.

»Ich weiß, warum sie hinter mir her sind. Höchstwahrscheinlich hat das mit dem Traumfängerzeug zu tun, aber Phoebe? Ein Lied?« Jeff dachte nach.

»Zorka«, sagte er laut.

»Zorka?«, wiederholte Nequam.

»Die alte widerliche Wolfshexe. Sieht aus wie eine wandelnde Leiche. Sie brauchte Phoebes Blut, da es ihr ewige Jugend geben würde, irgendwie sowas. Offenbar hat es damit zu tun, dass Phoebe ihren Gesang hören konnte. Wir, Rhed und ich, hörten jedenfalls nichts.«

»Mann, das ist ein hässliches Miststück«, schloss Jeff mit einem Kopfnicken.

»Und? Wo ist die Hexe jetzt?«, fragte Nequam.

»Angie und die zwei Drachen, Azghar und Watroc, zusammen mit noch einer gruseligen Hexe namens Wiedzma haben einen Bann ausgesprochen, bei dem Zorka und Azghar den Platz tauschten.« Jeff stoppte, als er Nequams Stirnrunzeln sah.

»Azghar wurde versehentlich ins Gefängnis gesteckt. Ist 'ne lange Geschichte. Jedenfalls ist Zorka jetzt in diesem magischen Zaubergefängnis. Ich wette, die Traum-Dämonen sind von ihr beauftragt worden. Fragt sich nur, ob sie ausbrechen konnte«, erklärte Jeff.

»Es muss dann ihre Energie sein, die durch Uzas, den selbst ernannten Führer der Traumonen, fließt. Ich glaube den Namen Zorka von ihm schon mal gehört zu haben«, sagte Nequam.

»Wenn sie immer noch in Gefangenschaft ist, dann muss sie sehr mächtig sein, denn sie kann immer noch ihren Einfluss auf die Außenwelt durch ihre Zauberkraft ausüben«, fügte er hinzu.

»Wir müssen Phoebe finden, bevor sie es tun.«


Sie waren nicht weit gekommen, da Jeff immer wieder überwältigt von den Eindrücken, die diese seltsame, wundervolle, magische Welt auf ihn machte, stoppte. Der Farbreichtum war verblüffend. Wer wusste, dass Feuer so viele verschiedenartige Farben und Formen hatte. Jeff spürte, dass er hier für immer leben könnte. Er wünschte sich, dass er dieses Gefühl mit Rhed teilen konnte.

»Die Lavafälle sind hinter dieser Felsgruppe«, bemerkte Nequam.

Sie waren gerade um die Felsen gelaufen, dessen schwarz-blaue Oberfläche von der glühenden Hitze brutzelte, als Nequam so plötzlich stoppte, dass Jeff in seinen Rücken stolpernd auflief.

»Mann!«, beklagte sich Jeff, der dann den Mund schnell wieder zu-klappte, als er die mehr oder weniger fünfzehn Traum-Dämonen vor ihnen sah.

Die hatten selbstgefällige Gesichtsausdrücke, so als hätten sie die beiden längst erwartet.

»Mist. Die müssen uns gehört haben«, schoss es ihm durch den Kopf.

Er versuchte zu sehen, ob sie sich zurückziehen konnten. Nichts da. Ging nicht, denn sie waren umzingelt.

»Endlich haben wir euch. Übrigens, weglaufen nützt nichts. Ihr könnt uns nicht entkommen!«, sagte der Anführer der Truppe mit tiefer, kehliger Stimme.

»Dann wiederum. Versucht es doch. Uns macht jagen Spaß«,

bemerkte ein weiterer schelmisch grinsend. Die anderen kicherten und lachten hä-misch.

Jeff stand mit aufgesperrtem Mund da und starrte auf die kriechenden schwarzen Linien auf der Haut des Traum-Dämons. Er warf einen Blick auf Nequams versteinertes Gesicht. Ihm fiel ein Stein vom Herzen, als Nequam in ein breites Lächeln ausbrach.

»Hallo Zlo. Siehst du? Ich hab dir doch gesagt, dass ich ihn erwische. Und hier ist er!«, sagte Nequam mit ausgestreckter Hand, als wolle er Jeff auf eine Bühne führen. Jeff blickte Nequam wütend an, aber der wich seinen Blicken aus.

»Wo sind meine Männer?«, fragte Zlo.

»Keine Ahnung. Hab sie nicht getroffen. Möglicherweise sind die noch in einem von den Tunneln.« Nequam sprach ruhig und schaute auf seine Fingernägel.

Zlo brummte: »Wenn du sie nicht getroffen hast, wie weißt du dann, dass sie noch in den Tunneln sein könnten?«

»Das weiß ich nicht, war nur ‘ne Annahme«, erwiderte Nequam schnell.

Jeff schloss die Augen: »Mann. Ich hätte dem nie vertrauen dürfen … Calidus, wo bleibst du?«, sagte er zu sich.

Zlo schwang seinen Kopf von einer Seite zur anderen. Er ließ Nequam jedoch nicht aus den Augen. »Ich wusste von Anfang an, dass ich dir nicht vertrauen kann. Formwandler sind halt verlogen und hinterhältig, zumal ich nicht einmal glaube, dass du ein Traum-Dämon bist. Du siehst uns ja nicht einmal ähnlich.«

»Zlo, wir können ihn ja verschwinden lassen. Den wird keiner vermissen«, knurrte einer der Männer mit verächtlichem Blick auf Nequam.

Nequam wandte sich ihm zu. »Ich bin kein Lügner, aber ich bin von Geburt aus ein Formwandler mit Leib und Seele. Das kann ich nicht ändern. Und wenn ich du wäre, würde ich mir gut überlegen, was du tust. Uzas erwartet von mir, dass ich ihm den Traumfänger persönlich überliefere. Was willst du ihm dann erzählen?«

»Dass wir dich als Beilage zu unserer Abendmahlzeit gebraten haben«, antwortete Zlo erregt.

Jeff beobachtete die Situation mit der Hoffnung, dass es zu einem Kampf kommen würde, sodass er die Gelegenheit nutzen konnte zu fliehen. Nur hatte er keine Ahnung, in welche Richtung.

»Hör zu, Zlo. Der Junge ist mein Gefangener und ich werde ihn persönlich zu Uzas bringen«, sagte Nequam, der mit Augenzwinkern rüber zu Jeff blickte.

»Du kannst so viel zwinkern, wie du willst, Nequam. Für mich bist du ein Verräter«, dachte Jeff wütend.

Dann sah er, wie Nequam seinen Kopf ein paar Millimeter schüttelte, seufzte und tief Luft holte, als ob er versuchte, Jeff's Aufmerksamkeit zu erhalten. Jeff versuchte sich nicht anmerken zu lassen, dass er Nequams Gesten bemerkt hatte und beobachtete wie Nequam zuerst auf den Waldboden starrte, dann ohne den Kopf zu heben, mit großen Augen ihm tief in die Pupille schaute. Vorsichtig folgte Jeff mit den Augen in die Richtung, in die Nequam zu deuten schien und schluckte, als er auf dem Waldboden nah bei den Traum-Dämonen, ein großes Bett von giftigen Mondo-Grasbüscheln sah. Als er wieder hoch blickte, sah er, wie Nequam gemäch-lich seine Augenbrauen hob. Es dämmerte ihm.

»Aha, er will, dass ich sie ablenke. Das kann ich!«, dachte Jeff, der den Blick voller Enttäuschung über den Verrat im Gesicht behielt, um sich nichts anmerken zu lassen.

Nequam wandte sich Zlo zu.

»Zlo, Zlo, Zlo. Wir wissen doch beide, dass du mir nichts anhaben darfst. Aber hast du mal für einen winzigen Moment darüber nachgedacht, was dir passieren kann?«

Nequam schmiss seinen Arm in die Luft, welches zur Folge hatte, dass die Traum-Dämonen überrascht zusammenzuckten und erschrocken tos-ten.

Jeff interpretierte Nequams Aktion als Signal und handelte. Er hob einen Stein auf und schmiss ihn auf das Mondo-Gras-Bett. Im Bruchteil einer Sekunde wehrten sich die Pflanzen und stießen mehrere giftige Gaswölkchen aus, die um die Traum-Dämonen herumschwebten. Jeff fiel auf die Knie und kroch unter den grünlichen Giftwölkchen durch. Die Traumonen schlugen wild durch die Gaswölkchen und verstummten, als das Giftgas seinen Effekt ausübte.

Jeff, der auf dem Boden kriechend seinen Weg durch die Traumonen machte, bemerkte, dass der Effekt schnell nachließ.

»Verdammt. Das war aber kurz«, dachte er.

Er versuchte zu sehen, wo Nequam sich befand, als er von ihm auf die Beine hochgezogen wurde. Als Jeff ihm ins Gesicht blickte, sah er sein eigenes Spiegelbild. Nequam hatte sich in ihn verwandelt und grinste wie ein Honigkuchenpferd.

Die Traum-Dämonen kamen näher und fanden zwei identische Jeffs vor sich stehend.

»Was soll das?«, knurrte Zlo.

»Was meinst du? Ich, Jeff, stehe doch genau hier vor dir«, antwortete Nequam, der Jeff einen Schubs gab.

»Unsinn. Ich bin der echte Jeff. Das ist Nequam«, winkte Jeff ab. Sein Herz schlug so laut, dass er glaubte, Zlo müsste es hören können.

»Ich mach dich fertig, Nequam. Mich täuscht du nicht«, knurrte Zlo.

»Bist du dir da hundert Prozent sicher? Stell dir vor, du tötest den falschen Jeff. Das musst du erst mal Uzas erklären. Da möchte ich aber auch gerne dabei sein«, erwiderte Nequam mehr oder weniger selbstsicher. Er ergriff Jeffs Arm und sie zogen sich langsam von den näher kommenden Traumonen zurück.

»Du bluffst. Du glaubst doch nicht im Ernst, dass ich zögere euch beide zu töten?«, spuckte Zlo mit funkelnden Augen.

»Das hättest du schon lange getan, wenn du den Nerv dazu hättest«, sagte Jeff. Er wollte sicher machen, dass er sich genauso selbstsicher anhörte wie Nequam. Jeff kopierte Nequams Bewegungen, um Zlo zu verun-sichern.

»Welcher von beiden ist es?«, fragte einer der Männer verwirrt.

»Keine Ahnung. Wir nehmen einfach beide mit und Uzas kann dann die Wahrheit aus ihnen herausprügeln. Packt sie euch, Männer!«, brüllte Zlo mit dem Finger zeigend.

Jeff wirbelte herum, täuschte einmal nach rechts und als der Angreifer mit offenen Armen auf ihn zusprang, duckte er sich. Er verzog das Gesicht bei dem Gedanken, dass ihn einer der Arme mit den roten Äderchen gestreift haben konnte. Dieses Mal täuschte er ein Manöver nach links vor, aber es war nutzlos. Die Angreifer waren einfach zu zahlreich. Er suchte Nequam und sah, dass auch er umzingelt war. Es gab keinen freien Flucht-weg. Jeff resignierte und ließ den Kopf hängen.

»ROAR!«, dröhnte ein mächtiges Drachengebrüll von oben. Jeff blickte auf und beobachtete, wie Calidus auf einer Welle von orange-rotem glühendem geschmolzenem Gestein aus dem Berggipfel, der einem Vulkantrichter ähnlich sah, hoch in den Himmel schoss.

Die glühende Lavawelle erreichte ihren höchsten Punkt und plätscherte an den Seiten des Berges zu Boden. Hoch am Himmel begann der mächtige Drache seine Flügel zu strecken und sich wie ein nasser Hund zu schütteln. Sein Kopf schwang von einer Seite zur anderen und sein schuppiges Fell schüttelte sich, wie in Zeitlupe, als sei es nicht an den Körper gebunden. Sein Schwanz wedelte in die entgegengesetzte Richtung, als hätte er die Kontrolle über ihn verloren. Calidus schüttelte sich so wild, sein Erschei-nungsbild verschwamm zu einer roten Kugel.

Jeff hörte plätschernde Einschläge um sich herum und beobachtete, wie orange-farbige flüssige Gesteinstropfen, die Calidus sich vom Körper ge-schüttelt hatte, vom Himmel fielen.

»Da ist Calidus«, schrie er und duckte sich. Er hockte sich schnell hin und sah, wie ein Angreifer von einem der Tropfen erschlagen wurde.

Die Traum-Dämonen rannten schreiend in alle Richtungen in dem

Versuch, dem heißen Steinregen zu entkommen. Jeff hielt seine Arme über dem Kopf und rannte Zick-Zack, um den Lavatropfen auszuweichen. Er sah, wie ein Angreifer durch ein Mondo-Gras-Giftwölkchen rannte und benommen in ein weiteres Mondo-Grasbüschel stolperte, das ihn dann in seiner Abwehr eiskalt mit seinem Giftgas ins Koma beförderte. Jeff schrie auf, als er spürte, wie jemand ihn beim Arm griff. Dann hörte er Nequam.

»Komm, Jeff. Hier lang.«

Jeff folgte Nequam durch den Lavaregen. Immer wieder mussten sie sich ducken, Zick-Zack rennen, stoppen und seitwärts hechten, um den heißen Lavatropfen auszuweichen. Sie ließen die Angreifer hinter sich und rannten den Hang hinunter. Nur ein paar Traumonen und Zlo hatten die Jagd aufgenommen.

Ein riesiger Schatten folgte ihnen und als Jeff hochblickte, konnte er sehen, wie Calidus Feuer und Flamme ausstieß, womit er eine Feuer-barriere zwischen ihnen schuf, die für die Verfolger unüberwindbar war. Jeff hörte Zlos frustrierten Aufschrei.

Calidus' Landung ließ den Boden zittern. Er schwang sein Haupt mit Schlitzaugen in Jeffs und Nequams Richtung. Ein dünner bläulich-gelber Flammenstrahl schoss aus seiner Nase, wie bei einem Lötbrenner. Er rückte mit niedrigem Kopf näher, wie eine Raubkatze, bereit zum Angriff.

Jeffs Mund öffnete und schloss sich wie ein Fisch, denn er versuchte, irgendwie die Worte zu finden, mit denen er sich und Nequam bei dem mächtigen Drachen, der unter Gedächtnisverlust litt, schnell in Erinnerung bringen konnte. Aber er war ausgelaugt und musste nach Luft schnappen. Ratlos blickte er rüber zu Nequam.

Der hielt seine Hände auf den Oberschenkeln und atmete schwer. Mit erhobener Hand versuchte er den Drachen fernzuhalten, um Zeit zu ge-winnen. Das funktionierte aber nicht, denn der Drache kam näher und näher.

»Das wird köstlich. Ein gerösteter kleiner Traumon und ein ... irgend-wie undämonisches Kerlchen«, knurrte Calidus.

Jeff schloss die Augen; er war gerade den Traum-Dämonen davongelaufen, nur um von seinem Drachenfreund Calidus unerkannt gefressen zu werden.

»Warum kann ich nicht einfach stinknormale Freunde haben?«, fragte er sich mit schwerem Herzen. Calidus nahm den Kopf zurück, als würde er eine Flamme ausstoßen und zuschlagen, als er plötzlich sein Haupt herum-schwang und in den Himmel guckte.

»Wer ruft da? Wer wagt es, meinen Namen auszusprechen?«, brüllte er.

# 23

»Schau dir an, wie viele Traum-Dämonen das sind«, flüsterte Madgwick.

»Wo kommen die alle her? Wir brauchen Verstärkung!«

Er stand auf einem Felsvorsprung und blickte ins Tal. Er beobachtete, wie eine ganze Truppe von Traumonen aus einem tiefen roten Loch im Berg marschierten.

»Ist das ein Drache?«, fragte Horrigan, der die Augen mit einer Hand vor der grellen Sonne abschirmte.

»Wo?«, schnappte Angie, die Horrigan beiseite rempelte.

»Mensch, Angie!«, beklagte sich Horrigan, der mit den Armen rudernd darum kämpfte, Balance zu halten, als sein Fuß durch Angies Rempler über den Felsvorsprung rutschte.

Madgwick griff blitzschnell Horrigans Silberkette, die über Brust und Rücken hing und zog ihn zurück auf den Felsen.

»Wirklich, Angie? Zügel' deinen Ehrgeiz ein wenig. Du hättest beinahe Horrigan über den Felsvorsprung geschubst. Und du, mein Kollege, steh' nicht so nah an der Kante.« Madgwick sprach mit beruhigendem Ton und seufzte. Mit den beiden zu reisen, war jedes Mal wieder eine neue Heraus-forderung.

Der Überhang, auf dem er stand, fiel herunter auf eine steile, glatte Felswand. Unten im Tal strömte ein wilder glühend oranger Lavafluss, dessen Strömungen schäumend ineinander stürzten. Das orangefarbige flüssige Gestein sah aus wie ein Satinband, welches sich um Geröll und Felsbrocken schlängelte.

»Da ist er!« Horrigan zeigte mit dem Finger in den Himmel.

Sie beobachteten, wie ein mächtiger roter Drache auf einer Lavafontäne aus dem Berg schoss, wie bei einem Vulkanausbruch. Dann schüttelte sich das Geschöpf und begann einen Lavatropfenregen von orange-roten glü-hend heißen Flüssigsteinkugeln, bevor es die Flügel streckte und im Sturz-flug auf den Boden zuflog.

»Hey, schaut mal. Sind das etwa ...? Da sind sie, Jeff und Khrow!«, rief Madgwick, der auf zwei kleine rennende Figuren auf dem Grund zeigte.

»Sie werden von Traum-Dämonen gejagt.«

»Das ist nicht Khrow«, bemerkte Horrigan, der mit verengten Augen zuschaute.

»Natürlich ist das Khrow. Wer soll das denn sonst sein?«, argumentierte Madgwick.

»Keine Ahnung. Aber Khrow ist es jedenfalls nicht. Der ist viel korpulenter als Jeff ... Hmpf? Welcher von den beiden ist Jeff?«, fragte Horrigan schniefend.

Angie packte Madgwick bei den Ohren und zog ihn zu sich runter auf Gesichtshöhe. Sie trug immer noch die rosa Brille und ihre Augen erschie-nen dreifach vergrößert. Sie schaute ihm tief in die Augen.

»Autsch Angie. Was soll das?«, jammerte Madgwick.

»Sag einmal, Madgwick. Wirst du etwa blind?«, forderte Angie, als sie sein Ohr losließ.

»Folge meinem Finger, Madgwick. Folge meinem Finger!« Sie schnappte mit dem Daumen und Mittelfinger so nah an seinen Augen, dass er blinzelte. Madgwick zog seinen Kopf zurück.

»Du hast sie wohl nicht alle? Ich kann gut sehen. Hör bloß auf damit!«

»Dann erklär uns mal, wo du da Khrow siehst? Jeder kann sehen, dass er das nicht ist.«

»Okay! Okay. Ich hab halt angenommen, dass es Khrow ist. Vielleicht hab ich es mir dermaßen gewünscht, dass ich mir das eingebildet habe.«

»Was tut der Drache jetzt?«, fragte Horrigan, wodurch Angie und Madgwick ihre Aufmerksamkeit dem Drachen zuwandten.

Dieser war zwischen den beiden Parteien gelandet und hatte eine Feuerwand errichtet, welche die Jäger nicht durchbrechen konnten. Dann wandte er sich den beiden fliehenden Jungs zu und ging in Angriffsstellung, pirschend wie ein Raubtier.

»Er will sie fressen!«, brüllte Horrigan.

»Das lasse ich nicht zu!« Angies Gesicht wurde steinhart, ihre Augen verengten sich, als sie sich auf die Situation im Tal konzentrierte.

Madgwicks Kopf schnappte mehrere Male von Angie zum Drachen. Der Drache hob sein Haupt und blickte direkt auf Angie. Madgwick fiel ein Stein vom Herzen, denn Jeff stand immer noch lebendig da. Der Drache schlug mit den Flügeln und hob ab. Er flog spiralförmig in den Himmel, bevor er im Sturzflug auf sie zusteuerte. Madgwick und Horrigan traten ein paar Schritte zurück, weg von der Felskante, aber Angie blieb genau da stehen, wo sie stand, leise flüsternd, mit starrem Blick auf den heran-eilenden Drachen.

Der mächtige Drache landete mit einem bodenerschütternden dumpfen Aufprall. Seine roten oval geformten Schuppen funkelten und glitzerten, als hätte er rubinfarbige Edelsteine zwischen den Schuppen. Zwei große weißgraue Hörner ragten aus seiner Stirn und spitze Stacheln wuch-sen vom Nacken bis zum Ende des Schwanzes herunter.

Nach der Landung richtete er sich auf die dicken Hinterbeine und starrte in die Runde. Er öffnete sein Maul und Madgwick musste schlucken, als er die scharfen Zähne, die wie spitze Säulen sein Gebiss säumten, sehen konnte. Die seltsam flackernden Augen des Drachen faszinierten ihn. Er sah grünliche Flammen, die in bläulich himmelsfarbigen Augen tanzten.

»Wer seid ihr, und was …«, dröhnte die tiefe donnernde Stimme des Drachen.

»Hör auf mit dem Unsinn, du weißt genau, wer ich bin«, fiel Angie ihm mit einem Gluckern ins Wort und wedelte mit dem Zeigefinger vor seinem Gesicht.

Die Augen des mächtigen Drachen wurden schmaler und die grünliche Flamme begann wild zu flackern, denn er konnte nicht glauben, dass es jemand wagte, mit ihm so erniedrigend zu sprechen. Stattdessen hob er seine Lippe und zeigte seine funkelnden Vorderzähne.

»Hallo Angie. Wo warst du die ganze Zeit? Du siehst irgendwie anders aus als zuvor.«

»Hallo Calidus. Ist 'ne lange Geschichte. Ich wünschte mir silberfunkelnde Zähne und der Zauberspruch, den ich ausprobiert hatte, versagte kläglich«, schniefte die Hexe.

»In dem ganzen Sodom und Gomorra verlor ich doch tatsächlich zwei Zehen, aber die wachsen wieder. Ich sehe widerlich aus, ich weiß«, seufzte sie.

»Nein, ganz und gar nicht, Angie. Du bist so wunderschön wie eh und je«, fiel Horrigan der nachdenklichen Hexe ins Wort. Er hatte wohl ganz die Gegenwart des Drachen vergessen.

Angie blühte auf und fragte: »Wirklich, Horrigan. Meinst du, was du sagst?«

»Nee«, grinste der, drehte sich weg und seine zuckenden Schultern verrieten sein heimliches Lachen.

Angies Gesicht trübte sich und ihre Schlitzaugen wurden gefährlich schlitziger. Sie sprach mit Calidus, aber ließ Horrigan nicht aus den Augen.

»Darf ich dir die Krieger vorstellen? Der da ist Madgwick.« Sie zeigte auf Madgwick.

»Und der mit dem Glatzkopf und den Ketten, das ist Horrigan.«

Sie wandte sich Calidus zu und ihre Augen weiteten sich, als wolle sie ihm eine stille Botschaft schicken. »Madgwick, den mag ich sehr, aber Horrigan, der ist genießbar, wenn du verstehst, was ich damit meine.« Sie zog ihre Wange hoch und zwinkerte eindeutig.

»Meine Güte, Angie. Stop! Niemand wird hier gefressen. Jedenfalls nicht heute. Horrigan, entschuldige dich bei Angie und hör auf, so gemein zu sein ... nein, war überhaupt nicht lustig«, explodierte Madgwick.

»Wenn die so weitermachen, kann der Drache sie gleich beide fressen«, dachte er wütend.

Dann zeigte er auf die beiden Jungs im Tal und deutete mit Kopfnicken in ihre Richtung als Erinnerung, worum es hier eigentlich ging.

»Ach ja. Calidus, was hattest du vor da unten?«

Calidus drehte sich um und starrte auf Jeff und Nequam unten im Tal, so als hätte er sie noch nie zuvor gesehen.

»Wovon redest du?«

»Da unten im Tal, mit den beiden Jungs.« Angie stieß mit dem Finger ein paar Mal nach unten in die Richtung wo sich die beiden Jungs befanden.

In der Zwischenzeit ließ die Hitze der Feuerwand, die der große Drache zwischen den Traum-Dämonen und den beiden Jungs errichtet hatte, etwas nach und die Angreifer kamen Schritt für Schritt näher. Sie rochen ihre Chance.

»Kometenschweif nochmal! Deine Feuerwand erlischt langsam aber sicher. Flieg nach unten und bring die beiden Jungs zu mir, Calidus. Mach schnell, bevor die Traum-Dämonen dir zuvorkommen«, kommandierte Angie.

»Wen soll ich holen?«, fragte der Drache kopfschüttelnd.

Madgwick und Horrigan wiesen gleichzeitig auf die Jungs im Tal, um den Ernst der Situation zu unterstreichen. Calidus blickte ebenfalls dorthin.

»PSSST! Ich hab's gleich ... einen Moment ... jawohl ...« Er kratzte sich mit einer Kralle unter der Kinnlade und durchsuchte seine Erinnerungen.

»Ist doch jetzt egal, ob du sie kennst. Hol sie einfach!«, brüllte Madgwick ungeduldig; die Angreifer rückten näher an die Flammen. Er schluck-te, als er realisierte, dass der Speichel des Drachen nur ein paar Zentimeter von seinem Gesicht entfernt auf den Boden tropfte.

Der mächtige Drache knurrte Madgwick an.

»Wir brauchen die Krieger noch, Calidus. Jedenfalls den da. Lass es gut sein.« Angie sprach mit Gewissheit und zog an des Drachen Schnurr-haaren, um ihn von Madgwick wegzulenken.

Horrigan ging ein paar Schritte vor, um über die Kante zu blicken.

»Das ist Jeff, da bin ich mir sicher. Aber wer begleitet ihn, wenn es nicht Khrow ist? Und wo ist Khrow eigentlich?«

Mit seinen Tasthaaren fest in Angies Faust, studierte Calidus die Szene unten im Tal.

»Ich kenn ihn zwar nicht, aber der Junge hat ganz schön dünne Beine …« Er stoppte mitten im Satz und brüllte: »Dünne Beine! Das ist Dünne-Beine-Jeff und sein Freund, Schlanke-Beine-Nequam.«

»Ich komme«, ROAR-te er, als glaube er, dass Jeff ihn hören konnte.

Der Drache spreizte seine Flügel und schlug ein paar Mal.

»Wo ist Khrow?«, brüllte Horrigan.

»Khrow starb im Tunnel«, antwortete Calidus mit der größten Selbst-verständlichkeit, watschelte zum Rand des Überhangs und stürzte sich ins Tal.

»Dünne Beine?«, wiederholte Angie.

Madgwick schnappte nach Luft und spürte Horrigans Hand auf seiner Schulter. Die Gewissheit von Khrows Tod ging ihm tief durchs Rücken-mark. Er konnte nichts tun. Er musste sich auf die jetzige Situation kon-zentrieren und versuchen Jeff zu retten.

»Du schaffst das«, machte er sich innerlich Mut.

Horrigan war währenddessen zum Rand des Felsüberhanges gegangen und folgte Calidus' Sturzflug mit starren Augen. Madgwick

207

beobachtete ihn auch und atmete erleichtert, als er sah, dass Calidus den Sturzflug auf-gefangen hatte und mit weitausgebreiteten Flügeln auf Jeff zuglitt.

# 24

»Wo ist er hin?«, fragte Jeff Nequam, der neben ihm auch in den Himmel guckte.

»Keine Ahnung. Aber eins kann ich dir sagen: Der Drache wollte uns fressen«, schniefte Nequam kopfschüttelnd.

»Niemals! Er würde uns nie fressen. Er leidet halt unter Kurzzeit-gedächtnisverlust, aber damit können wir umgehen«, sagte Jeff mit Stirnrunzeln.

»Lächerlich. Tatsache ist, er hatte keinen blassen Schimmer, wer wir sind und sah in uns einfache Beute.«

»Unsinn. Wenn das so wäre, warum hat er uns dann mit der Feuerwand vor den Traumonen beschützt, huh?«

»Hör doch auf. Der hat nur seine Vorspeise beschützt, bevor er die an-deren als Hauptmahlzeit verspeist. Angeblich schmecken sie gut. Ist auch jetzt egal. Traum-Dämonen können gut mit Hitze umgehen und es wird nicht lange dauern, bis sie durch die schwächelnden Flammen laufen können. Mit oder ohne die Hilfe des Drachen. Wir müssen hier weiter.« Nequam drehte sich weg von der Feuerwand und machte sich auf den Weg.

Sie waren keine fünf Schritte gegangen, als sie das triumphierende Geschrei der Verfolger hörten. Jeff warf einen Blick über die Schulter und sah, wie sie erfreut, einer nach dem anderen über die lodernden Flammen sprangen.

»Mist! Sie sind durch. Renn, Nequam, renn!«

Jeff duckte sich, als ein Schatten auf ihn fiel. Dann fühlte er, wie Nequam seinen Arm griff und ihn aufrichtete.

»Der Drache ist zurück und die Traum-Dämonen greifen an. Wir sind in der Klemme!«, brüllte der.

Sie stoppten und entschieden sich, ihren Standpunkt zu verteidigen. Nequam schubste Jeff zur Seite und wich dem ersten Angreifer geschickt aus. Dadurch dass er ein Luftloch schlug, verlor der Angreifer das Gleichgewicht nach vorne an Nequam vorbei, der ihm, als er auf gleicher Höhe war, mit einem Counterpunch eine Rippe brach. Der Traumon keuchte, schnappte nach Luft, stolperte und brach zusammen. Nequam schrie auf, als der zweite Angreifer mit der Schulter zuerst in ihn reinrempelte. Die beiden stolperten, verloren ihre Balance und flogen durch die Luft.

Jeff stand geduckt mit breiten Beinen da und drehte sich mit dem kreisenden Angreifer, um sicherzugehen, dass er den Angriff kommen sah. Es war nur eine Frage der Geduld, bevor der Traumon die Distanz zwischen ihnen verkleinerte und den Angriff startete. Ohne es bewusst zu tun, öffnete er die Handflächen genau wie die Krieger es taten, wenn sie ihren magischen Staub brauchten. Er fühlte einen enormen Adrenalinrausch, als er den Traumon anschrie.

»Und? Hast du dir das gut überlegt? Komm schon, greif an, wenn du dich traust.«

Er sicherte seinen Stand in der Erwartung, angesprungen zu werden.

»Komm schon Zauberstaub, wo bist du? Ich brauche unbedingt eine Waffe, hilf mir!«

***

Madgwick ballte und öffnete seine Fäuste, als er die Angreifer über die Flammen springen sah. Die Machtlosigkeit, so nah dran und doch so weit weg zu sein, frustrierte ihn immens. Calidus war beinahe da und auch wenn er zeitig ankommen würde, waren es auch für den mächtigen

Drachen zu viele Angreifer.

»Schau mal. Was macht Jeff da?«, fragte Angie beiläufig.

»Der hält seine Hände aus, genau wie es die Krieger machen, wenn sie ihren Zauberstaub einsetzen müssen. Wenn ich es nicht besser wüsste, würde ich sagen, dass er versucht, den Staub herbeizuzaubern. Nur weiß er nicht wie. Hmh! Dummer Junge!«

Madgwick trat ein paar Schritte vom Rand zurück, schüttelte den Kopf und fletschte die Zähne. »Er versucht sich zu verteidigen, was eigentlich meine Aufgabe ist. Unsere Aufgabe!« Er nahm Anlauf und sprang wie ein Basejumper über den Felsüberhang. Er konnte Angies Geschrei von oben hören, aber mit dem Wind in den Ohren waren die Worte nicht ver-ständlich. Er handelte schnell, öffnete seine Hände und ließ den Zauber-staub frei. Der Staub bildete ihm einen Flügelanzug aus windundurch-lässigem Material, dass sich zwischen den Beinen und Armen streckte. Auf seinem Rücken befand sich ein kleiner Rucksack mit einem Fallschirm. Er spreizte die Beine und Arme und fing so den freien Fall auf. Nun tor-pedierte er mit einer Fallgeschwindigkeit von 40 km pro Stunde und einer Gleitgeschwindigkeit von 130 km auf sein Ziel zu. Der Luftwiderstand war so hoch, es fühlte sich an, als wollte sich die Haut von seinem Gesicht trennen, denn er trug keinen Sturzhelm. Horrigan fiel Hals über Kopf purzelnd an ihm vorbei. Er war seinem Kollegen treu nachgesprungen, hatte aber zuvor keinerlei Erfahrung mit Wingsuit-Fliegen gemacht und konnte den Gleitflug nicht beherrschen. Madgwick war gerade dabei, mit seinem Zauberstaub einen Fallschirm für Horrigan zu formen, als Angie neben ihm erschien. Sie hielt Schritt mit Madgwicks rasanter Gleit-geschwindigkeit und saß ganz bequem auf ihrem hässlichen rosaroten Sofa, beineschwingend, als würde sie ein Buch lesen. Ihr feuriges rotes Haar flatterte im Wind und sie betrachtete ihre Fingernägel, als sie sprach. Sie musste ein Mikrophon mit Verstärker im Sofa eingebaut haben, denn Madgwick konnte sie gut hören.

»Weißt du, Madgwick. Du hättest ein besserer Freund sein können.

Hier und da mal deinen Kollegen mitzunehmen, wenn du diese neuen Sportarten lernst, ist doch wohl nicht zu viel gefragt, oder? Ich meine, schau ihn dir an.« Sie zeigte mit dem Daumen auf den außer Kontrolle geratenen Horrigan.

»Er ist solch ein introvertierter, altmodischer Typ, er hat keinen blassen Schimmer von den neuen Sportarten und modernen Waffen, welche die neue Brigade Krieger nahezu schon tagtäglich benutzt.«

Sie beobachtete Horrigan ein paar Sekunden und entschied: »Das wird nichts! Ich kann da nicht länger zusehen. Der kriegt das Gleiten in dem Eichhörnchen-Anzug nie auf die Reihe.«

Angie hatte entschieden Horrigan einzuholen. Sie überholte ihn und positionierte sich unter ihm, bevor sie auf die Bremse trat. Horrigan prallte auf die Rücklehne des hässlichen Sofas. Der Aufprall war so hart, dass Angie sich ein paar Zentimeter aus dem Sitz hob. Ein großes dehnbares Gepäcknetz sprang aus der Rücklehne des Sofas und spannte sich über Horrigan. Angie nickte. Mit Horrigan im Gepäck pfiff sie Madgwick nach, der schon beinah unten angekommen war.

✳✳✳

Jeff biss sich auf die Lippe; er hatte keine Macht über den Zauberstaub. Er konnte die Wärme spüren, mit dem die Energie durch ihn floss, aber er konnte die Energie nicht in Taten umsetzen.

»Das war's! Ich kann mich nicht mal wehren«, dachte er.

Er spürte Verdruss und von negativen Gedanken geplagt, blickte er rüber zu Nequam, der seinen Mann stand und sich gegen zwei Angreifer verteidigte. Sie schlugen auf ihn ein, aber er war flink auf den Füßen und wich geschickt aus. Er hielt die Fäuste als Deckung vor dem Gesicht. Immer wieder landete er blitzschnelle Counterpunches und tänzelte leicht-füßig wie ein professioneller Boxer vor und zurück. Die beiden Traum-Dämonen waren im Vergleich zu Nequam schwerfällig.

Jeff kopierte Nequams Stellung und hob die Fäuste als Deckung.

»Ich kann zwar nicht wie ein Krieger kämpfen, aber aufgeben ist keine Option«, dachte er.

Der Angreifer amüsierte sich über Jeffs Unbeholfenheit. Offensichtlich machte er keinen erfahrenen Eindruck auf ihn und er trat einen entschlos-senen Schritt näher. Jeffs Kinnlade fiel herunter. Aus dem Nichts landete ein rosarotes Sofa auf den Traum-Dämon und zerquetschte ihn mit einem lauten »SQUASCH!« Nur noch seine Füße waren zu sehen.

»Angie?« Jeff war sprachlos. Angie saß bequem auf ihrem zerschlissenen Sofa, genau dasselbe Sofa, auf dem auch Phoebe gesessen hatte, als sie zuvor gegen Zorka und die Schattengespenster gekämpft hatten. Und da war auch Horrigan, welcher von einem rosa Gepäcknetz an der Rücken-lehne des Sofas straff eingespannt war. Ein rosa Metallfolien-Klebeband bedeckte seinen Mund. Unfähig sich zu bewegen und zu reden, sprachen seine quellenden Augen jedoch Bände.

»Aber hallo junger Mann. Was für eine nette Überraschung. Wer hätte gedacht, dass wir uns hier wiedersehen?«, grüßte Angie mit einem breiten Lächeln.

Jeff wirbelte herum, als er das vertraute, rauschende Geräusch von Zauberstaub durch die Luft fliegen hörte und sah, wie Madgwick sich in Kampfstellung den Angreifern stellte. Sein Mantel schwang um ihn herum und in den Händen jonglierte er zwei glitzernde Kugeln.

Ein tosendes »ROARRRR!« ließ ihn in die entgegengesetzte Richtung wirbeln; Calidus war gelandet und zerstreute die attackierenden Traum-Dämonen mit mächtigen Schwanzschlägen wie kleine Streichhölzer. Sein ROAR ließ den Boden zittern und er spuckte Feuer aus dem Rachen. Die, welche nicht vom Schwanz weggefegt wurden, zogen sich zurück, außer Reichweite des Feuer spuckenden Drachenmaules. Sie entfernten sich, nachdem sie ihre Chancen mit den Kriegern, Angie und dem mächtigen Drachen eingeschätzt hatten.

Als sie sich sammelten, flüsterten sie: »Wir brauchen Verstärkung. Den Formwandler hätten wir überwältigen können und der Junge ohne beson-dere Kampffähigkeiten ist ein einfaches Ziel. Aber die Krieger?«

»Warum ist einer der Krieger auf der Rückenlehne des Sofas gefesselt. Ist er ein Freund oder Feind?«, fragte ein anderer.

»Ich traue der Frau nicht. Es gibt Gerüchte, die besagen, dass sie sich immer mit Kriegern und Drachen umgibt. Eine total durchgeknallte Hexe, die eine Vorliebe für Zaubersprüche hat, mit denen sie dich in einen Frosch verwandelt«, zischte ein korpulenter Traumon.

»Und der verdammte Drachen. Der ist komplett verrückt«, fügte der erste Traum-Dämon schnell mit einem Kopfnicken hinzu.

»Lass uns zurück zur Basis gehen und auf Verstärkung warten. Wenn die ganze Truppe angreift, haben die keine Chance ... Hexe, Drachen, Krieger, ist mir egal wer sonst noch dazu kommt, sage ich euch.«

Zlo drehte sich von seinen Männern weg und erhob die Stimme, so dass Jeff und seine Freunde ihn hören konnten.

»Unsere Mission verfolgt zwei Ziele: Die Person zu fassen, deren Blut Zorka unsterblich macht und den Traumfänger zu fangen. Soweit haben wir nur einen Teil unserer Mission erfüllt – uns fehlt noch der Junge. Wenn euch euer Leben was wert ist, liefert den Jungen aus.«

Angie und Madgwick blickten sich an.

»Von wem redest du?«, fragte Madgwick.

»Die Person, die den Gesang gehört hat«, antwortete Zlo.

Jeff starrte Nequam an.

»Von wem redet der?«, fragte er sich.

Nequams Augenbrauen hoben sich genau in dem Moment, in dem Jeff realisierte, von wem der Traum-Dämon sprach.

»Die reden von Phoebe!«, rief er.

Madgwick wirbelte herum.

»Sie lebt?«

»Wusste ich's doch«, gluckte Angie.

»Die haben Phoebe!«, schrie Jeff, der Madgwick anguckte und auf die Traum-Dämonen zeigte.

»So ist es! Und wir werden den Traumfänger auch kriegen, so oder so. Also seid nicht dumm und schickt ihn rüber zu mir. Dann lass ich euch vielleicht sogar unbeschwert davonkommen. Meine ganze Armee ist auf dem Weg zu uns. Den Kampf könnt ihr nicht gewinnen!«, brüllte Zlo.

»Potz Blitz, das wird unangenehm. Die ganze Armee, hast du das gehört, Madgwick«, wiederholte Angie, als mache sie sich lustig wie beim Kaffeeklatsch mit ihren Freundinnen. Ihre Zehen krümmten sich wie eine Katze, die wohlig schnurrte.

»Weißt du, mein dämonischer Freund, warten wir doch einfach mal ab. Danke für das äußerst nette Angebot. Ich denke, wenn wir nur halb so dumm sind, wir ihr das seid, dann werden wir das schon noch meistern.« Angie sprach gelassen und zwirbelte eine Haarsträhne um ihren Zeigefinger.

»Also gut. Wie ihr wollt«, erwiderte Zlo.

Die Traum-Dämonen zogen sich gemeinsam zurück und rannten alle-samt auf die Bergtüre zu.

»Wie? Ihr lasst sie einfach so gehen?«, schrie Nequam. Jeff stand nickend neben ihm.

»Wir können sie schlecht angreifen, wenn wir noch nicht einmal wissen, wo sie Phoebe festhalten. Lass sie ruhig gehen! Wir müssen erst einmal Phoebe finden.«

Angie schaute sich in der Gegend um und ließ ihre Augen auf Horrigan ruhen, der immer noch mit dem Gepäcknetz kämpfte.

»Wir können Unterstützung jetzt gut gebrauchen«, sagte sie mit gespitzten Lippen.

# 25

»Wir sind da!«, sagte Rig abrupt und trat auf die Hinterradbremse. Die Enduro rutschte, stoppte und löste sich in Zauberstaub auf, der zurück in seine Hände floss. Rhed, der hinter Rig als Beifahrer mitfuhr, saß plötzlich auf dem Boden, mühte sich quälend auf und rieb sich seinen schmerz-enden Hintern. Es fühlte sich an, als ob sie stundenlang unterwegs gewesen waren.

»Tut mir leid, aber ich sehe nur Wald, Rig.« Rhed betrachtete die Bäume mit verengten Augen, konnte aber keine Abnormität erkennen. Ihre Blätter wehten wie erwartet in der sanften Brise.

Rig bemerkte, dass Rhed die Bäume misstrauisch beobachtete und lächelte.

»Keine Sorge, mein hölzerner Freund. Diese hier fallen nicht unter die Herrschaft des Drakwood-Baum-Clan. Sie werden dich in Ruhe lassen.«

»Ich kann mich nicht erinnern, hier schon mal gewesen zu sein. Bist du dir sicher, dass Watroc hier lebt?«

»Hundert Prozent! Du warst nicht ganz bei Sinnen, als wir das letzte Mal hier waren. Angie gab dir einen ihrer Zaubertränke, um deine Baumverwandlung zu verhindern. Dadurch wurde dein Herzschlag verlangsamt und du warst die ganze Zeit im Halbschlaf.«

»Wohl möglich. Aber wo soll hier ein Drache wohnen, Rig?«

»Moment bitte«, sagte Rig und schmiss eine Prise Zauberstaub in die Luft.

»Schau her! Siehst du die Hütte jetzt? Wie ich schon sagte. Nichts ist in Drakmere so, wie es anfangs den Anschein hat.«

Der Staub wirbelte um sie herum und floss zurück in Rigs Hände.

»Donnerschlag! Das wird wohl nichts. Beim letzten Mal hatte Angie ihre Zauberkraft benutzt, um die Hütte zu offenbaren. Ich werde wohl oder übel mehr drastische Methoden anwenden müssen.«

»Was denn zum Beispiel?« Rhed irrte umher mit ausgestreckten Armen, weil er dachte, er könne vielleicht etwas Konkretes, jedoch Unsichtbares fühlen. Harley fegte den Grund, als ob er die Hütte dadurch auf dem Boden finden könnte. Sein hölzerner Besenstiel glimmerte in den Sonnen-strahlen, die durch die dicht bewachsenen Kronen der Bäume schienen.

»Watroc!«, rief Rig und sah sich um. Die Luft flimmerte, aber nichts geschah.

Rig lächelte: »Okay, jetzt haben wir Gewissheit, dass er sich hier aufhält. Dies ist definitiv der richtige Ort. Er ist nur wie immer schlecht gelaunt und antwortet nicht ... Watroc! Ich bin's, Rig. Ich muss unbedingt mit dir reden – es ist äußerst dringend!«

»Er ignoriert dich, Rig. Ich hab einiges über ihn von Phoebe gehört. Sie meinte, er ist immer grantig, aber auf eine nette Art und Weise.« Rhed beendete den Satz mit schriller Stimme, als ob er versuche Phoebe zu imitieren.

»Die beiden waren sich irgendwie immer ganz nah. Ich hab 'ne Idee.« Red trat neben Rig, hielt die Hände trichterartig auf den Mund und schrie: »Alle denken, PHOEBE IST TOT ... Phoebe braucht deine Hilfe ... WIR BRAUCHEN DEINE HILFE!«

Rig und Rhed wurden durch einen plötzlichen Windstoß, gefolgt von einem Knall, zu Boden geworfen. Eine gediegene kleine Hütte erschien mit einer heftigen Luftdruckwelle. Innerhalb weniger Sekunden stand sie mit dampfendem privatem Kopfsteinpflastergehweg vor ihnen. Es war ein ein-stöckiges Gebäude mit einem schönen Erkerfenster. Die grüne runde Haustüre schien zuvor viele Male in verschiedenen Farben gestrichen wor-den zu sein. Der schwere Messingtürklopfer hatte die Form eines krummen Drachenzahnes. Grünlicher Rauch dampfte aus dem Kamin, wie bei einer Dampflok. Hängende Blumentöpfe mit gelben und orangen Snapdragon, auch Löwenmaul genannten Blumen bepflanzt, schaukelten an der Tür.

»BOAR! Da passt doch kein Drache rein«, meinte Rhed, der die Maße der Hütte mit gehobenen Augenbrauen abschätzte.

Rig grinste: »Angie hatte mal gesagt …« Er konnte den Satz nicht zu Ende führen, denn die runde Tür flog auf und wuchs zur Größe eines Drei-Familienhauses.

Watroc stürmte über die Schwelle und die Tür schrumpfte hinter ihm zurück zu ihrer ursprünglichen Größe. Aber der massive Drache stoppte keineswegs, sondern stürmte auf Rig zu. Noch bevor Rig wusste, was geschah, hatte Watroc ihn mit einer Kralle in die Luft geschleudert. Als Rig von dem Höhenflug zurück zum Boden fiel, fing ihn Watroc auf, warf ihn auf den Boden und nagelte den atemlosen Krieger mit seinen scharfen Krallen auf den Boden.

Rig keuchte, als er flach auf dem Rücken lag. Er war nicht in der Lage, sich zu bewegen. Watrocs grüne Augen durchbohrten mit leuchtend gelber Iris die des hilflosen Kriegers. Ein dünner grüner Dampfstrahl schoss aus seinen flammigen Nasenlöchern. Der Dampfstrahl verpasste Rig nur um ein, zwei Zentimeter, verkohlte aber den Boden neben ihm.

»Was hast du mit Phoebe gemacht?«, knurrte der Drache gefährlich, wobei er fletschend seine langen scharfen gebogenen Zähne zeigte.

»Ich war's nicht, Watroc! Töte nicht den Boten!« Rig versuchte sich aus den Krallen zu befreien, aber es war zwecklos.

Rhed winkte mit erhobenen Armen, um Watrocs Aufmerksamkeit zu gewinnen. Ob das eine gute Idee war, sollte sich herausstellen. Der Drache war mächtig, seine weißen spitzen Dornen wuchsen über die Länge der Wirbelsäule bis zum Ende des Schwanzes hinunter. Zwei elfenbeinweiße Hörner ragten aus seiner Stirn und die sichtbaren Spitzen seiner Flügel, welche zum Großteil in seinen Flanken verborgen waren, zitterten vor Wut.

»Watroc, wir haben Phoebe nichts angetan. Wir wollen sie finden.« Rhed versuchte zu brüllen, stattdessen hörte man nur ein Quietschen.

Der Drache lehnte sich vor, näher an Rigs Gesicht heran. So nah, dass Rhed dachte, er wolle ihn ins Maul aufsaugen.

»WATROC! LASS IHN LOS!«, donnerte es auf einmal. Rhed wirbelte herum. Azghar war seinem Artgenossen unbemerkt durch die Tür gefolgt. Watroc stand auf und hob seine Krallen. Seine Unterlippe stand vor. Er schaute Azghar an und knurrte: »Die haben meine Phoebe!«

»Du weißt ganz genau, dass Rig nie einem Kind etwas zu leide tun könnte«, erklärte Azghar mit ruhigem tiefem Ton.

Watroc wandte sich Rhed zu und seine Augen wurden gefährlich schmaler. Harley sprang auf und stellte sich vor Rhed, wie ein Fechter, der mit seinem Degen die Luft zerschneidet, als Vorbereitung zu einem Gefecht.

»Nicht doch, Watroc. Der Junge ist Phoebes bester Freund, Rhed – komm schon, du erinnerst dich doch bestimmt«, warnte Azghar.

Rig mühte sich keuchend auf die Beine.

»Grüß dich, Rig. Was machst du hier in Drakmere mit einem Kind und einem Besen in Begleitung, und wie können wir dir helfen?«, fragte Azghar.

»Kind? Wer, ich? Mann, ich wünschte mir, die würden damit auf-hören,« murmelte Rhed.

Rig winkte mit einer Hand zu Rhed. »Der Junge und Angies Besen, Harley kamen zu mir nach Drakmere, um euch beide zu finden. Sie brach-ten schlechte Botschaft in Bezug auf Jeff und Phoebe.«

»Wie? Angie hat sich von ihrem geliebten Besen getrennt? Das musste wohl wirklich eine schwerwiegende Nachricht sein. Na dann erzähl mal, worum es geht!«

Rig stupste Rhed an. »Na los, sag's ihnen!«

Rhed hüpfte hoch, als der Boden bebte. Beide Drachen setzten sich gleichzeitig mit ihren Hinterteilen auf den Boden und starrten den kleinen Jungen mit durchbohrendem Blick an. Er schluckte und konzentrierte sich auf Rig, um seine Aufregung in den Griff zu kriegen. Dann fing er an zu erzählen, was passiert war, und endete mit:

»Ich weiß, wir, Harley und ich, haben ohne Erlaubnis gehandelt. Aber Angie sagte, dass Phoebe etwas Seltsames hatte. Dass sie möglicherweise den Übergang nach Torra Torra überlebt haben könnte.«

»Torra, Torra?«, fragte Azghar.

»Torturra, meint er«, sagte Rig.

»Ja genau! Galagedra meinte, sie konnte keineswegs überlebt haben und dass man Jeff unbedingt schnell finden musste, bevor es auch für ihn zu spät war. Angie bestätigte, dass Drachen problemlos nach Torra Turra gehen können.«

»Torturra, Rhed!« Rig verlor langsam die Geduld mit ihm.

»Sag ich doch! Das Feuerreich. Jedenfalls sagte sie, dass ihr beiden in Drakmere seid. Also, logischerweise musste ich nach Drakmere, um euch zu finden. Ist doch logisch, oder?«

Rhed schubste seine Brille höher auf die Nase und blickte hoch.

Azghar schaute verträumt in die Baumkronen und fragte Watroc mit düsterer Stimme:

»Kannst du ihre Energie spüren?«

Watroc jaulte auf und ein grüner Feuerstrahl schoss aus seiner Nase.

»Meine Phoebe.«

Azghar schniefte und sprach in einer beruhigenden Art und Weise.

»Das Mädchen hat was. Sie ist irgendwie anders. Vielleicht ist nicht alles verloren. Jetzt beruhige dich und konzentrier dich auf ihre Lebensenergie!«

Watroc schwieg und begann zu summen. Sein Kopf begann hin und her zu schwenken, wie in einer Trance. Rhed und Rig blickten sich an, während Azghar zuversichtlich blinkte.

Dann stoppte der große Wasserdrache und schmiss sein Haupt in Richtung Azghar.

»Ich kann sie spüren … sehr schwach, aber … sie lebt. Da stimmt was nicht! Sie kann mich nicht hören. Wir müssen sie schnell finden, Azghar.«

»Rig, ein Drache, der eine innerliche Verbindung mit einer anderen Seele hat, kann deren Lebensenergie spüren. Ich denke, Jeffs jüngere Brüder Matt und Phoebe haben so einen unsichtbaren Bund mit Watroc, sowie Madgwick mit…«

»Mit wem?«, fragte Rig mit erhobenen Augenbrauen.

Azghar antwortete nicht, sondern starrte auf einen Punkt über Rigs Kopf. Watroc, Rig und Rhed folgten seinem Blick. Etwas Seltsames geschah nur ein paar Meter über ihren Köpfen und verlangte ihre Aufmerksamkeit. Rötliche Sturmwolken bildeten sich und arrangierten eine Art von Muster.

»Und jetzt?«, fragte Rig mit gerunzelter Stirn. Er trat zur Seite, damit er nicht direkt unter den Wolken stand. Langsam wurde erkennbar, dass die Sturmwolken Buchstaben formten.

»RATE MAL!«, stand da geschrieben.

Rig und Rheds Kinnladen fielen herunter.

Harley sprang in eine vertikale Lage, mit zitterndem Schwanz.

Beide Drachen riefen gleichzeitig. »Angie!«

»Angie? Wie wollt ihr das wissen?«, fragte Rhed.

»Wer sonst? Nur Angie würde solch eine verkorkste Frage stellen«, erklärte Watroc ohne wegzugucken.

»Aber …«

»Kein aber! Das ist Drachenhauch. Eine alte, magische Weisheit für Drachen, um über verschiedene Dimensionen und Welten kommunizieren zu können. Ist nur möglich von einem Drache zum anderen. Und auch nur, wenn sie nicht in Zauberkraft oder Magie eingebunden sind«, erklärte Azghar.

Azghar begann in einem tiefen Ton zu summen. Er holte tief Luft und hauchte sehr gewissenhaft langsam unverständliches Gemurmel in die Höhe. Wie bei kaltem Wetter, nur bläulich, wurde die warme Luft des Atems sichtbar und somit auch die Buchstaben.

»ANGIE?«

Mehrere Buchstaben folgten, als warteten sie auf eine Antwort, bevor sie sich zu Wörtern formten.

»JA, ich bin es. Und, die Antwort ist?«, erschien.

»Antwort auf was?«, schrieb Azghar in bläulichem Hauch.

»RATE MAL«, schrieb es wieder über ihren Köpfen.

Azghar schnaubte und hauchte die Worte.

»Keine Ahnung. Bist du in Torturra?«

»Falsche Antwort!«, schrieb es.

»Wo bist du dann?«, hauchte Azghar.

»Ich bin in Torturra. Ist aber dennoch die falsche Antwort. Rate noch mal!«

Watroc begann zu summen und hauchte seine eigenen Buchstaben.

»Ist Phoebe bei dir?«

»Kalt, kalt, kalt. Noch nicht einmal lauwarm. Bemüht euch doch bitte.«

Watroc knurrte frustriert und fletschte die Zähne. Azghar schloss die Augen, mahlte mit den Backenzähnen und zählte langsam bis Zehn, bevor er seufzte und zurückhauchte.

»Du hast eine Mondgänseblume gefunden?«

»Besser! Nein, wäre aber gut gewesen, wenn ich hätte. Hier ist ein Anhaltspunkt. Er ist mächtig, rot und irgendwie niedlich.«

Azghar rollte die Augen.

»Lass mich raten. Du bist in Torturra, Land des Feuers, er ist groß und rot, und du benutzt ihn, um in Drachenhauchsprache zu kommunizieren ... Calidus!«

»Na endlich! Gut gefolgert, muss ich zugeben.«

»Ist doch logisch. Sein Drachenhauch ist rötlich«, schrieb Azghar.

»Also gut dann. Ich hab Calidus gefunden. Er war die ganze Zeit über in Torturra.«

»Wie steht's um sein Gedächtnis?«, fragte Azghar hauchend.

»Was für ein Gedächtnis? … der Flatterkopf kann sich nicht von einer Minute auf die andere an dich erinnern.«

»Ist Phoebe bei dir?«, hauchte Watroc.

»Nein, aber Jeff ist hier … Wie bitte? Ja gut, ich sag's ihnen. Also wirklich. Ihr Krieger habt keine kommunikativen Fähigkeiten. Ist doch schrecklich mit euch.«

»Huh?«, schrieb Azghar.

»Nein, nicht du, Azghar! Ich rede mit Madgwick und Horrigan. Das sind moderne Dinosaurier, die beiden. Können noch nicht einmal mit anderen Welten kommunizieren … ja doch, Calidus. Madgwick und Horrigan, du kennst sie. Der eine ist essbar, der andere nicht.«

»Angie?«, hauchte Azghar. Sein Geduldsfaden riss und er grub seine Krallen in den Boden.

»Okay, okay, werde ich tun! Jeff ist hier. Wir kämpfen hier bald mit einer Riesenarmee von Traum-Dämonen. Ich hab einen von ihnen mit meinem Sofa zerquetscht, aber wir sind in der Unterzahl und brauchen Unterstützung«, schrieb sie.

Watroc brüllte: »WO IST PHOEBE?«

»Wer? Ach so, Phoebe. Ja natürlich kennst du sie, Calidus. Das junge Mädchen hier bei uns mit Nequam? Watroc fragt nach ihr.«

Watroc blickte rüber zu Azghar. »Wenn ich die sehe, fresse ich die verrückte Hexe.«

»Rig, wer ist Nequam?«, fragte Rhed.

Azghar hauchte Rheds Frage in die Luft.

»Nequam ist ein Formwandler. Er hat sich zuerst als Traumon verkörpert, dann als Jeff, um Phoebe zu täuschen, dann wieder als

Traum-Dämon, ... ähm ... und dann wieder als Jeff. Jedenfalls ist er jetzt hier bei uns, obwohl er Phoebe verloren hat«, antwortete Angie.

Das war's. Watroc hatte genug gehört. Wütend grub er seine Krallen in den Grund und hauchte seine Buchstaben unordentlich und kurzatmend in die Luft.

»PHoeBE verloren? Wie...Wo... Warum?«

»Also, du hast sie verloren! Das kannst du nicht abstreiten, Nequam. Du hattest sie in deiner Obhut und hast versagt«, schrieb Angie in die Luft.

Watroc riss Grund und Boden auf. Grasbüschel flogen kreuz und quer durch die Luft. Rig zog Rhed aus der Feuerlinie, weg von dem wütenden Drachen.

Azghar räusperte sich und fragte mit Drachenhauch: »Wo genau ist Phoebe jetzt?«

Angie schrieb schnell zurück: »Wissen wir nicht. Aber die Traum-Dämonen behaupten, dass sie das Mädchen gefangen halten. Könnte eine Lüge sein. Auch sagten sie, dass eine riesige Armee kommt. Nequam hat bestätigt, dass es die gibt.«

Azghar stand auf und hauchte: »Wir machen uns auf den Weg.«

Watroc sprang auf und schwang sein Haupt.

»Wenn die meiner Phoebe auch nur so viel wie ein Haar gekrümmt haben, reiße ich den Traum-Dämonen, einem nach dem andern, die Köpfe ab.«

Azghar wandte sich an Rig und Rhed.

»Rig, wenn die Traum-Dämonen-Armee auf dem Anmarsch ist, dann müssen wir jetzt los. Nur wenn wir wie ein Komet fliegen, können wir rechtzeitig ankommen. Watroc und ich werden uns sofort auf den Weg machen.«

Rig nickte. »Die werden auch Bodentruppen brauchen. Da wir nicht Galagedra erreichen können, werde ich mitkommen.«

»Moment! Harley kann doch eine Botschaft an Galagedra mittels des

Runentors schicken. Das war doch schon einmal erfolgreich, nicht wahr?« Rhed blickte Harley mit erhobener Hand an. »Harley?«

Harley zwirbelte mit abstehenden Borsten und sank zu Boden.

»Nicht möglich! Es kann keinerlei Botschaft gesendet werden, denn das Übergangsfenster versiegelte sich Sekunden, nachdem wir Drakmere be-traten. Das habe ich so im Gespräch mit den Bäumen gehört«, bestätigte Rig und wandte sich wieder den Drachen zu.

»Rhed kann doch in der Hütte versteckt bleiben, bis wir ihn holen, oder nicht?« Rig starrte Rhed mit erhobenen Augenbrauen fragend an.

»Na gut. Wenn ich muss, dann verstecke ich mich in der Hütte«, murmelte der mit gerunzelter Stirn und traurigem Blick auf die Hütte. Es gefiel ihm gar nicht, dass er wieder einmal nicht an dem Abenteuer teilhaben sollte.

»Mit Harley, natürlich«, fügte Rig schnell hinzu und drehte sich mit nachdrücklichem Blick dem Besen zu.

Harley schwebte noch in vertikaler Position. Langsam nahm er seine gewohnte horizontale Stellung ein und flog zu Rheds Seite.

»Jetzt schaut nicht so trüb aus der Wäsche, ihr zwei. Wir gehen zum Feuerreich Torturra. Feuer, Hitze, Holz … muss ich euch das wirklich verdeutlichen? Ihr bleibt schön hier, bis wir euch holen, ist das ein für alle Male klar?« Rig presste die Lippen zusammen, als er die beiden trüben Tassen mit einem scharfen Blick warnte.

»Klar wie Kloßbrühe«, murmelte Rhed und schaute zu Boden.

»Ich höre nichts!« Rig wollte eine klare Antwort und somit ein Versprechen erzwingen.

»Verstanden, Rig«, sagte Rhed lauter.

Watroc hob sein Haupt und die Eingangstür der Hütte flog auf. Beide, Rhed und Harley, gingen zur Tür und standen auf der Schwelle, als sie die Drachen und Rig, die sich für die lange Reise vorbereiteten, beobachteten.

»Binde dich gut fest. Wir fliegen durch den Weltraum, an Kometen vorbei und über Sternstraßen, bevor wir mit Lichtgeschwindigkeit zu Torturra gelangen. Da nur Drachen diese Fähigkeit besitzen, muss ich dich vorwarnen. Die Gefahren dieser Reise gehen auf deine eigene Rechnung.«

Rig sprang auf Azghars Rücken; er befestigte sein Glitzerstaub-Zauberseil um einen großen elfenbeinweißen Stachel und wickelte sich ein. Dann schützte er sein Gesicht mit einem glasklaren Zauberstaub-Schirm und nickte den beiden Beobachtern zu. Azghar und Watroc murmelten leise.

*Hör wie wir zusammen summen*
*Mit Drachenhauch und Drachenbrummen*
*Mit Drachenflamme, sollen wir gleiten*
*Geflüster von Magie, wird uns leiten*
*Reisen durch den Kosmos in Zeit*
*Mit Flügeln der Lichtgeschwindigkeit*
*Bring uns EILIG zu Torturras TOR*
*Öffne dich nach meinem ROAR!*

Die beiden Drachen starteten ihr Summen, welches zu einem Crescendo wuchs, dass einem Brummen ähnlich klang. Rhed konnte die Lautstärke nicht mehr ertragen und hielt sich die Ohren zu. Dann gaben die Drachen ein »ROOOAAR!« von sich, dass sie ihren Nacken hoch in die Luft reckten und ihre bläulich und grünlichen Feuerstrahlen im Himmel zusammen stießen. Die enorme Hitze ließ die Atmosphäre flimmern, bis ein knal-lendes Geräusch, das sich wie das Rausziehen eines Badewannenstöpsel anhörte, ein schwarzes Loch offenbarte. Rhed versuchte reinzugucken, konnte aber nur winzige leuchtende Nadelstichsterne sehen. Der Wind stürmte und die Bäume knarrten voller Protest, denn ihre Äste wurden vom Sog zum schwarzen Loch hin gezogen. Rhed drückte Harley gegen den Türrahmen, sodass er nicht eingesaugt werden konnte und verankerte sich selbst mit Händen und Füßen im Rahmen. Mit einem lauten »SCHNAPP!« waren die Drachen und Rig im Loch verschwunden. Mit einem Mal war Totenstille und der Sturm hatte sich im Nu gelegt. Die beiden Drachen und Rig waren weit und breit nicht mehr zu sehen.

Rhed schaute sich um. Der Wald schien friedlich.

»Und da haben wir den Salat. Niemand will uns am Abenteuer teilhaben lassen«, beklagte sich Rhed bei Harley. Er hockte sich in die offene Türschwelle. Mürrisch und unzufrieden wollte er nicht ins Innere der Hütte gehen.

»Was ist, wenn hinter uns die Tür zuknallt und wir nicht mehr raus aus der Hütte können? Das kann Tage, Wochen, sogar Monate dauern, bis uns jemand holt. Und wenn niemand kommt? Was dann?«, fragte Rhed nachdenklich.

Harley lehnte sich gegen den Türrahmen und machte den Eindruck, dass auch er nicht davon begeistert war, in der Hütte für eine unbestimmte Zeit stecken zu bleiben.

»Es wird langsam ärgerlich, dass man uns nichts zutraut, Harley. Immer schmeißt man uns ins Gesicht, dass wir hölzern sind. Das hat auch Vorteile, weißt du? Zumal wir es nach Drakmere geschafft haben, insbesondere, weil wir aus Holz sind. Und ich wette, dass wir einen Weg finden, eine Botschaft zum Runentor zu schicken, wenn wir unsere schlau-en Köpfe zusammen tun. Was denkst du, Harley?« Er blickte hoch zum Besen.

Der kleine Besen hüpfte ein paar Mal und ließ so wissen, dass er Rheds Analyse für eine gute Idee hielt.

»Na dann, los!« Rhed grinste, stand auf und lief auf die Bäume zu. Schon drei Schritte von der Eingangstür entfernt verschwand die Hütte im Nichts. »Ähm, Mist!«

Harley, der vor Rhed schwebte, schubste Rhed zurück zum Ort, wo gerade noch die Hütte stand.

Ein hölzernes »Grüß dich mein lieber Zweigling«, donnerte durch den Wald.

Rheds Augen wurden riesig, als ein großer Baum mit schuppiger Rinde auf einmal vor ihm stand. Es war der Baumprinz von Drakwood Forest mit seiner persönlichen Baumgarde in Begleitschutz. Sie hatten ihn gefangen.

# 26

»Mist! Das ist ganz und gar nicht cool«, grummelte Rhed zu Harley aus dem Mundwinkel, während der kleine Besen vor ihm eine defensive Stellung einnahm. Kaum war der Baum zum Stillstand gekommen, schwang er herum und verschaffte sich einen Überblick von der Umgebung.

»Ha! Besser kann es gar nicht laufen! Keine Krieger, nur du alleine. Bleibt dir nichts anderes übrig, als ein Baum zu werden und mich zu begleiten, so oder so, für alle Zeiten.«

Rhed zuckte zusammen und schüttelte den Kopf.

»Immer dieses Reimen. Nicht cool«, dachte er.

»Hör zu, Kumpel. Das Baumverwandlungsding kannst du vergessen. Ich hab keinen Bock ein Baum zu werden. Übrigens sagte Angie, die Hexe, beim letzten Mal, sie würde es sowieso nicht dulden.«

»Ich hab keine Angst vor der bösen Hexe. Die ist noch nicht einmal in der Nähe«, antwortete der Baumprinz.

Rhed biss den Kiefer zusammen. Er zeigte auf Harley, dessen Borsten standen.

»Das da ist ihr Besen, Harley. Ich rate euch, die Finger von mir zu lassen, es sei denn, ihr Bäume bevorzugt Baumkröten zu werden. Also, macht euch vom Acker oder ihr kriegt es mit Angie zu tun. Ich hab keine Zeit für diesen Unfug.« Rhed dachte, er hörte sich echt cool an.

Der Baumprinz blieb stumm. Seine Baumgarde jedoch wurde unruhig. Sie schüttelten sich und schwankten, als ob sie ihren Anführer anstacheln wollten, den ungehorsamen Jungen zu bestrafen. Rhed war sich nicht sicher, ob sein Bluff wirkte.

»Kann ja sein, aber sie wird zu spät kommen, denn für unseren kleinen Zweigling hier wird es zu spät sein. Ein Baum zu werden ist sowieso eine Ehre ohne Gleichen. Ich kann nicht verstehen, warum du dich so dagegen wehrst«, dröhnten die Worte des Baumprinzen.

Rhed schloss die Augen. »Ich hätte mich in der Hütte verstecken sollen. Warum tust du nie, was dir geraten wird? Denk nach, Rhed. Denk nach! Wie kommst du aus dieser Klemme heraus?«, fragte sich Rhed.

Aber er konnte einfach keine Lösung finden, bis er sich an Harley wandte und den ersten Gedanken ausbrüllte. »RENNN!«

Der Überraschungsmoment war auf seiner Seite. Rhed rannte den Weg hinunter und schlüpfte unter den Ästen eines Baumes durch, der ihn versuchte zu blockieren. Harley, erschrocken von Rheds Aufschrei, schoss senkrecht in die Luft an Ästen und Baumkronen vorbei, bis in den Him-mel. Die Bäume der Baumgarde des Prinzen, machten stark rauschende Bewegungen und schüttelten ihre Blätter, gefolgt von Luft erfüllenden Geräuschen, der Entwurzelung riesiger Baumwurzeln. Sie hatten die Jagd auf ihren Zweigling aufgenommen.

Rhed keuchte, als er vor sich auf dem Weg die schlängelnden Baum-wurzeln sah. Er sprang über einige, die seine Füße fassen wollten. Ein lauter Knall ließ ihn hinter sich über die Schulter blicken. Ein dicker Ast, der zu Boden knallte, hätte ihn erschlagen, wäre er ein paar Schritte langsamer gewesen. Dieser kleine Moment der fehlenden Aufmerksamkeit war genug für eine Wurzel, ihm ein Bein zu stellen. Er stolperte, verlor das Gleichgewicht, wirbelte herum und landete auf dem Rücken. Sein Fuß verfing sich in einer Wurzel, sodass sein verdrehter Knöchel höllisch schmerzte. Es wurde schwarz vor seinen Augen, denn er verlor nahezu das Bewusstsein. Er dachte, sein Fußgelenkknöchel wäre gebrochen.

Rheds Brille hing schief und ein Brillenarm war verbogen; seine Augen waren wässrig, er griff sich an den schmerzenden Knöchel und dachte, er könne nicht mehr aufstehen.

»Mein Fuß, er ist gebrochen«, würgte er aus sich heraus, als Harley über ihm in Panik zwischen Kopf und Fuß hin und her schwebte.

Der Baumprinz grub sich neben Rhed in den Boden und hielt einen Ast über ihn.

»Hau ab! Lass mich endlich in Ruhe. Du hast mir den Fuß gebrochen, weißt du das?«, beklagte sich Rhed schreiend. Die Qual der Schmerzen ließ seine Stimme heiser klingen. Er griff nach Moos auf dem Boden, als der Schmerz mit jedem Herzschlag durch seinen Fußgelenkknöchel bis hoch ins Bein pochte.

Harley schlug wild um sich in dem Versuch, den Baumprinzen von seinem Freund fernzuhalten. Der Prinz jedoch hielt seine restlichen Äste an seiner Seite, um zu zeigen, dass er keine weitere Bedrohung für Rhed darstellte.

»Weine nicht, mein kleiner Zweigling, ich kann es nicht ertragen.« Der Baumprinz sprach mit sanftem, traurigem Ton.

»Hey. Ich weine nicht!«, jammerte Rhed, obwohl sich seine Augen längst mit Tränen füllten.

»Ich kann dein Knie heilen. Du kannst dich auf mich verlassen. Nur weine bitte nicht, mein Zweigling.«

»Wieso Knie? Es ist nicht das Knie, das weh tut«, stöhnte Rhed.

»Zweigling hat sich ein Ästlein gebrochen und es ist meine Schuld. Es tut mir so leid. Ich habe mich mit Schmach und Schande bedeckt.«

Rhed schloss die Augen und biss die Zähne zusammen. Im Kopf konnte er Jeffs Worte hören. »Wirklich Rhed? Erst jagen sie dich. Du brichst dir auf der Flucht den Knöchel und jetzt hast du auch noch Mitleid mit ihm? Hast du sie nicht alle?«

Die Baumgarde des Prinzen versammelte sich, streckte ihre Zweige aus und berührte Rhed. Dann legte der Prinz behutsam einen Ast über den Knöchel. Rhed zuckte, als die Spitze des Zweiges seinen Knöchel berührte, entspannte sich aber, als sofortige Wärme durch sein

Fußgelenk bis hoch ins Bein floss. Langsam legte sich der Schmerz und Rhed fühlte sich erleichtert. Die Spannung wich aus seinem Körper, als die Bäume be-gannen, seinen Knöchel zu heilen. Sie raschelten mit den Blättern, was wie ein rauschendes Geflüster klang und der Baumprinz sang.

*»Ziggidi ziddigi zick*
*Baumgummi und zwar dick*
*Aus Kautschuksaft und Mammutharz*
*Wird Baumharzsalbe dick wie Quarz*
*Ziggidi ziddigi zick*
*Es ist kein Zweig auf erstem Blick*
*Aber auch kein Baum und auch kein Stick«*

Rhed schreckte zurück, als eine Wurzel, die sich unbemerkt angeschlichen hatte, dem Baumprinzen mit einem lauten »PAF« eine Ohrfeige verpasste.

»Also gut. Ich höre auf, aber ich übernehme nicht die Schuld, wenn die Genesung des Knöchels ein Flop wird«, erwiderte der Prinz zu den Bäu-men der Baumgarde hinter ihm.

»Wie soll das wohl vonstatten gehen mit der Heilung meines Zweiges … ähm Beines?«

»Zu deinem Glück sind wir nicht einfach nur Bäume, die im Winde wehen. Nein, ganz und gar nicht! Wir haben viel wichtigere Aufgaben und eine Vielzahl von Mitteln, diese durchzuführen«, erklärte ein Baum mit ernstem Ton.

»Und warum versuchst du immer zu reimen? Ich hab gehört, dass deine Mutter das nicht tut … nur du?«, fragte Rhed, der sich daran erinnerte, dass Jeff bei den Verhandlungen um seine Freiheit damals mit-bekommen hatte, dass der Prinz seiner Mutter, der Baumkönigin, damit voll auf die Nerven gegangen war.

»Ich hab mich als junger Bäumling mal mit einer Hexe angelegt, die mir die Zunge verzaubert hat. Ich wünschte, ich wüsste keinen Reim, das geht mir sogar selber auf den Leim und hab deswegen keine Freunde daheim«, antwortete der Prinz.

»So schlimm ist es nun auch wieder nicht. Das Reimen meine ich«, murmelte Rhed.

Die Berührung des Baumes an seinem Knöchel gab ihm einen Einblick in die Gefühle des Baumprinzen. Die überwältigende Einsamkeit und Sehnsucht nach Freundschaft saß tief.

»Zweigling. Ich weiß ja, dass du es hasst, ein Baum zu sein. Ich wollte dich nur in meiner Nähe, auch wenn noch so klein.«

»Es ist nicht einmal so, dass ich es hasse. Im Gegenteil, ich fühlte mich ganz wohl, aber es ist mir wichtiger, menschlich zu sein, Familie und Freunde zu haben. Versetze dich mal in meine Schuhe ...«

»Deine Schuhe? Da pass ich nicht rein. Ich brauch eine Truhe«, unter-brach der Prinz.

»Nicht doch. Ich wollte sagen, in meine Lage. Stell dir vor, du würdest nie wieder deine Familie und Freunde wiedersehen oder deine Mutter zum Beispiel?« Rhed sprach mit sanftem Ton, denn die innerliche Wärme der Genesung floss jetzt durch seinen ganzen Körper. Er hatte sich noch nie so entspannt gefühlt.

»So betrachtet, verdiene ich es, wenn man mich verachtet«, reimte der Prinz.

Rhed lachte.

»Wir hätten gute Freunde sein können, wenn du mir eine Wahl gelassen hättest zu kommen und gehen wie ich will. Dazu musste ich ja nicht unbedingt ein Baum sein, oder?«

Auf einmal war es Rhed wichtig, dass der junge Baumprinz nicht das Gefühl bekam, auch von ihm abgelehnt zu werden.

»Lass mich verstehen. Du willst kommen und gehen. Als Mensch und nicht als Baum, besuchst du mich in meinem Lebensraum. Das ist kein

Traum?«

Der Prinz klang hoffnungsvoll.

Rhed öffnete die Augen und starrte den Baumprinzen an.

»Solange ich kommen und gehen kann wie ich will«, bestätigte er.

»Ich würde mich freuen, durch einen speziellen Zugang, dafür brauchen wir einen Neuen.«

Des Prinzen Stimme stieg an mit Vorfreude.

»Und ich darf meine Freunde mitbringen?« Rhed brachte ein kleines Lächeln über die Lippen.

»Sollten sie auch kommen, dann heiße ich sie alle willkommen«, lachte der Prinz.

»BOAR! So cool; ich glaube, wir werden gute Freunde werden. Aber eins ist mir dennoch wichtig.«

»Echt cool, da gebe ich dir Recht. Frag mich einfach, egal ob gut oder schlecht.«

Der Baumprinz sang die letzten Worte.

»Nur deinen Namen, den muss ich noch wissen. Als Freund kann ich dich ja wohl schlecht Prinz oder Ihre Majestät nennen. Wäre total uncool!« Rhed schob die Brille hoch.

Der Baum lachte so laut, dass seine Rinde knarrte.

»Versprich, dass du nicht lachst, wenn du die Erkenntnis machst, dass ich DUMMNUSS heiße.«

»Ach du Scheibe … «, reimte Rhed in Gedanken. Aber er lächelte nicht. Jedenfalls nicht äußerlich.

»Weißt du. Ich denke wir fragen Angie, ob sie den Zauberreim auflösen kann. Wenn nicht auch egal – mir macht es nichts aus.«

Prinz Dummnuss seufzte und stand da mit einem zufriedenen Lächeln auf dem Gesicht und dann verging ihm das Lächeln so schnell wie es ge-kommen war.

»Übrigens, was war so wichtig, als du flüchtig. Brauchst du das Klo?«, fragte Prinz Dummnuss.

Die Frage hörte sich so lustig an, dass Rhed lachte und sich den Bauch hielt, bevor er schniefte und antwortete: »Nein ganz und gar nicht, obwohl darüber nachzudenken, ist momentan nicht gerade hilfreich. Mein Freund Jeff hängt in Torturra fest und eine Armee von Traum-Dämonen sind im Anmarsch, um ihn zu fangen. Die beiden Drachen und Rig haben sich auf den Weg gemacht, aber anscheinend brauchen sie noch mehr Unterstüt-zung. Ich hatte gehofft, eine Botschaft für Galagedra durchzukriegen, dass er ihnen mehr Krieger schickt. Nur weiß ich nicht wie.«

»Ich glaube dein Besen-Freund Harley ist dafür zuständig. Wie es gerade so kommt, haben wir eine direkte Verbindung zur Sandustien-Runen-Tür.«

»Rig meinte, die wäre geschlossen«, gähnte Rhed.

»Nachrichten können durch nach wie vor, die Verbindung ist aufrecht zum Runen-Tor.«

Rhed lächelte schmerzfrei. Was einst ein Feind, war jetzt ein neuer Freund. Er nickte dem Besen zu. »Also los, Harley. Mach dich auf den Weg. Schick die Botschaft!«

# 27

»TRAUM-DÄMONEN ATTACKEEE!!!«, brüllte Torledo und öffnete die Tore der Aula. Mit großen Schritten und hochrotem Kopf, marschierte der große und schlanke Weise die Treppen des Sandustiener Ratssaals hinunter zur Mondscheinkugel. Galagedra, der den milchigen gläsernen Globus studierte, drehte sich so schnell, dass sich sein mitternachtsblauer ärmel-loser Umhang bauschte.

»Wo, Torledo?«

»Torturra! Eine Botschaft erschien auf der Runentür.«

Galagedra schmiss eine Prise Zauberstaub in die Luft und befahl: »Weisen zu Rat, Krieger in Not!«

Noch bevor der Staub seine Höhe erreichte und zu rieseln begann, nahmen die Körper Form an. Die Weisen des Ältesten Rates und auch Krieger kamen von allen Ecken Sandustiens und nahmen Platz auf den Bänken.

»Was genau war die Nachricht?«, fragte Galagedra.

»Krieger werden in Torturra gebraucht zur Unterstützung im Kampf gegen die Traum-Dämonen-Attacke«, berichtete Torledo.

»Von wem und von wo kommt dieser Hilferuf?«, fragte der Weise Jozephus, als er neben Galagedra erschien.

»Da wird's eigenartig, nämlich von Drakmere.«

Jozephus wandte sich Galagedra mit einem Stirnrunzeln zu. »Soweit ich weiß, hält sich doch nur Rig in Drakmere auf, oder? Wie wüsste er dann, was sich in Torturra abspielt?«

»Die Botschaft ist nicht von Rig«, erwiderte Torledo, der sich auf ein Halbmondkissen setzte, nachdem es ihn wiederholt angestupst hatte.

»Im Übrigen war die Nachricht von Rhed und Harley«, fügte er mit hängenden Schultern hinzu.

Galagedra rieb sich die Stirn mit gesenktem Kopf, als hätte er plötzlich Kopfschmerzen.

»Das gibt es doch nicht! Wie um Himmelswillen sind die beiden nach Drakmere gekommen?«, murmelte er rhetorisch in die Versammlung.

»Folglich stand da auch, dass sie in Sicherheit sind, die Bäume befreundet haben und bald nach Hause kommen werden«, fügte Torledo schnell hinzu.

Der Krieger Upijer schlug mit der Faust in die Hand.

»Was machen die wieder in Drakmere?«

Torledo rieb sich die Stirn. »Es ist ein wenig unsere Schuld. Wir haben wissen lassen, dass sich Azghar und Watroc in Drakmere aufhalten und dass es für einen Drachen möglich wäre, nach Torturra zu gehen, um das Mädchen zu suchen.«

»Wir können also annehmen, dass der Junge und der Besen in der Ob-hut der Bäume gut aufgehoben sind. Folglich muss unser unmittelbarer Fokus darin bestehen, schnellstens Unterstützung nach Torturra zu schi-cken«, punktete Jozephus.

Galagedra nickte. »Wenn sich die Traum-Dämonen-Armee versam-melt, um anzugreifen, dann eilt es. Wir müssen unbedingt einen stabilen Direktzugang zu Torturra öffnen. Kollegen?«

Die Weisen stimmten nickend zu. Sie verbeugten sich und einer nach dem andern verschwanden sie im magischen Glitzerstaub, so schnell wie sie ein paar Momente zuvor erschienen waren. Die Aufgabe war, einen Zauberspruch zu formulieren, der einen stabilen Schnellzugang für ausge-wählte Krieger präsentierte.

Nur Jozephus blieb zurück, um sich an dem Ältestenrat zu beteiligen.

Galagedra wandte sich den versammelten Kriegern zu. Sie saßen mit voller Aufmerksamkeit da.

»Einige von euch kamen direkt von einem Einsatz hierher und daher wisst ihr nichts von der Krise, die sich in Torturra gerade abspielt. Hier ein Kurzüberblick. Ein Traumfänger wurde heute morgen von Traum-Dämonen angegriffen. Während des Kampfes öffneten sich die Pforten nach Torturra und er und Khrow fielen durch. Wir haben den tapferen Krieger Rubisid verloren.«

Galagedra pausierte, als das Keuchen und Gemurmel zunahm.

»Wir werden später trauern, Männer. Jetzt hört zu!«, mahnte Galagedra.

»Unsere Angie, die Hexe, sowie Horrigan und Madgwick, folgten den beiden nach Torturra. Eine Botschaft, die uns überreicht wurde, besagt, dass sich eine ganze Armee versammelt, um unsere Leute anzugreifen. Wir brauchen eine Strategie, wie es weitergehen soll.«

»Wir gehen rein und machen sie alle zunichte«, schlug ein Krieger mit Becker-Faust vor.

Der alte Weise blieb ruhig und besonnen, als er die Krieger beobachtete, wie sie Vorschläge untereinander austauschten. Dann hob er die Hand und sofortige Stille kehrte ein.

Ein bulliger Krieger namens Kojo mit schwarzem Piratenbandana-Kopftuch stand auf.

»Galagedra, auf meinen Reisen habe ich von einer Versammlung Traum-Dämonen in großer Anzahl gehört. Da sie sich nicht in der Nähe unseres Reiches sowie den Welten, die wir beschützen, befanden, sah ich keine Gefahr für uns. Wie auch immer. Wenn sich die Gerüchteküche, dass sich eine Armee bildet, als Wahrheit herausstellt, dann müssen wir uns Sorgen machen. Lasst uns vorsichtig an die Sache herangehen, denn wenn wir uns einschalten, dann heißt das Krieg für Sandustien.«

Galagedra nickte zustimmend.

»Männer, vergesst doch bitte nicht, dass wir ein Kriegerreich sind. Geboren, um zu beschützen. Natürlich möchten wir nicht das Übel des

Krieges herausfordern, aber das Runentor hat schon mehrere Male über den Anstieg des Bösen berichtet und vor einem anstehenden Krieg gewarnt«, mahnte Galagedra.

Jozephus erhob sich. »Eins dürfen wir nicht übersehen. Und zwar, dass die Traum-Dämonen hinter einem Traumfänger her sind, da sie seine Fähigkeiten begehren. Unser erstes Ziel sollte sein, den Jungen zu beschüt-zen und sicherzustellen, dass sie nicht an ihn rankommen.«

Kojo nickte. »Du sprichst mir aus der Seele, Jozephus. Lasst uns den Jungen beschützen.«

Wax, ein anderer Krieger, stand auf. »Wenn wir den Traumfänger gesichert haben, können wir uns darum kümmern, die Fluten des Krieges zu bewältigen, bevor sie unsere Ufer erreichen. Wenn Krieg, dann müssen wir den Ort und Zeitpunkt diktieren.«

Galagedra senkte das Haupt, dann blickte er auf und Jozephus in die Augen. »Wenn die Traumonen sich so viel Mühe geben, einen kleinen Traumfängerjungen zu fangen, dann ist es doch ratsam für uns, Bereit-schaftsalarm zu schlagen für die anderen Familienmitglieder, die auch Traumfängerfähigkeiten besitzen, auch wenn sie im Moment nicht prakti-zieren, denkst du nicht?«

Thirza schnappte nach Luft und wollte sich erheben, als Galagedra abwinkte.

»Bleib ruhig sitzen, Thirza. Deine Tochter und dein Enkelkind sind im Moment nicht in Gefahr. Ich hab sie durch den Mondglobus im Auge behalten.«

Kojo räusperte sich.

»Traumfänger werden immer ein Ziel von Terrorismus sein. Darf ich vorschlagen, dass wir sie zu uns ins Heiligtum von Sandustien bringen, wo sie sich sicher fühlen können? Wo wir sie mit Hilfe der Mondscheinkugel beschützen können?«

Galagedra blickte rüber zu Thirza. »Denkst du, deine Tochter würde zustimmen?«

»Für die Sicherheit ihrer Kinder würde sie alles tun«, erwiderte Thirza. Sein rundes Gesicht und seine Wangen waren von Sorgen und Stress ge-zeichnet und er glättete nervös sein weißes Haar.

»Somit beeilt euch und bringt sie zu uns nach Sandustien«, sagte Galagedra.

»Kojo! Ernenne bitte zwei Krieger deiner Wahl, die Thirza begleiten werden.«

Thirza stand auf und verließ das Auditorium der Weisen, während Kojo die Wahl der Krieger traf.

»Talon, Upijer! Ihr seid hiermit beauftragt, die Madison-Familie sicher nach Sandustien zu bringen und somit ermächtigt, jegliche Mittel zu nut-zen, die es braucht, um die Mission erfolgreich durchzuführen.« Die beiden Krieger eilten Thirza nach.

»POM, POMM.« Die schweren Kammertüren knallten zu.


Die Stille im Saal war nahezu gespenstisch und die Augen aller Krieger waren auf Galagedra gerichtet.

»Fragt sich, was der nächste Schritt ist«, erinnerte Jozephus.

»Ich muss sagen, ich stimme mit den Kriegern überein. Wir müssen behutsam an die Sache rangehen und erst mal den Jungen in Torturra beschützen. Danach können wir uns auf Krieg vorbereiten«, erklärte Gala-gedra und legte eine Pause ein.

»Kojo. Als einer unserer erfahrensten und stärksten Krieger möchte ich dich beauftragen, ein Task-Team zusammenzustellen, welches dieser Auf-gabe gewachsen ist.«

Jozephus sprach. »Wir haben keinen Kontakt mit Torturra, also wissen wir nicht, was der jetzige Status ist. Bereite dich auf das Schlimmste vor.«

»Der Zugang, den Madgwick nutzte, wird zu lange dauern. Die Weisen sind beauftragt, einen Schnellweg in das Feuerreich zu zaubern. Sei bereit, innerhalb der nächsten Stunde aufzubrechen«, sagte Galagedra abschlie-ßend.

Kojo erhob sich und wie im Geiste verbunden folgten ihm die Krieger aus dem Ratssaal.

# 28

»Warte einen Moment!«, flüsterte Upijer, als sie sich im Schatten der Bäume verborgen hielten.

»Der Wald ist mir zu ruhig.« Er atmete aus und hielt seinen Zeigefinger vor den Mund. Sein goldgelbes Haar war so kurz geschoren, dass man seine Kopfhaut sehen konnte. Er hatte rosige Wangen und so wie die aller Krieger leuchteten auch seine Augen violett.

»Du hast Recht. Hier stimmt was nicht«, bemerkte Talon mit einem Lächeln. Er hatte gerade die Kriegerakademie gemeistert und fühlte sich geehrt, mit Upijer auf Mission zu sein. Mit seinem schwarzen T-Shirt und den dreiviertel langen Shorts erregte er Aufsehen mit den gestandenen Kriegern, der alten Garde, wie er sie nannte. Seine Einstellung war die, dass Modernisierung vor keinem Halt macht und seine älteren Kollegen konn-ten ein Update gut gebrauchen. Dass er sein Haar in einem kleinen Pferde-schwanz trug, der nur bis zum Nacken hing, war jedoch nicht so radikal. Neu war, dass es Gesprächsthema war.

Thirza beobachtete das Haus, in dem seine Tochter und seine Enkelkinder lebten, genauestens. Durch die Fenster bekam er einen Einblick ins Haus und konnte sehen, wie seine Tochter von einem Zimmer zum anderen lief. Alles schien im Lot zu sein.

Er zögerte einen Moment. Wenn die Krieger, denen er vertraute, instinktiv fühlten, dass nicht alles in Ordnung war, dann war das gut genug für ihn zu warten. Er warf einen Blick auf Talon und Upijer; sie beobachteten nicht das Haus, aber den Wald und die Umgebung ums Haus.

Upijer legte die Hand gegen einen Baum. »Der Wald ist nervös. Es schleicht irgendein Fremdkörper in der Gegend herum.« Dann legte er sein Ohr an den Stamm.

»Ich glaube, wir müssen uns beeilen!« Er ging auf Thirza zu und flüsterte ihm ins Ohr.

»Die Traum-Dämonen schleichen durch den Wald; die Bäume haben mich vorgewarnt. Geh zum Haus und hole deine Familie. Beeil dich! Es verbleibt nicht mal Zeit zum Packen.«

Upijer nahm eine Prise Zauberstaub und zeichnete zwei Ringe auf den Boden.

»Ihr müsst euch in diese zwei Kreise stellen, dann kann euch niemand was zuleide tun.«

Er zeigte mit erhobener Hand aufs Haus. »Talon, du gehst mit und hilfst Thirza und seiner Familie. Ich bleibe hier und sichere die unmittelbare Peripherie des Hauses. Einverstanden?« Er lächelte den angespannten Thirza an.

»Lass uns das ganz ohne Emotionen über die Bühne bringen, Thirza. Es darf keine Panik aufkommen.« Dann trat Upijer ein paar Schritte zurück in den Schatten der Bäume.

Talon hockte sich neben Thirza und zog den alten Mann runter auf die Knie.

»Wir müssen uns koordinieren«, flüsterte er.

Für ein paar Momente blickte er zwischen dem Haus und dem Wald hin und her.

»Mach dich bereit. Wenn ich losrenne, dann folge mir. Ich mache sicher, dass uns nichts in die Quere kommt, verstanden?«

Thirza nickte einverstanden und begab sich in Sprinterstartstellung, nur nicht so tief mit dem Oberkörper auf dem Boden, denn seine altersbedingte Steifheit machte sich bemerkbar.

»Los!«, flüsterte Talon, griff Thirza bei der Hand und zog ihn mit sich am Waldrand entlang, bis sie einen direkten Laufweg vom Wald zur Hintertür erreicht hatten. Dann stoppten sie und beobachteten die Umgebung ein weiteres Mal. Der Wald war immer noch ruhig und durch die Glastür sahen sie, wie Thirzas Tochter gerade die Küche verließ. Sie mussten hoffen, dass sie nicht die Treppe hoch ins erste Stockwerk ging. Sie suchen zu müssen, wäre zeitaufwändig gewesen. Ein Rascheln und Schnüffeln neben ihnen ließ sie aufhorchen. »PSST!« Talon hielt schnell die Hand über Thirzas Mund, damit er nichts sagte und zeigte auf den schwarzen Labrador.

»Dasch ischt Schcott, unscher Hund«, nuschelte Thirza durch Talons Finger.

Talon nahm seine Hand zurück und streichelte Scotts glänzendes Fell, bevor er ein Ohr des Labradors anhob und flüsterte: »Traum-Dämonen kommen. Wir sind hier, um Ella und Matt in Sicherheit zu bringen.«

Scott spitzte die Ohren und zog den Schwanz ein. Er schaute in den Wald und gab ein leises »GGRRR« von sich.

»Bereit? Auf drei rennen wir los«, flüsterte Talon.

»Auf drei? Oder drei und dann los?«, fragte Thirza.

»Wie? DZ! Ist doch egal. Eins … Zwei … Drei!«

Talon sprang aus der Hocke und zog Thirza mit sich. Talon zog so stark, dass Thirza im richtigen Augenblick vorwärts kam, seine Ellenbogen anlegte und auf die Tür zu rannte. Schnell wie der Wind rannte Talon vor und auf der Veranda des Hauses angekommen, ging er in Verteidigungs-stellung mit Blick auf den Wald hinter Thirza, der noch ein paar Meter zu bewältigen hatte.

Sie rannten die Verandastufen hoch und durch die Hintertür. Talon schloss die Glastür hinter sich, positionierte sich neben der Tür und spähte durch das Glas. Ohne den Waldrand aus den Augen zu lassen, sagte er: »So weit so gut. Thirza, beeil dich! Bring deine Familie zu mir.«

Thirza ging unverzüglich durch die Küche ins Wohnzimmer. »PHUH!«

Er atmete erleichtert aus, als er Ella sah, die durch ein Magazin blätterte und an einem Glas Orangensaft nippte. Sie machte einen entspannten Ein-druck, trug ihre blauen Jeans und ihren cremefarbenen Pullover. Ihr Kopf schoss hoch und ihre grünen Augen weiteten sich, als sie Thirza mit wild fliegendem Haar und außer Atem durch die Wohnzimmertür hetzen sah. Sie ließ das Magazin fallen und stellte das überschwappende Glas hastig auf den Wohnzimmertisch.

»Was ist passiert? Jeff? Matt? Sag doch was!«

»Wir müssen hier weg! Traum-Dämonen schleichen durch den Wald. Sie wollen euch entführen. Wo ist Matt?«

»Traum ... Wer? Wovon redest du?«, stotterte Ella.

Thirza ergriff ihre Hand und legte sie in die seine.

»Ich hab leider keine Zeit, es dir zu erklären. Diese Bedrohung ist echt und wie keine zuvor. Ich hab Krieger zur Unterstützung mitgebracht. Wo ist Matt, Ella?«

Sie schob ihre Haare hinter die Ohren.

»Oben, Thirza. Matt ist in seinem Zimmer. Ich weiß aber nicht, wo Jeff ist. Er ist schon früh aus dem Haus. Soweit ich weiß, ist er mit Phoebe und Rhed unterwegs. Heute Abend soll er bei Rhed zum Abendessen eingeladen sein. Ich hab den ganzen Tag nichts von ihm gehört.«

Thirza nickte und zog seine Tochter in die Küche, wo Talon Ausschau hielt.

»Warte! Ich muss ein paar Sachen packen ... und Matt«, sagte sie mit Widerstand.

»Keine Zeit! Wir schicken jemanden später, um das Nötigste zu packen. Jetzt hole ich erstmal Matt!« Thirza schob Ella sanft zur Seite.

Auf dem Weg zur Treppe musste er durchs Wohnzimmer an der Haustüre vorbei. Jedoch als er von der Küche zurück ins Wohnzimmer trat, bemerkte er, wie sich die Türklinke der Haustüre bewegte. Er trat einen Schritt zurück in die Küche und beobachtete, wie eine Kreatur mit grauem Oberkörper ins Haus schlich. Er schluckte, als er flüchtig die roten Linien, welche sich über den Oberkörper und den Armen schlängelten, zu sehen bekam. Das Zimmer füllte sich mit Zischen. Thirza blickte Talon an.

»PSST! Sie sind hier«, warnte er flüsternd.

»Sie kamen gerade durch die Haustüre«, fügte er hinzu.

»Brrrrrennende Kometen«, murmelte Talon mit einem entschiedenen Kopfschütteln.

Er öffnete die Hintertür. »Los! Lauft, ihr beiden. Stellt euch in die Ringe. Nicht vom Weg abkommen! Schaut euch nicht einmal um! Upijer wartet da auf euch.«

»Aber Matt …«, begann Ella, mit sorgenvollen Augen von einem zum andern blickend.

Talons Augen pulsierten ins Dunkel-Violette.

»Überlass das mir. Los jetzt, ihr beiden«, knurrte er durch die Zähne.

Sein Zauberstaub rieselte über ihn und mit einem »FOOP« war er verschwunden.


Thirza verlor keine Zeit und zog Ella mit sich durch die Hintertür auf die Veranda. Sie rannten die Stufen herunter und durch den Garten, über die Wiese, auf die glitzernden Ringe zu. Aus dem Blickwinkel bemerkte er, wie etwas Schwarzes seitlich auf ihn zusprang. Er hob instinktiv den Ellen-bogen zur Abwehr, stoppte und stützte sich für den Aufprall ab, ließ aber Ellas Hand nicht los. Ein schwarzer Schatten flog unter seinen Augen durch, verfehlte den alten Mann und kollidierte mit etwas anderem neben ihm.

Scott hatte gerade einen Angreifer abgewehrt. Das Knurren war so intensiv, es war unklar, ob es von dem schwarzen Labrador oder dem Traum-Dämon stammte. Thirza rannte weiter und zog Ella mit sich. Sie erreichten den Waldrand, wo Upijer silberglitzernde Pfeile abschoss, die an Thirza und Ella vorbei die Verfolger trafen.

»Wo ist der Junge, und Talon?«, flüsterte Upijer mit Nachdruck.

»Immer noch im Haus. Talon wollte Matt holen. Die Traum-Dämonen kamen durch die Haustür!«, keuchte Thirza.

»Los! In den Ring!«, befahl Upijer, ohne das Haus aus den Augen zu lassen.

»Ohne Matt gehe ich nicht«, jammerte Ella. Sie stampfte ihre Hacke tief in den feuchten Waldboden.

Upijer wandte sich ihr zu, ergriff ihre Arme und hob sie wie ein unartiges Kind in den glitzernden Ring. Als sie im Ring wieder Boden unter den Füßen fasste, schoss aus ihm eine Zylinderglitzerwand in die Höhe, welche sie eingekreist gefangen hielt und beschützte.

»Ich gehe nicht ohne Matt«, schrie sie verzweifelt.

Upijer sprach durch die Glitzerzylinderwand. »Ella! Mach dir keine Sorgen. Talon ist ein starker Kämpfer. Er wird Matt zu uns bringen. Verlass dich drauf!«

Er blickte Thirza an und zeigte mit den Augen auf den zweiten Ring.

Thirza blickte vom Ring aufs Haus.

»Ich kann doch nicht ohne Matt von hier weg«, dachte er und trat einen Schritt aufs Haus zu, bevor er Upijers harten Griff am Ellenbogen spürte und kräftig in den Ring geschoben wurde.

»Upijeeeeeer!«, beklagte sich der alte Mann. Der glitzernde Zylinder stieg sofort in die Höhe und mit einem lauten »FOOP« waren beide Zauberstaubzylinder blitzschnell verschwunden.

Upijer ging auf Anhieb in die Hocke und flötete mit tiefem Ton; er hörte ein leises »WUFF« und Scott rannte zu ihm.

»Guter Hund. Jetzt ist es auch für dich Zeit zu verschwinden«, flüsterte der Krieger und schmiss seinen Zauberstaub in die Luft. Scott sprang ihm in die Arme und als der Staub auf sie niederrieselte, waren auch sie mit einem »FOOP« verschwunden.

# 29

Sicher auf Azghars Rücken zwischen zwei riesigen Stacheln festgebunden, bewunderte Rig die unendliche Schönheit des Weltraums. Er war sich der großen Ehre bewusst, auf dem Rücken eines Drachen durch Raum und Zeit mitreisen zu dürfen. Sofern die Geschichtsbücher stimmten, war so etwas noch nie dokumentiert worden. Er schaute sich um. Es schien, dass sie auf einer ozean-grünen Sternstraße reisten, welche im Weltraum wie ein Silkstreifen kurvend und biegend dahintrieb. Als ob eine leichte Brise den Tanz diktieren würde, drehte und wendete sich die Sternstraße.

Es war weder Dunkel noch Tageslicht. Wie bei einer Dämmerung, war er von bläulichen, rosa und lila Schattierungen umgeben.

»Das muss der Geburtsort für Magie sein«, dachte er.

Der Weltraum war unendlich mit verschiedenen farbigen Sternstraßen, soweit das Auge sehen konnte. Einige waren gerade ausgestreckt, andere bogen sich, weitere waren ineinander verflochten. Eine Sternstraße schien sogar wie ein Wollknäuel gebündelt.

»Das ist nicht eine Welt, die du besuchen willst, Rig«, kommentierte Azghar, der wohl irgendwie spürte, wo Rig hinstarrte.

Rig drehte sich und schaute hinter sich. Watroc flog gleich hinter ihnen.

»Sieht so aus, als bräuchte Watroc kein Wasser in seinen Flügelkammern, um hier fliegen zu können«, bemerkte Rig.

»So ist es. Dieses ist der Ort, wo magische Kreaturen und Wesen sich frei bewegen können. Ein Ort, wo das Unerwartete erwartet wird und das Erwartete unerwartet ist«, erklärte Azghar feierlich.

»Das hört sich verdächtig wie eine von Angies Weisheiten an.«

Azghar prustete vor Lachen, während Rig weiter die wie Nadelstiche leuchtenden Pünktchen im Weltraum bewunderte.

»Das sind Pforten zu anderen Dimensionen, hab ich recht?«, fragte er.

»Genauso ist es. Die Bänder der Zeit, auf denen wir reisen, sind wie Sternstraßen. Jede Farbe repräsentiert eine andere Dimension«, erklärte Azghar.

Watroc folgte in Stille. Scheinbar mit den Gedanken bei Phoebe machte die Schönheit der Umgebung keinen Eindruck auf ihn.

»Bald sind wir da. Die Bänder, die du Sternstraßen nennst, biegen sich mit der Zeit und somit wird die Distanz halbiert«, lehrte Azghar.

Ohne Warnung brüllte er auf und breitete seine Flügel aus zu einem pfeifenden Halt. Rig, der von der Bremskraft gegen den vorderen Stachel gewuchtet wurde, konnte kaum atmen, so viel Druck war auf seinem Brustkasten. Watroc schoss an ihnen vorbei und musste zurückkommen, um seinen Platz an Azghars Seite einzunehmen.

Der große Drache hockte auf dem Band und starrte Watroc mit feurig blauen Augen an. Bläulicher Dampf kam aus seinen Nasenlöchern.

»Was ist passiert?«, fragte Rig, der wieder atmen konnte.

Watroc nahm Position vor seinem Kollegen ein. »Ja genau. Was ist los?«, fragte Watroc in seiner abrupten Art und Weise.

Azghar schwang sein Haupt langsam vor und zurück. »Matt ist in Gefahr!«

»Matt? Jeffs kleiner Bruder? Der Matt?«, fragte Rig. »Erzähl, Azghar!«

»PSST! Ich muss mich konzentrieren.« Azghar schloss die Augen.

»Traum-Dämonen sind im Haus. Der kleine Matt ist in seinem Zimmer. Niemand ist bei ihm«, sagte Azghar, der alles in seinem Kopf sah.

»Aaarrgh, Donner und Blitz«, rief Rig.

»Kannst du mich dahin befördern?«, fragte er und begann sich von den glitzernden Seilen zwischen den Stacheln zu lösen.

»Bist du verrückt? Lass das sein, wenn dir dein Leben etwas wert ist. Du wirst im All hilflos davontreiben. Hier kannst du ohne mich nicht über-leben«, warnte Azghar.

»Moment! Ich sehe einen Krieger im Haus. Vielleicht kann er dem kleinen Jungen helfen? Lass mich mal sehen, ob ich ihm dabei behilflich sein kann.«

Azghar atmete Dampf aus und flüsterte, so leise, dass die Worte in die Atmosphäre zu flimmern schienen. »Matt, hör gut zu. Du musst dich mucksmäuschenstill verhalten. Nicht mal einen Pieps will ich von dir hören!«

»Kann Azghar mit Matt kommunizieren?«, stellte Rig die Frage an Watroc.

»Wenn wir Drachen eine seelische Verbindung mit einer Person haben, können wir im Notfall mit ihnen reden. Ich versuchte es vorhin mit Phoebe, aber sie reagierte nicht. Ich denke, ihre Energie ist zu schwach.«

»Ja, mein Junge. Ich bin es, Azghar«, schnaubte der Drache lachend über Matts Reaktion.

»Nein, ich bin nicht unter deinem Bett. Wie soll ich denn da drunter passen? Jetzt hör bitte gut zu. Du bist in Gefahr! Klettere die Dach-bodentreppe hoch und versteck dich in Jeffs Zimmer. Ich werde dir ganz genaue Instruktionen geben, wann und wohin du dich bewegen musst … Huh? Wie? … Natürlich mag ich deine Spionagefilme.«

Watroc schaute Rig unwissend an. »Spionagefilme?«

Rig zuckte mit den Schultern. »Keine Ahnung!«

»Warte hinter der Tür, warte … los jetzt … Stopp. Versteck dich im Kleiderschrank und halt die Tür von innen zu. Moment … warte … warte noch … jetzt, raus aus dem Schrank, schließ die Tür hinter dir und klettere die Dachbodengeschosstreppe hoch. Warte vor der Mondscheintür in Jeffs Zimmer, bis ein Krieger dich holt. Und, verhalte dich still! Keinen Mucks will ich von dir hören … Wie? … Du weißt doch, dass sie lila Augen haben, oder nicht? … Gut. Dann höre auf ihn und befolge seine Anweisungen genauestens.«

Azghar schloss die Augen und als er sie wieder öffnete, waren sie schneeweiß mit einem bläulichen Unterton.

*Höre meinen Ruf, geflüstert in die Nacht,*
*Öffne die Durchgangstür, mit all deiner Macht,*
*Welche Gefahren auch immer dem Krieger beschert,*
*Tief in den Wald muss er fliehen, bevor er sich wehrt,*
*Verweigere denen, die folgen, in Rage,*
*Schließ die Tür, die Durchgangspassage*

»So! Die Glastür, die als Durchgangspassage dient, ist offen. Aber nur für eine Person. Die Angreifer können dem Jungen nicht folgen. Ich hoffe, dein Krieger weiß, was er zu tun hat, Rig?«

»Aber die Tür führt direkt nach Drakmere, Azghar«, widersprach Rig.

»Unsinn! Die Drakmere-Passage ist verriegelt. Nur sehr, sehr starke Zauberkraft kann die Tür wieder öffnen. Dieses Mal führt die Glastür tief in den Wald von Little Falls, von wo der kleine Junge in Begleitung deines Kollegen sicher nach Sandustien transportiert werden kann. Ich hoffe doch schwer, dass der Krieger der Magie vertraut, wenn sie sich ihm zeigt.«

»Es ist egal, wer es ist. Wir Krieger haben einen Eid geschworen, der besagt, dass wir alles tun, um ein Kind zu beschützen, auch wenn es einem von uns das Leben kostet.« Rig war zuversichtlich und kniff die Augen zusammen.

# 30

Talons lila leuchtende Augen wurden groß, als er direkt hinter einem riesigen Traum-Dämon in Erscheinung trat. Die roten Adern, die sich über den gräulich breiten Rücken schlängelten, beeindruckten ihn sehr. Talon blinkte ein paar Mal hart, so wie er das in der Kriegerakademie gelernt hatte, um unsichtbar zu bleiben. Unter Druck war ihm das noch nie gelungen. Irgendwie hatte er diesen Trick noch nicht so ganz gemeistert, obwohl er dachte, dass er längst erfahren genug war. Sich über längere Zeit unsichtbar zu machen, gelang nur seinen älteren Kollegen.

Der Traumon vor ihm wirbelte herum. Er musste wohl gespürt haben, dass sich in seinem Rücken was tat. Talon hielt den Atem an und stand still. Die Kreatur lehnte sich vor und schnüffelte in die Luft. Talon trat schleichend einen Schritt zurück.

»Brennende Kometen, der Typ stinkt zum Himmel«, dachte er.

Im Hintergrund sah er Matt aus dem Zimmer schleichen. Der Junge war von kleiner Statur und hatte kurz gespicktes sandblondes Haar. Er bewegte sich mit dem Rücken zur Wand gedrückt auf den Kleiderschrank im Flur zu. Talon beobachtete, wie der Junge sich im Schrank versteckte und die Tür zuzog.

»Schlauer Bursche«, dachte der Krieger.

»Gut, dass du das Monster nicht gesehen hast. Hättest dich wahrscheinlich zu Tode erschrocken.«

Sein Herz pochte so laut in seinen Knien, dass Talon dachte, die

Bestie könne ihn hören. Der Traum-Dämon neigte seinen Kopf, als versuche er ein Geräusch zu identifizieren, was auch Talons übermäßig lauter Herzschlag hätte sein können. Dann wandte er sich ab und sprach mit leiser heiserer Stimme: »Hmh! Der Junge soll in seinem Zimmer sein. Aber welches ist es? Diese Menschen bauen aber seltsame Unterkünfte.«

Ohne einen weiteren Ton lief die Kreatur zur ersten Tür und ging ins Zimmer.

Talon blieb stehen. Zwei weitere Kreaturen waren gerade im Flur ange-kommen und einer von ihnen folgte dem großen Traumon ins Zimmer. Das Schieben von Möbeln, Poltern von Schubladen und das Zerreißen von Stoff waren hörbar. Sie durchsuchten das Zimmer. Talon versuchte an der dritten Kreatur, die im Flur hinter einem ochsenbraunen, ledernen Ohren-sessel nach Matt suchte, vorbeizuschlüpfen.

Talon schnaubte fast.

»GRUMPH! Als wenn sich da jemand verstecken kann … Idiot!«, dachte er im Vorbeischleichen. Dann ging die Kreatur auf Hände und Knie, um unter dem Sessel zu suchen. Genau in diesem Moment, wo die Kreatur mit dem Rücken zum Schrank auf dem Boden kniete, öffnete sich die Schranktür und Matt schlich sich in ein anderes Zimmer. Wie wusste der kleine Junge den genauen Zeitpunkt, an dem er nicht entdeckt werden konnte? War es möglich, dass er sich unter Anleitung zum nächsten Punkt bewegte? Half ihm jemand?

Als die Schranktür mit einem sanften Geräusch ins Schloss fiel, blickte der Traumon auf und sah nur einen leeren Flur. Die beiden anderen Traum-Dämonen kamen aus dem Zimmer und gingen ins nächste, aus dem Matt zuerst gekommen war.

»Warum hockst du auf dem Boden? Hilf uns lieber suchen!«, knurrte einer von ihnen.

Der dritte folgte den beiden in Matts Zimmer. Talon, der immer noch ungesehen im Flur stand, bewegte sich schnell durch den Flur zu der Tür, in der Matt gerade verschwunden war. Er schlüpfte hinein. Durch den Tür-rahmenschlitz der angelehnten Tür konnte er sehen, wie die drei Kreaturen aus Matts Zimmer kamen.

»Er muss hier irgendwo sein. Warum riecht alles so sauber? Abartig!«, bemerkte der Riese.

Talon schob die Tür zu, wirbelte herum und löste seine Tarnung auf.

»Sie kommen, Matt. Jetzt oder nie … Huh? Matt? Wo bist du?«

Talon schaute sich im Zimmer um. Vielleicht hielt sich der kleine Junge unterm Bett versteckt? Dann sah er die Dachbodenleiter und lief auf sie zu, als die Tür aufflog und die Angreifer ins Zimmer stürmten. Talon kletterte zügig die Leiter hoch und sah Matts Silhouette vor der milchigen ovalen Glastür stehen, die hell wie der Mondschein leuchtete.

Matt lächelte den Krieger mit himmelblauen Augen, rosigen Wangen und Stupsnase freundlich an.

»Keine Angst, mein Junge. Mich hat man geschickt, um dich zu holen«, erklärte Talon hastig. Er wollte nicht, dass der kleine Junge geängstigt in die Hände der Traum-Dämonen rannte, die bei der Leiter im Zimmer an-gekommen waren und sich zankten, wer zuerst raufkletterte.

»Ich weiß. Du hast lila Augen«, antwortete Matt schlicht, aber sein Lächeln verstummte, denn er konnte sehen, dass die erste Kreatur den Dachboden erreicht hatte.

Talon ergriff den Jungen bei der mystisch leuchtenden Glastür. Der zweite Traum-Dämon war inzwischen auf dem Dachboden angekommen.

»Was jetzt?«, fragte er sich.

»Gib uns den Jung…«, knurrte der Traumon. Aber das war's auch, denn der Krieger nahm den kleinen Jungen auf den Arm und mit dem blo-ßen Ellenbogen schlug er die Scheibe ein. Das Klirren von zerschmetter-tem Glas füllte den Raum.

Talon und Matt wurden durch die Tür gesaugt und tief in die Nacht befördert. Er hatte keine Ahnung, was passierte und konnte fühlen, dass er auch keine Kontrolle über das Geschehen hatte. Das Haus verlor sich langsam in der Ferne und er konnte gerade noch beobachten, wie die Mon-ster sich gegen die Glastür warfen, die, so schien es, gar nicht zerschmettert war. Die Bäume zogen an ihnen vorbei wie eine Landschaft, wenn man aus einem Schnellzug schaut. Was sich wie eine Ewigkeit anfühlte, waren nur ein paar Sekunden, bevor sich die Landschaft im Vorbeiziehen verlang-samte. Talon stolperte, fasste Fuß und schaute sich die Umgebung an. Es schien, als wären sie alleine, mitten im Wald, ein paar Kilometer entfernt vom Haus. Er blickte runter zu Matt, der immer noch die Augen zusam-mengekniffen hielt.

»Hey, kleiner Mann. Alles o.k.?«

Er hatte den Jungen nicht auf den Boden abgesetzt, da sie bereit sein mussten, wegzurennen, sollten die Traum-Dämonen einen Weg gefunden haben, die Glastür zu durchdringen.

»Alles o.k.! Azghar sagte mir, du würdest kommen.« Matt sprach mit einem schweren Lispeln.

»Azghar der Drache? Das ist aber echt cool, oder? Und, bist du bereit für die nächste Reise?«, fragte Talon.

Der Junge nickte zustimmend mit einem lieblichen Lächeln. Ohne ein weiteres Wort schmiss Talon eine Handvoll Zauberstaub in die Luft und als der glitzernde Staub auf sie niederrieselte, waren auch sie mit einem »FOOP!« in die Nacht verschwunden.

# 31

»Wirklich, Angie? Ein Gepäcknetz? Musste das sein?«, kommentierte Hor-rigan mit überheblicher Stimme.

»Hey, mein Sofa hat dich vor einer Bruchlandung bewahrt. Ein bissch-en mehr Dankbarkeit wäre schon angebracht!«, sagte Angie eingeschnappt.

»An einem rosa Sofa, mit einem rosa Gepäcknetz festgehalten zu werden, ist nicht gerade würdevoll, denkst du nicht auch?«

»Wenigstens war's keine Bruchlandung! Du solltest dich was schämen, du … du … du Krieger du.« Angie hatte genug von Horrigans Unver-schämtheit.

Sie waren entlang des Lavastromes auf die Lavafälle zugelaufen. Sie hatten keine Ahnung, wann oder wo die Traum-Dämonen-Armee angreif-en würde, waren sich aber einig, dass es besser war, einen Ort zu finden, wo sie wenigstens eine Chance hatten sich zu verteidigen. Madgwick, Horrigan und auch Angie machten sich Sorgen. Sollten Watroc und Azghar nicht rechtzeitig zur Unterstützung kommen, waren sie hilflos in der Unterzahl.

Jeff spähte über seine Schulter; Nequam saß auf einem Felsen und starrte, offensichtlich tief in Gedanken, auf den Boden. Calidus kreiste über ihnen im Himmel; hier und da flog er so nah über ihre Köpfe, dass sie sich ducken mussten. Horrigan beklagte sich mehrere Male und Angie zeigte ihm ihre Fäuste. Im Großen und Ganzen waren sie alle erleichtert, dass sie sich auf den mächtigen Drachen verlassen konnten. Wenigstens so lang, bis er sich daran erinnern konnte, wer sie waren, wenn die Zeit kam.

Jeff hörte halbwegs zu, wie die beiden Streithähne Angie und Horrigan mit dem Gemecker aneinander weitermachten, während Madgwick sch-weigend gleich neben ihm saß. Er wollte über Khrow und Rubisid mit ihm reden, wusste aber nicht so richtig, wie und wo er anfangen sollte, also blickte er ihn an, wollte was sagen, schaute aber sofort weg, wenn Madg-wick seine Blicke im Unterbewusstsein bemerkte und ihre Augen aufeinan-der trafen. Er wollte nicht in Madgwicks Augen lesen können, dass er ihn im Stillen für Khrows Tod verantwortlich machte.

»Khrows Tod ist nicht deine Schuld«, sagte Madgwick auf einmal, als wenn er Jeffs Gedanken gelesen hatte. Er sprach beruhigend und rieb sich die Stirn mit zwei Fingern.

»Du musst mir glauben, Madgwick. Ich weiß nicht wie, aber als ich aufwachte, befand ich mich im Simulatorraum und Khrow ... der war auch da.« Jeff schüttelte den Kopf. Er hielt die Hand über den Mund, denn er konnte immer noch nicht fassen, was alles passiert war.

»Ist schon gut, Jeff. Ist uns allen klar. Die Traum-Dämonen haben dich in deinen Simulatorraum gelockt, als du im Tiefschlaf warst. Da kannst du nichts dafür.«

»Aber Khrow, wenn er wenigstens nicht ...« Jeff hob die Hände.

»Khrow ist ... war ein Krieger. Es war sein Job, genauso wie Rubisid. Die anderen Krieger hätten genauso gehandelt. Wir sind uns über die Risiken im Klaren; wie du wohl weißt, kämpfen wir alle Arten von Schlachten, in vielen verschiedenen Welten. Natürlich werden wir die beiden vermissen und um sie trauern, aber ihre Tapferkeit wird umso mehr zelebriert.«

»Aber Khrow«, begann Jeff.

»Kein Wenn und Aber, Jeff. Er hat dich beschützt und du hast überlebt und damit hat es sich erledigt.« Madgwicks Stimme war jetzt nachdrucks-voll.

Jeff schluckte.

»Er versteht einfach nicht, dass ich Khrow nicht helfen konnte. Auch nicht Phoebe. Ich konnte mir ja selbst nicht mal helfen«, dachte Jeff.

Madgwick seufzte. »´Wir können uns über Khrow noch zu einem spät-eren Zeitpunkt austauschen, aber jetzt ist keine gute Zeit dafür. Lass uns erst einmal diese Hürde lebend überwinden, okay?«

»Das wird wohl nie aufhören! Ich werde immer von irgendeinem oder irgendetwas davon laufen müssen, nicht wahr? Meine Familie und Freunde werden immer wegen mir irgendwie in Gefahr sein. Ich kann ja nicht mal auf mich selber aufpassen. Findest du, dass es fair ist, dass ich immer das Ziel bin und immer noch nicht weiß, wie ich mich verteidigen kann?«

Madgwick blickte tief in Jeffs Augen.

»Ich kann mir gut vorstellen, wie du dich fühlst und ich werde ein gutes Wort für dich bei Galagedra einlegen. Das müssen wir in Zukunft ändern, da bin ich ganz auf deiner Seite.«

Jeff seufzte und zuckte mit den Schultern.

»Was ist jetzt mit Phoebe?« Er warf Madgwick einen seitlichen Blick zu.

»Wir werden sie finden und …«

»Falsch! Werden wir nicht!«, sagte Nequam leise.

Madgwick drehte sich Nequam zu, zog die Augenbrauen zusammen und runzelte die Stirn. »Was soll das heißen?«

»Wenn die Traum-Dämonen Phoebe wirklich haben, werden wir sie nie finden. Sie könnte direkt vor unseren Augen stehen und wir würden es nicht einmal wissen.« Nequams Stimme klang ein wenig verunsichert.

»Wie? Was können wir denn tun?«, keuchte Jeff und starrte von einem zum anderen mit weiten Augen.

»Jetzt bleibt mal auf dem Teppich.« Madgwick hob die Hände und versuchte die beiden zu beruhigen.

Angie und Horrigan stoppten ihre Streitereien und kamen rüber zu den drei.

»Wer muss auf dem Teppich bleiben?«, fragte Angie.

»Und was genau würden wir nie wissen?«, wollte Horrigan wissen.

Madgwick stützte seine Hände in die Hüften.

»Ich war gerade dabei, den beiden zu erklären, dass wir Phoebe schon noch finden …«, begann er, als Angie ihm ins Wort fiel.

»Ist doch wohl glasklar, dass wir sie finden werden, wer hat daran gezweifelt?« Sie blickte von einem zum andern.

Nequam hob sein Kinn. »Das war ich! Ich sagte, wenn die Traumonen sie wirklich haben, dann haben die Mittel, sie vor uns zu verbergen.«

»Ja und? Wir haben auch noch ein paar Tricks im Ärmel, das glaubst du doch wohl … also, ich sehe da kein Problem«, bestätigte Horrigan mit Stirnrunzeln und Kopfschütteln.

»Offensichtlich unterschätzt ihr die Fähigkeiten der Traum-Dämonen«, antwortete Nequam nachdrücklich.

Angie wiegte ihren Kopf hin und her. »Was du nicht verstehst, ist, dass …« Dann holte sie einmal tief Atem.

»WATROC!«

Angie, Horrigan und Madgwick riefen den Namen des mächtigen Wasserdrachen gemeinsam. Horrigan und Madgwick gaben sich High Fives, während Angie ihre Finger in Jeffs Richtung laufen ließ.

Jeff bemühte sich um ein Lächeln, aber seine Lippen zuckten nur.

»Und was ist Watroc?«, fragte Nequam.

»Nicht Was, aber Wer meinst du«, antwortete Angie mit einem verschmitzten Lächeln und Zwinkern.

»Ein Riesen-Wer«, fügte Horrigan grinsend hinzu. Seine Augenbrauen hoben und senkten sich.

»Ein verdammt schlecht gelaunter Wer«, sagte Madgwick, langsam kopfnickend.

»Haben die noch alle Tassen im Schrank?«, wollte Nequam von Jeff wissen.

»Watroc ist ein mächtiger Wasserdrache, der mit Phoebe eine seelische Verbindung hat. Der zerreißt die Welt, um sie zu finden. Er weiß immer, wo sie ist, denn er spürt ihre Lebensenergie. Nicht einmal mit Zauberkraft könnte man die Anwesenheit von Phoebe vor seiner Drachenmagie ver-stecken. Watroc wird sie finden und im Prozess jeden fressen, der ihm in die Quere kommt. Ich für meinen Part freue mich, den launischen, mür-rischen Drachen wiederzusehen«, erklärte Madgwick.

»Obwohl er mal versucht hat, mich zu fressen«, fügte er nachdenklich hinzu.

»Ich hab noch nie von eurem Watroc gehört, aber ich kenne Traum-Dämonen. Auch euer Drache wird sie nicht finden können«, erwiderte Nequam mit verschränkten Armen.

Angie biss sich auf ihre Unterlippe, während sie Nequam genauestens beobachtete.

»Äußerst interessanter Gesichtspunkt, junger Mann. Dann erklär doch mal, wieso du dich mit den Traum-Dämonen so gut auskennst.«

Jeff hob den Kopf. »Er hat mir gesagt, dass er erfahren hat, dass sie Phoebe suchen, da sie irgendwie ein Lied hören konnte. Mir kommt da nur Zorka, die Wolfshexe, in den Kopf.«

Bevor Nequam antworten konnte, landete Calidus mit einem schweren dumpfen Schlag hinter ihnen und öffnete sein Maul, um zu brüllen. Ohne ihm auch nur einen Blick zu gönnen, hob Angie ihre Hand und stoppte ihn.

»Nicht jetzt, Calidus. Die beiden hier sind die Krieger, 'Fress-Mich' und 'Madgwick', das ist 'Dünne Beine Jeff', und der da ist 'Dünne Beine Ne-quam'. Erinnerst du dich? Wage es nicht in meine Richtung zu schnüffeln, wenn du ein Drache bleiben willst.«

Calidus zog es vor nicht zu brüllen und setzte sich zur Gruppe dazu.

Ein Hauch von rötlichem Rauch kam aus seinen Nasenlöchern, während er Angie anstarrte.

»Ich schiebe Kohldampf«, murmelte er.

»Übrigens, nur um das klar zu stellen. Mein Name ist nicht 'Fress-Mich'«, murmelte Horrigan mit wütendem Blick auf Angie, woraufhin er sich hinter Madgwick stellte, um Distanz zwischen ihm und dem roten Drachen zu gewinnen.

»Zorka wird in Gefangenschaft gehalten. Da gibt es keinen Fluchtweg«, sagte Angie mit einem Klick auf der Zunge.

»Das mag ja so sein«, sagte Nequam.

»Jedoch ist ihre Stimme nicht auf das Gefängnis beschränkt, denn sie spricht durch Uzas, den selbsternannten Anführer der Traum-Dämonen. Anscheinend hat sie ihn und seine Männer in einen Bann eingebunden, der besagt, dass sie jeden foltern wird, der nicht tut, was sie sagt. Es war Zorka. Sie hat die Traum-Dämonen dazu bewegt, auf Jeff loszugehen, obwohl das eigentliche Ziel Phoebe ist. Es war klar, dass ich denen zuvorkommen musste. Nach all den Jahren hatte ich endlich eine reelle Chance, sie zu finden.«

»Wie meinst du das?«, fragte Madgwick.

»Phoebe gehört nicht in eure Welt; sie kommt nämlich von meiner Welt. Sie heißt auch nicht Phoebe, sondern Lyric.«

»Lyric, so'n Quatsch!«, rief Jeff.

»Sie ist uns in eurem Wald abhandengekommen, als sie klein war. Bis heute weiß niemand, wie das möglich war. Die Bylleraz-Leute haben die Suche nach Lyric nie aufgegeben.«

»Und wie willst du wissen, das Phoebe eure Lyric ist?«, fragte Jeff mit erhobenem Kinn.

»Ich war mir nicht sicher, bis ich ihre Augen sah. Sie hat die Augenfarbe des Bylleraz-Stammes und sie ist ein Spiegelbild ihrer Mutter, die gleiche weiche melodische Stimme, daher der Name Lyric. Außerdem passt alles ganz genau. Sie lebt in einem Waisenhaus, hat also keine

Familie, sie hört Zorkas Lied, und ich nehme mal an, dass sie merkwürdige Dinge tut und Vieles auf sie anders reagiert. Dann hat sie mir viel über sich erzählt. Ein richtiges Plappermaul ist sie. Jedenfalls war ich mir so sicher, dass eure Phoebe unsere Lyric ist, dass ich sie mit mir nach Torturra nahm, denn sie kann hier ohne Schutz überleben. Bylleraz können alle hier im Feuerreich leben, ohne einen besonderen Hitzeschutz.«

Nequam sah, wie Madgwicks Augen schmaler wurden und fügte schnell hinzu:

»Ich hätte Rhed natürlich unseren Hitzeschutz gewährt, wenn ich ihn mitgebracht hätte.«

»Das wäre schief gegangen. Kein Schutz ist stark genug für ihn in dieser Feuerwelt. Er wäre in Sekunden zu Asche verbrannt. Du hättest ihn dann auf dem Gewissen«, sagte Madgwick in hartem Ton.

»Das wusste ich nicht. Mein Ziel war es, Phoebe in Sicherheit zu bringen.«

»Eine Frage! Warum hast du sie nicht in deine Welt gebracht. Warum nach Torturra?«, fragte Horrigan, während er sich die Glatze rieb.

»Ich hatte keine Wahl. Die Pforte öffnete sich und es war die Pforte nach Torturra. Muss wohl irgendwie an der Ausrichtung der Sphäre liegen.«

»Mich kannst du nicht so schnell überzeugen. Phoebe folgt keinem, dem sie nicht folgen will«, sagte Jeff mit zusammengepressten Lippen.

Angie blieb still und wickelte ihre Haare in den Fingern.

»Phoebe ist wahrhaftig etwas seltsam, das ist schon wahr.«

»Glaubst du etwa, dass Phoebe eigentlich die verlorene Lyric ist, Angie?«, fragte Madgwick.

»Die ist sie ganz sicher«, bestätigte Nequam mit herausragender Lippe.

»Erst müssen wir sie finden, dann können wir eine Untersuchung starten«, sagte Angie.

»Ich muss Jeff da Recht geben. Die junge Dame hat einen starken Wil-len. Die geht nicht so einfach mit jemandem mit, auch nicht nach Bylleraz. Jedenfalls nur, wenn sie es selbst wirklich will«, sagte Madgwick mit ver-schränkten Armen.

»Und wenn, dann begleiten wir sie, sodass sie freien Willens wieder da weg kann«, fügte Horrigan hinzu, der stirnrunzelnd auch die Arme ver-schränkte.

»Mondbälle, ihr vertraut aber auch niemandem«, sagte Nequam mit großen Augen.

»Also gut, wie ihr wollt«, endete er mit einem leichten Lächeln.

»Ist gut zu wissen, dass sie richtig gute Freunde hat, die für und um sie kämpfen.«

Jeff bemerkte, dass sich etwas im Boden nahe bei Nequams Fuß bewegte. Winzige rötliche Sandkörner hüpften rhythmisch ein paar Millimeter in die Luft. Er legte seine Hand auf den Felsen, auf dem Nequam saß.

»Spürst du das nicht?«, fragte er ihn.

Nequam sprang auf. »Sie kommen. Müssen ganz in der Nähe sein.«

»Wer kommt da?«, fragte Calidus gähnend.

»Die Traum-Dämonen-Armee. Was tun?«, fragte Jeff.

Madgwick und Horrigan erhoben sich.

»Stellt euch hinter uns, ihr beiden«, war Horrigans Anweisung.

Nequam hob sein Kinn.

»Kommt überhaupt nicht in Frage! Ich bin ein guter Kämpfer«, sagte er, woraufhin er aufstand und seinen Nacken streckte, was wohl ein Vorbereitungsritual auf einen Kampf war.

Madgwick nickte. »Welches ist die Waffe deiner Wahl?«, fragte er.

»Ich bin die Waffe«, grinste Nequam und zeigte seine Fäuste.

»Na klasse! Dann bin ich es wieder einmal, der Schutz braucht.«

»So ist es nun einmal. Finde dich damit ab und stell dich hinter uns.«

»Oder, du kannst wie zuvor an meiner Seite kämpfen. Genau wie beim letzten Mal. Dann können wir sie noch einmal total verwirren«, sagte Nequam zu Jeff.

Beide grinsten. Aber das Grinsen verging den beiden schnell, als die Krieger mit einem einstimmigen knappen »NEIN«, antworteten.

»Wen bekämpfen wir denn?«, wollte Calidus wissen, während er mit der Kralle an einem Zahn kratzte.

Angie trommelte mit den Zehen auf dem Boden, als sie mit singender Stimme antwortete: »Die Traum-Dämonen-Dinger. Du kennst sie doch. Graue Körper mit kleinen roten wurmartigen Adern, die sich über die Haut schlängeln.«

»Und was ist der Grund, Angie?«

»Sie wollen, Dünne-Beine-Jeff` entführen«, sagte die Hexe, bevor sie in den Horizont guckte.

»Nur über meine Leiche kann mir jemand, Dünne-Beine-Jeff` wegneh-men«, dröhnte der mächtige Drache, als er aufstand und sich über sie türmte.

»Ich hab doch gar keine dünnen Beine«, murmelte Jeff und sammelte Steine.

»Ist doch erbärmlich, dass ich nur Steine sammeln kann.«

Er schaute sich um; alle Spuren tierischen Lebens waren verschwunden. Der Boden begann zu zittern. Jeff kratzte sich am Kopf.

»Wir groß schätzt du, ist diese Armee?«, fragte er Nequam.

»Enorm, Jeff. So, haben wir einen Plan?«, fragte Nequam.

»Wir haben nicht einmal genug Kämpfer, um einen Plan zu schmieden. Madgwick und ich werden an der Front kämpfen, Angie kann ja tun, was sie immer so tut, und Calidus, du könntest möglicherweise von oben attackieren«, sagte Horrigan, der breitbeinig da stand.

Madgwick nickte zustimmend.

»Wir müssen lang genug die Stellung halten, bis Azghar und Watroc zu uns stoßen.«

Angie wandte sich mit zusammengekniffenen Augen Horrigan zu.

»Horrigan, na, was genau tue ich denn immer so, hüh?«, fragte sie herausfordernd.

Horrigan blickte Madgwick mit hochgezogenen Augenbrauen an. Der verbarg sein Grinsen. »Angie. Du bist effektiv, wenn du Chaos mit deiner Zauberkraft anrichtest. Deine Feuerbälle, die du beim letzten Kampf, in dem wir Rhed vom Baumprinzen befreiten, abgefeuert hast, waren phäno-menal. Meinetwegen kannst du auch jeden in eine Kröte verwandeln … Nur nicht Horrigan bitte.« Er musste das schnell hinzufügen, denn er sah einen Schimmer in Angies Augen, woraufhin sie sich die Lippen leckte und mit einem verschmitzten Lächeln Horrigan anschaute.

Schweigend standen sie da, die Augen dorthin gerichtet, von wo sie den Angriff erwarteten. Rötlicher Staub füllte die Luft im Horizont, Anzeichen für ein großes Fußvolk. Der Boden begann zu dröhnen und das Stampfen wurde lauter. Jeff schaute hinter sich und bemerkte, dass der große Drache abgehoben hatte und wie ein roter Fleck am Himmel kreiste.

Dann ertönte ein Schlachtruf und eine Horde Traum-Dämonen kam um die Ecke marschiert, bevor sie zu einem ohrenbetäubenden Halt kamen. Es waren hunderte. Dünne rote Adern schlängelten sich über ihre bloßen muskulösen Oberkörper.

Ein großer Anführer trat vor. »Ihr seid hoffnungslos in der Unterzahl!«, brüllte er.

»Was du nicht sagst!«, erwiderte Nequam grinsend.

Horrigan grinste auch und sagte beiläufig zu Nequam. »Lächerlich! So wie es aussieht, brauche ich eure Hilfe gar nicht.«

»HA! Und auch nur dann, wenn ich euch ein paar überlasse«, sagte Madgwick mit steinernem Gesicht.

»Also ich sehe nur Kröten, Männer. Überall Kröten … Kröten, Kröten, Kröten«, fügte Angie hinzu.

»Alles nur wegen mir. Ich muss dem ein Ende setzen«, dachte Jeff.

»Moment, Leute. Sollte ich mich nicht einfach ergeb ...« Jeff konnte den Satz aber nicht beenden, denn ein überwältigendes »NEIN!«, kam von all seinen Freunden.

»Und nicht dass du mir in deinen Traum-Simulator-Raum gehst«, sagte Angie.

Die beiden Krieger nahmen Kampfstellung ein; Zauberstaub wirbelte in ihren Händen.

Im Bruchteil einer Sekunde jonglierte Madgwick glitzernde Feuerbälle in der einen und einen wirbelnden Tornado in der anderen Hand. Hor-rigan hielt eine lange Peitsche und ein Schwert. Angie wickelte ihre Haar-strähnen um die Finger und Nequam stand gelassen da, mit den Händen in die Hüften gestützt.

Die Traum-Dämonen brüllten zur Attacke.

# 32

Madgwick und Horrigan hockten sich auf ein Knie in perfekter Synchronisation und beugten ihre Köpfe. Als sie wieder aufblickten, leuchteten ihre Augen lila. Sie hoben beide Hände und schossen Glitzerstaub auf die an-greifenden Traum-Dämonen, die gegen eine Glitzerstaubwand prallten, welche sie zurück gegen die zweite Reihe stürmender Angreifer warf. Schnell war der Staub wieder zu ihren Händen zurückgekehrt, sodass sie ihre Waffen formen konnten. Horrigan bewegte sich schnell wie der Wind und beseitigte einen Angreifer nach dem anderen.

Die Kreaturen waren mit steinzeitlichen Waffen bestückt sowie Speeren, Macheten, Messern und Hämmern, welche sie über ihre Köpfe, vor sich und neben sich wild in der Luft schwangen. Ihre blutroten Adern schlängelten sich wüst, wie in einem Rausch, über ihre grauen Oberkörper.

»Jungs, hütet euch vor den Bestien mit den schwarzen Adern«, schrie Angie. »Deren Adern können euch einwickeln und das ist verdammt un-angenehm, sag ich euch!«

Horrigans Staub formte zwei große Fäuste, die sich in die Brust einer dieser Bestien rammten, woraufhin der über seine folgenden Angreifer hinweg, ein paar Reihen zurück einige Traum-Dämonen mit sich zu Boden riss.

»Du dachtest nicht, dass diese Information wichtig war, als wir unsere Strategie besprachen, Angie?«, brüllte Horrigan.

»Da wusste ich noch nicht, dass die Schwarz-Adern in der Armee waren, du Schlauberger!«, rief sie zurück.

Jeff beobachtete, wie eine Welle Angreifer nach der andern auf sie zukam. Madgwick und Horrigan kämpften in der Front, dennoch gelang es einigen Kreaturen an ihnen vorbei zu schlüpfen.

Nequam kämpfte hinter den beiden in der zweiten Linie. Jeff staunte, wie er beobachten konnte, dass Nequam blitzschnell verschiedenartige Kampfformen annahm, so schnell, dass die Atmosphäre um ihn herum flimmerte. Immer wieder verwandelte er sich in einen Traum-Dämon, womit er seine Angreifer komplett verwirrte. Als die Angreifer zögerten, machte er brutal kurzen Prozess mit ihnen. Sein mörderischer Kampfschrei ging durch die Nieren.

Obwohl er keinen Zauberstaub besaß, kämpfte er auf gleichem Niveau wie die beiden Krieger. Traum-Dämonen versuchten ihr Bestes, aber Nequam war nie länger als eine Sekunde an einer Stelle, somit war es ihnen unmöglich, seine Schläge und Hiebe kommen zu sehen.

Einer nach dem anderen fiel grunzend und stöhnend zu Boden.

Angie stand direkt vor Jeff.

»Sie ist meine letzte Verteidigung, weil ich ein nutzloser Kämpfer bin … Ich hasse das!«, ging es Jeff bitterlich durch den Kopf.

Sie nutzte ihre Zauberkraft durch einen großen glitzernden lila Wirbel-staubsturm. Als die klitzekleinen Staubpartikel auf die Angreifer nieder-rieselten, verwandelten die sich in Kröten, welche auf dem Boden umher-hüpften wie in einem plätschernden Bach, während sie versuchten, nicht unter die stampfenden Füße zu kommen. Angies Gesicht war sehr blass, denn die Energie, die sie brauchte, um einen so starken Wirbelstaubsturm herbeizuzaubern, war erschöpfend.

»Die Hexe! Tötet die Hexe!«, brüllte der große Traumon, der auf einem Felsen stand und auf Angie zeigte.

Ein Ansturm von Traum-Dämonen machte sich Angie zum Ziel. Einer warf sich auf Angie, aber gerade bevor er sie greifen konnte, traf ihn ein Stein am Kopf. Jeff hatte gut getroffen und der Angreifer war bewusstlos.

Nequam schüttelte den Kopf, schmiss einen Angreifer über die Schulter. Dann trat er ein paar Schritte zurück, näher an Angie und Jeff heran. Der stand da mit Steinen in den Händen und einem miesen Blick im Gesicht. Sie waren umzingelt.

Schreie wurden lauter in der Ferne. Calidus hatte eine Handvoll Traum-Dämonen aufgeschnappt und war dabei, sie hoch in den Himmel zu tragen. Einige fielen aus seinem Maul beim Kauen und erschlugen ihre Kameraden auf dem Boden. Jeff beobachtete mit Sorge, wie ein Meer von Speeren auf den mächtigen Drachen geschleudert wurde. Die meisten prallten von seinen Panzerschuppen ab, einige trafen jedoch zwischen die Schuppen in den Körper. Er verlor an Höhe und kam in die Reichweite der Kreaturen, die auf ihn kletterten. Das Gewicht der Männer und die Verletzungen brachten den roten Drachen zu Boden.

»CALIDUS!«, schrie Jeff.

Jeff sah, wie der mächtige Drache sein Haupt hob und versuchte aufzustehen, aber die Verletzungen schwächten ihn.

»Mist, Mist, Mist«, dachte Jeff und warf Steine auf die stürmenden Traum-Dämonen. Einer seiner Steine verfehlte den Angreifer und traf Angie am Hinterkopf, so hart, dass sie bewusstlos in die Knie sackte und zu Boden fiel.

Nequam machte einen Salto über einen der Schwarz-Adern und als er landete, nahm er ihn von hinten in den Schwitzkasten und erdrosselte ihn. Dann kümmerte er sich um Angie, zog sie aus der feindlichen Reichweite und näher zu Jeff. Die beiden hockten vor ihrem regungslosen Körper.

Madgwick schüttelte den Kopf und halbierte einen Rot-Ader-Traumon. Schnell machte er eine Bestandsaufnahme, sah viele Angreifer um die Ecke kommen und dachte:

»Verdammt, das sind zu viele Schwarz-Adern und es werden immer mehr.«

Horrigan grunzte, gab aber keine Antwort. Madgwick wagte einen has-tigen Blick auf Jeff, rümpfte die Nase, konnte Nequam an seiner Seite sehen, aber nicht Angie. Calidus brüllte vor Wut und Schmerzen in der Ferne. Im Eifer des Gefechtes waren die beiden Krieger außer Stellung geraten und somit befand sich der Feind zwischen den Kriegern und den beiden Jungs.

»Es ist hoffnungslos, Madgwick«, rief Horrigan.

Dann donnerte es und blitzte so grell, dass die Angreifer einen Moment überrascht pausierten. Ein riesiger bläulicher Feuerstoß bedeckte den roten Drachen, verbrannte die Traum-Dämonen auf seinem Rücken und die Speere zwischen seinen Schuppen wurden zu Asche.

Calidus brüllte jetzt voll neuer Energie auf und begann rot-bläulich zu schimmern. Befreit von dem Gewicht der Traum-Dämonen und schmer-zenden Speere schoss der mächtige rote Drache in den Himmel.

»Dünne Beine, dünne Beine«, brüllte er.

Mit einem Flügelschlag wendete er und flog auf Jeff zu.

Jeffs Herz schlug lauter, als er Calidus wieder am Himmel sah.

»Calidus!«, rief er und winkte mit den Armen, um dem Drachen zu zeigen, wo er sich befand. Dann fiel ein riesiger Schatten über sie, so als wäre die Sonne hinter dicken Wolken verschwunden. Mit einem lauten dumpfen Schlag landete Watroc vor Jeff und Nequam. Angie lag immer noch bewusstlos auf dem Boden. Der Grund zitterte und Staub machte die Sicht unmöglich. Als sich der Staub legte, sah Jeff, wie Watroc mit ein paar Schwanzschlägen die angreifenden rot- und schwarzadrigen Wesen wegfegte.

»Jetzt!«, schrie Jeff. Nequam stand da mit offenem Mund und gaffte den grünen Drachen an. Jeff und Nequam griffen der Hexe unter die Achseln, legten jeder einen Arm über die Schulter und zwischen ihnen hängend schleiften sie Angie schnell außer Reichweite des riesigen, mit grünen dicken Schuppen bedeckten Schwanzes, der hin und her fegte.

Keine Sekunde zu spät, denn wo Angie gerade noch lag, wühlten die Stacheln und Dornen des schweifenden Schwanzes die Erde auf.

Watroc reckte seinen Nacken und brüllte. Grünlicher Dampf und kochend heißes grünes Wasser schoss wie ein Wasserwerfer auf die Armee. Mit dem schweifenden Schwanz schlug er um sich und die Traum-Dämonen, die von seinen Stacheln aufgespießt wurden, flogen nach einem Peitschenschlag in hohem Bogen in die Ferne. Die, die übrig blieben und sich verzweifelt unter seinem schweifenden Schwanz duckten, fraß er. Hier und da fielen ein paar Beine auf den Boden, die zwischen seinen Zähnen wie Zahnstocher durchschlüpften.

Es regnete bläuliche Feuerbälle um Madgwick und Horrigan herum. Sie hatten plötzlich etwas Freilauf, denn die Armee verstreute sich in alle Richtungen.

»Die kommen gerade rechtzeitig. Wir sind zwar immer noch in der Unterzahl, aber die drei Drachen sind mächtig und helfen ungemein«, rief Madgwick Horrigan zu.

»Ich kann Angie nirgends sehen«, rief Horrigan.

»Wir sind wahrscheinlich zu weit weg«, antwortete Madgwick.

»Deren Strategie war es, euch voneinander zu trennen«, sagte plötzlich eine tiefe Stimme hinter den beiden. Sie wirbelten herum.

»Rig! Mensch, du bist es!«, rief Madgwick. »Wie hast du uns gefunden?«

»Ich war in Drakmere. Bin mit den Drachen zusammengekommen. Sag mal, wo sind Jeff und Khrow eigentlich?«

»Jeff ist da drüben«, keuchte Madgwick schwer atmend, als er sich die Haare aus der Stirn wischte.

»Khrow ist nicht mehr bei uns, Rig. Seine Verletzungen waren tödlich. Er hatte es noch geschafft, Jeff in Sicherheit zu bringen und kurz vor seinem Tod hat er seinen Zauberstaub an Jeff vermacht, sodass der Junge in Torturra vor der Hitze beschützt ist. Und es hat nicht nur Khrow er-wischt, Rubisid auch.«

»Donnerschlag nochmal!« Rig rieb sich die Stirn.

»Im Moment wissen wir nicht einmal, wo Angie ist«, sagte Horrigan.

»Ich konnte von oben sehen, dass sie da bei Jeff auf dem Boden liegt. Sie muss wohl schwer verletzt sein«, sagte Rig.

Er blickte in den Himmel, wo Azghar und Calidus kreisten und Feuer-bomben auf die verstreute Armee feuerten. Traum-Dämonen rannten unter dem Beschuss der Drachen schreiend, verwirrt und ängstlich wild umher, während sie versuchten, hinter Felsen und unter Bäumen Deckung zu nehmen.

»Azghar, Calidus, wir brauchen Deckung, um zu Jeff und Angie zu gelangen«, rief Rig mit winkenden Armen.

Azghar flog tief und pflügte durch die Traumonenmenge, die sich zwischen den Kriegern und Jeff aufhielt. Traum-Dämonen flogen in alle Richtungen, einige fraß er, einige nahm er mit sich in die Luft, wo ihre abgebissenen Gliedmaßen dann Stück für Stück zu Boden fielen. Calidus folgte und wie ein Feuerwerfer setzte er die übriggebliebenen Kreaturen in Flammen. Die Krieger hatten nun einen mehr oder weniger freien Weg zu Jeff und die paar verbliebenen Traumonen beseitigten sie ohne große Mühe.

Plötzlich ertönte der lange hohle Klang eines Hornes. Wie feiner Sand, der durch Risse fällt, zog sich die Armee geschwind zurück.

»Was ist los? Wo rennen sie hin?«, rief Horrigan.

»Ich glaube, die sammeln sich, um eine neue Attacke zu starten. Kommt, schneller!«, befahl Rig.

Jeff beobachtete den plötzlichen Rückzug mit Anspannung und sah die Krieger auf ihn zurennen.

»Rig, das ist Rig!«, rief er mit Freude. Jeff hatte den Eindruck, dass Rig die Wut im Gesicht geschrieben stand.

Als die Krieger Jeff erreichten, legte Rig als erster seine Hand auf Jeffs Schulter.

»Alles in Ordnung, mein Junge?«, fragte er mit erstaunlich sanfter

Stimme, die seinem Gesichtsausdruck überhaupt nicht entsprach.

Jeff nickte, hatte aber einen Kloß im Hals. »Ich bin nicht verletzt, Rig. Und muss wohl schlafgewandelt haben. Auf einmal wachte ich in meinem Simulatorraum auf und wurde vermöbelt. Khrow ...« Er atmete schwer aus und senkte den Kopf.

»Kopf hoch, Junge! Traum-Dämonen haben die Fähigkeit, deine Träume im Schlaf zu beeinflussen. Da konntest du nichts dafür. Wir können nur von Glück sagen, dass du da lebendig herausgekommen bist«, beruhigte Rig und studierte die blauen Flecken auf Jeffs Gesicht.

Madgwick kümmerte sich sofort um Angie. Er nahm seinen Ranzen von der Schulter.

Azghar und Calidus landeten mit dumpfen Aufsetzern neben Watroc. Die drei Drachen schwankten leicht hin und her und brummten als sie sich unterhielten.

»Weiß jemand, was mit ihr geschehen ist?«, fragte Madgwick bekümmert, ohne Angie aus den Augen zu lassen. Er fühlte den Puls.

»Mist! Ich hab sie mit einem Stein am Hinterkopf getroffen«, gestand Jeff. Sein Kopf lief hochrot an und er zog eine beschämte Grimasse.

Madgwick tastete Angies Hinterkopf ab und fand eine große Beule.

»Okay, ich glaube, sie ist nur bewusstlos. Wird schon nicht so schlimm sein. Das kriegen wir wieder hin. Sie wird wohl ein paar Tage ganz schöne Kopfschmerzen haben und verdammt schlecht gelaunt sein«, sagte Madg-wick, während er seinen Ranzen durchkramte.

Jetzt, wo festgestellt worden war, dass Angie wieder zu sich kommen würde, grummelte Horrigan:

»Wie, noch schlechter gelaunt und temperamentvoller als zuvor? Geht das überhaupt? Dann lass sie doch einfach schlafen, wäre das nicht für alle Beteiligten besser?«

Nequam kicherte. »Und sie sah es noch nicht einmal kommen.«

»Es tut mir echt leid«, sagte Jeff.

»Ich bin aber auch manchmal ein Trottel.«

»Ach quatsch, Jeff! Ich bin eigentlich neidisch. Würde mich freuen, mal die Gelegenheit zu bekommen, ihr einen Stein an den Kopf zu schmeißen«, sagte Horrigan mit einem Schniefen.

»HA, HA, HA! Jetzt ist aber Schluss mit Lustig, Horrigan!«, mahnte Madgwick mit einem inneren Lächeln. Angie würde wieder voll zu sich kommen und das Scherzen lockerte die Anspannung ein wenig.

Madgwick goss weiße klebrige Flüssigkeit durch Angies Lippen und hob ihren Kopf an, damit sie trank. Ihre Lippen begannen zu zucken und im nächsten Moment öffnete sie die Augen.

»IGITT! Wie abscheulich! Was war das?«, stotterte sie. Sie setzte sich aufrecht und griff sich an den Hinterkopf.

»Autsch, meine Birne! Was zum Sternenhimmel und noch viel wichtiger, wer war das?«

»Du warst bewusstlos, Angie. Ich habe dich nur wieder zu Bewusstsein gebracht«, verteidigte sich Madgwick mit erhobenen Händen. »Kein Grund, mich in eine Kröte zu verzaubern.«

»Wie? Dich doch nicht! Aber den da.« Sie zeigte auf Horrigan.

»Den verzaubere ich in einen hell rosa leuchtenden Frosch!« Sie stand auf und machte einen Schritt auf Horrigan zu. Horrigan stand da mit offenem Mund, wie ein Cowboy, der sich mit erhobenen Händen ergibt.

Jeff sprang ihr Hände winkend in den Weg.

»Nicht doch, Angie! Er war's nicht. Ich habe dich mit einem Stein aus Versehen getroffen. Es war ungeschickt. Ich hab versucht, einen Angreifer zu treffen und der Stein ist mir aus der Hand gerutscht. Tut mir wirklich ungemein leid«, bekannte sich Jeff.

»Jeff, Jeff, Jeff! Du kannst mir keinen Humbug erzählen. Horrigan war's, da bin ich mir sicher!«, knurrte Angie wütend.

»Ehrlich, Angie. Horrigan kann es nicht gewesen sein. Er hat an meiner Seite gekämpft und war gar nicht in deiner Nähe«, versicherte Madgwick in gelassenem Ton.

Er schob Jeff aus dem Weg und trat vor Horrigan in Angies Schusslinie.

»Wenn ich es gewesen wäre, dann hättest du einen noch größeren Dachschaden, als du sowieso schon hast. Erstens würde ich mich nicht entschuldigen und zweitens würde ich es nicht zulassen, dass jemand für mich die Schuld übernimmt, das kannst du mir aber glauben«, behauptete Horrigan großmäulig über Madgwicks Schulter hinwegblickend.

Angies Augen flackerten wild, sie knurrte und fletschte die Zähne.

»Wirklich, Horrigan?«, schnappte Madgwick.

»Es reicht!« Rigs Stimme war bestimmt und kommandierend.

»Diese Streitereien bringen uns nicht weiter. Noch einen Mucks von euch beiden Streithähnen und ich schmeiße euch jeder einen Stein an den Kopf!«

Rig stand da, breitbeinig mit den Händen in die Hüften gestützt.

Angie drehte sich murmelnd um und rieb sich den Hinterkopf. Horrigan zuckte mit den Schultern, drehte sich um und zeigte allen die kalte Schulter.

»Watroc! Kannst du Phoebes Energie spüren?«, fragte Rig den Wasser-drachen.

Die drei Drachen bewegten ihre Häupter in Rigs Richtung.

»Nur ganz schwach. Es wird schwächer mit jeder Sekunde«, antwortete Watroc.

»Die Traum-Dämonen sammeln sich in Vorbereitung für einen weiteren Angriff. Der Überraschungsmoment war vorhin auf unserer Seite, aber dieses Mal hilft uns das nicht«, erklärte Rig.

»Ich denke, es wird das Beste sein, wenn wir uns in zwei Gruppen aufteilen: die eine verteidigt und die andere sucht nach Phoebe.«

»Das geht nicht, wir sind eh schon nicht genügend Kämpfer. Die Gruppe, die verteidigen soll, wird in null Komma Nichts überwältigt werden. Das ist glatter Selbstmord«, widersprach Nequam.

Rig starrte den Formwandler an.

»Wenn du mal ein Krieger wirst, kannst du mitreden, ansonsten … « Rig gestikulierte mit dem Daumen und Zeigefinger vor den Lippen, wie ein Reißverschluss zugezippt wird.

Jeff blickte hoch, blinzelte und wies auf die Spitze des Lavafalls.

»Sind das Traum-Dämonen?«, fragte er.

Alle schauten hoch. Es sah so aus, als würden sie sich über den Fällen austoben, einige lachten aus vollem Hals, als ob das Ganze ein Spiel wäre.

»Das sind unsere Krieger«, bestätigte Horrigan. Mit der Handfläche auf der Stirn schützte er seine Augen vor dem grellen Feuer des Lavafalls.

»Ja genau, Sinjin und Mootwo«, rief er.

»Und da ist Kojo.« Rig lächelte.

Die drei Krieger schwammen durch den Lavafluss rüber zu ihnen. Mit grinsenden Gesichtern schüttelten sie die Lava aus den Kleidern.

»So wie ich sehe, sind wir nicht zu spät gekommen. Uns wurde berichtet, da wäre eine Armee im Anmarsch. Und, wo ist sie?«, fragte der sehr muskulöse Krieger namens Kojo.

Rig trat vor und schlug mit der Faust gegen Kojos Brust, was durchaus ein üblicher Kriegergruß war.

»Mann, bin ich froh, dich zu sehen. Nur ihr drei?«, fragte Rig, von einem zum anderen blickend.

»Keine Sorge, Rig. Draven, Nimrat und Stardust sind auch auf dem Weg hierher. Wir mussten jedoch einige Wächter in Sandustien lassen, falls die Spalten zu Drakmere sich öffnen und Schimmers oder Skreaturen angreifen«, antwortete Kojo.

»Wir hatten einen Vorfall im Haus der Traumfängerfamilie, um die sich Talon und Upijer gekümmert haben. Die beiden werden sich uns auch anschließen, wenn ihre Mission erfolgreich abgeschlossen ist.«

»Was für einen Vorfall?« Jeff schluckte.

»Keine Sorge, alle sind in Sicherheit«, antwortete Kojo mit beruhigender Stimme und wandte sich von Jeff ab. Offensichtlich wollte er nicht ins Detail gehen.

»Einer von euch heißt wirklich Stardust?«, murmelte Nequam.

»Ich weiß zwar nicht, wer euch berichtet hat, dass wir Unterstützung brauchen, aber ihr kommt gerade rechtzeitig. Die Armee versammelt sich gerade neu und wird uns bestimmt bald wieder angreifen«, sagte Madgwick mit Stirnrunzeln.

»Die Nachricht kam von Drakmere aufs Runentor«, erklärte Kojo.

»Aber dann konnten es ja nur Rhed und Harley sein … Donnerschlag! Das heißt, die sind nicht in der Hütte und wir müssen die beiden wieder retten.« Rig stöhnte auf und schlug mit der Faust in die Hand.

Angie mischte sich ein. »Und mein Besen? Was ist mit Harley?«

»Der ist auch da, mit Rhed in Drakmere. Und wieder einmal sind sie meinem Befehl nicht gefolgt. Wenn sie nämlich in der Hütte wären, dann wären sie in Sicherheit.«

»Moment. Die Nachricht besagte auch, dass sie in Sicherheit sind. Irgendwas mit, die Bäume sind unsere Freunde, war's glaube ich«, fügte Kojo hinzu. Seine Lachfalten wurden sichtbar, als er lächelte.

»Also gut. Darum können wir uns später kümmern. Jedenfalls bin ich froh, dass ihr hier seid. Wir haben uns entschieden, uns in zwei Teams zu teilen. Das eine verteidigt gegen den Angriff, das andere sucht Phoebe. Da ihre Lebensenergie sehr schwach zu sein scheint, müssen wir uns aber beeilen.« Rig verwies auf Watroc.

»Ich denke, dass du mit Angie und Madgwick die Suchmannschaft bilden musst.«

»Und was ist mit mir?«, forderte Jeff.

»Du bleibst besser hier«, antwortete Horrigan mit einem Stirnrunzeln.

»Sodass ich wieder Steine an eure Köpfe werfen kann? Wollt ihr das wirklich?«, konterte Jeff mit verschränkten Armen.

Madgwick grinste: »Er kann ruhig mit uns kommen. Dann ist er wenigstens weit weg vom Schlachtfeld.«

»Hey, ich könnte als Formwandler echt nützlich sein«, warf Nequam als Gedankenanstoß in die Runde. Er stellte sich zu Jeff dazu.

Rig wandte sich an Nequam. »Definitiv nicht! Du bleibst bei uns und verwandelst dich in Jeff, damit die Traum-Dämonen denken, Jeff ist hier und verfolgen nicht das Team, das Phoebe sucht.«

Nequam trat von einem Fuß auf den andern. »Macht Sinn!«

»Und du musst dich wie Jeff verhalten – also nicht kämpfen.« Horrigan grinste.

»Na klasse. Ich darf zugucken, wie jeder seinen Spaß hat, während ich dumm dastehe«, sagte Nequam ironisch.

»Weißt du was, junger Mann? Sarkasmus ist der Witz der Witzlosen. Kommt bei mir nicht an«, warnte Rig.

»Willkommen in meiner Welt, Dude«, bemerkte Jeff.

»Alles klar. So soll es sein«, sagte Kojo.

»Gut. Das heißt, wir sind neun Krieger, zwei Drachen und Nequam als Köder. Offensichtlich wirst du dich verteidigen müssen, wenn nötig, Ne-quam. Ich denke, wir können unsere Position gut verteidigen«, sagte Rig abschließend mit einem knappen Lächeln.

»Übrigens, wo ist Khrow?«, fragte Kojo suchend.

Rig schüttelte den Kopf und schloss die Augen.

Kojo atmete laut tief ein und aus. »Es kommen noch einige Krieger. Innerhalb der nächsten Stunde sollten wir vollständig sein.«

Rig blickte Madgwick an und fragte: »Brauchst du Horrigan?«

»Wie … das ewige Streiten mit Angie ist mühsam. Lieber esse ich Pongsapwurzeln«, erwiderte der. Rig grinste und schüttelte den Kopf.

Watroc, der wie eine Raubkatze seine Krallen in den Boden grub, nickte und war bestrebt loszulegen. Er wandte sich der Runde zu und knurrte: »Also gut. Klettert auf meinen Rücken. Aber nur damit wir schnel-ler vorankommen und nur dieses eine Mal, für Phoebe. Ich mag euch nämlich allesamt nicht.«

Jeff konnte Nequam schlucken hören. Spätestens jetzt war Nequam froh, dass er mit den Kriegern verblieb und nicht auf Watrocs Rücken reisen musste.

Jeff nahm Platz hinter einem riesigen Stachel, so dick, dass er ihn nicht umarmen konnte; Madgwick festigte ihn und sich selbst mit einem Glitzer-seil am nächsten Stachel.

Angie, die immer noch über Steinwerfen murmelte, setzte sich hinter Madgwick.

»Was dauert denn so lange?«, röhrte Watroc, ungeduldig die Flügel spreizend.

»Warte-warte, Watroc!«, rief Angie.

»Was denn jetzt?«, murmelte Horrigan.

Angie schmiss eine Prise Zauberstaub in die Luft und ihre rosa Flieger-brille saß auf ihrer Nase, welche ihre Augen zu grünen Untertassen ver-größerte. Dann winkte sie mit den Händen, wurde heftig in die Höhe gehoben und fand sich im nächsten Moment auf ihrem hässlichen rosa Sofa wieder, welches zwischen weiteren Stacheln gesichert war.

»Aaarrrgghhh. Nicht das eklige Ding, Angie! Ich hasse rosa!«, brüllte Watroc.

»Worauf wartest du, Watroc. Na los dann!«, forderte Angie einge-schnappt, warf die Beine übereinander und machte es sich es auf ihrem geliebten Sofa bequem.

Immer noch murmelnd sank Watroc in die Knie und mit einem Rie-sensatz sprang er in die Luft, wo er mit kräftigen Flügelschlägen schnell an Höhe gewann und in die orange Sonne flog.

»Wo geht die Reise hin?«, schrie Angie.

»Siehst du doch«, graulte Watroc genervt.

»Dachte ich mir. Deine kommunikativen Fähigkeiten sind legendär, Watroc. Das wird noch spaßig«, schrie Angie zurück.

Kopfschüttelnd beobachteten Rig und die restlichen Krieger den Abflug, bis der kleine schwarze Punkt in der Ferne der grellen orangen Abendsonne verblasste.

# 33

»Bist du sicher, dass wir am richtigen Ort sind, Watroc?«, fragte Angie den Wasserdrachen, als sie in das klaffende schwarze Loch an der Seite des Berges spähte.

»Positiv, Angie. Ohne Zweifel, Phoebe ist in dieser Höhle.«

»Wo befinden wir uns?«, fragte Madgwick, als er vom Rücken des Drachens kletterte. Zuvor hatte er gerade sein glitzerndes Seil, mit dem Jeff an einem Stachel befestigt war, zu Staub gemacht.

»Ich hab irgendwie das Gefühl, mir ist diese Gegend vertraut«, sagte Jeff mit zusammengekniffenen Augen.

»Das ist eine Täuschung, denn dieses ist das Spiegelbild einer Höhle in Drakmere, Jeff. Die Höhle der verlorenen Träume. Jede Welt hat eine und jede dieser Höhlen ist durch Zeit und Raum mit einer gleichwertigen anderen Welt verbunden. Was in diesem Fall nichts Gutes bedeutet«, erklärte Angie besorgt.

»Kommt, wir müssen uns beeilen.« Madgwick marschierte auf den Eingang zu.

Angie drehte sich zu Watroc, packte seine Schnurrhaare mit beiden Händen und zog seinen Kopf runter zu sich, bis seine Nase in Gesichtshöhe war.

»Watroc, hör gut zu. Dieses ist ein schlechtes Zeichen. Du musst genau tun, was ich sage, kein Wenn und Aber. Kann ich mich auf dich verlassen? ... Ich weiß noch nicht genau, was wir vorfinden werden, aber ich habe kein gutes Bauchgefühl. Du musst unbedingt eine Verbindung mit Phoebes Lebensenergie herstellen. Konzentrier dich bitte. Wenn du sie etabliert hast, DANN LASS DIE VERBINDUNG NICHT ABREISSEN. Wenn sie abreißt, dann ist sie für immer von uns gegangen, fürchte ich. Also, kon-zentrier dich, Watroc. Lass dich bloß nicht von irgendetwas anderem ab-lenken.« Angie schaute tief in Watrocs Augen.

»Ich möchte aber mit dir gehen«, flüsterte der große Drache.

»Du kannst uns folgen, sobald du eine solide Verbindung hergestellt hast.«

Angie ließ die Schnurrhaare los, woraufhin Watroc die Augen schloss und zu summen begann. Sein Kopf nickte sanft auf und ab. Angie beobachtete den Drachen einen Moment, nickte zustimmend und antwortete flüsternd »Immer, Watroc, immer.«

Sie trat einen Schritt zurück, drehte sich dem Höhleneingang zu und lief los.

»Volle Aufmerksamkeit, hört ihr?«, mahnte sie.

Jeff folgte Madgwick in die Höhle. Er war überrascht, dass er mitgehen konnte und nicht draußen warten musste. Möglicherweise war die Situa-tion so angespannt, dass keiner an ihn dachte?

Sie liefen leicht bergab den dunklen Tunnel entlang. Die Sicht war so schwach, Jeff konnte nicht mal Madgwick, der direkt vor ihm lief, klar sehen.

»Madgwick«, flüsterte Jeff.

»Was, Jeff?«

»Wieso ist dieser Tunnel so düster, wenn doch die anderen Tunnelwände im Berg zuvor orange gelb leuchteten.«

»Weil, Jeff - der am Eingang hätte warten sollen, so wie es ihm gesagt wurde - dieser Tunnel zur Höhle der verlorenen Träume führt. Das ist eine ganz andere Zauberwelt«, zischte Angie.

»Niemand hat gesagt, ich soll draußen warten!«

»Sternschnuppen, nochmal! Hab ich vergessen.«

»Zu spät. Jetzt bin ich hier«, zischte Jeff zurück und keuchte, als er sich den Zeh stieß.

»Was war das?« Madgwick stoppte.

»Nichts, hab mir nur den Zeh gestoßen«, flüsterte Jeff mit schmerzendem Unterton.

»Halt die Augen auf, du Trottel und hör auf, rumzuflacksen«, warnte Angie energisch, aber mit sanftem Ton.

»Genau, Jeff. Schluss mit Lustig!«, flüsterte Madgwick.

Jeff grinste, denn er wusste ganz genau, dass Madgwick innerlich lachte und seine Augen rollte, wenn Angie energisch wurde.

Angie hob plötzlich die Hand. »PSSST!«

Vor ihnen konnte man zwei Menschen argumentieren hören. Angie trat behutsam ein paar Schritte näher. Sie hatte Madgwicks Hemd ergriffen und zog ihn mit sich. Desto näher sie sich schlichen, umso lauter und klarer wurden die Stimmen.

»Ich weiß, wer das ist. Diese Stimme ist unvergesslich.«

Jeff zog an Madgwicks Jacke. »Zorka!«

Madgwick lehnte sich vor und flüsterte in Angies Ohr.

»Jeff glaubt, dass es Zorka ist, aber wie kann das sein?«

Angie zuckte mit den Schultern und trat näher. Die Stimmen waren jetzt eindeutig. Zorka sprach mit tiefer, rauer Stimme: »Ich hab' dich nicht gefragt, ob es dir gefällt. Tu es einfach, für mich!«

»Das ist nicht in meinem Sinne. Ich brauche den Traumfänger, nicht dieses Mädchen«, sagte die zweite weibliche Stimme.

»Wie ich schon sagte. Ich bringe dir den Traumfänger, wenn du mir das Mädchen bringst. Abgemacht ist abgemacht! Vertraust du mir etwa nicht? Dann versuche es halt noch einmal!« sagte Zorka.

Angie, Madgwick und Jeff schlichen um eine Kurve im Tunnel und stoppten am Eingang zu einer Kaverne, wo es ihnen möglich war, die Szene, die sich vor ihnen abspielte, zu beobachten. Jeff hielt die Faust vor den Mund und biss auf die Fingerknöchel. Phoebe hing in der Mitte der Kaverne, wie von einem unsichtbaren Seil gehalten. Ihr Kopf hing zur

Seite und ihre Arme und Beine baumelten leblos. Ihr von Haaren bedecktes Gesicht zeigte nicht, ob sie wach war oder nicht. Dann zuckte ihr Fuß und danach ihre Finger.

»Gott sei Dank, sie lebt!«, dachte Jeff.

Aus dem Augenwinkel sah er, wie Madgwicks Schultern zuckten, denn auch er hatte Phoebes Bewegungen gesehen. Er konzentrierte sich auf das, was sich hinter Phoebe abspielte.

Zorka! Sie sah genauso gruselig aus wie beim letzten Treffen. Da sie in schwarz gekleidet war, konnte Jeff nur ihr Gesicht, die Haare und Hände sehen. Das blasse Gesicht war so zerknittert, es erinnerte an Alusilberfolie, die zu einem Ball zerquetscht und dann wieder geglättet worden war. Ihre langen, geraden aschgrauen Haare hingen schlaff herunter und sie presste ihre Hände auf Phoebes Brustkorb. Ihre messerscharfen Zähne waren wie spitze Nägel. Sie hatte graue Lippen und schwarze klaffende Löcher dienten als Augen.

Die Frau neben ihr war schlank und größer. In einen Umhang gekleidet, war ihr Gesicht verdeckt, aber auch sie hatte beide Hände auf Phoebes Brustkorb.

»Dir vertrauen? Lachhaft! Wenn ich's dir doch sage. Irgendetwas ist seit ein paar Minuten anders. Ich komme an ihre Lebensenergie nicht mehr ran«, klagte die Frau.

»Watroc! Halte an der Verbindung fest«, dachte Jeff.

Angie blickte Madgwick kurz an und nickte. Madgwick nickte auch.

»Huh? Was jetzt?«

Angie ballte ihre Hände zusammen und zog sie langsam wieder auseinander. Violett glitzernder Staub funkelte zwischen ihren Handflächen. Madgwick öffnete seine Hände und auf beiden Handflächen tanzte eine Wolke Silberglitzerstaub, in Bereitschaft auf einen Angriff.

Ohne Ansage nahm sie einen Arm zurück und feuerte den violett fun-kelnden Glitzerball auf Phoebe. Der Ball prallte auf etwas Unsichtbares über Phoebes Kopf und mit einem lauten »SNAP!« stürzte das Mädchen zu Boden. Zorka und ihre Gefährtin waren offensichtlich überrascht worden und starrten einander an, bevor sie in Angies Richtung guckten. Madgwick war längst bereit und feuerte Glitzerstaubbomben auf sie, die in ihren Gesichtern explodierten. Zorka wurde mit dem Rücken gegen die gegen-überliegende Wand geschleudert und ihre Gefährtin stolperte mit den Armen rudernd rückwärts, sodass ihre Umhanghaube vom Kopf fiel und ihr Gesicht offenbarte.

»Das ist Wiedzma«, rief Jeff, dann hielt sie die Hand vor den Mund, als sie sich ihm zuwandte. Ihr Gesicht leuchtete vor Freude, als sie ihn erkannte. Ihr elektrisch blaues Haar war auf dem Hinterkopf in eine feste Kugel gerollt und ihr Gesicht war kreideweiß.

Madgwick feuerte eine Glitzerbombe nach der anderen und Zorka, die wieder auf den Füßen stand und sich ein paar Schritte vorgekämpft hatte, wurde einmal mehr getroffen und zurückgeworfen, bevor sie mit dem Kopf, auf dem Boden rutschend, gegen die Wand knallte.

Stöhnend richtete sie sich auf.

Madgwick hatte andere Pläne. Er feuerte eine Glitzerbombe nach der anderen, bis die hässliche Hexe aufgab und auf dem Boden wimmernd liegenblieb. Angie rannte zu Phoebe. Behutsam hob sie ihren Kopf an, tastete den Nacken nach Brüchen ab und zog an ihrem Ohrläppchen.

»Ihr Körper ist lebendig, aber ...«

»Aber was?« Jeff blickte zwischen Angie und Madgwick hin und her.

Angie erhob sich langsam und wandte sich Wiedzma zu.

»Dass du es wagst.« Sie knurrte die Worte und ihre grünen Augen flackerten vor Wut.

»Ich war's nicht ... sie war's!« Wiedzmas Finger zeigte hoch und dann auf Zorka.

Zu spät. Angies Zauberstaub trieb bereits in der Luft und schoss plötz-lich auf Wiedzma zu, umkreiste sie und bombardierte sie mit horrenden Schmerzen. Wiedzma schrie und krümmte sich.

»Wie konntest du das einem Kind antun?«, schrie Angie, während sie mit erhobenen Händen die Staubattacke dirigierte. Sie ließ nicht nach; mit blitzenden Augen verfolgte sie, wie Wiedzma in die Knie ging und zu Boden sank, wo sie in Ohnmacht fiel.

Jeff hatte Angie noch nie so vernichtend wütend gesehen. Es war ein beängstigendes Schauspiel. Ihr Staub schwebte einen Moment über Wiedz-mas Körper und gab ihr noch einen drauf. Jeff schüttelte den Kopf, denn er erinnerte sich an eine Situation zuvor, wo Harley, Angies geliebter Besen, Zorka auch einen letzten Schlag verpasst hatte.

Angie kniete sich nieder zu Phoebe, hob ihren Kopf an, blickte in Phoebes regloses Gesicht und schloss die Augen.

»Watroc, lass sie nicht gehen. Halte die Verbindung mit all deiner Kraft aufrecht, hörst du?«, flüsterte sie eindringlich.

Madgwick kniete sich neben ihr. »Kann ich irgendwie behilflich sein?«, fragte er vorsichtig.

»Wir können sie nicht mehr erreichen, Madgwick«, erklärte Angie. Dann drehte sie sich und blickte in Jeffs Augen.

»Aber du kannst es.«

»Kann was, Angie? Sag, was ich tun muss, egal was, ich tue es sofort.« Jeff trat näher.

»Einfach ist es nicht und du musst dich beeilen.« Sie zögerte. »Und wenn es schief geht, dann seid ihr beide für immer verloren.«

»Was muss ich tun?«

»Du musst in deinen Simulator gehen und einen Weg zu Phoebe finden. Ich kann nur dann mit ihr kommunizieren. Wenn ich das von hier versuche, weiß sie nicht, wer wir sind und dass wir ihr helfen wollen. Glaube mir, mein Junge. Es ist der einzige Weg.«

»Angie warte! Es muss doch sicherlich noch eine andere Möglichkeit geben«, keuchte Madgwick.

»Nein! Ihre Seele ist schon in der Zwischenwelt. Wenn sie die Reise vollendet, dann gibt es Phoebe nicht mehr.« Ihre Augen flackerten. »Du kannst mir glauben. Ich kenne das Risiko und weiß genau, was ich den

Traumfänger hier frage.«

Jeff erhob sich und wischte sich die schweißnassen Haare von der Stirn. Er fuhr sich mit der Hand durch die Haare.

»Gib mir deine Anweisungen.«

»Du musst schnell handeln, wenn du im Simulatorraum bist. Die Traum-Dämonen werden deine Präsenz in dem Zimmer erkennen können und dir folgen. Nequam muss sich in deine Person verwandeln und ich werde Azghar anweisen, die Präsenz des falschen Jeff sichtbarer zu machen, damit wir die Traumonen wenigstens eine Weile täuschen können. Die haben ja nicht die hellsten Köpfchen.«

»Verstanden. Ich muss also die Kommunikationsschnittstelle zu Phoe-be finden, was dann?«

»Dann suchst du Phoebes Seele; sie wird wie ein geistähnliches Bild für dich erscheinen. Das Ziel ist, sie aus dieser höhlenartigen Kammer heraus-zunehmen. Wenn die Schnittstelle offen ist, wirst du im Sekundentakt einen Countdown hören, ähnlich dem eines Tresornummernschlosses. Soll-te der Countdown ablaufen, bevor du es geschafft hast, Phoebe von der Höhlenkammer in deinen Raum zu transportieren, wirst du in ein schwarzes klaffendes Loch gesaugt. Verstanden? Nur wenn du wieder in deinem Simulatorzimmer bist, seid ihr sicher, nehme ich mal an.«

»Du nimmst es an, Angie?«, fragte Madgwick mit weit offenen Augen.

»Hey du Tölpel, ich kann auch nicht alles wissen!«, schnappte sie.

»Ähm, Angie? Was passiert mit uns, wenn wir ins schwarze Loch gesaugt werden?« Jeff war sich eigentlich nicht sicher, ob er das wirklich wissen wollte.

»Nichts passiert dann … ihr seid einfach verschwunden … weg … irgendwo … keiner weiß wo.«

Madgwick stöhnte auf und blickte Jeff nicht mehr an.

# 34

»Echt? Das nennt ihr kämpfen ... wie lahme Enten. Meine Großmutter schlägt härter!«, rief Nequam den Kriegern zu. Er hatte sich in Jeff verwan-delt und es war ihm nicht erlaubt, am Gefecht teilzunehmen. Also saß er auf einem Felsen und gab den Kriegern ermutigende Kommentare.

»Kojo, ... super Arme! Die würden echt Eindruck machen, hätten die auch Muskeln ... Der war so dünn wie ein Zahnstocher, den hätte ich schon als Kleinkind in zwei Teile zerrissen.«

Kojo wandte sich an Rig, hob einen Arm und zeigte seine Muckis. »Der Bursche wird gleich lernen, dass meine Linke tödlich ist und was meine Rechte angeht, vor der hab ich sogar selber Angst.« Kojo jonglierte eine glitzernde Zauberstaubbombe in der Handfläche.

»Das kannst du später gerne machen, aber im Moment brauchen wir ihn als Lockvogel.« Rig grunzte, als er einen Angreifer mit seinem Glitzer-schwert halbierte.

»Aber du könntest ihm jetzt ruhig das großkotzige Maul stopfen«, rief Rig grinsend.

Kojo nickte. »Mach ich!« Er drehte um, nahm den Arm zurück und gerade als er die Glitzerstaubbombe schmeißen wollte, rief Nequam: »Schon gut. Ich halte jetzt die Klappe.« Er presste die Lippen zusammen und zeigte theatralisch eine »ZIP!«-Geste.

»Das ist eine kluge Entscheidung, du Lümmel«, rief Kojo mit dem Zei-gefinger warnend.

Rig grinste über beide Ohren und halbierte einen weiteren Traumon. Er schaute sich um. Die Krieger hielten die Stellung, aber das war eine riesige Armee. Die Schwarz-Adern stürmten in der ersten Reihe vorweg, denn sie waren weitaus tödlicher als die Rot-Adern.

Es regnete brennende Kanonenkugeln, jedes Mal wenn die beiden Drachen Azghar und Calidus über das Schlachtfeld hinwegflogen. Panik setzte ein und die Traum-Dämonen hasteten in alle Richtungen, um Deckung zu finden. Die meisten liefen den wartenden Kriegern schnurstracks vor die Schwerter.

Rig nickte Upijer zu. Er und Talon waren mit einem Team von Kriegern zur Unterstützung geschickt worden und mischten gleich mit. Obwohl sie hoffnungslos in der Unterzahl waren, waren sie im Nahkampf besser geschult und hatten ein moderneres Waffenarsenal. Natürlich war ein Drache wie ein Joker und sie hatten zwei an ihrer Seite.

Von außen betrachtet hätte man meinen können, die Krieger hatten ihren Spaß, besonders Sinjin und Mootwo. Wie Zwillinge in einem Spiegelbild kämpften sie Seite an Seite, nahezu in perfekter Synchronisation.

»Das ist mein Junge!«, wiederholte Sinjin immer wieder, wenn Mootwo zwei Angreifer mit einem Schlag seiner glitzernden Riesenfaust KO schlug.

»Aaarrggh! Verflixt ist mein Leben!« rief Mootwo. »Meine Hände und Arme kribbeln. Ich kann sie bald nicht mehr heben.«

»Ach, hör auf zu jammern. Hau rein, Mootwo, weiter so!«

Im Augenwinkel sah Rig, wie Azghar mitten im Anflug die Richtung änderte und im Sturzflug feuerspuckend auf ihn zukam. Azghar landete mit einem dumpfen Knall und wollte gerade was sagen, als er sein Haupt zurückschwang und Feuer und Flamme in den Himmel spuckte. Eine bläuliche Feuerwand formte sich über den Köpfen der Krieger und blockierte die rötlichen Flammen, die Calidus auf Rig und Kojo gefeuert hatte.

»Stopp Calidus! Rig und Kojo sind auf unserer Seite!«, brüllte Azghar.

Calidus bremste den Sturzflug. »Bist du sicher? Kenne ich die beiden?«

»Die mit den schwarzen und roten Adern, das ist der Feind! Die mit den glitzernden Waffen und lila Augen, das sind unsere Freunde.«

Calidus schnaubte und landete, den Boden erschütternd, neben Azghar.

»Rig, ich habe mit Angie gesprochen«, sagte Azghar.

»Phoebe ist in Lebensgefahr und so wie es aussieht kann nur unser jun-ger Traumfänger das Mädchen retten. Jeff muss dafür in sein Sim, Sim, … Simsalabim … ach was, Traumzimmer gehen. Was bedeutet, dass die Traum-Dämonen ihn dann mit ihrem Gespür orten können. Wir müssen unbedingt den Formwandler dazu kriegen, dass er als Jeff die Armee solange irreführt wie möglich.«

Nequam rutschte von dem Felsen auf die Füße. »Was heißt lebens-gefährlich?«

»Kann ich jetzt nicht so schnell erklären. Der Punkt ist, du musst dich als Jeff in den Mittelpunkt des Gefechtes stellen und der ganzen Armee sichtbar machen. Hoffentlich lassen sich die Traum-Dämonen von dem, was sie sehen, eine Weile täuschen, anstatt ihrem Gespür zu folgen«, erklärte Azghar.

Calidus blickte Azghar an. »Kenn ich den Jeff auch?«

Rig hob die Augenbrauen und gab Calidus einen kurzen Blick.

Nequam nickte zustimmend. »Gibt es irgendwelche Neuigkeiten in Bezug auf Phoebe, Azghar?«

»Nur dass sie in Lebensgefahr ist. Näheres weiß ich auch nicht, Ne-quam.«

»Wann soll Nequam sich in den Vordergrund stellen?«, fragte Rig.

»Was du heute kannst besorgen, verschiebe nicht auf morgen. Augen-blicklich natürlich, Rig!«

Der mächtige blaue Drache starrte auf Rig, als sende er ihm eine Gedankennachricht, duckte dann sein Haupt, trat ein paar Schritte zurück, spreizte die Flügel und füllte die Flügelkammern mit Luft.

»Komm Calidus, wir haben noch viel zu tun. Packen wir's an!«

»Was anpacken?«, fragte Calidus verwirrt.

Azghar seufzte. »Um Drachens Willen, ist das mühsam mit dem«, mur-melte er.

»Na Schwarz- und Rot-Adern unter Feuer setzen, Calidus«, sagte er und hob ab.

»Schwarz- und Rot-Adern?«, wiederholte Calidus und folgte Azghar in den Himmel.

Nequam kletterte auf den Felsen, sodass ihn jeder sehen konnte.

»Ich soll mich sichtbar machen, kann ich ja gleich damit anfangen«, dachte er.

»Hey ZWINKERDUST!«

Der Ruf dieses Namens war so dreist, dass alle Kämpfer für einen Mo-ment stoppten und in Nequams Richtung blickten. Nur nicht Stardust. Der senkte resigniert den Kopf. Obwohl er schon als Kind von andern Kindern mit seinem ungewöhnlichen Namen gehänselt wurde, war dies ein wahr-haftig unpassender Zeitpunkt.

»STARDUST, ist der Name, du Flegel. STARDUST«, schrie er frustriert und schlug mit einer Riesen-Glitzerstaubfaust den kichernden Traum-Dämonen so hart unters Kinn, dass der abhob und in die stürmende Menge zurückflog, wo er ein paar seiner Kollegen mit zu Boden riss.

»Jeff«, brüllte Rig. »Hör auf, die Krieger zu ärgern!«

»Genau, Jeff, stopp das«, schrie auch Kojo, der eine Hand hob, als Zeichen für die Krieger, dass auch sie seinen Namen ausrufen sollten. Schon bald wurde Jeffs Name von jedem Krieger gerufen. Die Traum-Dämonen sahen den Jungen auf dem Felsen stehen, hörten seinen Namen von allen Seiten und verloren die Fassung. Sie stolperten, rannten inei-nander und stießen unbeholfen zusammen, nur um an ihn ranzukommen. Mit dem Ziel so nah vor Augen und doch unerreichbar, hatten sie ihre Disziplin und den Verstand verloren. Das Gefecht spitzte sich zu. Nequam, der wie Jeff aussah, konnte von seiner erhobenen Stellung auf dem Felsen das ganze Schlachtfeld übersehen. Mit fliegenden Fäusten rief er Belei-digungen zu den verwirrten Kreaturen, welche aus Frust und Wut kreisch-ten. Die Krieger jubelten, nutzten die Verwirrung und reagierten mit Präzision, als sie einen Gegner nach dem anderen auslöschten.

# 35

Jeff schloss die Augen und ordnete seine Gedanken. »Jetzt oder nie. Einfach: rein in den Simulatorraum, suche die Höhlenkammer, in der Phoebe ist, hol Phoebe da raus, zurück zum Simulator, bevor das Rad der Welten sich richtet und wir in ein schwarzes Loch gesaugt werden.«

Madgwick legte seine Hand auf Jeffs Schulter. »Alles im Lot?« Er war offensichtlich besorgt.

Angie kam zu ihnen mit einem großen Glitzerball in der Hand. »Selbstverständlich werde ich dir helfen, wo ich kann. Ich werde dich in dieser Kugel beobachten, kann sie aber nur aktivieren, wenn du dein Traumzimmer verlassen hast, denn im Zimmer kann ich dich auch mit dieser Kugel nicht sehen!«, sagte sie mit einem schiefen Grinsen.

Jeff wusste, dass jeder der Krieger und auch Angie eifrig volontiert hätten, ihn zu begleiten, jedoch nur ein Traumfänger konnte den Simulatorraum betreten. Insgeheim freute er sich, dass er nun seinen Teil beitra-gen konnte. Auf der Nebenlinie zu sitzen und zugucken zu müssen, wie ihn jeder auf Leben und Tod beschützte, ohne Anteil nehmen zu dürfen, war enorm frustrierend.

»Also worauf wartest du? Los geht's!«, dachte er.

Jeff nickte Madgwick zu, schloss seine Augen, eine Tür erschien, er öff-nete die Augen und die Tür, dann trat er über die Schwelle ins Zimmer. Er vertraute sich schnell mit seinem Simulator und obwohl es totenstill war, blickte er immer wieder über die Schulter, um zu sehen, ob er vielleicht wieder von dem Ding, wie schon zuvor, angegriffen wurde.

Aber was genau suchte er? Einen Traum? Eine Kammer? Er, der stolze Dussel-kopf hatte es nicht für nötig gehalten zu fragen.

Jeff überlegte schnell. »Angie hatte gesagt ich sollte nicht zu viel Zeit im Zimmer vergeuden ... Aber was soll ich tun? Wo muss ich suchen?«

Panik setzte ein. Er drehte sich im Kreis und versuchte Türen, Tunnel oder Passagen zu sehen. Nichts, nur weißer Boden und weiße Wände.

»Denk nach! Du bist hier weil du ein Traumfänger bist, also musst du logischerweise einen Traum fangen.«

Er klatschte mit den Händen und hockte sich nieder. Nach dem Händeklatschen, das sich wie Pistolenschüsse anhörte und von den Wänden hallte, war es wieder totenstill. Er blätterte schnell durch die Traumbilder und suchte eine Tür, die ihn aus dem Simulator führte. Auch eine Passage oder eine Schnittstelle. Irgendein Hinweis, der ihm einen möglichen Weg zu Phoebe präsentierte. Dann sah er ein Bild von sich selbst vor einer weißen Tür stehen. Das war's! Er griff das Bild und einen Moment später präsentierte sich eine Tür.

Jeffs Gedanken rasten durch den Kopf. »Okay, das war seltsam. Wie kann ich mich in meinem eigenen Traum sehen? Es sei denn, jemand anders träumte, dass ich vor einer Tür stehe, und das könnte dann bestimmt nur Angie oder Madgwick sein.«

Er hastete zur Tür, riss sie auf, verließ den Simulatorraum und fand sich in einem ungeheuer langen grauen Flur wieder. Dann hörte er ein lautes »KLICK!« Das musste das Rad der Zeit sein. Offensichtlich fing es an zu zählen. Er schaute links, dann rechts und entschied sich, zu seiner Rechten nach Phoebe zu suchen. Alle paar Meter, die er rannte, rief er: »Phoeeeeeebee!«

Es war so kalt, dass er den Hauch seines Atems sehen konnte und seine Fußstapfen hallten mit hohem Klang durch den Flur. Immer wieder rief er Phoebes Namen, bis er zu einer T-Kreuzung kam. Wieder musste er sich entscheiden und dieses Mal rannte er links. Ein weiteres »KLICK!« hallte durch den Flur.

Von diesem Flur zweigten viele Korridore ab, aber er rannte geradeaus weiter. Alles deutete darauf hin, dass er sich in einem Labyrinth befand, somit konzentrierte er sich darauf, welche Abzweigungen er nahm.

»Phoeeeeebeee!«

Wieder kam er zu einer Kreuzung. Die Gänge führten in vier verschie-dene Richtungen. Jeff schüttelte den Kopf.

»Mist! Wo geht's lang?«, fragte er sich.

»KLICK!«

Silberglitzerstaub floss aus seinen Händen in die Luft. Wie war das möglich? Er beobachtete das glitzernde Wirbeln vor seinem Gesicht für einen Moment, bevor der Staub in den Korridor schwebte und nach ein paar Metern stoppte. Konnte es sein, dass Jeff folgen musste?

»KLICK!«

Die Intervalle zwischen den Klicks wurden kürzer. Jeff rannte seinem Zauberstaub hinterher. Dieser führte ihn, mal links, mal rechts abbiegend durch das Labyrinth von grauen Passagen und Gängen, bis sie in eine große schwarze Kammer gelangten, deren Finsternis sich ins unendliche Nichts zu dehnen schien.

»KLICK!«

Er blickte hoch: Die Decke der Kammer erinnerte ihn an den Nacht-himmel zuhause, komplett mit funkelnden Sternen. Wieder rief er:

»Phoeeeeebeee!«

Dann entdeckte er sie, transparent mit einem weißlichen Glanz. Angie hatte gesagt, dass sie sich ihm wie ein Geist präsentieren würde und den-noch schockte ihn die Durchsichtigkeit ihres Körpers. Sie schien auf ihn zu zu rennen.

»Jeff!«, rief Phoebe mit den Armen winkend, so als sorgte sie sich, dass er sie vielleicht nicht sehen würde.

»KLICK!«

Jeff lief auf sie zu. Die Klicks wurden lauter und die Intervalle kürzer.

Sein Instinkt warnte ihn, dass die Zeit davonlief.

»Phoebe, bist du okay?« Er versuchte sie beim Arm zu greifen, aber sie lief durch ihn durch und stoppte gleich hinter ihm.

»WOW! Das fühlte sich komisch an, eigentlich gruselig.« Jeff schauderte.

»KLICK!«

»Hast du das gesehen? Schau mich an! Bin ich ein Gespenst? Bin ich tot?«, schrie Phoebe in Panik.

»Beruhige dich bitte, Phoebe. Angie hätte mich nicht geschickt, wenn du tot wärst. Erklärung später! Die Zeit läuft gegen uns. Wir müssen unbedingt zurück zu meinem Simulatorraum.«

Er griff nach ihrer Hand, doch seine Finger fielen durch ihre Handfläche, genauso wie sie zuvor durch ihn durchgerannt war.

»KLICK! … KLICK!«

»Hast du auch das klickende Geräusch gehört, Jeff?« Phoebe hielt ihre Kinnlade mit ihren durchsichtigen Händen.

»Komm Phoebe, wir müssen los. Folge mir!« Jeff drehte sich und rannte in die Richtung, aus der er kam. Im Augenwinkel sah er die weiß glänzende Erscheinung Phoebes hinter sich rennen.

»KLICK! … KLICK! … KLICK!«

»Die Zeit ist abgelaufen und bis zum Simulator ist es noch weit«, rief Jeff in Panik. Die beiden erreichten den Eingang zur großen Dunkelkammer und rannten in den Korridor. Jeffs Zauberstaub wirbelte wieder vor seinem Gesicht.

»Mein glitzernder Staub wird uns den Weg zeigen, Phoebe«, keuchte er.

»KLICK! … KLICK! … KLICK! … KLICK!«

»Jeff, warum tickt es immer wieder?«

»Angie hat mir erklärt, dass es ein Zeitrad ist. Wir müssen es zurück zu meinem Traumzimmer schaffen, bevor die Zeit vorbei ist und sich irgend-eine Tür öffnet«, keuchte er rennend.

Er hatte viele Fragen in Bezug auf den Zauberstaub, der aus seinen Händen floss, wie er wusste, wo die Kammer war, in der sich Phoebe befand, aber genau in diesem Moment waren die Antworten nicht wichtig. Er folgte dem wirbelnden Glitzern und warnte Phoebe vor plötzlichen Abbiegungen.

»Komm, Phoebe! Wir sind gleich da!«, motivierte er sie. Wie weit war es denn wirklich?

»KLICK … KLICK … KLICK … KLICK, DUMPF!«

»Mist! Das war's! Das Rad ist gerichtet«, schoss es Jeff durch den Kopf.

»Renn, Phoebe, renn!«, schrie er.

Die Luft im Korridor wurde merklich kälter und die grauen Wände verdunkelten sich ins Schwärzliche, bis nur noch der leuchtende Glanz Phoebes geisterhafter Erscheinung Licht gab.

»Weiter, Phoebe, lauf!«

Er blickte auf und sah, wie der Glitzerstaub vor einer Tür wirbelte.

»Da ist sie, die Tür!«

Kaum hatte er die Worte gedacht, als ihn ein starker Wirbelsturm von den Füßen fegte. Beide stürzten, Hals über Kopf, weg von der rettenden Tür, zurück in den Korridor, bis sie auf dem kalten Boden rollten. Jeff versuchte sich an den Wänden festzuhalten, aber genau wie der Boden waren auch sie so glatt wie Eis. Phoebe und Jeff wurden zurück in die große, dunkle Kammer mit dem schwarzen Sternenhimmel geblasen.

# 36

»Kometenschweif!« rief Angie, als sie in ihre Glitzerkugel starrte.

»Die beiden schaffen das nicht. Die Zeit ist vorbei! Das Rad der Zeit hat sich gerichtet und das schwarze Loch ins Jenseits hat sich geöffnet, Watroc«, wimmerte sie, die Hände betend vor den Mund gehalten. Watrocs brüllendes »ROAR« füllte die Höhle, gefolgt von einem Aufschrei.

»Phoeeebeee!«

»Denk nach, Angie, denk nach, ja klar, jawohl, das könnte funktionieren«, murmelte Angie, während sie ihren Rock in einer besorgten Geste glättete. Dann klatschte sie.

»Watroc, komm schnell! Wir brauchen deine Magie.«

Der Boden zitterte, als Watroc, der am Eingang zur Höhle gewartet hatte, zu ihrer Seite stampfte. Er war ein großer, schwerer Drache, konnte aber ganz schön einen Zahn zulegen, wenn er nur wollte.

Angie zog ihn bei den Schnurrhaaren so hart runter zu sich, dass er kurz wimmerte.

»Reiß dich zusammen, du Weichei, und hilf mir.«

Mit Wasser in den Augen von den schmerzenden Schnurrhaaren und verzogenem Maul kam er näher.

Sie lehnte sich vor. »Watroc, du musst unbedingt deine Drachenmagie nutzen und eine besondere Verbindung zu Phoebe aufbauen. Somit kannst du sie möglicherweise aus dem Sog des schwarzen Loches ins Jenseits greifen. Wir haben nur eine Chance hier …

Und Watroc, lass bloß die aufrechte Gedankenverbindung zu Phoebes Lebensenergie in dem Prozess nicht reißen, hörst du?«

»Und was passiert mit Jeff?«, fragte Madgwick.

»Um Jeff kümmern wir uns danach. Erst müssen wir Phoebe retten.« Angie vermied Augenkontakt mit Madgwick, als sie antwortete.

»Aber …« Madgwick hatte große Augen und wischte sich den Scheitel aus der Stirn.

Angie wandte sich ihm zu. Leise und mit beruhigendem Ton sagte sie:»Phoebe hat Vorrang, sonst ist sie für immer im Jenseits.«

Dann drehte sie sich um mit dem Gesicht zur Wand. Mit ausgestreckten Händen und ihrem lila Zauberstaub, der zwischen ihren Händen in Erwartung hin und her tanzte, sagte sie:»Konzentriere dich auf Phoebe, Watroc. Wenn sie vorbeikommt, ergreife sie! Wenn sie bis zur Schwelle des schwarzen Loches ins Jenseits gezogen wird, ist sie an unserem Fenster vorbei und wir haben versagt. Bist du bereit?«

Angie feuerte ihren Zauberstaub gegen die Wand. Die Wand zitterte und der Boden bebte. Dann murmelte sie:

»*Fels und Stein, soll flüssig sein,*
*Mit Zauberkraft und Drachenfeuer,*
*Öffne das Fenster, willig und geheuer,*
*Keine Barriere, keine Wand, soll halten,*
*Wo Drachenmagie und Hexenzauber walten.*«

Watroc feuerte seinen grünlichen Feuerstrahl gegen den Fels, bis die Stelle in der Wand flüssig schimmerte. Eine raue Stimme hinter ihnen rief:

»Es ist zwecklos. Ihr könnt das Mädchen nicht mehr retten. Ihre Seele gehört längst mir. Sie wird die Reise ins Jenseits vollenden und ich werde siegen!«

Zorka war zu Bewusstsein gekommen und saß schreiend aufrecht auf dem Boden.

Madgwick wollte gerade eine weitere Zauberstaubbombe auf sie feuern, als Angie über ihre Schulter blickte.

»Jetzt reicht's mir, du alte schrumpelige Göre.« Dann schnalzte sie mit den Fingern und mit einem »PLOPP« hüpfte Zorka ziellos als graue Kröte umher.

Hastige Fußschritte machten Madgwick aufmerksam und als er sich umguckte, sah er noch so gerade, wie Wiedzmas Mantel um die Ecke schweifte. Sie nutzte die Situation, dass sich alle auf die Wand konzentrierten, und flüchtete auf den Höhlenausgang zu.

»Lass sie gehen!«, befahl Angie. Sie konzentrierte sich weiter auf die Wand.

»Da sind sie!«, rief sie. Watroc drückte mit aller Gewalt die hornige Stirn gegen den flüssigen Fels und zwang sein Haupt durch die Wand. Sein massiver Körper zitterte vor Anstrengung. Angie legte beide Handflächen gegen die Wand und fügte ihre Zauberkraft als Unterstützung hinzu. Plötzlich, so als hätte sie einen elektrischen Schock erhalten, stand sie reglos und steif da.

# 37

Jeff versuchte vergebens, seine Finger in die glatte Wand zu krallen, um die hektische Rutscherei den Korridor entlang zu stoppen. Der Sturmwind blies die beiden zurück auf die finstere Kammer zu, von der sie soeben gekommen waren. Sein Glitzerstaub wurde nicht weggeblasen und schaffte es irgendwie, in seiner Nähe zu bleiben. Phoebe, in Form eines transparent weiß leuchtenden Hologramms, rutschte ein paar Meter hinter ihm und Jeff konnte die Angst in ihren großen Augen lesen. Jeff sah den Eingang der finsteren Kammer vor sich.

»Das war's«, dachte er.

»Da hab ich Phoebe gefunden. Wenn wir zurück in die dunkle Kammer rutschen, sind wir erledigt.«

Jeff verzweifelte. Er hatte keine Idee für eine Lösung, mit der er sein und Phoebes Schicksal ändern konnte. Dann bemerkte er, wie sein Zauber-staub zurück in seine Handflächen floss und wieder rauskam. Was hatte das zu bedeuten? Er schüttelte den Kopf.

»Ich verstehe nicht. Was willst du mir sagen? Wieso fließt du in meine Hände hinein und wieder heraus? Hilf mir!«, flehte er in Gedanken.

Phoebe und Jeff rutschten Hals über Kopf durch den Eingang der riesigen Dunkelkammer mit dem Sternenhimmel. Der Sturmwind hatte sich gelegt und sie hoben ab vom Boden in die Schwerelosigkeit. Nur Phoebes leuchtendes Hologramm gab der Kammer Licht. Jeff bemerkte, dass sie langsam auf ein schwarzes Loch in der Wand zutrieben.

»Das muss es sein«, dachte er.

»Jeff!«, schrie Phoebe. Sie versuchte seine Hand zu greifen, doch sie griff durch seine Hand immer wieder ins Leere.

»Jeff«, flüsterte eine Stimme plötzlich. Sein Herz pochte.

Er suchte die Kammer ab, um zu sehen, wo die Stimme herkam. Es klang wie Khrow, aber er konnte ihn nicht sehen.

»Hilf uns!«, rief er. Seine Augen schossen von links nach rechts.

»Binde sie mit deinem Staub zu …« Die Stimme schwächelte und er konnte die letzten Worte nicht hören.

»Hilfe«, weinte Phoebe, als sie Jeffs Hilferuf hörte.

»Binde sie mit meinem Staub zu … Was?«

Sie näherten sich gefährlich dem schwarzen Loch. Dann vernahm er im Augenwinkel eine Bewegung. Zwei weiße Stacheln ragten aus einer flüs-sigen Gesteinsmasse in der Höhlenwand.

»Phoebe. Da! Die weißen Dinger. Halt dich da fest«, schrie Jeff, wild auf die Stachel deutend. Aber Phoebe war nicht nah genug dran. Sie strampelte und streckte sich soweit sie konnte. Unmöglich, so nah und doch so fern. Langsam, wie in Zeitlupe, trieb sie an den Stacheln vorbei.

»Binde sie mit dem Staub«, murmelte Jeff. Er sah sich seine Hände an. Der Staub verweilte tanzend in seinen Handflächen.

»Ach so! Khrows Staub«, flüsterte er stirnrunzelnd.

»Binde Phoebe an den Stacheln fest. ICH WILL ES SO!«, befahl er un-missverständlich.

Jeff traute seinen Augen nicht. Aber Khrows Zauberstaub schoss aus seinen Handflächen auf Phoebe zu und schlängelte sich wie ein Glitzerseil um ihr Handgelenk, formte ein Lasso und warf die Schlinge auf die beiden Stachel. Phoebe ruckte zu einem Stopp. Keine Sekunde zu spät, denn mit den Füßen war sie schon über die Schwelle des Schwarzen Loches getrie-ben.

»Zieh an dem Seil, Phoebe«, rief Jeff, der auf sie zutrieb.

Phoebe ergriff das glitzernde Seil mit der anderen Hand und zog.

Plötzlich war sie von einer grünen Flamme und lila Glitzer umgeben. Sie wurde wie von einer Seilwinde näher an die Stacheln gezogen. Mit einem grünlichen »FLASH!«, und einem »FOOOP!«, war sie auf einmal verschwunden. Jeff starrte verwirrt. Insgeheim hoffte er, dass auch er gerettet wurde. Aber nichts dergleichen passierte.

»Hoffentlich ist wenigstens Phoebe in Sicherheit«, dachte er.

Er blickte ins Loch, seufzte, holte Luft und wurde in die Tiefe des Schwarzen Loches gezogen.

# 38

Uzas beobachtete den Angriff seiner Streitkräfte. Seine Armee war in der Überzahl, jedoch die Krieger waren explizit geschult. Obwohl einige Krie-ger leichte Verletzungen hatten, kämpften sie dennoch mit vollem Einsatz und machten einen weniger erschöpften Eindruck als seine Männer. Er wusste nur zu gut, dass Zorka nicht lange auf sich warten ließ und bald erscheinen würde. Die Lebensessenz des Mädchens würde schnell die alte Hexe wieder zu Kräften bringen und das Blatt würde sich dann wenden. Wenn sie in der Schlacht mitmischte, wäre ein Sieg gewiss. Sie würde ihn und seine Traum-Dämonen dann von ihrer Verhexung befreien müssen, wie sie es versprochen hatte.

Es hing ein funkelnder Schimmer in der Luft und Uzas sprang einen Schritt zur Seite, als die keuchende Vraji neben ihm erschien. Sie hatte ihre Kapuze über den Kopf gezogen, dennoch war sichtbar, dass sie lange elek-trisch blaue Haare hatte.

»Rufe deine Truppen zurück, genug gekämpft!«, keuchte sie.

»Was soll das? Wir kämpfen, bis Zorka dazu kommt«, sagte Uzas stirn-runzelnd.

»Dummkopf! Zorka kommt nicht. Die verrückte Hexe Angie hat mit-gemischt. Ich hab sie noch nie so wütend erlebt. Wir müssen hier weg, bevor sie hier ankommt und sich einmischt.«

»Aber die Lebensessenz des Mädchens ...«, widersprach Uzas mit der Hand auf dem Kopf.

»Sag mal, hörst du mich? Das hat nicht funktioniert! Angie hat Zorka in eine Kröte verzaubert. Eine alte schrumpelige Kröte. Also ich verdrücke mich, bevor mir das gleiche Schicksal widerfährt. Du kannst ja bleiben. Ich jedenfalls hasse Kröten!«

»Aber Vraji, du bist doch auch eine Hexe. Wieso streitet ihr untereinander?«

Wiedzma nahm die Kapuze ab und offenbarte ihre wahre Identität. Sie hatte wunderschöne Eigenschaften. Ihr elektrisch blaues Haar löste sich aus der Haarspange und fiel lang und wellig über ihre Schultern. Uzas sah das dunkle Muttermal am Rande ihres Kinns und seine Augen weiteten sich, als er bemerkte, dass es langsam über ihre Gesichtshaut runter zum Hals kroch und sich dann unter den langen Haaren verstecken wollte.

»Ich bin Wiedzma und hab Angie und den Drachen dazu verholfen, Zorka in Gefangenschaft zu verdammen. Die werden nicht erfreut sein zu hören, dass ich der alten Hexe einen Fluchtweg gelassen habe. Und jetzt wo Jupp, Jepp, Depp oder wie der Traumfänger auch heißt, weg ist, wird sie mich verachten. Dazu kommt noch, dass Angie viel mehr als nur eine Hexe ist …viel, viel mehr! Wenn du und deine Männer gerne ziellos auf dem Boden rumhüpfen und dazu quakende Geräusche von euch geben möchtet, dann könnt ihr ja gerne bleiben.« Mit einem »WHOOSH!« aus ihrer Hand war sie verschwunden.

Uzas starrte auf die Stelle, wo Wiedzma stand und kratzte sich am Kopf. Die Furcht der Hexe war ansteckend. Offenbar war es jetzt an der Zeit, den Rückzug der Truppen zu befehlen, um diesen Kampf an einem anderen Tag, an einem anderen Ort weiterzuführen. Er suchte das Schlachtfeld nach seinem Oberfeldwebel ab und signalisierte den Rückzug. Dann drehte er sich mit einem unzufriedenen Knurren um und versch-wand in einem schwarzen Wurmloch.

Zlo, der Befehlshaber, winkte mit den Händen und ein traurig heulen-des Horn erklang in der Ferne. Die Traum-Dämonen hoben die Köpfe und wie Ameisen, die zurück zu ihrem Nest rennen, zogen sie sich aus dem Schlachtfeld zurück. Die Krieger standen da mit offenem Mund.

# 39

Angie keuchte und stolperte rückwärts. Madgwick sprang nach vorne, um sie aufzufangen. Watroc stand immer noch da mit dem Kopf in der Wand und es war offensichtlich, dass er Mühe hatte, seinen Kopf herauszuziehen. Dann hob er die Vorderbeine, stützte sich an der Wand ab, grunzte und stöhnte und mit einem mächtigen »ROAR!« riss er sein Haupt aus der Fels-wand. Ein Glitzerstaubseil war um seine Hörner gewickelt.

»Hilf ihm, Madgwick!«, keuchte Angie, gebückt, schwer atmend.

Madgwick kletterte auf Watrocs Rücken, setzte sich zwischen die Hör-ner, stützte sich mit beiden Beinen gegen die Wand, griff das Seil und zog. Offensichtlich hielt irgendetwas auf der anderen Seite des flüssigen Felsens dagegen.

Madgwick zog mit aller Kraft und langsam, Zentimeter um Zentimeter, konnte er mehr und mehr von dem Glitzerseil um seine Hand wickeln, bis das flüssige Gestein in der Wand weißlich zu leuchten begann und er Phoebe mit einem letzten Ruck durchzog. Sie fiel schluchzend zu Boden. Madgwick löste das Seil von Watrocs Hörnern und es zog sich zurück durch die Wand.

»Phoebe!« Madgwick sprang zu Boden und hockte sich über sie. Er konnte sie aber nicht berühren, denn seine Hände gingen durch ihren semitransparenten Körper ohne Widerstand hindurch. Er stand auf und inspizierte die Wand, als ob er erwartete, dass Jeff jeden Moment durch das flüssige Gestein, mit seinem typisch knabenhaften Grinsen, folgen würde.

Watroc schüttelte sein Haupt und hauchte seinen warmen Atem über Phoebe. Der grünliche Dampf umgab das Mädchen wie eine elektrische Wärmedecke.

»Wo ist Jeff?«, fragte Phoebe. »Ist er mir nicht gefolgt?«

Sie blickte dem großen Drachen in die Augen. »Er war doch direkt hinter mir?«

»Er ist noch nicht hier, meine Liebe, aber er kommt bestimmt noch«, besänftigte Angie.

Sie wandte sich an die anderen. »Wir müssen Phoebe unbedingt mit unserer Magie stabilisieren oder sie wird ohne ihre Lebenskraft in sich zusammenfallen. Auch darf sie sich nicht aufregen. Der Stress wäre kontra-produktiv.«

Watroc und Madgwick nickten. Phoebe erhob sich und stellte sich neben Watroc.

Madgwick beließ es aber nicht dabei. Er tastete die Stelle mit dem flüssigen Gestein ab, in der Hoffnung, Jeff durchziehen zu können, aber im nächsten Moment war die Wand wieder steinhart. Frustriert schlug er mit der Faust gegen den Fels.

»Jeff, verdammt noch mal, wo bist du!«, flüsterte er.

Dann stellte er Angie und fragte: »Was ist hier passiert? Du weißt doch immer alles. Also erklär's mir!«

»Madgwick, beruhige dich bitte. Wir mussten unbedingt Phoebe zuerst retten. Ohne ihre Lebenskraft wäre sie im schwarzen Loch, der Schnittstelle zum Jenseits, verpufft. Übrigens habe ich Jeff mit der Rettung Phoebes voll vertraut und ich fühle mich in meiner Wahl bestätigt. Er hat das Men-schenmögliche getan.«

Madgwicks Kinnlade fiel herab. »Oh gut, dann bin ich ja froh, dass du dich bestätigt fühlst. So wie es aussieht, geht es hier um dich und nicht um Jeff, oder wie sehe ich das?«

»Madgwick, ich mag deinen Ton nicht. Reiße dich zusammen!«,

warn-te ihn Angie.

»Und noch einmal. Phoebe muss unbedingt Ruhe bewahren.«

»Aber wo ist denn Jeff?«, fragte Phoebe, als sie sich gegen Watroc lehnte und sich enger in Watrocs wärmende Hauchdecke wickelte. Irgend-wie erschien sie in solider Körperform, wenn sie den großen grünen Drachen berührte.

»Jeff wurde in das Wurmloch, also die Schnittstelle ins Jenseits, ge-saugt. Aber sorge dich nicht. Es wird alles gut.« Angie sprach so, als hätte sich alles abgespielt wie erwartet.

Madgwick drehte sich um, denn er wollte Phoebe nicht verunsichern. Er ließ enttäuscht den Kopf hängen und murmelte: »Jeff ist weg? Und ich hab ihn nicht …« Er wurde von Angie unterbrochen.

»Wir müssen Phoebes Lebensenergie zurück zu ihrem Körper bringen. Wenn wir hier noch lange rumstehen und den Kopf hängen lassen, hilft das niemandem.«

Madgwick schüttelte den Kopf. Er konnte nicht glauben, wie sachlich und gefühllos Angie mit der Sache umging.

»Aber Jeff …«

»Jeff war sich der Risiken von Anfang an voll bewusst und hat sich nicht so angestellt wie du, Madgwick«, mahnte Angie.

»So! Weiter jetzt! Wo ist die nervige Wolfshexe, Zorka?«

Sobald Zorkas Name fiel, begann Phoebe ziellos rumzuhüpfen, bis ein matschiges Geräusch unter ihrem Schuh alle aufmerksam machte.

»IGITT! Was war das?« Phoebe streckte die Zunge heraus.

»Zorka!«, antworteten alle im Einklang mit Blick auf ihren Schuh.

»Seht ihr das? Phoebe kehrt sofort zu ihrer soliden menschlichen Körperform zurück, wenn sie mit Magie in Kontakt kommt. So auch, als sie auf Zorka trat, die durch meine Zauberkraft eine Kröte wurde«, erklärte Angie.

»Ekelhaft!«, nuschelte Phoebe, während sie sich daran begab, die matschigen Überreste Zorkas auf einem Fels abzukratzen.

»Also, wo genau treffen wir uns mit Jeff?«, fragte sie.

Niemand antwortete.

»Kommt ihr drei! Wir müssen uns auf den Weg zu den Kriegern machen.« Angie führte die Gruppe aus der Höhle. Phoebe lief hinter ihr mit Watroc im Schlepp bei seinen Schnurrhaaren.

»Autsch! Sie zieht ganz schön hart, Madgwick«, murmelte Watroc zu ihm. Jedoch konnte er die Schmerzen wohl ertragen, denn er ließ es sich geduldig gefallen.

Madgwick fühlte sich nicht in Gesprächslaune.

»Mann, schiebe ich einen Kohldampf«, sagte Watroc plötzlich. »Ich hoffe, die haben mir ein paar Traum-Dämonen übriggelassen.«

Angie plauderte durchweg im Tunnel. »Okay Phoebe. Du hast doch bestimmt bemerkt, dass du ein neues transparentes Aussehen hast, oder? Wir werden die Sandustien-Zauberer fragen, eine Formel zusammenzubrauen, die deinen Körper mit deiner Seele und Lebensenergie wieder zusammenführt. Du wirst sehen. Alles wird gut. Wie auch immer. Bis dahin musst du aber mit Watroc in Berührung bleiben, sonst wirst du wieder durchsichtig. Watroc scheint nämlich dein Drachenlink zu sein.«

»Schon gut, aber was ist mit Jeff?«, fragte Phoebe.

Angie, Madgwick und Watroc schauten einander an, antworteten aber nicht.

# 40

Rig hielt die Hand über den Augen und blinzelte, als er in den Himmel guckte. »Wenn ich mich nicht irre, ist das Watroc«, sagte er zu Kojo.

»Sehe ich auch. Und irgendwer reitet auf seinem Rücken mit. Kann nur nicht erkennen, wer das ist.«

Rig überschaute das Schlachtfeld; wieder war die Traum-Dämonen-Armee auf dem Rückzug.

»Ihr Rückzug ist nahezu vollendet. Fragt sich, aus welchem Grund sie das zum zweiten Mal tun.«

Rig machte mit der erhobenen Hand über dem Kopf eine kreisende Bewegung und signalisierte den Kriegern, sich zu versammeln.

»Alle da. Von uns fehlt niemand«, berichtete Upijer.

»Draven wurde von einer Schwarz-Ader schwer verletzt. Talon und Stardust werden ihn zurück nach Sandustien begleiten. Sonst haben wir einige kleinere Verletzungen, aber alles halb so wild. Nichts was mit einem Schluck von unserem Trank nicht geheilt werden kann.«

Azghar und Calidus landeten mit einem dumpfen Schlag, der den Grund erschütterte. Azghar beobachtete den ankommenden grünen Drachen. »Hört zu, Krieger, ich habe eine wichtige Nachricht. Angie möchte nicht, dass wir Jeffs Namen in Phoebes Gegenwart erwähnen. Sie ist in einem unstabilen körperlichen Zustand und Watroc ist beauftragt, das Mädchen nach Sandustien zu bringen, damit die Weisen und die Zaubermeister sie heilen können.«

»Wieso, was mit Jeff passiert?«, wollte Rig wissen.

Azghar antwortete nicht sofort, denn er ließ sich Jeffs Schicksal berichten. Dann seufzte er: »Angie sagt, dass Jeff es geschafft hatte, Phoebe mit einem Glitzerstaubseil an Watrocs Hörner zu binden, jedoch er konnte sich selbst nicht retten. Er wurde in das schwarze Loch zum Jenseits gezogen.«

»Wie? Und wir können ihm nicht folgen?«, fragte Kojo, die Hände in die Hüften gestützt.

»Jeff kann im Jenseits nicht überleben. Es könnte schon zu spät sein«, antwortete Azghar mit gesenktem Haupt.

Watroc landete behutsam, da Phoebe auf seinem Rücken saß. Madgwick hatte sie mit seinem Zauberstaubseil an einen Stachel gebunden. Angie und Madgwick, die auch mit ihm gereist waren, kletterten von seinem Rücken.

Rig inspizierte Madgwicks zusammengekniffene Augen. Sein Gesicht machte einen grauen mitgenommenen Eindruck, seine Augen waren leblos und stumpf. Madgwick blickte Rig kurz an und schüttelte den Kopf, bevor er sich abwandte.

»Wo sind die Traum-Dämonen?«, fragte Watroc.

»Die haben sich zurückgezogen, wahrscheinlich um sich zu sammeln für eine weitere Attacke«, meinte Kojo.

»Sehr unwahrscheinlich, jetzt wo Zorka tot ist ... wenigstens für den Moment«, widersprach Angie, jedoch mit einem Lächeln.

Sie starrte Calidus an. »Fehlt dir etwas, Calidus?«, fragte sie den roten Feuerdrachen.

Calidus schaute sich um und schüttelte den Kopf.

»Wie ist Zorka gestorben?«, fragte Azghar.

»Angie hat sie in einem ihrer Wutanfälle in einen Frosch verzaubert und Phoebe ist unbeabsichtigt draufgetreten«, berichtete Madgwick mit Stirnrunzeln und einem nachdrücklichen Blick auf die sonst so mitfühlende Hexe, die immer noch intensiv Calidus betrachtete.

»Aber wo sind denn die Traum-Dämonen?«, fragte Watroc wieder mit erhobenem Haupt schnüffelnd.

»Weg, Watroc. Die haben sich verzogen«, antwortete Rig klarstellend.

»Aber mein Magen knurrt. Ich hab Hunger!«, röhrte der grüne Wasserdrache.

»Und Wiedzma, wo ist die?«, wollte Rig wissen.

»Wiedzma hat zu Zorkas Flucht beigetragen und sie hat die Traum-Dämonen auch zu Narren gemacht. Die dachten doch wirklich eine Zeitlang, sie wäre einer von ihnen. Jetzt hat sie sich verdrückt. Mit ihr werde ich mich zu einem späteren Zeitpunkt noch befassen.« Angie nahm ihre starren Augen von Calidus, blickte zu Boden und spielte mit einem Steinchen zwischen ihren übergroßen Zehen. Dann blickte sie hoch.

»Watroc, bringe Phoebe nach Sandustien und jetzt, wo die Traum-Dämonen-Armee sich zurückgezogen hat, kannst du auch gleich einige Krieger mitnehmen.«

»Phoebe gerne, aber keine Krieger«, grollte der Drache.

»Den Schwerverletzten zuerst. Talon, Stardust: Sichere Draven an Watrocs Stacheln«, befahl Rig, der Watrocs Einspruch ignorierte.

Im Nu war der große Drache in der Luft, mit der glänzenden Phoebe, dem verletzten Draven und so vielen Kriegern, wie er tragen konnte.

Rig und Kojo beobachteten Watrocs Abflug, bis er in der Ferne mit einem »BLITZ« verschwunden war.

Drachen hatten ihre eigenen Wurmlöcher, durch welche sie von einer Welt zur anderen reisen konnten.

Azghar drehte sich um und sagte: »Ich nehme dann Angie, Nequam und die restlichen Krieger auf meinem Rücken mit.« Er seufzte und schüttelte den Kopf. »Dies ist ein trauriger Tag.«

Calidus blickte an sich auf und ab. »Was soll mir denn fehlen, Angie? Sag's mir doch endlich.«

»Könnte es sein, dass dir Jeff fehlt, du … du … du Trottel?« Ihre Augen waren starr auf Calidus gerichtet.

»Komm schon, streng dich an, Calidus ... Jeff!«, erinnerte sie ihn.

»Kenne keinen Jeff. Oder?« Er blickte in die Runde, um zu sehen, ob jemand die Hand hob.

»Dünne-Beine-Jeff«, rief Nequam. Er hatte sich in der Zwischenzeit in seinen eigenen Körper zurückverwandelt und konnte es nicht fassen, dass die Krieger Jeff nicht helfen konnten.

»Hmh!«, kam es von Calidus, der nachdenklich in den Himmel starrte.

»Dünne-Beine, Calidus«, flüsterte Angie, als wenn sie einem gefallenen Soldaten die letzte Ehre erwies.

»Achsoooo ... Jeff! Warum sagt ihr das denn nicht gleich. Ja wo ist denn mein dünnbeiniger Freund?«, brüllte Calidus und blickte von einem zum andern.

»Tut mir so leid, Calidus. Jeff wurde ins Jenseits gezogen. Wir konnten ihn nicht davor bewahren«, erklärte Madgwick.

»Was? Ihr habt ihn im Stich gelassen?«, behauptete der rote Drache.

»Er treibt bereits im Jenseits, Calidus. Das kann er nicht überleben und wir können ihm nicht folgen. Selbst wenn es möglich wäre, würden wir ihn nie finden«, stellte Angie mit großen Augen klar.

Calidus bäumte sich auf. Er war ein mächtiger riesiger Drachen und jetzt mit Wut im Bauch sträubten sich seine Schuppen, seine Schnurrhaare legten sich an und er stampfte mit den Vorderbeinen. Dann öffnete er seine Flügel und begann zu schlagen, bis Flammen aus den Rändern seiner Flügel fachten.

»Ich werde meinen Freund nicht im Stich lassen! DÜNNE-BEINE-JEFF, ich bin auf dem Weg zu dir!«, röhrte er und hob ab.

Mit kraftvollen Flügelschlägen schoss er in die Höhe, bis er wie ein Spatz aussah. Dann verschwand er mit einem »BLITZ«, wie alle anderen Drachen.

»Wo ist der hin?«, wollte Madgwick wissen.

Angie lächelte kurz. »Der holt Jeff, tot oder lebendig.«

Madgwick blieb still, er konnte sich nicht vorstellen, wie Jeff die Reise ins Jenseits überlebt haben sollte.

Mit all den Passagieren und Angie auf ihrem hässlichen rosa Sofa, hob Azghar ab.

# 41

Jeff schaute ängstlich zurück zur Öffnung, als er tiefer in das schwarze Loch trieb. Er versuchte zu rudern, um sich gegen den Sog zu wehren, aber erreichte nur, dass er unstabil tiefer ins Jenseits trieb. Da er sich jetzt Hals über Kopf in alle Richtungen drehte, verlor er die Orientierung. Er schaute sich besorgt um. Die kleinen glühenden Nadelstichen ähnlichen Pünktchen in der Ferne, welche wie winzige flackernde Sterne erschienen, faszinierten ihn.

»Wahnsinn! Es ist genau, wie Angie erzählt hatte«, dachte er.

»Ich treibe schwerelos im Weltraum … Moment mal! Das heißt, ich könnte für ewig so dahin treiben? … Mist! Was dann?«

Er hob den Arm und blickte in die Handfläche. Seine Hand, nein sogar sein ganzer Körper schien ein wenig zu glitzern, so als wenn sein Zauber-staub ihn, wie eine zweite Haut, sozusagen mit einem Glitzeranzug beschützte.

»PUH! Das muss der Schutz sein, den Khrow schon in Torturra für mich gezaubert hatte. Auch kann ich unbeschwert atmen. Cool! Ein durch-sichtiger Astronautenanzug. Aber wie lange geht das gut? Wie lange hab ich Sauerstoff? Und Nahrung? Keine Vorräte?« Jeff begann der Realität ins Auge zu sehen und zu zweifeln.

Wie er so dahin trieb, blickte er zurück in die Vergangenheit und sah seine Mutter, Vater und kleinen Bruder Matt vor Augen.

»Was ist wohl mit Rhed geschehen und warum konnte Phoebe einfach so in der Wand verschwinden? Ist sie in Sicherheit?«, sorgte er sich.

»Jetzt reicht's, Jeff! Tue was! Du kannst doch Weltraum-SciFi-Filme überhaupt nicht ausstehen.«

Als er so mit tagträumerischen Augen dahintrieb, wurde er plötzlich auf ein schnell näherndes Objekt aufmerksam. Er kniff die Augen zusammen, um es zu fokussieren.

»Rettung? Könnte das ein Rettungsteam sein?«, hoffte er mit Vorfreude.

Sein Herz pochte im Hals. Er starrte, ohne zu blinken, auf den leuchtenden Punkt, der mit hoher Geschwindigkeit direkt auf ihn zuschoss. Es schien einen farbigen Schweif hinter sich herzuziehen. Mit jeder Sekunde wurde der leuchtende Punkt größer, aber er nahm nicht an Geschwindigkeit ab.

»Ist das etwa nur ein Stein?«, fragte er sich.

Mit blitzschneller Geschwindigkeit schoss ein Komet mit farbigem Schweif an Jeff vorbei. Der Sog brachte eine atmosphärische Welle mit sich und erschütterte den Weltraum. Jeff purzelte jetzt Hals über Kopf durchs All. Die Sternchen in der Ferne flackerten und der farbige Schweif spiegelte sich, wie Regenbogenfarben, in seinem Glitzeranzug wieder.

»BOAR! Was war das denn?«

Die Farben erloschen auf seinem Glitzeranzug und folgten dem Kometen. Totenstille setzte ein und Jeffs Purzeln verlangsamte sich bis zu Zeitlupengeschwindigkeit. Jeff schaute sich um. Durchs Purzeln hatte er nun endgültig die Orientierung verloren und konnte nicht mal sagen, aus welcher Richtung der Komet gekommen war.

»Wahnsinn! Nah dran ist auch vorbei«, dachte er.

Sein Herzschlag raste und er keuchte, als ein weiterer Komet mit farbigem Schweif auf ihn zuraste. Dieser war schon viel näher und flog direkt auf ihn zu.

»Das wird weh tun!«, dachte er.

Er versuchte sich zu drehen, ruderte mit den Armen, strampelte mit den Beinen. Dann zog er die Knie zur Brust, griff mit jeder Hand ein Schienbein und formte eine menschliche Kugel.

Ein Meteorit streifte ihn am Fuß und er machte einen Purzelbaum nach dem anderen.

»Aua! Aaaarrgh!«

Schnell untersuchte er seinen Fuß, aber der Glitzeranzug war nicht kaputt.

»Dusel gehabt! Der Anzug scheint ja ganz schön was auszuhalten«, murmelte er.

Sein Herz schlug laut. Mit dem Meteorit, der schnell in die Ferne verschwand, verblassten auch die Regenbogenfarben aus seinem Glitzeranzug und er begann sich langsamer um die eigene Achse zu rollen. Er schaute von einer Seite zur anderen, um zu sehen, ob weiteres raketenartiges Gestein auf ihn zuflog und schluckte, als er eine ganze Hand voll Mete-oriten auf sich zufliegen sah.

»Auweia! Das sind wenigstens fünf, nein sechs von den Dingern. Genau in meiner Laufbahn. Puh! Schon wieder.« Er dachte angestrengt nach, wie er den Meteoriten ausweichen konnte, schlug mit den Beinen in kurzen Abständen und ruderte mit den Armen wie ein Schwimmer, der durchs Wasser krault.

Die Farbenvielfalt, sichtbar in den Schweifen der Meteoriten war atemberaubend, und wenn er sich nicht so von dem fliegenden Gestein bedroht gefühlt hätte, wäre Freude in ihm aufgekommen. Er rollte sich wieder zusammen und wartete angespannt auf die Kollision.

»WHAM!« Einer traf ihn am Arm. Er wirbelte zu seiner Linken, direkt in die Flugbahn eines weiteren Meteoriten, der ihn im Rücken traf. Die Schmerzen nahmen überhand und er ächzte, öffnete seine Rolle und streckte seinen Rücken, nur um wieder getroffen zu werden. Dieses Mal gab ihm einer einen Pferdekuss, ein anderer traf gegen den Fußknöchel. Jeff fauchte, fluchte und grunzte vor Schmerzen. Dann wurde er am

Hinterkopf getroffen und sah Sterne! Benommen und verletzt, trieb er nun in seinem regenbogenfarbigen Glitzeranzug dahin, ohne glücklicherweise noch ein weiteres Mal getroffen zu werden.

Er keuchte und atmete schwer. Als er wagte, die Augen zu öffnen, bemerkte er die glitzernden Teilchen, die von ihm wegtrieben. Sein Glitzer-anzug schien sich aufzulösen, wie kleine Sandkörner, die in einer leichten Brise davonfliegen.

»Mein Zauberstaub verlässt mich! Hey, komm zurück«, rief er.

Für einen kurzen Moment schienen die glitzernden Teilchen im All zu hängen, bevor sie zu seinem Glitzeranzug zurückkehrten. Er hatte Mühe die Augen aufzuhalten, musste aber wach bleiben, weil er fürchtete, dass sonst sein Zauberstaub verloren ging. Er hatte schlimme Kopfschmerzen. Wenn er den Willen zum Leben verlor, würde er auch die Kontrolle über den Glitzerstaub verlieren. Das durfte keinesfalls passieren.

Als er sich mühevoll von oben bis unten betrachtete, sah er die Risse in seiner zweiten Glitzerhaut. An einigen Stellen hing der Anzug in Fransen und die zweite Schicht, wie gestopft mit Wattebäuschchen, war sichtbar. Er konnte nur hoffen, dass seine zweite Haut intakt blieb, während sich seine Sicht von der Kopfnuss langsam trübte. Dann sah er einen Meteoriten-regen auf sich zukommen. Die Vielzahl der klitzekleinen Meteoriten war so groß und nah beieinander, dass ihre Schweife in der Gesamterscheinung das All wie eine vielfarbige Sonne erleuchteten.

Jeff mahlte mit den Backenzähnen, rollte sich zusammen, schützte seinen Kopf mit Armen und Händen, dann kniff er die Augen zusammen.

»Ich hab keine Chance. Wenn der Staub mich unbedingt verlassen will, dann soll er doch gefälligst gehen. Mir reicht's!«

»Gib nicht auf!«, sagte eine Stimme in seinem Kopf.

Er öffnete die Augen. Hatte jemand mit ihm gesprochen? Hörte sich wie Khrow an.

»Aufgeben gibt's nicht, Jeff. Du musst stark bleiben. Lass den Staub nicht davonfließen!«

»Khrow?«, flüsterte Jeff.

»Halt die Ohren steif, mein Junge. Er ist auf dem Weg zu dir«, sagte die Stimme leise.

»Khrow … ich kann nicht mehr«, antwortete Jeff stöhnend.

»Unsinn! Reiß dich zusammen, Jeff. Du kannst und du wirst es schaffen! ÖFFNE DIE AUGEN, WACH AUF, JEFF!«

Jeffs Augenlider wurden immer schwerer. Sein Zauberstaub begann sich aufzulösen, der Meteoritenregen schoss auf ihn zu und sein Atem wurde flacher. War das das Ende seiner Sauerstoffvorräte oder war sein Zauberanzug bereits undicht?

Von weiter Ferne hallte es: »Dünne …«

Er konnte es kaum hören und war sich nicht mehr sicher, ob es nur Einbildung war. Dann wie auf dem Winde getragen, röhrte es ein wenig lauter: »DÜNNE BEI …«

»Nicht mehr lange, dann ist deine Tortur vorbei.«

»DÜNNE-BEINE-JEFF!«, röhrte es noch lauter.

Jeff freute sich ein wenig, die Stimme seines Freundes ein letztes Mal zu hören.

Dann kam das tosende »ROAR« eines Drachen.

»Sei mir bitte nicht böse, Calidus. So nimmt alles seinen Lauf.«

Rot-orange Flammen fächerten um ihn herum wie eine Welle, die einen Felsen überschwemmt. Weit über ihn hinaus änderten sich die Farben des Flammenmeeres von bläulich zu glühendrot, zu gelblichweiß. Hunderte von winzigen Meteoriten schmolzen wie gefrorene Butter in einer Mikrowelle, bevor sie sich auflösten. Was einst wie ein riesiger farbiger Schweif aussah, explodierte in hunderte kleine Farbtupfer, die gegen eine Leinwand spritzten. Die endlose Leere des Weltraumes wurde in Se-kundenschnelle in ein Kaleidoskop vielfältiger bunter Muster verwandelt. Jeff fühlte sich umgeben von Wärme und spürte einen Sog. Er hatte das Gefühl, in einer Wärmedecke eingewickelt zu sein, die ihm Sicherheit gab. Er zwang sich, die Augen zu öffnen und war umgeben von fächernden rot-goldenen Flammen.

»Gar nicht mal so schlecht«, dachte er und fiel in Ohnmacht.

# 42

»Wie lange dauert das denn noch, bis er zu sich kommt?«, jammerte Phoebe mit baumelnden Beinen auf Watrocs Rücken sitzend. Nur weil sie in Berührung mit Watroc war, hatte sie solide Körperform angenommen.

Sie mussten unbedingt nach Sandustien zurückkehren, denn die Weisen hatten schon Vorbereitungen getroffen einen Trank zu brauen, der dem Mädchen ihre Lebensenergie wiedergeben sollte.

Zum Glück hatte Madgwick ihren reglosen Körper mit nach Sandustien gebracht, denn ohne Körper hätte die Lebensenergie nie in ihr urtüm-liches Zuhause zurückkehren können und Phoebe wäre für immer ein durchsichtiges Gespenst geblieben.

Schon bald nach ihrem Ankommen gab es einen lauten Knall und Calidus erschien mit dem bewusstlosen, schwer verletzten Jeff. Die Krieger trugen ihn zu den Weisen im Hospital, wo seine Verletzungen genauestens untersucht und beurteilt wurden. Jeffs Eltern kamen ein paar Minuten später an und eilten sofort zu ihrem Sohn, um zu sehen, in welcher Ver-fassung er sich befand.

Der kleine Matt hüpfte rüber an Azghars Seite und nahm auf seiner Klaue Platz, wo er mit Händen und Füßen einen ausführlichen Bericht über sein Abenteuer mit Talon abgab. Scott lag schwanzwedelnd mit einer Pfote auf Azghars Krallennagel und kaute auf der hornigen Spitze herum.

»Er wurde von einem Meteoritenregen bombardiert«, berichtete Calidus den versammelten Kriegern mit ernsthaftem Zunicken.

Madgwick blickte Angie mit zusammengekniffenen Augen an. »Du wusstest ganz genau, dass Calidus ihm folgen würde, nicht wahr?«

»Sagen wir Mal, dass ich es geahnt habe, denn irgendwie haben die beiden ein Drachenlink, wenigstens immer dann, wenn Calidus sich an ihn erinnern kann. Dass er ihn im Jenseits finden konnte, war jedoch nicht so gewiss. Jeff konnte immer noch gerettet werden, wogegen für Phoebe das Jenseits tödlich gewesen wäre«, erklärte Angie, während sie nebenbei ihre Haarsträhnen um die Finger wickelte.

»Zum Glück hat Calidus ihn sofort gefunden, denn den Meteoritenregen hätte Jeff höchstwahrscheinlich nicht überlebt. Der Drache muss ganz schön zauberkräftig sein, dass er die Meteoriten so effektiv pulverisie-ren konnte«, bemerkte Rig mit verschränkten Armen.

»Wer ist zauberkräftig?«, fragte Calidus nickend. Er betrachtete Rig. »Über wen reden wir hier?«

»Potz Blitz! Ich war mir sicher, Jeffs Glitzerstaubschutzhaut würde ihn am Leben erhalten, bis Calidus zu ihm stoßen konnte. Ich konnte aber den Meteoritenregen nicht vorhersehen. Jetzt fühle ich mich mitschuldig, dass er so schwer verletzt ist. Ich wünschte, wir hätten Phoebe auf eine andere Art und Weise retten können«, drückte Angie mitfühlend aus.


Nachdenkliche Stille kehrte ein. Die versammelten Krieger, Drachen und Angie waren mit ihren eigenen Gedanken beschäftigt, als kindliches Gelächter die Stille brach. Rhed und Harley kamen freudig um die Ecke, als würden die Sorgen der Welt für sie nicht existieren.

Madgwick beobachtete Rhed etwas genauer. Kleine Blätter ragten unter den Rastalocken hervor, genau wie zuvor, als er von dem Baumprinzen in einen Baum verwunschen wurde.

Harley sah Angie und stoppte. Er flog ein paar Freudenrunden und dann direkt in ihre Arme.

»Harley, mein geliebter Besen! Mensch, hättest du eine Freude gehabt. Ich bin auf dem Sofa gereist. …Wie? … Nein, bequem war es nicht. …Was sagst du? Wo? … Das darf doch wohl nicht wahr sein? … Nein, was du nicht sagst … Jetzt glaub ich's dir aber.«

Angie und Harley unterhielten sich.

Rig ging mit erhobenen Augenbrauen wortlos auf Rhed zu. Der wusste sofort, dass er sich rechtfertigen musste und grinste verlegen und mit ei-nem Schuldgefühl. Alle Augen waren auf ihn gerichtet.

Rhed schluckte und sagte: »Tut mir Leid, aber wir sind nicht in die Hütte gegangen, wie von dir angeordnet. Und dann hatten wir eine Streiterei mit den Bäumen, wo ich mir den Zweig, … ach quatsch, Fuß brach.« Er schob den Fuß vor und zeigte den Knöchel.

Madgwick trat vor und inspizierte die Bruchstelle. »Hmh! Perfekt geheilt. So schnell ging das?« Er kratzte sich am Kopf.

»Dumnuss, der Baumprinz hat mich geheilt. Inzwischen sind wir beste Freunde geworden …« Seine Begeisterung erlosch mit einem Blick in Rigs ernstes Gesicht.

»Du hast meine Anweisungen nicht respektiert, Rhed!«, sagte Rig, der die Arme verschränkte.

»Das stimmt, jedoch haben wir es geschafft, eine Nachricht nach Sandustien zu schicken. Und zwar die, dass die Krieger in Torturra Unterstützung brauchen. Das zählt doch bestimmt zu unseren Gunsten, nicht wahr?« Rhed holte tief Luft.

»Jedenfalls verstehen wir uns jetzt gut. Der Baum-Klan hat es mir erlaubt, zu kommen und gehen, wie ich möchte. Somit habe ich nun meinen eigenen Eingang zu Drakmere geschaffen. Das ist doch super, oder?« Rig ging nicht auf die Erklärungen ein.

»Hallo Phoebe. Wie geht's dir? Wo ist Jeff?« Offensichtlich wollte Rhed schnell vom Thema ablenken.

Phoebe kletterte von Watrocs Rücken und lief auf Rhed zu.

»Jeff ist schwer verletzt. Die untersuchen ihn gerade. Wir sind nämlich auch gerade erst angekommen.«

Rhed staunte mit großen Augen, als er die transparente glänzende Phoebe auf ihn zulaufen sah. »Wie ist das denn passiert, Phoebe?«

»Zorka hat mir die Lebensenergie ausgesaugt. Aber sorge dich nicht. Es wird alles wieder gut«, beruhigte sie ihren Freund mit einem lieblichen Lächeln, das ihre Lachfältchen zeigte.

»Was? Zorka ist frei?«, keuchte Rhed.

»Das war sie, aber Angie hat sie in eine Kröte verzaubert und ich habe versehentlich auf sie draufgetreten«, kicherte Phoebe hinter vorgehaltener Hand.

Die Krieger amüsierten sich auch, da Madgwick Phoebes Rumhüpfen imitierte und auch wie sie auf den Frosch trat. Rhed überflog mit den Augen die versammelten Krieger vor ihm und hing fest mit starrem Blick auf Nequam und seiner Mohawk-Frisur.

»Wer ist das?«

Nequam verwandelte sich für einen kurzen Moment in Jeff und grüßte ihn mit erhobener Hand.

»Du warst das?«, sagte Rhed. Er spürte, wie die innere Hitze in seinen Kopf stieg.

»Moment, Rhed. Bevor du loslegst, musst du wissen, dass er euch beide vor den Traum-Dämonen beschützen wollte und er hat sich unseren Re-spekt längst verdient«, erklärte Rig mit einem unterstützenden Blick auf Nequam.

»Auch meint er, dass Phoebe dem Bylleraz-Stamm angehört und von denen jahrelang gesucht wurde. Jedoch muss sich das aber erst noch be-stätigen, bevor wir sie gehen lassen.«

Nequam nickte. »Ich möchte mich hiermit bei euch für die Irreführung entschuldigen; ich dachte, dass Phoebe mir sonst nicht gefolgt wäre.« Er drehte sich Rig stirnrunzelnd zu.

»Würdet ihr mir erlauben, dass ich hier in Sandustien auf sie warte? Wenn sie dann geheilt ist, könnt ihr doch dann entscheiden, wer uns ins

Reich des Bylleraz-Stammes begleitet?«

»Ich bin mir nicht sicher, ob ich überhaupt mit dir zu deinem Stamm gehen möchte, Nequam. In erster Linie kann ich mich überhaupt an nichts erinnern und zweitens fühle ich mich als Mensch ganz wohl und in der Menschenwelt zuhause«, widersprach Phoebe.

»Ohne mich geht sie nirgends hin. Ähm! Wollte ich nur klarstellen«, schnaufte Watroc.

Rig seufzte. »Also gut. Du kannst hier bleiben, bis Phoebe genesen und wieder fit zu reisen ist. Ich hab gesehen, dass du eine paar gute Kampfgriffe hast, jedoch ist da noch Raum zur Verbesserung. Warum gehst du nicht so lange mit Jeff zum Kriegerlehrgang und verfeinerst deine Nahkampftech-nik?«

Nequams Gesicht strahlte. »Kriegerausbildung mit Jeff. Das wäre echt cool.«

Rhed und Phoebe fragten im Einklang: »Jeff geht zur Kriegerschule?«

»Natürlich. Im Einvernehmen mit dem Ältestenrat wurde entschieden, dass es das Beste für Jeff sein wird, wenn er und seine Familie, mit Hund und Kegel, nach Sandustien umsiedeln. Wir können sie doch nicht unbe-schützt in Little Falls den Attacken von Schattengespenstern, Schimmern, Skreaturen und jetzt auch noch Traum-Dämonen ausgesetzt lassen. Wer weiß was da sonst noch so kommt?«, erklärte Rig.

»Jeff wird eine Kriegerausbildung absolvieren müssen und ein paar Lebensweisheiten lernen, angenommen er ist damit einverstanden«, fügte Rig hinzu.

»Gar keine Frage!«, kommentierten Rhed und Phoebe grinsend.

»Wie steht es um die Traum-Dämonen-Armee?«, wollte Rhed wissen.

»Die sind untergetaucht. Angeblich haben sie Muffensausen bekommen und fürchten sich vor irgendeiner alten durchgeknallten Hexe. Kann mir nicht vorstellen, wer das sein soll. Werde mich mal darum kümmern, zu erkunden, von wem die Rede ist. Wäre ja noch schöner, wenn irgendwelche verrückten Hexen in meinem Reich walten und ich das zulasse«, sagte Angie, die Hände in die Hüften gestützt.

»Hatte Zorka die Armee nicht verzaubert?«, fragte Madgwick.

»Doch hatte sie. Aber sie wurden von dem Bann erlöst, als Phoebe auf sie drauftrat.«

»Ein Missgeschick, keine Absicht«, quietschte Phoebe.

»Ein angemessenes Ende, könnte man sagen«, bemerkte Angie neben-bei.

»Übrigens. Die Traum-Dämonen wissen wahrscheinlich gar nicht, dass sie von Zorkas Zauber erlöst sind, wobei ich mir gut vorstellen kann, dass das letzte Wort noch nicht gesprochen ist, denn Uzas ist ein geborener Kriegsherr und machthungrig noch dazu. Wir sollten uns auf einen wei-teren Angriff gut vorbereiten. Wir müssen schnellstens den Ältestenrat in-formieren.«


Die Tür öffnete sich und Galagedra kam aus dem Hospital. Die Sorgen standen ihm im Gesicht geschrieben. »Wir haben getan, was wir konnten, aber der Junge ist immer noch bewusstlos. Jetzt ist es nicht mehr in un-seren Händen.«

»Gibt es da nichts, was du für ihn tun kannst?«, fragte Madgwick Angie.

»Natürlich, Madgwick. Eine Hexe kann immer noch was bewegen«, antwortete sie und schnippte mit den Fingern.

Eine Prise lila Staub verwandelte sich in eine Mücke und flog in die Luft. Ein surrendes »ZZZEEEEEEEEEZZZZZ« ertönte.

»Ne Mücke?«, fragte Madgwick kopfschüttelnd.

Rhed zuckte mit den Schultern. »Das nervige Surren einer Mücke lässt mich nachts nicht schlafen.«

Horrigan, der sich um Dravens Progress gekümmert hatte, kam um die Ecke, wich der surrenden Mücke aus und klatschte die Hände ein paar Mal zusammen, wo er die Mücke vermutete. Traf aber nicht. Dann schoss sein Zauberstaub aus der Hand, wie von einer Spraydose Insektengift und er-stickte die lästige Mücke, welche langsam zu Boden taumelte.

»Aaaarrrrrgh! Hasse die Dinger«, kommentierte er.

Er sah Angies zusammengekniffene Augen und hob die Hände. »Was guckst du so?«

Madgwicks Augenbrauen hoben sich, als er Angies Kiefer mahlen sah und sie den Arm zurücknahm.

»Angie Neiiiiin!«, schrie er.

Zu spät! Angies Staub schoss auf Horrigan zu, prallte gegen seine Brust mit solcher Kraft, dass er abhob.

»Musste das sein? Kannst du dein Temperament nicht wenigstens ein bisschen zügeln?«, stöhnte Madgwick, der zur Staubwolke rannte, wo Hor-rigan gerade noch stand, über seine Lederkleidung stolperte und beinahe auf einen tätowierten Frosch trat.

Madgwick schüttelte den Kopf und hob den Frosch auf.

»Mach es rückgängig, Angie!«, befahl er wütend. »Wir haben schon ge-nug Arbeit mit Phoebe, Jeff und den verletzten Kriegern. Wir können schlecht die Weisen fragen, sich auch noch um Horrigan kümmern zu müssen.«

»Los! Mach schon!«

Angies rote Locken hüpften auf ihren Schultern, als sie erst mit einem Kopfschütteln verneinte und dann sagte:

»Das sehe ich anders. Für eine Weile wird ihm das Froschdasein gut tun.« Sie verschränkte die Arme und hob eine Augenbraue.

Das Kichern wurde lauter und Madgwick wandte sich den amüsierten Kriegern zu. Er hob die Schultern und grinste.

»Da habt ihr's. Vielleicht glaubt ihr mir jetzt, wenn ich euch das näch-ste Mal warne, diese temperamentvolle Hexe nicht zu verärgern. Ist eigent-lich nicht lustig!«

Madgwick betrachtete den Frosch.

»Wer nicht zuhören will, muss fühlen. Komm Horrigan! Ich stecke dich in meinen Ranzen und bring dich zu den Weisen, wenn sie für dich Zeit haben.«

Nequam hatte Tränen in den Augen und schlug beide Hände auf die Beine. Das war wohl das Lustigste, dass er jemals erlebt hatte, er versuchte aber ernst zu bleiben.

Calidus blickte auf Nequams Beine. »Ach so! Wo ist Dünne-Beine-Jeff? Hab ich ihn hierher gebracht?«

»In der Tat, Calidus. Er ist aber schwer verletzt und bewusstlos«, erin-nerte Rig den roten vergesslichen Feuerdrachen.

»Ich kann ihn aufwecken.« Calidus watschelte rüber zu Galagedra.

»Kannst du ihn bitte rausbringen?«

Galagedra war sich den magischen Kräften eines Drachen sehr bewusst. Somit nickte er zustimmend und fragte Rig und Kojo, den Jungen zu holen.

Sie legten Jeff behutsam auf den Boden. Nur die Sommersprossen gaben seinem aschfahlweißen Gesicht Farbe. Er sah mitgenommen aus, aber seine Blutungen waren gestoppt. Er hatte neue Kleidung an und man hatte auch ein paar Socken über seine Füße gestülpt.

Calidus senkte sein Haupt. Mit der Nase auf Jeffs Brust fing er an zu summen. Die Atmosphäre um sie herum begann zu flimmern und erleuch-tete in einem orange-rötlichen Glanz, der zunehmend greller wurde, bis die Intensität so stark war, dass jeder seine Augen schützte.

Die Atmosphäre wurde so glühend rot, dass man dachte, sie würde jeden Moment in Flammen ausbrechen. Dann wechselte sie von Rot zu Blau. Wie bei einem Scanner bewegte sich das blaue Licht über Jeff hin und her, bevor es wieder zu Rot wechselte und erlosch.

Rig flüsterte zu Azghar. »Hat er einen Zauberspruch angewandt?«

Azghar schüttelte das Haupt, ohne Calidus und Jeff aus den Augen zu lassen.

»Wenn ein Drache zu dir eine so enge Verbindung hat, sind der magische Hauch und die Wärme des Feuers ausreichend, um böse Mächte zu bekämpfen«, erklärte der blaue Drachen.

Calidus hob das Haupt und trat einen Schritt zurück.

»Dünne Beine ... Dünne Beine ... Dünne Beine ... wach auf, Jeff!« Er hauchte die Worte, so als spräche er mit einem lang ersehnten Freund. Dann senkte er wieder sein Haupt und stupste Jeff behutsam an.

Jeff lag immer noch reglos da. Die Lage war höchst angespannt. Dann keuchte er und öffnete die Augen. Ein Raunen ging durch die nähertretende Menge. Galagedra winkte sie zurück. Die Zauberkünstler der Weisen knieten sich nieder zu Jeff und flüsterten ihre heilenden Zaubersprüche. Jeff schaute sich um und brachte ein müdes Grinsen über die Lippen, welches breiter wurde, als er die Gesichter seiner Freunde erkannte und die durchsichtige glänzende Phoebe sah. Für einen Moment betrachtete er Rheds blätternde Haarpracht, bevor seine Augen dankbar die versammel-ten Krieger überflogen. Zuguterletzt kamen ihm die fehlenden Krieger, Khrow und Rubisid in Erinnerung, die beide ihr Leben für ihn opferten.

Er blickt hoch auf Calidus und fühlte eine innerliche Zuneigung für den roten Feuerdrachen, die unbeschreiblich war.

Calidus lehnte sich vor. »Du darfst nicht traurig sein, Jeff. Für Khrow und Rubisid hat eine neue, sehr aufregende Reise begonnen.«

»Ich hatte ihn gehört ... Khrow hatte mir versprochen, dass du kommen wirst«, sagte Jeff mit heiserer Stimme.

»Zu mir hat er auch gesprochen; er hat dir seinen Zauberstaub vermacht und somit wird er immer in deinem Herzen getragen. Von Zeit zu Zeit ist es sogar möglich, dass er wieder mit dir spricht, besonders wenn du in Not gerätst«, erklärte Calidus nickend.

»Calidus, darf ich dich um was bitten?«, fragte Jeff.

»Aber natürlich, Dünne-Beine. Frag nur.«

»Kannst du nicht damit aufhören, mich Dünne-Beine-Jeff zu nennen? Ich hab nämlich eigentlich keine dünnen Beine.« Jeff gähnte und war plötz-lich sehr müde.

»Weißt du? In meinem ganzen langen Leben hab ich noch nie so dünne Beine gesehen. Also denke ich: Nein!«, antwortete der große Drache.

Jeff hörte die Antwort nicht mehr, denn er war mit einem zufriedenen Lächeln eingeschlafen, umgeben bei Freunden und Familie. Endlich war er zuhause angekommen.

www.ingramcontent.com/pod-product-compliance
Lightning Source LLC
Chambersburg PA
CBHW021532250626
47154CB00006BA/2087